洛文塔尔文学传播理论研究

甘 锋 著

·南京·

图书在版编目(CIP)数据

洛文塔尔文学传播理论研究/甘锋著. —南京：
东南大学出版社，2014.10
（六朝松艺术文库/王廷信主编）
ISBN 978-7-5641-5271-0

Ⅰ.①洛… Ⅱ.①甘… Ⅲ.①洛文塔尔(1900～
1993)－文学－大众传播－研究 Ⅳ.①I712.065

中国版本图书馆 CIP 数据核字(2014)第 255182 号

东南大学出版社出版发行
（南京市四牌楼2号 邮编210096）
出版人：江建中
网　　址：http://www.seupress.com
电子邮件：press@seupress.com
全国各地新华书店经销　常州市武进第三印刷有限公司印刷
开本：787 mm×980 mm　1/16　印张：18.75　字数：288千字
2014年10月第1版　2014年10月第1次印刷
ISBN 978-7-5641-5271-0
定价：49.00元

本社图书若有印装质量问题，请直接与营销部联系。电话：025-83791830

总　序

　　人类自觉或不自觉地创造艺术,当有数万年的历史了。

　　数万年来,艺术与人类同在,成为人类生命当中不可或缺的一个组成部分,也酿为人类文化的重要形式。

　　数千年来,中外有关艺术的研究著作汗牛充栋。这些著作均为一代代学人感受艺术、品评艺术、思考艺术规律的结晶。时代发展到今天,艺术的创造、接受、传播以及艺术史的梳理、艺术理论的探索仍然需要学人孜孜以求。

　　东南大学位于六朝宫苑旧址,校园内的六朝松见证着南京的历史,也见证着东南大学的历史。东南大学艺术学院位于六朝松下,自两江师范学堂监督李瑞清先生起,这里就有无数学人研究艺术、创作艺术、培养艺术新人。时至今日,这里依然薪火相传,艺声不断。为了表达东大学人对于艺术的思考,总结新一代学人的研究成果,我们决定出版"六朝松艺术文库"。

　　这套文库以艺术学二级学科成果为主导,兼及艺术学其他二级学科的学术成果。自20世纪90年代二级学科艺术学从制度上创设于东南大学以来,我国已有近60家大学开设该学科。但这个学科还是一个年轻的学科,仍然需要几代人的努力。尤其是鉴于二级学科艺术学与美学、门类艺术学之间既有区别,又有关联的关系,本文库在选题上并未局限于二级学科艺术学范围内。

　　本文库的作者均为东南大学艺术学院的教师,他们当中有20世纪80年代出生的青年学者,也有年过花甲的老教授,所以有的选题较为成熟,有的尚且稚嫩。但大家都分别从某个角度、某个方面探讨艺术的基本规律,力求一孔之见。

　　本文库的出版将持续较长的时间,分别在不同的出版社陆续推出,欢迎各界学人批评指正。

东南大学艺术学院
2009年6月

本书为国家社会科学基金项目(项目号 14BWW005)、教育部人文社科规划基金项目(项目号 13YJA760014)以及中国传统艺术传承与传播研究创新团队项目阶段性成果。

"六朝松艺术文库"编委会

主　任：凌继尧

副主任：王廷信

委　员（以姓氏笔画为序）

　　王廷信　刘道广　周武忠
　　胡　平　姜耕玉　徐子方
　　凌继尧　陶思炎　谢建明

主　编：王廷信

目 录

导 论 ··· 1

第一章 洛文塔尔文学传播理论的生成和发展 ····················· 26
第一节 洛文塔尔的学术生涯 ·· 28
第二节 洛文塔尔文学传播理论的学术资源 ·························· 54
第三节 洛文塔尔文学传播理论的发展轨迹 ·························· 72

第二章 批判传播理论:洛文塔尔文学研究的传播学视角和方法 ··· 79
第一节 批判传播理论的内涵及其基本特征 ·························· 79
第二节 批判传播理论的文学社会学方法 ····························· 90
第三节 "理论力场"的建立与文学研究的"哥白尼式革命" ······· 103

第三章 文学研究新范式:洛文塔尔文学传播理论中的文学观 ····· 128
第一节 "传播力场":文学传播场的构成要素与生成机制 ········· 129
第二节 "理解力场":文学传播研究的人文主义范式 ··············· 148
第三节 以文学传播为中心的研究范式与传播论的文学观念 ····· 171

第四章 洛文塔尔对文学"传播力场"构成要素辩证关系的研究 ··· 197
第一节 传播者与文本建构 ·· 197
第二节 期待视野与文本结构 ··· 225
第三节 传播者、社会、接受者共同建构的文本 ····················· 238

结 语 ··· 268

附录:利奥·洛文塔尔年表 ·· 277

参考文献 ·· 284

导　论

　　利奥·洛文塔尔(Leo Löwenthal,1900—1993)①是在大西洋两岸享有学术声誉的批判理论家、文学理论家和传播理论家。作为社会研究所(The Institute of Social Research)的核心成员之一,他在一生的学术研究中,始终把法兰克福学派(Frankfurt School)②的批判理论应用于文学、文化和社会问题的分析研究,在文学理论、通俗文化理论和批判传播理论等方面都做出了一定贡献。他的文学传播研究不仅揭开了西方文学研究的传播学转向的序幕,而且把批判理论、文学理论和传播理论有效地综合起来,"扭转了当时的研究立场,在文化社会学领域发动了一场哥白尼式的革命(Copernican revolution)"③,成为批判的文化研究的先驱和跨学科研究的典范。

　　作为批判的文学传播理论的奠基人,洛文塔尔所提出的文学传播研究的基本主题、理论原则和研究范式都可以被看作批判的文学传播理论根基上的开端,他的著作中包含的大量的深刻的文学传播思想,对于建设中国

---

　　① Löwenthal 的译名,在大陆文献中常见的有洛文塔尔、洛文达尔、洛温塔尔、洛温撒尔、勒文塔尔、罗文塔尔、洛文骚等。新华通讯社译名室主编的《世界人名翻译大辞典》将 Löwenthal 译为勒文塔尔,将 Lowental 译为洛文塔尔。(请参见新华通讯社译名室主编《世界人名翻译大辞典·上》,北京:中国对外翻译出版公司 2007 年版。)本书根据近年来文艺类、哲学类学术刊物中相对较为固定的译法,将其译为洛文塔尔。

　　② "法兰克福学派"这个称呼,根据罗尔夫·魏格豪斯的考证,并非霍克海默等人的自称,而是 1960 年代由局外人贴上的标签。一开始,这个名称指一种批判社会学,后来它所涵盖的范围日益广泛甚至有无所不包的趋势。针对这一现象,魏格豪斯在写作《法兰克福学派:历史、理论及政治影响》一书时,首先在导论中为这个术语归纳出了一些典型特征:1. 一个研究机构:社会研究所;2. 一些被选中的理论家;3. 一份宣言:霍克海默的就职演说"社会哲学的现状和社会研究所的任务";4. 一种新范式:"批判理论";5. 一份刊物:《社会研究杂志》,以及多种出版物。参见 Rolf Wiggershaus. *The Frankfurt School: Its History, Theories, and Political Significance*. MIT Press, 1994, pp. 1-2. 至于"批判理论"这一术语的内涵,本书第二章第一节"批判传播理论的内涵及其基本特征"将会进行深入探讨。

　　③ Russell Berman. Review of Literature and Mass Culture. *Theory and Society*, Vol. 15, No. 5, 1986, p. 792.

特色的文学传播学具有非常现实的借鉴意义。但是对其学术进行较为全面、深入研究的却相当有限,在汉语研究资料中,我们能查阅到的著作仅仅是在对马克思主义美学和法兰克福学派大众文化理论进行宏观研究时所做的篇幅不过是一章的介绍和一些论述其通俗文化理论的论文,至于针对其文学传播理论的专项研究则是空白。对法兰克福学派的其他三位主将——西奥多·阿多诺(Theodor W. Adorno)、赫伯特·马尔库塞(Herbert Marcuse)和瓦尔特·本雅明(Walter Benjamin)的研究可谓成果丰硕,已经出版了不少学术专著和博士论文;关于西方马克思主义或者法兰克福学派的研究专著中,对他们也几乎都设有专门章节进行论述;而对洛文塔尔,不要说成系统的专著和博士论文,就是专章介绍的也很少见。仅在《国外社会科学》《文学评论》等刊物上有几篇介绍他的通俗文化理论的文章。① 总之,不论是论文、译文还是专著所涉及的都是他的通俗文化理论,国内并无对洛文塔尔文学传播理论的专门介绍和系统研究。

　　当然,"拿来"是有选择性的,20世纪八九十年代我国在引进法兰克福学派的理论时,之所以着力引进以阿多诺为代表的大众文化批判理论,对洛文塔尔的文学传播理论却视而不见,主要是因为当时文学传播问题还没有成为亟须解决的理论问题,而当时大众文化在中国的风行及其影响问题则是学术界所要迫切解决的重大理论问题。如今,中国社会也开始步入消费社会、媒介社会,经由大众传播媒介传播的文学艺术已经成为文艺的主导形态,传播方式日益成为制约文艺发展的一种强大力量,迫使文学与文艺学改造自己以适应大众传播时代的生存环境,在这种情况下,文学和文艺学都面临着重新建构的问题,"文学传播研究"因此成为大众传播社会中进行文学研究所不容忽视的一个课题。事实上,作为关系到文学本质、文学发展的重大理论问题,文学传播问题正在引起文艺学和传播学等人文社会科学的关注;文学传播的跨学科研究,也正在成为文学研究中最有活力、最富生机的学科前沿和理论热点之一。但是文学传播研究却一直没能取

---

① 目前见到三本著作设有专章,分别是赵勇著《整合与颠覆》、王晓升著《为个性自由而斗争》以及谭好哲主编的《艺术与人的解放》。其中论述洛文塔尔的三章标题分别是"洛文塔尔:逡巡于雅俗之间"、"洛文塔尔:通俗文学的社会分析"和"洛文塔尔:文学、通俗文化与社会",所论述的主要是洛文塔尔的通俗文化理论。至于相关研究论文,详细情况请参见"参考文献"部分。

得实质性突破,"对文学传播的把握多停留在经验描述的层面。到目前为止,学术界还没有真正运用传播理论、方法研究文学的范例"①。而传播学研究中,批判学派与经验学派双峰对峙的理论困局,也严重影响了当下的文学传播研究。就此而言,我们迫切需要一种能够对文学传播整体及其构成要素进行综合研究,把文艺学的科学性与人文性辩证统一起来的理论观念和研究范式。因此,如何超越文学传播研究中对传播学方法的简单套用和经验描述方法,实现传播理论与文学理论的融会贯通,就成为当前文学传播研究所亟须解决的问题,而要破解这一理论难题,方法论的突破无论如何都是一个无法回避的课题。洛文塔尔之所以能够超越传统的以作家作品为中心的研究范式,敏锐地捕捉到文学发展到大众传播时代所出现的传播转向这种历史趋势,之所以能够超越批判传播学派和经验传播学派,形成独特的文学传播理论,究其根源,切入问题的全新角度和研究范式的创新不能不说是他的一个突破口。洛文塔尔针对大众传播条件下出现的文学转型现象以及当时各种文学研究方法的不足,综合批判理论、传播理论和文学社会学方法等建构了"理论力场"这一新方法,创设了"传播力场"、"理解力场"等一系列学科交叉性极强的理论范畴,把文学传播活动中各要素都放到"力场"这个既冲突又融合的场域中进行综合研究,从而开创了一种新的文学研究范式:即把文学放在文学与传播的"力场"中来揭示文学的本质和功能。作为"举世公认的最重要的文学社会学家"②,洛文塔尔对于文学传播理论的建立可以说有着筚路蓝缕的开创之功,他的文学传播理论不仅给我们提供了一种重要的观察当今文学现象的新视角,扩大了对文学的解释范围,拓展了文学研究的理论空间,而且发展了一种针对文学传播问题的批判性、跨学科的研究方法,提供了一种可行的文学传播研究范式,丰富了人们对文学的本质和特征的理解,加深了对文学史与文学批评的研究。《光明日报》在点评中国当代文学的海外传播入选2013年度中国十大学术热点时指出,这对中国当代文学研究的学术视域及其方法论提出了新的挑战,西方的理论成果理应成为中国当代文学研究者所必备的知

---

① 霍有明,李永平著《文学传播学刍议》,载《西北大学学报》,2006年第5期。
② *Contemporary Sociology*, Vol. 16, No. 5, 1987 p. 721.

识结构。①从这个角度来看,"拿来"洛文塔尔的文学传播理论可谓正逢其时。在跨文化视野中保持清醒的中国问题意识,应该是我们当前践行"拿来主义"的基本原则之一。

  国外对洛文塔尔的研究早已蔚为大观,相关专著几十本,论文数百篇。早年的研究主要集中在他的批判理论和文化社会学方面,近年来的研究日益聚焦于他的通俗文化理论和社会传播理论方面,对其文学传播理论进行专项研究的也不多见。欧美学术界把他看作批判理论、通俗文化理论和批判传播理论的开路先锋和里程碑,是至今为止最出色的文学社会学家之一。"身为法兰克福学派内部最长寿的人,洛文塔尔已经成了这一著名学派的一个被国际承认和尊敬的符号"。②例如道格拉斯·凯尔纳(Douglas Kellner)、罗伯特·萨耶尔(Robert Sayre)等法兰克福学派的研究专家都认为他是法兰克福学派中"最积极的成员"③、"文学社会学发展中的先锋,犀利的大众文化批评家"④,马丁·杰伊(Martin Jay)不但认为他"是研究所成员中对大众文化分析最广的人"⑤,甚至把他的研究视为法兰克福学派在文化和美学问题研究领域的中心,认为"洛文塔尔的研究要比本雅明和阿多诺的作品更典型"⑥。罗伯特·威尔逊(Robert Wilson)甚至略带夸张地说:"离开洛文塔尔的文学社会学研究,就像演出的《哈姆雷特》没有哈姆雷特一样"⑦。传播学专家则突出强调了他对传播理论的贡献,例如汉诺·哈特(Hanno Hardt)以《社会的良知:洛文塔尔和传播研究》(*The Conscience of Society: Leo Lowenthal and Communication Research*)为题高度评

---

  ① 光明日报理论部编辑《2013年度中国十大学术热点》,载《光明日报》,2014年1月15日。
  ② *The Legacy of Leo Lowenthal: A Conference Commemorating His Life and Works on the Tenth Anniversary of His Death.* 〔EB/OL〕http://ies.berkeley.edu/calendar/archive/lowenthal.html
  ③ Robert Sayre. Lowenthal, Goldman, and the Sociology of Literature. in *Telos*, Number 45, Fall 1980, p. 151.
  ④ Douglas Kellner. *Critical theory, Marxism and Modernity*, Cambridge: Polity Press, 1989, p. 122.
  ⑤ Martin Jay. *The Dialectical Imagination: A History of the Frankfurt School and the Institute of Social Research, 1923—1950*, London: University of California Press, 1996, p. 212.
  ⑥ Martin Jay. *Permanent Exiles: essays on the intellectual migration from Germany to America*, New York: Columbia University Press, 1986, p. 102.
  ⑦ Robert Wilson. Review of Toward a Phenomenological Sociology of Literature, in *Social Forces*, Vol. 70, No. 4, 1992.

价了他的传播研究。后来在一部论述美国传播史和传播理论的著作中,他更是将洛文塔尔看作美国批判传播理论的奠基人,"事实上,洛文塔尔的分析计划、主题和方法上的建议可以被看作美国批判传播研究理论根基上的开端"①。法兰克福学派第二代掌门人尤尔根·哈贝马斯(Jürgen Habermas)则认为洛文塔尔的传播研究相对于批判理论和经验研究描绘了第三种可能。② 由于洛文塔尔对批判理论和文学研究所做的巨大贡献和他的特殊身份,以至于欧美学术界把他离开人世的那一天作为一个时代结束的标志,"1993年1月21日,洛文塔尔的去世标志着一个时代的结束"③。

一、文学研究的传播学转向与洛文塔尔的文学传播理论

文学发展到印刷传播时代,印刷传播方式成为影响文学发展的主要因素,文学的大众传播日益成为一种重要的文学现象和传播现象。但是直到19世纪末才有个别文学理论家探讨过文学传播问题,并且一直到1940年代还没有学者像洛文塔尔那样把文学传播问题作为思考的焦点,对其进行系统的论述。洛文塔尔不但早在1920年代就注意到了文学传播问题,而且最迟到1940年代就从理论上把握到了传播之于文学的重要作用,尝试着从"传播"入手来解开文学转型之谜,从而揭开了西方文学研究的传播学转向的序幕。

大众传播时代的文学呈现出了一种什么样的形态,与之前的文学有着怎样的区别,原因何在?文学理论,作为一门研究文学的人文社会科学又如何适时地调整自己的研究视野和研究方法?针对大众传播条件下出现的文学转型现象以及当时各种文学研究方法的不足,通过反思传统文学理论中从再现论、表现论、生产论等角度对文学进行规定的各种文学观念的成因,洛文塔尔发现在大众传播时代从传播角度对文学进行研究不但是可行的,而且是非常必要的。因此,他试图从"传播"入手来解开文学转型之

---

① Hanno Hardt. *Critical Communication Studies:Essays on Communication History and Theory in America*, London:Routledge, 1991, p.153.
② Jürgen Habermas. *Introduction of An Unmastered Past:The Autobiographical Reflections of Leo Lowenthal*. Berkeley:University of California Press, 1987, p.5.
③ Helmut Dubiel. A clear thinker. *Telos*, 00906514, Fall 1993.

谜。在进入大众传播时代之前,文学传播问题还没有成为一个真正的理论问题。洛文塔尔认为,只是到了印刷传播成为一种普及了的文学传播方式的时代,文学与传播的关系才发生了深刻的变化,大众传播导致文学在雅俗二分之外,又产生了一个中间地带,即大众文化。然而当时很多人没能认识到这个问题。如杜比尔(Helmut Dubiel)在采访洛文塔尔时就坦率地承认,"在阅读《文学、通俗文化和社会》(*Literature*, *Popular Culture*, *and Society*)时,才知道大众文化现象根本就不是首先出现在晚期资本主义社会的现象。事实上,你已经把对大众文化的讨论追溯到 18 世纪。我们正在讨论的问题并非仅仅是大众社会的典型问题"。他认为洛文塔尔和本雅明一样"都假定整个问题最初出现于复制方式在技术上取得革命性飞跃的时刻"①。这种由印刷传播方式所催生的新的文化形式,由于它所具有的与雅俗文学截然不同的特点及其对人类精神生活的影响,产生不久就引发了人们的普遍关注。但是由于传播学知识的匮乏,那时的文学传播分析还缺乏理论上的自觉,不过洛文塔尔认为许多学者在分析雅俗文学、大众文化问题时,所提出的"受众的特点、大众媒介的性质、艺术标准的问题和艺术家的责任"②等问题,已经暗含了文学传播研究的思路。只是当时的文学界还没有真正重视文学传播问题,反倒是社会学家从社会学的角度探讨了文学与社会传播的关系,传播学家从传播的角度探讨了文学的传播效果等问题。但他们对文学传播问题的研究都是从本学科的立场与方法出发,所关注的中心都不是文学本身的问题。社会学探讨的问题主要是文学与社会的关系问题,关心的是文学的社会功能、作用等;传播学探讨的是文学传播的控制与效果等问题,关注的重点是如何传播才能取得最大的传播效果等,这与文艺学的研究是大异其趣的。当时只有本雅明和洛文塔尔等少数理论家从文学角度出发对文学传播问题进行了理论探讨。

洛文塔尔通过考察文学发展以及文学传播的知识谱系,通过梳理文学在社会传播系统中的位置,通过分析通俗文化的发展动力,发现传播是文

---

① Leo Lowenthal. *An Unmastered Past*: *The Autobiographical Reflections of Leo Lowenthal*. Berkeley: University of California Press, 1987, p. 124.
② [德]洛文塔尔著《文学、通俗文化和社会》,北京:中国人民大学出版社 2012 年版,第 40 页。

学发生、发展的内在动力之一,二者具有内在的本质的联系:传播是影响文学本质、文学观念、文学体制以及文学效果等的重要因素之一,一部文学发展史可以说就是一部文学传播史。进入大众传播时代以来,印刷传播方式对于文学生产和文学消费的影响更是不断增强。然而,从19世纪到20世纪中叶,西方的文学研究却一直处于实证研究和内部研究的主导下,比如社会历史研究法、传记研究法、新批评研究法等,它们的研究重点一直在作家作品、文学流派和文学思潮等方面,几乎没有注意到文学传播问题。诚如埃斯卡皮(Escarpion)所说:"这种方法即使抱着最严谨的治学态度,也不足以揭示文学现象的种种奥秘。"①而洛文塔尔则果断地"拒绝了在社会科学和人文科学研究中采用这种传统的研究方法",并且在1926年率先对德国19世纪的文学采取了"一种新的和比较大胆的分析方式"②。正如罗尔夫·魏格豪斯(Rolf Wiggershaus)所说:"在那个时代几乎没有任何其他人从事这种研究。"③洛文塔尔对德国19世纪的小说所进行的社会学研究中包括很多现在看来是文学传播学的研究,他当时之所以能够率先从传播角度研究文学,是因为"洛文塔尔认为日益成为流行的传播研究对象的大众文学产品一直以来都被文学研究忽视了"④。罗伯特·霍拉勃(Robert Holub)在解释洛文塔尔之所以能够开创文学传播研究的缘由时,也提到了这一点:"列奥·洛文达尔(即利奥·洛文塔尔)注意到,人们对这方面的批评兴趣寡然。事实上,在他看来,缺乏这方面的研究,是文学学状况的一个重要的标志。"⑤洛文塔尔指出:"结果正如我们在19世纪所发现的……那种对文学活动的实证主义研究使对文学史对象的孤立和简化达到了极端

---

① [法]埃斯卡皮著《文学社会学》,合肥:安徽文艺出版社1987年版,中文版序言第29页。
② Leo Lowenthal. *An Unmastered Past*:*The Autobiographical Reflections of Leo Lowenthal*. Berkeley:University of California Press,1987,p.164.
③ Rolf Wiggershaus. *The Frankfurt School*:*Its History*,*Theories*,*and Political Significance*. MIT Press,1994,p.31.
④ Hanno Hardt. *Critical Communication Studies*:*Essays on Communication History and Theory in America*,London:Routledge,1991,p.152.
⑤ [德]H. R. 姚斯,[美]R. C. 霍拉勃著《接受美学与接受理论》,沈阳:辽宁人民出版社1987年版,第326页。

程度。作家和作品被从历史环境中抽象出来……实证主义方法根本就不够。"①因此,"洛文塔尔反对占据支配地位的唯心主义的和语言学的立场……拒绝把文学作为一种独立自足的客体来研究"②。他认为:"对文学——不论是艺术的还是通俗的——作社会学的解释,这种方法并非体系化的社会科学的宠儿";"由文学史和文学分析主导的那些传统学科在大众文学、畅销书、通俗杂志、连环漫画等等诸如此类东西的冲击下,变得不知所措,但是这些学科却仍然对那些想象力水平较低的出版物保持一种不屑一顾的傲慢态度。这个领域已经向我们开放,并且提出了挑战,社会学家对此必须有所作为"③。他指出要填补这一领域,就必须调查"所有与艺术作品的激励和传播有关的因素"④,因此他才"从印刷机的发展及其成为大众媒介的潜力开始讨论"⑤。汉诺·哈特指出:"洛文塔尔强烈主张文学社会学必须进行传播研究,他提出了一系列研究计划以加强学科地位,并且力争将文化和传播知识融入到这一学科知识中。"⑥将文化和传播知识融入到文学社会学学科领域的尝试,意味着他的文学研究与传播研究必然会出现交叉,而二者的交融必然会产生文学传播研究这一交叉学科领域,从而使他有可能开拓出文学传播学这一全新的研究领域。

洛文塔尔在发表于1932年的《论文学社会学》(*On Sociology of Literature*)一文中指出"文学史的研究对象属于许多科学学科……学术界远远没有发展出一种公平对待研究对象复杂性的分析方法",并且强调指出"文学研究方法的启蒙不能单凭诗学"。之后他针对"研究对象的复杂性"建构了"理论力场"这一全新的方法论;针对实证主义的弊端,又重新引进了威

---

① Leo Lowenthal. *Literature and Mass Culture*(Communication in society, V.1), New Brunswick (U.S.A.): Transaction Books, 1984, p.244.

② Stephen Eric Bronner. *Critical Theory and Society: A Reader*. Routledge, 1989, p.5.

③ [德]洛文塔尔著《文学、通俗文化和社会》,北京:中国人民大学出版社2012年版,第186页。

④ [德]洛文塔尔著《文学、通俗文化和社会》,北京:中国人民大学出版社2012年版,第188页。

⑤ Leo Lowenthal. *Literature and Mass Culture*(Communication in society, V.1), New Brunswick (U.S.A.): Transaction Books, 1984, p.19.

⑥ Hanno Hardt. *Critical Communication Studies: Essays on Communication History and Theory in America*, London: Routledge, 1991, p.153.

廉·狄尔泰(Wilhelm Dilthey)的"基于历史语境的结构的概念"和"理解概念",创设了"传播力场"和"理解力场"等文学传播研究范畴。① 不久后,他制定了一项社会学研究大纲,其中包括许多文学传播研究的建议。"尽管指向的是文学社会学,但是洛文塔尔在伊利诺斯大学(University of Illinois)传播研究所(Institute of Communications Research)的演讲,仍然规划了批判传播研究的蓝图,并且提出了跨学科研究的要求。"② 在对大众传播语境中的文学传播方式、文学传播主体、文学传播对象等文学"传播力场"构成要素的历史变迁进行分析之后,洛文塔尔发现"生产和评判艺术作品的社会结构已经发生了根本性的变化"③,进而敏锐地揭示了文学发展到大众传播时代所出现的传播转向这种历史趋势。他是基于如下认识来建立自己的文学传播理论的:

> 总之,文学传播世界在17世纪发生了决定性的改变,其实质是:从私人捐赠和有限的观众转向公众捐赠和潜在的无限的观众。这种改变在美学领域和伦理领域产生了最为深远的影响,同时影响到了文学实体和文学形式,更不必说这对作家本人的日常习惯和所关心问题的影响。一项较早的研究试图详细地描绘由这种改变引发形成的文学类型和文学制度,这种文学类型和文学制度反过来也促进了这种改变;这说明文学观念正在转型。④

在明确提出"文学传播世界发生了决定性的改变"的观点后,他进一步分析了这一改变对文学本质、文学内容、文学形式、文学观念、文学功能和文学体制等的影响。这是目前在文学研究中所能看到的最早明确地从传

---

① Leo Lowenthal. *Literature and Mass Culture*(Communication in society, V. 1), New Brunswick(U. S. A.): Transaction Books, 1984, pp. 243-246.

② Hanno Hardt. The Conscience of Society: Leo Lowenthal and Communication Research. *Journal of Communication*, Summer 1991.

③ [德]洛文塔尔著《文学、通俗文化和社会》,北京:中国人民大学出版社2012年版,第30页。

④ Leo Lowenthal. *A Historical Preface to the Popular Culture Debate*, in *Mass Media in Modern Society*. Norman Jacobs. New Brunswick, U. S. A.: Transaction Publishers, 1992, p. 73.

播角度提出文学转型观点的论述。据此,他构筑起了以文学的传播和接受等环节为基本框架的文学传播理论。如果说从19世纪中叶到20世纪初叶实证主义研究占据文学研究的主导地位,20世纪大致以1970年代为界,形式主义和文化研究各领风骚,分别成为前后半期文学研究的主流,那么21世纪将是文学传播研究崛起的世纪。尽管洛文塔尔的文学传播研究曾经启发了诸如接受理论、读者反应批评、文化研究等研究流派,但是到目前为止,它还没有赢得诸如实证主义、形式主义、文化研究所赢得的主导地位,不过鉴于它为文学研究找到了一个新的研究视角,开辟了一个新的研究领域,建构了一种新的研究范式,它很有可能在文学研究的历史上赢得与上述文学理论一样显赫的地位。

二、洛文塔尔理论体系中的文学传播理论

马克斯·霍克海默(Max Horkheimer)曾经这样谈到法兰克福学派获得成功的原因:"这个事业的成功仅仅是因为……一群具有不同学术背景,但是都对社会理论有兴趣的人,他们怀着在一个转折的时代,陈述否定比学术事业更有意义的信念聚集到一起,把他们联系起来的,是对现存社会的批判性考察。"[1]作为批判理论家,洛文塔尔的"理论的目的绝非仅仅是增长知识本身",并非纯粹是为了把握文学的本质和传播的规律,而是有着更深层次的精神内涵,是一个更大的理论分析体系中的一部分,这个体系旨在理解意识形态,这种理解有助于"把人从奴役中解放出来"[2]。从其一生的研究主题看,"人类的自由与解放"问题是洛文塔尔及其所属的法兰克福学派的研究主题,也是他们的美学和文论的基本理论主题。洛文塔尔的文学研究、传播研究和通俗文化研究都与"人类的自由与解放"这一主题密切相关,特别是他的文学传播研究与他对"人性的传播"、"真正的理解"和"交融共享"理念的追求须臾不可分离。洛文塔尔认为:"对文学的社会学阐释不仅仅是孤立地研究特殊的文化现象,它还力求把人类生存最有价值

---

[1] Martin Jay. *The Dialectical Imagination: A History of the Frankfurt School and the Institute of Social Research, 1923—1950*, London: University of California Press, 1996, p. XI.
[2] [德]霍克海默著《批判理论》,重庆:重庆出版社1989年版,第232页。

的一些证据置于社会学框架之中。"①事实上,"关于美学、艺术、文化的问题始终是……社会批判理论的中心问题之一……法兰克福学派的美学和艺术理论就是其社会政治理论的一部分。他们所有的艺术理论都建立在这样一个问题的基础上:即艺术如何体现它的社会批判的姿态,如何成为解放意识,否定社会压抑的因素"②。罗素·伯曼(Russell Berman)认为:"启蒙范畴是洛文塔尔研究的中心问题。他研究通俗文化的目的是为了分析民主化的障碍物。"③记住这一点是重要的,因为洛文塔尔屡次强调他"继承了黑格尔特别的否定形式的传统……边缘是最重要的范畴。最近五十年,我所尝试做的工作就是在完整地继承欧洲文学遗产的同时不间断地批评为了被操纵的大众市场而生产的商品和作品"④。他因而将文学传播与人的自由和解放的关系作为文学研究的基本问题视域,从这一理论主题和问题视域出发,他认为"艺术是抵抗的信息,是创造性反抗社会灾难的伟大的蓄水池"⑤,并且"只有艺术传达了人类生活和人类经验中真正好的东西;它是对尚未实现的幸福的允诺"⑥。

  洛文塔尔对上述主题的切入点主要是对转型问题的研究,转型问题既是他研究自由解放问题的背景和语境,也是他研究的主要问题。他在探讨文学转型问题之前,首先分析了西方社会在政治、经济领域的变革所引发的社会转型。他指出:"到1800年代,蒙田(Montaigne)时代还仅仅处于萌芽阶段的改变都发生了:封建制度的所有残余几乎都被摧毁了,至少在政治和经济领域被消灭了,工业化及其导致的劳动分工在中产阶级社会中都

---

  ① [德]洛文塔尔著《文学、通俗文化和社会》,北京:中国人民大学出版社2012年版,第4页。
  ② 杨小滨著《否定的美学》,上海:上海三联书店,1999年版,第17—18页。
  ③ Russell Berman. Review of Literature and Mass Culture. *Theory and Society* Vol. 15, No. 5, 1986, p. 792.
  ④ Leo Lowenthal. *An Unmastered Past*:*The Autobiographical Reflections of Leo Lowenthal*. Berkeley:University of California Press, 1987, pp. 167—168.
  ⑤ Leo Lowenthal. *An Unmastered Past*:*The Autobiographical Reflections of Leo Lowenthal*. Berkeley:University of California Press, 1987, p. 125.
  ⑥ Leo Lowenthal. *An Unmastered Past*:*The Autobiographical Reflections of Leo Lowenthal*. Berkeley:University of California Press, 1987, p. 171.

占据了优势地位。"①封建社会解体,中产阶级社会形成作为西方社会的一次巨变,导致西方的社会生活开始全面步入转型期。权力、资本和印刷传播技术共同形成一种强大的制约力量,使西方社会的高雅文化日益衰落,通俗文化迅速崛起,在这种情况下,"真正的艺术"与通俗文学的深刻对立似乎无法弥补;而随着社会转型的逐步深入,个体转型也不可避免地出现了,所有这一切都要求人文学者和社会科学家做出学术的应答。包括洛文塔尔在内的法兰克福学派在马克思主义的理论框架内对上述问题进行了深入探讨。他们将马克思主义的研究重点转向了文化问题。对于作为一名文学理论家的洛文塔尔而言,对前述几大转型问题的研究,更多的是通过对文学转型问题的研究进行的。而他之所以能够敏锐地揭示出文学转型的历史发展趋势,又与其文学传播研究密不可分。他是从社会变革和传播技术革新的角度出发,来阐发文学转型的根本原因的,这可以说是站在马克思主义的经济基础—上层建筑的研究框架中来分析文学的典范性研究。塔克·威廉(Tucker William)在评论《批判理论和法兰克福理论家》(*Critical Theory and Frankfurt Theorists*)时指出:"本书标题中所说的批判理论与马克思主义的'意识形态'——即资产阶级思想——和消费社会(资产阶级社会转型为消费社会)批评是相同的。书中的每一位批评家都是从他们各自专业领域的观点来透视资产阶级文化的,他们都把资产阶级文化看作大众文化和个体的永久危机。"②洛文塔尔在接受杜比尔采访时说:"杂志的主要合作者把他们采取的立场——历史唯物主义观念——聚焦于并且应用在他们理解的最好的领域上。霍克海默写了哲学部分,阿多诺写了音乐部分,弗里德里希·波洛克(Friedrich Pollock)写了经济学部分,埃里希·弗罗姆(Erich Fromm)写了心理学部分,我写了文学部分。我向已经确定了的文学体制——唯心主义的傲慢态度,特殊的政治反动功能——发起挑战。"③由此洛文塔尔开创了"一种对文学进行马克思主义解

---

① Leo Lowenthal. *Literature and Mass Culture* (Communication in society, V. 1), New Brunswick (U.S.A.): Transaction Books, 1984, p. 20.
② Tucker William, Perspectives on Political Science, in *Theory and Methodology*, Vol. 19, Spring 1990.
③ Leo Lowenthal. *An Unmastered Past: The Autobiographical Reflections of Leo Lowenthal*. Berkeley: University of California Press, 1987, p. 120.

读的阅读方法,解释在文学作品的内容和形式中经济的和阶级的结构如何得到表达"①;从而"为那些试图从社会学视角对文学作品进行内容分析的学者树立了典范"②。围绕着"人的自由与解放"这一主题,他在一生的学术研究中,始终把法兰克福学派的社会批判理论应用于文学、文化和社会问题的分析研究,不过,综观其一生的研究成果,我们不难看出他在观察和分析问题时所采取的独特视角却始终如一,即通过对文学传播现象的整体把握来揭示文学的本质和功能。通过下面的分析,我们将发现,文学传播理论构成了他文艺学观念的核心。

洛文塔尔的批判理论、文学社会学和文学传播理论犹如鼎之三足,一起支撑起了他的文学理论大厦。从洛文塔尔三大理论的内部逻辑上来看,他的文学传播研究可谓是他全部理论研究的关节点,就如同康德的《判断力批判》是其前两大批判的中介一样,洛文塔尔的文学传播理论则是沟通他的批判理论和文学社会学理论的中介。之所以这样说,原因在于,当时在美国"文学社会学对艺术分析持有怀疑";而在欧洲却"把艺术作品仅仅看作意识形态的表现,剥去了它特殊的完整性"③,这使"具有美国背景的人和具有欧洲背景的人在学术交流中偶尔会遇到困难"④。如此一来,在具有批判理论色彩的文学理论和具有美国实证主义色彩的传播理论之间,"就留下一条仿佛不可跨越的鸿沟","因此在理论上就必须找到一个沟通二者的桥梁"⑤。在欧洲的人文主义者和美国的社会科学家对这个问题迟疑不决时,洛文塔尔确信在符合批判理论的前提下实现科学意义的研究工作,即把批判的和科学的方法应用到文学传播现象上将会驾起一座沟通二者的桥梁。他断言在大众传播时代,若要揭示文学现象的种种奥秘,就要突破美国社会科学远离文学的禁忌,站在批判理论的立场上对文学进行传

---

① Peter R. Sedgwick, Andrew Edgar. *Key Concepts in Cultural Theory*. Routledge, 1999, p. 153.
② *Contemporary Sociology*, Vol. 16, No. 5, 1987 p. 721.
③ Leo Lowenthal. *An Unmastered Past: The Autobiographical Reflections of Leo Lowenthal*. Berkeley: University of California Press, 1987, p. 169.
④ [德]洛文塔尔著《文学、通俗文化和社会》,北京:中国人民大学出版社2012年版,第28页。
⑤ 此处借鉴朱光潜先生对康德"三大批判"之关系的分析。朱光潜著《西方美学史》,北京:人民文学出版社1979年版,第348页。

播学的研究。而文学社会学要在理论上获得突破性进展,也必须借鉴批判理论,以"形成一种包括辩证思维在内的理论上的倾向性"①。洛文塔尔通过文学传播研究把文学理论和传播理论综合起来的做法,不但跨越了在批判理论与经验主义之间的鸿沟,而且转换了看待文学的传统视角,"扭转了当时的研究立场,在文化社会学领域发动了一场哥白尼式的革命"②,从而超越了文学传播研究中批判学派和经验学派双峰对峙的理论困局,形成了文学研究的新范式;也正是通过文学传播研究,才使他以一种全新的角度揭示了通俗文学的生成和发展变迁的根源,从而使他获得了比较客观辩证的评判通俗文化的学理视角,这才形成了他既有别于法兰克福学派其他成员,又区别于美国经验学派的通俗文化理论。

洛文塔尔的文学传播理论并不是"只考虑小说怎样获得出版,是否提到工人阶级等等"③,事实上,它是一个更大的理论分析体系中的一部分,这个体系旨在理解意识形态。在他看来,"意识形态的概念对所有上层建筑现象的社会学解释都是决定性的。意识形态是社会矛盾和以用社会和谐的幻想取代社会矛盾的尝试的虚假意识。事实上,文学研究在很大程度上就是意识形态研究"④。诚如特里·伊格尔顿(Terry Eagleton)所说:"理解意识形态就是更深刻地理解过去和现在;这种理解有助于我们的解放。"⑤洛文塔尔的研究也是服务于他的"自由与解放"的主题的。不过,尽管意识形态批评是洛文塔尔文学研究中最重要的主题,但是他"从来没有打算把文学简化为意识形态,正相反他总是试图把文学描绘成为'虚假意

---

① Leo Lowenthal. *Critical Theory and Frankfurt Theorists*:*Lectures*,*Correspondence*,*Conversations* (Communication in Society, V. 4), New Brunswick (U. S. A.):Transaction Books, 1989, p. 251.

② Russell Berman. Review of Literature and Mass Culture. *Theory and Society* Vol. 15, No. 5, 1986, p. 792.

③ [英]特里·伊格尔顿著《马克思主义与文学批评》,北京:人民文学出版社1980年版,第6页。

④ Leo Lowenthal. *Literature and Mass Culture* (Communication in society, V. 1), New Brunswick (U. S. A.):Transaction Books, 1984, p. 249.

⑤ [英]特里·伊格尔顿著《马克思主义与文学批评》,北京:人民文学出版社1980年版,第3页。

识'中的'可信的元素'"①。他相信:"文学具有特殊的价值,它不仅显示了人的社会化行为,而且展示了这种行为发展的社会化过程;它不仅说出了个体的经验,而且阐释了这种经验的意义。"②因此他才反复强调:"文学是人类意识和自我意识以及个体与其所经验世界之间关系唯一可信任的来源。"③现在这一观点已经成为欧美文学社会学研究的座右铭。

在洛文塔尔看来,文学家通过精心设计的情节、问题和人物不但展示了个体的私人生活方式,个体对这一社会的感受、思考以及这些个体如何改造社会;而且描绘了当时的社会模态及其发展进程,反映了那个时代的社会风尚和情感价值取向;如此一来,"过去时代的虚构人物就像当代社会活生生的个体一样,他不仅看到和记录下自己周围的现实,而且展示出了自己的希望、渴求、梦想和幻想,从而使得个体内在生活的社会意义与社会变化的中心问题紧密相连"④。通过这种方式,作为"基本象征和价值观的特别恰当的载体"的文学,不但"能够对不同的社会团体——从不同的民族、时代到特殊的社会亚群体和关键时刻——产生凝聚力",⑤而且能够"揭示中产阶级个体的社会化进程"和"中产阶级作为一个整体所共有的生活模式与价值观念"⑥。换句话说,"分析这样的作品就能够揭示各个时代人们所关注的中心问题,能够让我们形成一个由个体组成的特定社会的形象"⑦。他强调说:"对于过去,我认为伟大的文学是唯一可靠的来源。历史著作无法达到这一点,日记和书信都太理性化。在这方面,只有伟大的

---

① Leo Lowenthal. *An Unmastered Past: The Autobiographical Reflections of Leo Lowenthal*. Berkeley: University of California Press, 1987, p. 240.
② [德]洛文塔尔著《文学、通俗文化和社会》,北京:中国人民大学出版社 2012 年版,第 4 页。
③ Leo Lowenthal. *An Unmastered Past: The Autobiographical Reflections of Leo Lowenthal*. Berkeley: University of California Press, 1987, p. 170.
④ [德]洛文塔尔著《文学、通俗文化和社会》,北京:中国人民大学出版社 2012 年版,第 6 页。
⑤ [德]洛文塔尔著《文学、通俗文化和社会》,北京:中国人民大学出版社 2012 年版,第 2 页。
⑥ Leo Lowenthal. *Literature and the Image of Man: sociological studies of the European drama and novel, 1600—1900* (Communication in society, V. 2), New Brunswick (U.S.A.): Transaction Books, 1986, p. 98.
⑦ [德]洛文塔尔著《文学、通俗文化和社会》,北京:中国人民大学出版社 2012 年版,第 6 页。

艺术才能表现出人与人之间、人与自然之间、人与社会之间的关系以及人类的情感。"①因此他下结论说:"独创性作家对于自然与爱情、姿势与心情、群居或独处的具体处理,对沉思、描述或对话的重要性的具体处理等等……对于深入研究由社会气候所决定的个体生活来说,它们是真正的原始资料——它们能看穿最为私人化的和最为隐秘的个人生活领域,而且归根到底,这种个体生活正是在一定的社会气候中发展起来的。"②正因此他才认为:"研究在文学中发现的拒绝或者接受现存社会秩序的模式,就能够填补政治史和经济史中留下的空白。"由此可见,对于洛文塔尔而言,理解文学意味着理解人与社会的关系,就意味着在学理上为寻求"人类的自由和解放"之途指明了前进的方向。

在洛文塔尔看来,"作家是擅长思考个体问题的专家,他的作品能够成为社会学家(即研究个体与社会之关系的专家)的关键资源。对文学的社会学阐释不仅仅是孤立地研究特殊的文化现象,它还力求把人类生存最有价值的一些证据置于社会学框架之中"③。而"把文学放到社会学语境中探讨立刻会带来一个资料的可靠性和典型性的问题。作家代表谁讲话?例如,他心目中的读者是谁……"④这项研究提出了"潜在的读者"的问题。比如他通过对陀思妥耶夫斯基(Dostoevsky)等作家作品的传播研究,"证明了在德国没有真正的资产阶级自觉这一主题,或者用社会学的术语来

---

① Leo Lowenthal. *Critical Theory and Frankfurt Theorists*: Lectures, Correspondence, Conversations (Communication in Society, V. 4), New Brunswick (U. S. A.): Transaction Books, 1989, p. 244. 他认为,历史学家在研究中为了强调重大事件,经常不得不去除个性化因素,从而使社会关系失去丰富多彩的个性;而回忆录、传记、日记和信件则走到了另一个极端,它们给我们提供了过多的个人数据,即使如此,自传体的"我"却"无法给我们提供一幅社会的全景画"。这些个人文献,由于合理化和自我辩白,又经常模糊或者歪曲了社会现实的形象。而"虚构作品——当其在特殊之中最好地体现了一般之时——则融合了这两端的优点:它既呈现了个体行为和感受的重要主题,同时也为我们提供了大量富含社会学意义的细节。因此他才说"伟大的文学是唯一可靠的来源"。详情请参见洛文塔尔著《文学、通俗文化和社会》,第 4 页;*Literature and the Image of Man*, 1986, p. 3. and *Critical theory and Frankfurt theorists*, 1989, pp. 244-245.

② Leo Lowenthal. *Literature and the Image of Man*: sociological studies of the European drama and novel, 1600—1900 (Communication in society, V. 2), New Brunswick (U. S. A.): Transaction Books, 1986, p. 3.

③ [德]洛文塔尔著《文学、通俗文化和社会》,北京:中国人民大学出版社 2012 年版,第 7 页。

④ [德]洛文塔尔著《文学、通俗文化和社会》,北京:中国人民大学出版社 2012 年版,第 4 页。

说,就是在德国没有那种承载自由主义世界观的有意义的、有影响的团体"。而在政治上没有承载自由主义的团体,"其结果是丧失了在社会主义者和启蒙自由主义者之间进行联盟的历史机遇,而这本来有可能阻止德国灾难的发生"①。洛文塔尔的文学传播研究对德国灾难发生根源的揭示,无疑有助于"人类的自由和解放"。本雅明甚至试图由此引进一种激进的政治批评方法,他写道:"我们接近现状范围的最靠近的途径在于揭去美学的伪装,例如洛文塔尔对陀思妥耶夫斯基在德国接受的研究和他论述迈耶尔的作品。"②

三、洛文塔尔文学传播理论的基本特征

洛文塔尔文学理论最突出的学术特色就是立足于文学传播学的基础理论建设来进行拓展和创新。作为第一代以"文学传播"问题为主要研究对象的文学理论家,把文学问题作为一种传播现象加以研究和把握,是洛文塔尔文学理论的基本特征和方法论基础。他围绕传播者与文本建构,期待视野与文本结构,文学"传播力场"的历史变迁与文学转型等问题,展开了文学研究的新维度。概括起来,洛文塔尔的文学传播理论大致具有以下几个基本特征:

首先,洛文塔尔的文学传播理论具有双重性质和双重功能:既是一种具有浓厚的批判理论色彩的文学理论,又是一种具有美国实证主义色彩的传播理论。他的研究与同时代的社会学家、传播学家和文学理论家的研究相比,一个非常鲜明的理论特色在于,他是从传播角度出发进行文学研究的,同时又是从文学角度出发进行传播研究的。从1918年开始对文学进行跨学科研究之时,他就把文学问题视为与传播不可分离的问题。他说:"我既不会承认,也不会自夸我所从事的是一种明确定义的专门化研究……我自己的研究一直聚焦于文化现象,特别是文学生产,这部分地是

---

① Leo Lowenthal. *An Unmastered Past*: *The Autobiographical Reflections of Leo Lowenthal*. Berkeley: University of California Press, 1987, p. 120.

② Leo Lowenthal. *Critical Theory and Frankfurt Theorists*: *Lectures, Correspondence, Conversations* (Communication in Society, V. 4), New Brunswick (U. S. A.): Transaction Books, 1989, p. 77.

出于偶然,部分地是由于我的偏好。用社会学家的术语来说,这属于传播的领域;用人文主义者的话来说,这是文学的(艺术的或者其他的)领域。"①在他看来,"文学本身就是传播媒介",文学与传播是一个问题的两个方面,在大众传播时代,研究文学若不涉及传播,是难以揭示文学现象的种种奥秘的;而若要从根本上理解传播的本性,推进大众传播研究的"人性"维度和批判观点,也必须研究文学。事实上,"洛文塔尔是依靠他的文学、哲学和艺术经验来发扬传播的人文主义内涵的"②。

  洛文塔尔把文学理论和传播理论综合起来的倾向,与坚持欧洲传统的文学理论家、人文主义者和坚持美国传统的实证主义者、经验主义者形成了鲜明的对照。因为后两者都未能认识到文学传播问题的重要性,拒绝把文学传播问题作为一个独立的理论问题进行辩证的分析研究。那时候既没有文学理论家从传播角度出发对文学进行传播学的分析,也没有社会学家和传播学家从文学角度出发对传播的"人性"内涵进行人文主义的研究。当时主流的文学理论和社会学、传播学理论都是在各自的领域内进行孤立的研究,未能把文学分析与传播分析联合起来。"作为艺术的文学……它是个体的创造物,并且是个体以自身身份进行的体验。因此,它距离社会科学家的兴趣点好像很遥远。"③事实上,在洛文塔尔开始尝试着把这两个问题结合起来进行分析之时,社会科学家几乎没有注意到这个问题。对于为什么美国的主流传播学未能成功地应用到文学传播研究上,斯图亚特·霍尔(Stuart Hall)认为问题的症结在于大众传播学研究有一个很严重的盲点,即"它窄化了对大众媒介公开生产的产品和通过它传递的产品的研究范围。因此这导致传播研究脱离了文学艺术研究"④。有的研究者干脆认为"传统传播学实证主义的研究范式无法将文化中的艺术现象纳入自己的

---

  ① [德]洛文塔尔著《文学、通俗文化和社会》,北京:中国人民大学出版社2012年版,第1-2页。
  ② Hanno Hardt. The Conscience of Society: Leo Lowenthal and Communication Research. *Journal of Communication*, Summer 1991.
  ③ [德]洛文塔尔著《文学、通俗文化和社会》,北京:中国人民大学出版社2012年版,第2页。
  ④ [英]奥利弗·博伊德-巴雷特,克里斯·纽博尔德编《媒介研究的进路》,北京:新华出版社2004年版,第448页。

研究视野"①。

那么美国的文学社会学为什么未能成功地应用到文学传播研究上呢？洛文塔尔认为："在美国，文学社会学或多或少被限制在内容分析和对大众文化的效果研究上，并且特别强调对商业的和政治宣传效果的研究。在这些研究中所使用的模型是行为主义的，也就是说，是非历史的；在某种意义上文学社会学对艺术分析持有怀疑态度。"在美国的社会科学家对这个问题迟疑不决时，洛文塔尔则"深深地确信，自从文艺复兴以来，创造性的艺术性文学为研究人与社会的关系提供了基本的来源"。因此他断言："马克思主义文学批评不仅是完全地适当，而且它是分析大众文化的不可缺少之物。"②他正是通过在马克思主义文学批评框架中的文学传播研究，将文学社会学从这种限制中解放出来，不仅扩大了文学社会学的研究领域，而且有效地把文学分析与传播分析综合起来，使两个不同的范畴融为一体。他既不同意那种把文学创作和文学传播分解成两个过程，认为只有在作品创作出来进入传播领域时，文学才与传播发生关系的观点；也没有像某些经验传播学派的研究者那样把文学传播仅仅看作文学在社会中被传播、接受那么简单的一个流通过程，而是把它视作文学存在和生存的一个必要条件。把文学传播作为文学自身的存在方式，这是把对文学本质的探讨放在传播这一基点上来研究。洛文塔尔认为："一种真正的、解释性的文学史必须按照唯物主义原则进行研究。"与经济决定论和庸俗社会学不同的是，他认为："唯物主义理论特别强调中介：在生产方式和包括文学在内的文化方式之间的中介过程。"③由此他就进入了对文学传播、接受环节的研究。他

---

① 隋少杰著《艺术：在文化传播中生成》，载《山东大学学报》，2006 年第 4 期。作者认为："早期传播学研究是在社会学领域中进行的、基于行为主义'刺激—反应原则'的宣传效果分析；它是伴随着传媒技术的革命、大众传播时代的到来应运而生的。但是就'传播'行为而言，它却涉及人类社会的一切信息传递现象，它是在历史文化语境中生成的'主体人'所参与的、以传受双方互动关系为特征的信息传递和循环过程；而传统传播学却因对媒介和传播模式的空前重视而抽离了传播活动的'人性'质素，忽略了传播中丰富的信息内容和瞬息万变的信息运动过程，对纷繁复杂的传播现象做了孤立的、简单化处理，从而割裂了传播行为与文化信息之间的内在联系。"

② Leo Lowenthal. *An Unmastered Past: The Autobiographical Reflections of Leo Lowenthal.* Berkeley: University of California Press, 1987, pp. 168-169.

③ Leo Lowenthal. *Literature and Mass Culture* (Communication in society, V. 1), New Brunswick (U.S.A.): Transaction Books, 1984, pp. 248-249.

说:"对不同社会群体的文学接受进行研究,是我一直以来的兴趣中心和重要的研究任务,但是这个问题却被彻底忽视了,即使在报纸杂志和信件回忆录中有无数的研究资料……唯物主义的文学史已经做好解决这项任务的准备。"①洛文塔尔的文学传播理论从一个侧面弥补了仅仅从精神领域研究文学发展规律的缺失。

其次,洛文塔尔的文学传播研究是在一种独特的、既冲突又融合的"理论力场"中进行的。他对文学传播现象所作的分析与其方法论预设紧密相连。他认为社会研究所成员所偏爱的"力场"(Force Fields)理论可以有效地解释文学与传播所形成的既构成又变动不居的现实结构。因此,他综合批判理论、传播理论和文学社会学等建构了一种"理论力场",把文学传播活动中各要素都放到"理论力场"中进行综合研究,这使他的文学传播研究明显地表现出跨学科的研究背景以及各种理论资源在"理论力场"中既冲突又融合的理论特征。在文学传播研究的"理论力场"中,批判理论、传播理论和文学社会学等"一系列变化着的因素组成了非总体的并置关系",但是并"没有产生某种生成性的第一原则"②。这种独特的研究方法是其文学传播理论得以形成的重要原因。然而,"不幸的是,这种统一性时常被单一学科所固执宣称的特权所遮蔽"③。他发现他的文学传播研究"陷入了社会科学和人文学科都宣称享有特权的尴尬境地"④,他说:"作为一名社会科学家,我在这里处理的材料在传统上被定位为人文学科……为了反对来自于这两个学术阵营的攻击,我希望我的研究能够有助于加强二者的关系。"⑤针对这一现状,他强调指出:

---

① Leo Lowenthal. *Literature and Mass Culture*(Communication in society, V. 1), New Brunswick(U.S.A.):Transaction Books, 1984, p. 256.
② Martin Jay. *Force Fields:Between Intellectual History and Cultural Critique*, New York:Routledge, 1993, p. 2.
③ [德]洛文塔尔著《文学、通俗文化和社会》,北京:中国人民大学出版社 2012 年版,第 2 页。
④ [德]洛文塔尔著《文学、通俗文化和社会》,北京:中国人民大学出版社 2012 年版,第 14 页。
⑤ Leo Lowenthal. *Preface of Literature and the Image of Man:sociological studies of the European drama and novel*, 1600—1900(Communication in society, V. 2), New Brunswick(U.S.A.):Transaction Books, 1986, p. 1.

尽管在这两个团体之间存在着相当多的混淆、竞争,偶尔还会有怨恨,但是他们的一致性要更多一些,只是双方目前还没有意识到这一点而已……事实上,他们没有意识到他们经常会互相使用对方的术语。在某种学术框架中工作的社会科学家,在为大众媒介的社会维度研究草拟逻辑依据时,经常怀着与人文主义者同样的责任感和对文化以及道德价值的忧虑;而这正是人文主义者在研究同样问题时所不可或缺的部分(这一事实反驳了一个并不新颖的假设:社会科学仅仅关心商业和政治运作中的琐事)。实际上,这两个团体都关心艺术及其相应事物在现代社会中的角色,都在寻找判断媒介产品及其社会角色的标准和尺度,并且都相信研究价值的跨时空传播的重要性。这种情绪和紧张本身就足以表明,他们在这两个领域内有许多共同关心的问题,只是他们还没有设计出有效的交流方式而已。①

而"理论力场"可以说正是洛文塔尔针对上述问题,基于"交融、共享、理解"的学术理念设计出来的"有效的交流方式"和研究方法。

1934年流亡到美国后,他就开始着手在批判理论的框架中对美国的大众文化和大众传播问题进行研究,从而开启了具有欧洲人文主义传统的批判传播研究与具有美国实证主义传统的经验传播研究这两大传播学派长达半个多世纪的冲突与融合。在把文学研究的方法论从传统的以作家和作品为中心的研究范式里解放出来的努力中,洛文塔尔所使用的一整套方法都可以由传播学的观念得到说明。1947年,他在伊利诺斯大学传播研究所成立仪式上的演讲中进一步规划了文学传播研究的蓝图,并且提出了跨学科研究的具体要求。1961年,他在《文学、通俗文化和社会》一书中再次强调指出多学科的知识背景有利于理论研究,应该采取跨学科的方法对文学传播问题进行研究。他说自己作为一名社会学家,并没有限制在某一个具体的专业之中,而是"在保持人文学科的社会学观点之时,从人文主

---

① [德]洛文塔尔著《文学、通俗文化和社会》,北京:中国人民大学出版社2012年版,第14-15页。

义出发进行社会学研究",之所以如此,是因为他坚信:"这样做有助于阐明我所关心的文化现象"①,"能够将西方精神的交融性导向一种全新的认识"②。正是基于这种学术理念,他在进行文学传播研究时,才同时采用了人文学科的和社会科学的方法,设法使之在"理论力场"中达到融会贯通。

罗伯特·默顿(Robert Merton)认为洛文塔尔"这种综合方法的成功"表明了"社会哲学的德国思想风格与美国的方法论并不是不相容"③。默顿所谓的"综合方法"其实就是洛文塔尔的批判理论、传播理论和文学社会学等方法在冲突中的融合所形成的研究范式——在"理论力场"中对文学传播活动进行研究。其实,"理论力场"观念作为一种指导性观念不仅贯穿于洛文塔尔的文学传播研究之中,而且贯穿于他的全部理论研究中,这才使他能够打造出批判理论的"另一副面孔",并且开创出传播研究的"第三条道路"。虽说诸种理论完全融会贯通的前景尚未真正出现,但批判理论、传播理论与文学社会学在洛文塔尔文学传播研究的"理论力场"中既冲突又融合的状况,仍然极富潜力地开拓了文学研究的理论新视野。

第三,洛文塔尔的文学传播理论创造性地提出了一系列独特的、蕴涵丰富的理论范畴。他的文学理论之所以独具魅力,原因之一就在于它所具有的独特性和创新性,从切入问题的角度、研究方法到核心思想都有与众不同之处。从他试图从"传播"入手来解开文学转型之谜到他在文学与传播的"力场"中来揭示文学本质的做法,都是前人从未系统做过的,是他独立探索与创造的结晶。尤为引人注目的是,他在阐述其文学传播理论时,创造性地提出了一系列颇具个性化色彩的理论范畴。

洛文塔尔认为文学艺术的发展变迁、通俗文化的生成演变与文学"传播力场"紧密相连。他的文学传播理论始终贯彻这样的逻辑:在大众传播时代,创造性艺术和通俗文化之间有着既对立又互补的辩证关系,"文学中包含有两种强有力的文化合成物(cultural complexes),其一是艺术(art),

---

① Leo Lowenthal. *Literature and Mass Culture*(Communication in society, V. 1), New Brunswick (U.S.A.): Transaction Books, 1984, p. ix.
② [德]洛文塔尔著《文学、通俗文化和社会》,北京:中国人民大学出版社2012年版,第1页。
③ Leo Lowenthal. *An Unmastered Past: The Autobiographical Reflections of Leo Lowenthal*. Berkeley: University of California Press, 1987, p. 141.

其二是以市场为导向的商品(market-oriented commodity)"[1]。这是洛文塔尔对大众传播时代的文学的本质特征的精练表述。事实上,这两个维度构成了他对文学的辩证的阐释,二者共同组成了洛文塔尔完整的文学传播理论。这样一来,不但文学创作,就是传统的文学观念和概念范畴都应该有所改变以适应新的现实。由于在原有的文学理论和概念框架中解释新的文学现象——大众传播语境中的文学传播现象——几乎没有可能,他不得不设法创建新的理论范畴和研究范式。如前所述,"理论力场"作为他建构的新的研究方法,是其理论的一大特点,他的文学传播理论的另一大特点,则是有一个贯穿始终的基本理论范畴——"传播力场"和一个灵魂性的思想枢纽——"理解力场"。

根据洛文塔尔文学思想的发展轨迹,其文学传播理论的建立大致经历了以下三个阶段:首先确立了文学传播研究的基本范畴——"传播力场";其次阐明了文学传播行为在人类交往活动中的功能,从而建立了"理解力场"这一思想枢纽;最后则是把文学传播理论提到"理解"的高度加以阐释,试图在文学与传播的"力场"中把握文学的本质。在他的研究途径中隐含着这样一种看法:文学传播活动必须在更具包容性的文化和社会理论中被调查。文学传播研究不仅要包括它的传播者、文本和接受者,而且要包括它的文化语境、社会过程和经济关系。他提醒他的读者在解释文学是怎样存在于它们的传播语境时,一定要注意总体观念的重要性。他不但拒绝把社会因素孤立起来,而且把个体表达、传播媒介、文化制度和社会制度以及政治模式都编织到一个独特的网络之中,从而建构了"传播力场"这一由复杂的传播现象所构成的动态结构。在对16世纪到20世纪初的文学和通俗文化进行传播研究的过程中,他把文学活动和传播活动凝聚成为一个动态的结构,文学传播活动的各个要素都被整合到这个充满了竞争和冲突的时空结构中,各要素互相竞争和冲突的交互作用又形成了彼此之间相互依赖的交融关系。由此可见,洛文塔尔将文学"传播力场"理解成为了一个处于不断变化之中的各种"力"之间既冲突又融合的场域。作为一个阐释某

---

[1] [德]洛文塔尔著《文学、通俗文化和社会》,北京:中国人民大学出版社2012年版,第2页。

一时期文学传播活动的基本范畴,洛文塔尔认为,文学"传播力场"至少应该包括对两个层面的活动要素的分析:一是把文学传播活动视为一个独立、完整的系统进行研究,这一点体现在对文学传播活动五要素,即传者、信息、媒介、受者、效果等基本要素的分析上;二是将文学传播系统置于社会系统中进行考察,这一点体现在对文学传播语境,即文化制度、社会制度以及政治模式的批判性分析上。这两个层面的划分,只是为了理论说明的方便,事实上,二者是交融在一起的。在从理论上阐述了"传播力场"的生成机制与构成要素后,洛文塔尔依次梳理了传播媒介、作家、书商、批评家、读者和传播渠道等各种"力"在文学"传播力场"中的角色及其相互关系的历史变迁。

"传播力场"概念可以有效地揭示文学与传播所形成的既构成又变动不居的现实结构,然而仅以"传播力场"来解释文学传播活动,未免抹杀了文学传播活动的特殊性,因此他又进一步提出以"理解"范畴来规定文学与传播的关系,从而把极具德国文化哲学传统的"理解"范畴与法兰克福学派的"力场"理论结合起来,形成了在文学与传播的"理解力场"中规定文学的本质的研究思路。作为一名深受犹太教救赎信仰影响的犹太人和颇具马克思主义救世情怀的批判理论家,洛文塔尔毕生关注的都是一种"人性的传播和健全的社会"的建立。他的文学传播研究与他对"人性的传播"、"真正的理解"和"交融共享"理念的追求须臾不可分离。在他看来,无论是就其内在本质而言,还是就其社会功能来说,文学所发挥的都是一种中介作用,即传播、交流、理解的中介。这样,理解问题就成为洛文塔尔文学传播研究的一个核心问题。他认为,作为人类交往活动中的一种传播行为,文学对于恢复传播的本真内涵和人性内容,对于推进人与人之间的交流、理解、分享内在的体验,对于"人类的自由与解放"都具有不可替代的价值和作用,正是对于文学传播行为在人类交往活动中所具有的理解和解放功能的信念,促使其把文学传播理论提到"理解"的高度加以阐释,从而确立了"理解力场"这一文学传播研究的思想枢纽。因而"理解力场"可以说是他对文学传播行为在人类交往活动中的功能的阐释框架,即认为在达到理想的传播状态过程中,"理解力场"具有核心作用,其着眼点在于文学传播行为所具有的交流、理解功能。

洛文塔尔在进行文学传播研究时不但建构了"传播力场"、"理解力场"这一系列独具特色的理论范畴,而且还对一些传统范畴如"个体"、"想象"等给予了独特的解释或者赋予了全新的内涵。在他看来,"由于缺乏一种历史视角",一些范畴就显得含糊不清,比如对于电视的一些争论,似乎可以追溯到莱辛(Lessing)和歌德(Goethe)论述创造性想象的理论,但问题是"想象"这个概念本身就是相对的,是由历史语境所决定的。再如"个体"的概念在各种不同的意义上被使用,"却都没有考虑到历史决定性"①,因此,他就通过把上述范畴放到文学传播研究的理论框架中,分析其内涵和外延在大众传播语境中的历史变迁。他研究了"资产阶级社会中个体的本质和概念的全面衰退",以及想象的组织和"管理"被大众传播机构接管所带来的问题。对于洛文塔尔而言,作家能否拒绝给人类的想象加上限制,作品中的人物是否是真正的个体,作品中是否有与现实不一样的地方,或者说是单纯地反映现实还是超越现实,"是区别什么是真正的艺术,什么不是真正的艺术的试金石"。

从上面的简单介绍中可以看出,洛文塔尔的文学理论既有其独特的文学传播理论范畴,也有对传统文学理论范畴的独特阐释,这构成了他的文学传播理论范畴的独创性这一根本特点。

作为批判传播理论的奠基人和批判的文学传播研究的拓荒者,洛文塔尔所提出的文学传播研究的基本主题、理论原则和研究范式都可以被看作批判的文学传播理论根基上的开端。他的文学传播研究可谓是筚路蓝缕,适时地、开创性地提出了独到的理论观点,促进了文学理论和传播理论研究成果的有机结合,开创了欧美现代文学研究的新局面,对我们建设中国特色的文学传播理论来说,无疑也具有一定的理论价值和现实意义。

---

① [德]洛文塔尔著《文学、通俗文化和社会》,北京:中国人民大学出版社2012年版,第76-77页。

第一章 洛文塔尔文学传播理论的生成和发展

在进入洛文塔尔的理论园地采撷理论果实之前,有必要介绍一下他的学术生涯,这不仅是因为我们对他还比较陌生,需要一个理解的背景;更重要的是,他的理论研究是与其特殊的人生经历分不开的。他本人在其著作中也反复提醒读者,"我长期关注的理论问题,都与我的背景和经历密切相关"。

利奥·洛文塔尔1900年11月3日出生于魏玛共和国法兰克福市,他的父亲维克多·洛文塔尔(Victor Löwenthal)是一个被同化的犹太人,一名内科医师,他的母亲露茜·洛文塔尔(Rosy Bing Löwenthal)是一位具有唯物主义倾向的犹太人。他成长在脱离了犹太传统的家庭环境中,最初的思想经历充满了强烈的唯物主义倾向和科学倾向。与法兰克福学派很多成员的经历相似,他在战前从事学术活动,战时在军队服役,战争一结束就于1918年冬季学期进入大学,先后在法兰克福、海德堡、吉森等大学学习文学、艺术、美学、历史、哲学和社会学。1920年代,他与德国左翼犹太界交往甚密。1922年通过齐格弗里德·克拉考尔(Siegfried Kracauer)的介绍与西奥多·阿多诺相识。1923年他以一篇论述弗朗兹·冯·巴德尔(Franz von Baader)社会哲学的学位论文在法兰克福大学(University of Frankfurt)获得博士学位。随之获得了第一份带薪工作。同年他迎娶了他的第一任妻子戈尔德·金斯伯格(Golde Ginsberg),她来自于普鲁士哥尼斯堡的正统犹太家庭。1925年,洛文塔尔进入《犹太周刊》(*Jewish Weekly*)从事编辑工作。1926年,向法兰克福大学哲学系申请讲师(Habilitation)资格被拒绝后,他转而参加了社会研究所,同时继续在普鲁士中学教学。1926年,他妻子生下了第一个儿子丹尼尔(Daniel)。从1926年到1930年,他还担任了左翼自由派组织"人民剧院"(People's Theater)的艺术顾问。他在这一时期所积累的编辑经验后来在《社会研究杂志》

(*Zeitschrift für Sozialforschung*)①取代《格吕堡文库》而成为研究所喉舌时起了重要作用。1930年,他成为研究所正式成员,官方称呼是第一助手,并于1932年成为《社会研究杂志》的主编。1932年底,纳粹即将掌权,研究所的大部分成员转移到日内瓦,洛文塔尔则留守法兰克福,代理所长一职,于1933年3月2日最后一个离开研究所。他在1934年8月8日进入美国境内,1940年6月14日归化,定居在纽约,在哥伦比亚大学(Columbia University)社会学系工作。第二次世界大战期间,他作为一名宣传分析家为美国政府的战争情报局(Office of War Information)工作。1946年,他与美国心理学家玛乔丽·费斯克(Marjorie Fiske)②举行婚礼。1947年在伊利诺斯大学传播研究所成立时,他发表演讲规划了文学传播研究的蓝图。1949年他接受了美国之音研究部主任一职,结束了在社会研究所长达二十三年的任期。从1949年到1955年的六年时间,他领导了当时美国规模最为庞大,也是最具潜力的一支传播研究队伍。1956年,他接受加利福尼亚大学的聘请,成为加利福尼亚大学柏克莱分校(University of California at Berkeley)的一名社会学教授。虽然他在1968年宣布正式退休,但是事实上他并没有离开教学岗位,甚至还断断续续地担任了一些行政职务,可以说,他是一直精力充沛地工作到1993年生命结束时为止。例如,从1968年到1972年,他为柏克莱分校的预算委员会(Budget Committee)服务,紧接着又在1973年到1974年间担任了社会学系主任一职。1977年苏珊娜·霍普曼(Susanne Hoppmann)③嫁给他,成为他的第三任妻子。自从20世纪70年代末,他开始把主要精力用在总结他本人和法兰克福学派的理论成果方面。1993年1月21日,他因肺炎在加利福尼亚柏克莱离开人世。

---

① 杂志1932年在德国创刊,1934年至1939年期间转移到法国巴黎继续以德文出版,1940年到1941年期间改名为《哲学和社会科学研究》(*Studies in Philosophy and Social Science*)在美国以英文出版。

② 玛乔丽·费斯克(Marjorie Fiske, 1914—1992),1939—1955年受雇于拉扎斯菲尔德的社会研究局,两人合作进行了许多文学传播方面的研究。她曾于1987年荣获美国心理学协会卓越研究奖(Distinguished Research Award from the American Psychological Association)。

③ 苏珊娜·霍普曼(Susanne Hoppmann),时任柏克莱德国文化中心主任(director of Berkeley's German Cultural Center)。

对于自己的学术生涯,洛文塔尔在他的回忆录《无法掌控的过去》(*An Unmastered Past*)中将其概括为四个时期:魏玛共和国时期(The Weimar Republic,1900—1925)、社会研究所时期(The Institute of Social Research,1926—1949)、美国之音时期(The Voice of America,1949—1955)和柏克莱时期(Berkeley,1956—1993)。正是这样复杂的学术经历,使洛文塔尔的理论研究具有开阔的学术视野,既避免了许多欧洲学者"经常把整个历史作为他们的研究领域"的"极端做法",也没有像"美国人对技术的偏好"那样"严格地限制了美国社会学家所进行的调查范围"①,而是"在保持人文学科的社会学观点之时,从人文主义出发进行社会学研究,这样做,能够将西方精神的交融性导向一种全新的认识"②。这才使他超越了批判传播学派和经验传播学派双峰对峙的理论困局,超越了文学传播研究中对传播学方法的简单套用和经验描述方法,实现了传播理论与文学理论的融会贯通,形成了独特的文学传播理论。

第一节　洛文塔尔的学术生涯

洛文塔尔的文学传播研究是其整个学术生涯的一个有机组成部分,而他关于文学的认识,也随着他学术思想的渐趋稳定而逐渐走向成熟。因而,理清其复杂的学术生涯和学术走向的大致线索,对于理解他的文学传播思想是非常必要的。下面就根据他自己的概括,将其分为四个时期进行简要介绍。

一、魏玛共和国时期

根据默顿的理论,任何活动都至少由三种因素构成,第一个就是科学家选择这项工作的个体动机。因此,格特鲁德·罗宾逊(Gertrude J. Robinson)认为:"为了理解洛文塔尔的个体动机所扮演的角色,我们必须追溯

---

① [德]洛文塔尔著《文学、通俗文化和社会》,北京:中国人民大学出版社2012年版,第3页。
② [德]洛文塔尔著《文学、通俗文化和社会》,北京:中国人民大学出版社2012年版,第1页。

他的家庭根基和在德国的教育背景。"①

根据洛文塔尔的回忆录,他的家庭教育、学校教育以及他与犹太教的关系等生活经历对他日后的研究方法和取向产生了复杂的影响,以至于他一生都未能完全调和父辈们对自己的不同影响。不过他在总结自己学术生涯的起点以及影响因素时仍把他父亲的影响列在了第一位。作为一名理想主义者和犹太知识分子,他的父亲是受过教育的德国中产阶级犹太人的典型代表,不但背叛了犹太教,"并且成为19世纪机械唯物主义和实证主义思想的忠实追随者"②。洛文塔尔一直非常感谢他父亲的影响,他说:"形式方面的影响在于他成功地使我了解了知识分子……他鼓励我阅读歌德、叔本华(Schopenhauer)和达尔文(Darwin),鼓励我去听音乐会、看戏剧,从事准备歌剧之类的活动。我在大学……总是从一个系转到另一个系……除了医学,我学过每一科。"③这种多学科、开放式的家庭教育和学校里跨学科的学习经历,可以说是他能够建构出"理论力场"这一方法论的根源。不过,他父亲对他更重要的影响在于使唯物主义思想在他幼小的心灵扎根生长,"就实质方面说,我要把我的唯物主义取向归功于我的父亲"④。他父亲提供给他的第一批"严肃"读物是达尔文、海克尔(Haecke)以及达尔文学派的通俗哲学家的作品。

按常理推测,在这种"充满了启蒙和反宗教观念的家庭"中,犹太教是难以对洛文塔尔产生实质性影响的。事实上,小时候他确实"对犹太教几乎毫无所知","我还记得在六年级的时候,老师按照我们所信仰的宗教把我们分成三组,新教徒在教室的一侧,天主教徒在另一侧,犹太教徒组成第三部分,然而我一直坐在座位上没动,因为我真的不知道我属于什么宗

---

① Gertrude J. Robinson. The Katz/Lowenthal Encounter: An Episode in the Creation of Personal Influence. *Annals of the American Academy of Political and Social Science*, Vol. 608, No. 1, pp. 76-96 (2006). 格特鲁德·罗宾逊是加拿大传播协会(Canadian Communication Association)第一位女性主席和《加拿大传播学》杂志(*Canadian Journal of Communication*)第一位女主编。

② Leo Lowenthal. *An Unmastered Past: The Autobiographical Reflections of Leo Lowenthal*. Berkeley: University of California Press, 1987, p. 19.

③ Leo Lowenthal. *An Unmastered Past: The Autobiographical Reflections of Leo Lowenthal*. Berkeley: University of California Press, 1987, p. 44.

④ Leo Lowenthal. *An Unmastered Past: The Autobiographical Reflections of Leo Lowenthal*. Berkeley: University of California Press, 1987, p. 44.

教"。但是后来,他的立场发生了彻底改变,返回到了犹太教。"不是在宗教复兴的意义上,而是以犹太传统为中介,把它作为一种政治身份。"①犹太教和犹太人问题在他青年时代的生活中一度居于中心位置,以至他认为他和犹太教的复杂关系是俄狄浦斯情节的最好证明。他曾经这样来描述他们一家三代,"我祖父是一名虔诚的犹太教徒,但是我父亲背叛了犹太教。至于我本人,我出身于犹太族,是一名德国犹太人,今天是美国公民。仅此而已"②。尽管洛文塔尔晚年不愿意过多强调犹太身份对他学术研究的影响,但是依然承认他像本雅明等大部分犹太知识分子一样具有"俄狄浦斯情节"。青年时代深受犹太教影响的洛文塔尔甚至"认为自己本来可以成为一名富有的心理分析学者"③,他在回答杜比尔关于犹太教对其学术生涯的影响问题时,从政治、教育、组织活动等方面说明了他在1920年代早期的生活与犹太教的关系。

促使他返回到犹太教的最主要的因素可能是他所具有的社会主义者的革命性。而这一点也是他的第一任妻子戈尔德·金斯伯格的典型特征。他回忆说:"充满了夹杂着神秘主义色彩的哲学思想、社会主义思想的犹太氛围,深深地影响了我们夫妻俩青年时代的生活,以至于我们希望过上一种有意识的犹太生活……后来我转向了犹太教,保持斋戒,开始去参加犹太人集会,遵守犹太节假日。"④从此以后,他开始积极地为犹太事业工作。他首先进入来自东欧的犹太难民咨询委员会,为犹太难民服务。作为委员会的一名理事,他一方面要处理金钱事务,另一方面还要与诸如警察厅、外侨登记处等官方机构打交道,这种经常处理社会事务的习惯也影响到了他注重实际问题的学术研究取向。很多年以后,在回答杜比尔关于他为什么"比阿多诺更容易与保罗·拉扎斯菲尔德(Paul Lazarsfeld)这样的经验主

---

① Leo Lowenthal. *An Unmastered Past*: *The Autobiographical Reflections of Leo Lowenthal*. Berkeley: University of California Press, 1987, p. 19.
② Leo Lowenthal. *An Unmastered Past*: *The Autobiographical Reflections of Leo Lowenthal*. Berkeley: University of California Press, 1987, pp. 245-246.
③ Leo Lowenthal. *An Unmastered Past*: *The Autobiographical Reflections of Leo Lowenthal*. Berkeley: University of California Press, 1987, p. 44.
④ Leo Lowenthal. *An Unmastered Past*: *The Autobiographical Reflections of Leo Lowenthal*. Berkeley: University of California Press, 1987, p. 21.

义者合作"的问题时,洛文塔尔坦承这与他一直从事实际工作相关。他说:"我是一名教师和社会工作者,我深陷实际事务之中,包括财政和管理,因此我比阿多诺要更关心社会现实。这一点最有可能反映在我们的学术行为上。"①大约在1925年,他进入《犹太周刊》做编辑工作。《犹太周刊》是一份拥护犹太复国运动的报纸,但是洛文塔尔想把它办成一份国际知名的出版物。他出版关于国际局势的文章,特别是关于国际问题、犹太人问题和文化政治问题的文章,他还在上面发表大量书评和戏剧评论。这段编辑经历不仅对他日后编辑《社会研究杂志》很有帮助,而且使文学的传播接受问题和文化政治问题成为他关注的焦点问题之一。洛文塔尔的第一篇论文——论雅·瓦塞尔曼(Jakob Wassermann)的作品——从本质上说就是关于犹太人问题的。他在1920年代早期所写的很多论文总体上可以概括在"犹太文物"的名目下。后来他将论述摩西·门德尔松(Moses Mendelssohn)②、海因里希·海涅(Heinrich Heine)、斐迪南·拉萨尔(Ferdinand Lassalle)、卡尔·马克思(Karl Marx)、海尔曼·柯亨(Hermann Cohen)③和西格蒙德·弗洛伊德(Sigmund Freud)的论文收集起来,以《德国犹太思想文化:1920年代的论文》为题作为《批判理论和法兰克福理论家》的第一部分重新出版。他主要讨论了这些著名犹太学者对于德国思想史,特别是对于德国哲学、文学和科学的贡献。这段经历对他的批判理论和文学思想都产生了深远影响。不过当他深入研究了马克思的作品后,就彻底扭转了自己理论研究的学术取向和价值观念。他在解释自己为什么会放弃犹太教时说:"特别是自从我开始了以马克思主义为导向的文学社会学研究和为社会研究所作一些边缘性工作之后,我彻底断绝了与复国运动的联系。"④从此马克思主义就成为他从事文学研究的基本理论框架。可以说,马克思

---

① Leo Lowenthal. *An Unmastered Past: The Autobiographical Reflections of Leo Lowenthal*. Berkeley: University of California Press, 1987, p. 141.

② 摩西·门德尔松(Moses Mendelssohn,1729—1786),德国哲学家,以论述有关人类认识真善美的天生能力的著作而著名。他的影响和作品有助于犹太人与德国社会的同化。

③ 海尔曼·柯亨(Hermann Cohen,1842—1918),马堡学派的新康德主义哲学家,曾任汉堡大学教授、校长等职务,后创立了所谓的"文化哲学体系"。

④ Leo Lowenthal. *An Unmastered Past: The Autobiographical Reflections of Leo Lowenthal*. Berkeley: University of California Press, 1987, p. 26.

对洛文塔尔的学术研究产生了决定性的影响。

而他与心理分析的最初接触则是通过他学生时代的朋友弗洛姆的介绍。弗洛姆的妻子弗丽达·赖克曼（Frieda Reichmann）是德累斯顿（Dresden）附近一家疗养院的精神病医师。1925年前后，她在海德堡（Heidelberg）开办了一家心理分析医疗中心。洛文塔尔夫妇参加了他们的活动。后来洛文塔尔回忆说："那里的宗教氛围非常浓厚，犹太教氛围中混合着对心理分析的浓厚兴趣。在我的记忆中，我经常把紧密融合在一起的犹太传统与心理分析传统和稍后我们研究所的马克思主义理论与心理分析的'联姻'联结起来，这几种理论的融合在我的学术生活中扮演了极其重要的角色。"①由此可见，这一段生活对他的思想影响非常大，各种不同的思想在他的头脑中融合在一起，这为他日后建立"理论力场"的研究方法奠定了思想基础。犹太传统、心理分析和马克思主义从此构成了洛文塔尔"理论力场"中三种重要的"力"。

尽管家庭教育和犹太教对洛文塔尔的学术研究产生了深远的影响，但是通过对其学生生涯的考察，我们不得不说他后来从事学术研究的理论基础主要来自于他所受到的学校教育。他的政治意识和研究主题就是在学生时代形成的，而后来成为他主要研究对象的文学问题、社会学问题等，也在学生时代就开始进行深入研究了。

学生时代，洛文塔尔就深受社会主义的影响，甚至积极参加"革命"活动。而他在学校的朋友也主要是社会主义者和自由主义者。他坦率地承认："我个人政治意识发展的决定性时刻是十五岁时受到一个名叫路易丝·哈比希特（Luise Habricht）的极具母性的人的影响。她是一个社会主义者、女权主义者和和平主义者。她在哲学和文学方面受过良好教育。她是社会主义者，但是没有革命倾向；她是和平主义者，但是为了妇女的选举权而战。"②在这一点上，他和本雅明相似。很多研究者认为本雅明之所以会倾向社会主义一方，离不开拉茜丝的影响。人们普遍认为，本雅明之所

---

① Leo Lowenthal. *An Unmastered Past：The Autobiographical Reflections of Leo Lowenthal*. Berkeley：University of California Press，1987，p. 27.

② Leo Lowenthal. *An Unmastered Past：The Autobiographical Reflections of Leo Lowenthal*. Berkeley：University of California Press，1987，p. 35.

以会有那次苏联之行,主要是因为拉茜丝。哈比希特的社会主义思想深深地影响了洛文塔尔,以至于他在十五六岁的时候就参加了"革命"活动——投递和平主义传单,而这在战争期间在德国是被法律禁止的。在学校时,他还偷偷地阅读亨利·巴比塞(Henri Barbusse)和莱昂哈德·富兰克(Leonhard Frank)的反战小说。1917年俄国革命时,他怀着极大的热情向俄国革命致意。他把俄国革命看作人类解放运动,不仅仅是政治上的,而且是文化上和哲学上的人类解放运动,并且很长一段时间都把共产主义运动看作解放哲学。从学生时代开始,"人的自由和解放"问题就成为他毕生关注的主题。

我们看到,洛文塔尔不但在思想上极具批判精神,而且在行动上也积极参与到社会主义运动中。在1918—1919年期间他和弗朗茨·诺依曼(Franz Neumann)等同学一起在法兰克福大学建立了社会主义学生团体。当他1920年转学到海德堡大学后,还担任了德国社会主义学生联盟(Deutscher Sozialistischer Studentenbund)的书记职务。作为一名社会主义者,他还积极走进工厂为工人上训练课,在这一点上,他与本雅明、阿多诺等同事是有区别的。他认为作为一名社会主义者,和工人一起工作是理所当然的。尽管有评论者认为洛文塔尔也是一名精英主义者,但是他的精英主义与阿多诺、本雅明的不同。他对工人工作情况和日常生活的了解,可能也是他注意到文学接受对象问题,没有彻底否定大众文化的原因之一。他的这段经历与后来的英国文化研究伯明翰学派(The Birmingham School)的雷蒙德·威廉斯(Raymond Williams)相近,并且可以肯定的是,洛文塔尔的理论影响到了英国的文化研究。积极参加政治运动并没有妨碍洛文塔尔的学业,他坚实的文学基础就是在法兰克福歌德中学打下的。他就读的歌德中学在希腊文学、拉丁文学和德国文学方面都是第一流的,高年级的大部分老师都非常优秀,以至于其中一些人在1918年成为大学的名誉教授。他们讲授的陀思妥耶夫斯基、弗洛伊德、左拉(Zola)和巴尔扎克(Balzac)给洛文塔尔留下了深刻印象。上述著名的文学人物后来都成为他重要的研究对象。1918年由于要在铁路兵团服役,他没有读完最后一年就参军了。战争一结束,他就于1918年冬季学期进入法兰克福大学开始了大学生活,迫于父亲的压力,他不得不学习法学。1919年夏季学期,他转学到吉森大学,立刻放弃了法学,开始学习文学、艺术、美学、哲学和高等数学。1920年转学到海德堡大学后,他跟随阿尔弗莱德·韦伯(Alfred Weber)等老师学习文化社会学、文学、哲学和历史,重点学习了论述歌德、康德(Kant)的课程。除了阿尔弗莱德·韦伯之外,马克斯·韦伯(Max Weber)、卡尔·曼海姆(Karl Mannheim)、恩斯特·布洛赫(Ernst Bloch)、海因里希·李凯尔特(Heinrich Rickert)、卡尔·雅斯贝尔斯(Karl Jaspers)、克拉考尔和以海尔曼·柯亨、那托普(Natorp)为代表的新康德主义马堡学派都对他的学术研究产生了深远影响。大学期间,他和霍克海默、波洛克、韦尔(Weil)一样,参加过激进学生的组织。他和韦尔是中学时代的朋友,和霍克海默在学生时代都是法兰克福"叔本华爱好者"的成员,也和以诺拜尔(Rabbi N. A. Nobel)为中心的犹太知识分子小组有过联系。1922年,通过著名作家、哲学家和社会学家克拉考尔的介绍,他与阿多诺相识,自1932年,二人在社会研究所中开始了长达二十多年的亲密合作。1923年,他以一篇论述巴德尔社会哲学的学位论文在法兰克福大学获得博士学位。回忆起那段美妙的学习时光,洛文塔尔感慨道:"我对知识的趣味非常庞杂,我是个折中主义者,我想我学的每一样东西都进到我脑子里,如果你愿意,可以说我有点浮士德(Faust)的味道。"[①]正是这种跨学科的学习和庞杂的兴趣使他有可能建构出一种"理论力场",从而在文学与传播的"力场"中研究文学。

至于在后来的学术研究中与他惺惺相惜,对他在文学传播理论方面所作的开创性研究大为赞赏的本雅明,那时候他还不认识。不过1925年,他俩不仅"在研究主题的关键点上已经重叠",而且他们的生活中也有着相似的经历:本雅明向法兰克福大学提出的讲师资格申请,于1925年被德国哲学教授舒尔兹(Franz Schultz)拒绝了,即使霍克海默和阿多诺的老师科尼利厄斯教授(Hans Cornelius)出面干预。一年后,同样的事情也降临到洛文塔尔身上。1926年,洛文塔尔向法兰克福大学哲学系提出申请讲师资格,尽管科尼利厄斯教授给予了最热烈的支持,结果还是被院长舒尔兹拒

---

① Leo Lowenthal. *An Unmastered Past: The Autobiographical Reflections of Leo Lowenthal*. Berkeley: University of California Press, 1987, p. 47.

绝。说起来,洛文塔尔能够进入社会研究所还有一段小插曲呢。1925年,他进行一项研究企图发现知识分子,特别是学术研究中存在的偏见。在布伯(Buber)和罗森兹瓦格(Rosenzweig)的帮助下,他试图获得摩西·门德尔松基金(Moses Mendelssohn Foundation)的资助,但是不知道为什么失败了。他这才转而开始了与社会研究所的联系。

在总结魏玛共和国时期的这段生活经历时,洛文塔尔说:"对于这段时期用一个恰当的词进行概括,我觉得是对抗。我是一个叛逆者,用本雅明的话来说,就是我站在世界历史失败者一方,好像被魔法所吸引去对抗每一件事。我是一个社会主义者,新康德学派现象学和心理分析的支持者……我的热情、思想倾向和哲学体系都是反对现状的,至今我还清楚地记得阅读卢卡奇《小说理论》和他控告'声名狼藉的现状'的情形。总之,我最根本的情感就是憎恨并且拒绝声名狼藉的现状中的所有成分,这一点深深地植根于我的心里。"[①]学生时代,"反对"是洛文塔尔最根本的姿态。正是这个原因,作为学生的他才攻击授课老师雅斯贝尔斯,他认为雅斯贝尔斯是个实证主义者。在1920—1921年之交的冬季学期,雅斯贝尔斯开了一个课程讲述他的哲学。洛文塔尔对他的讲解极度不安。讨论会上,要讨论的主题被机械地分发下来,洛文塔尔得到"恶魔"(demonic)那一章。他认为:"不论'恶魔'这个概念在文学史或者哲学史上哪个地方出现过,在书中它都被简化为一个心理范畴。"[②]因此他为这次研讨会写了一篇文章,在文章中他以显而易见的轻蔑态度提到了解释性的心理实证主义方法。雅斯贝尔斯被这个"反对派"激怒了,甚至变得具有侵略性和侮辱性。在他爆发之后,洛文塔尔站起来向同学们鞠躬,然后离开教室,砰的一声关上门。这就是"闻名海德堡的雅斯贝尔斯事件(Jaspers affair)"。后来布洛赫读到了那篇文章,并且表现出相当的热情。论文后来发表在诺拜尔纪念文集上。

魏玛共和国的这段生活经历对于洛文塔尔的思想倾向、哲学体系和文

[①] Leo Lowenthal. *An Unmastered Past*: *The Autobiographical Reflections of Leo Lowenthal*. Berkeley: University of California Press, 1987, pp. 26-27.

[②] Leo Lowenthal. *An Unmastered Past*: *The Autobiographical Reflections of Leo Lowenthal*. Berkeley: University of California Press, 1987, p. 51.

学研究的影响都是决定性的。可以说在进入社会研究所之前，洛文塔尔就已经开始了建构批判理论的尝试，并且自觉地把它运用到对现实问题、政治问题和文学问题的分析上；在加入研究所之后，他与同事们一起坚定地反对肯定性文化。他对现实的对抗、否定和批判逐步发展成为批判理论的思想根基，从而为他建构批判的文学传播理论奠定了坚实的思想基础。

二、社会研究所时期

洛文塔尔在社会研究所的那段学术经历堪称其七十年学术生涯中最重要的、最美好的时光，法兰克福学派作为一个学术整体深刻地影响了洛文塔尔的学术风格、思考习惯、研究方法、评价传统的方式、书籍的选择以至于整体观念。他在接受采访时强调，研究所才是他的学术家园："从1926年到1949年，我的学术生涯与研究所紧密联系在一起。尽管20年代末我还在一所高中教书，但是研究所才是我的学术家园；而40年代末研究所的成员中只有我一个人住在纽约，尽管如此，通过我和霍克海默、阿多诺的大量信件，你们能够看出我一直与他们保持着完整无缺的联系。"[①]

在霍克海默和波洛克的邀请下，洛文塔尔于1926年加入法兰克福大学社会研究所，依靠研究所的财政支持，他在1926年开始了一项对19世纪德国作家的研究。他把自己多年来受到的学术训练投入到他的第一个独立研究工作中，尝试着应用从马克思、弗洛伊德和欧洲哲学传统中学到的东西来对文艺复兴以来的欧洲文学进行一种新的评价。他的这一研究，在卡尔·格吕堡（Karl Grünberg）主政期间，是唯一的例外，"在研究所那些带有统一性的论题中显得与众不同"。之后不久，他在那出版了《论文学社会学》一文，勾勒了文学社会学的任务，尝试着发展一种对文学进行马克思主义解读的分析方法，开启了一条研究文学的全新道路。"在这些研究中可辨别的是社会批判精神，这种精神推动了那时还年轻的学者群体在社会和人文科学研究中拒绝传统的研究方法，并且寻求一种新的和比较大胆的分析材料的方式——简而言之，敢于打破学院象牙塔的墙壁，在那里专家

---

① Leo Lowenthal. *An Unmastered Past： The Autobiographical Reflections of Leo Lowenthal*. Berkeley： University of California Press, 1987, p. 59.

在追求他们的专业兴趣时没有任何社会的或道德的意识。"①在这一系列研究中,他试图立足于批判精神,从传播的角度出发研究文学,并且由此发展出了一种批判性的、传播论的文学观念。

1926年参加研究所时,尽管与霍克海默在学术上有着密切联系,但是那时他还仅仅是在业余时间参与研究所事务,他的全职工作是在普鲁士中学教学,同时在《犹太周刊》从事编辑工作,在"人民剧院"担任艺术顾问,在法兰克福成人教育中心(the Frankfurt adult education centre)兼职教学。从1928年到1931年,他写了几部作品,但是当时没有出版,直到1971年才以《叙事艺术和社会》(*Narrative Art and Society*)为题出版。这些作品深受马克思主义的影响,对文学史采取了唯物主义取向的研究。就其最突出的文学典型而言,作品中包含着对资产阶级意识进行意识形态批判的东西。他在这一时期所积累的编辑经验后来在《社会研究杂志》取代《格吕堡文库》而成为研究所喉舌时起了重要作用。1930年,霍克海默成为研究所所长,洛文塔尔则成为研究所的第一助手。如果说研究所早期关心的主要是对资产阶级社会的社会—经济结构进行分析,那么1930年后它就转向对文化等上层结构的分析,洛文塔尔对这一重心的转换有很大贡献。他参加社会研究所后,很快就成为研究所中文学研究和大众文化研究方面的领导专家,他的第一篇论述文学社会学的论文就是在研究所工作的成果。1932年他成为《社会研究杂志》的主编(editor-in-chief)。杂志的最后编辑由霍克海默拍板,洛文塔尔则承担了繁重的编辑工作。他不仅是一名学者,而且本身就是一名成功的编辑,这种双重身份和办刊经历对其学术研究如对杂志编辑兼任报纸撰稿人的研究产生了一定影响。他非常重视杂志的编辑出版工作,"作为一个全才和具有自我牺牲精神的成员,洛文塔尔在被研究所任命为杂志主编这个全职职位后,放弃了他的教职,并且不在大学里面承担任何职责。他把自己的全部精力都投入到研究所的工作中,特别是《社会研究杂志》的编辑工作中"②。他把杂志看作他们"研究的德

---

① Leo Lowenthal. *An Unmastered Past：The Autobiographical Reflections of Leo Lowenthal*. Berkeley：University of California Press, 1987, p. 164.

② Rolf Wiggershaus. *The Frankfurt School：Its History, Theories, and Political Significance*. MIT Press, 1994, p. 116.

语窗口","事实上杂志是我们的集体事业,因为杂志发表的所有主要文章都经过我们全体成员的批判性详细审查"。① 从他和霍克海默的大量通信中可以看出他承担着社会研究所繁杂的管理事务和编辑事务。他几乎参与讨论每一篇将在杂志上发表的论文,负责杂志内容广泛的评论部分,安排杂志的具体编排和出版事务——大到杂志所要讨论主题的选定,小到一篇文章的遣词造句;还要参与杂志的财政管理、人员管理等非学术性质的繁杂事务;同时还要扮演杂志外交官的角色,与杂志撰稿人联系沟通,和那些与杂志有关系的机构联系,还要为了消除误会而去拜访其他杂志负责人,以为杂志创造良好的发展空间。比如他担任编辑后的第一个任务就是去会见德国社会学家的高级代表韦兹,使他相信杂志无意与他的《科隆社会学季刊》竞争。

1932年底,日益清楚的证据显示纳粹即将掌权,研究所的大部分成员转移到日内瓦,洛文塔尔则留守法兰克福,代理所长一职。作为留守所长,他于1933年3月2日最后一个离开研究所。在日内瓦生活期间,洛文塔尔成为霍克海默的继任者,于1934年担任了"社会研究国际学会"(International Society of Social Research)主席。后于1934年8月8日进入美国境内,在1940年6月14日归化,定居纽约,在哥伦比亚大学社会学系教授知识社会学,并且成为拉扎斯菲尔德和罗伯特·默顿主持的应用社会研究局(Bureau of Applied Social Research)的一名成员。此间,最值得一提的是,他用自己的分析技巧和应用社会研究局的经验研究方法分析了通俗文化,发表了《通俗杂志中的传记——作为一种通俗文学类型的传记的兴起》(*Biographies in Popular Magazines*: *rise of biography as a popular literary type*)这篇给他带来了巨大声望的论文。从1941年到1943年,他进入华盛顿战争情报局国内媒体部(the Domestic Media Department of OWI)从事咨询工作,赫伯特·马尔库塞也曾在此服务过。1944年他调到战争情报局海外智力局(the Bureau of Overseas Intelligence)工作,主要任务是分析德国军队的无线电节目和德国印刷材料。尽管二战期间,他作为一名大

---

① Leo Lowenthal. *Critical Theory and Frankfurt Theorists*: *Lectures, Correspondence, Conversations* (Communication in Society, V. 4). New Brunswick (U.S.A.): Transaction Books, 1989, p. 50.

众传播和舆论宣传的分析专家为华盛顿的政府部门工作,但是他从没放弃在社会研究所的研究工作。1942—1944 年期间,在霍克海默和阿多诺搬到洛杉矶说德语的移民聚居区后,他仍然一如既往地负责处理研究所纽约办事处的各项事务,并且和他们保持密切的关系,几乎每周都有通信或者电话联系。由于洛文塔尔"对于研究所共同研究计划的贡献"和他"在研究所中的重要作用",以至于马丁·杰伊认为"洛文塔尔是研究所在制度上存在的中心人物"。但是许多人都误解、低估了洛文塔尔作为研究所负责人和杂志编辑所作的贡献,比如迈耶尔(Hans Mayer)就误解了"编辑秘书"这一洛文塔尔自谦的说法。后来哈贝马斯客观地评价了洛文塔尔的作用,"利奥总是准备置身于问题之中,他的魅力是如此伟大,他的谦卑是如此自然……为什么在关键年代要请他来管理社会研究所的事务,他不仅仅编辑《社会研究杂志》,更重要的是,他还承担着内容广泛的评论部分,这部分在后来都显示出了重要的历史意义"①。

战争结束后,霍克海默、阿多诺、波洛克等人选择回到法兰克福重建研究所,但是他和马尔库塞等另外一些成员则选择继续留在美国。1946 年 2 月 8 日洛文塔尔写信给霍克海默述说了他的困难处境。1947 年,在伊利诺斯大学传播研究所成立时他发表了著名的论文学社会学的演讲,这篇以整个文学社会学为论域的演讲不但论及了广泛的文学传播问题,而且还规划了文学传播研究的蓝图,并且明确提出了跨学科研究的要求。在此期间,他表现出来的敏锐的内容分析能力第一次吸引了美国之音主管科勒(Kohler)的注意。

在社会研究所的这段学术生涯是他学术研究的一个高峰期,一些奠定其学术地位的论文也陆续在《社会研究杂志》上发表:比如 1932 年的《论文学的社会状况》(*On the Social Situation of Literature*)、1933 年的《论康拉德·费迪南德·迈耶尔》(*On Conrad Ferdinand Meyer*)、1934 年的《德国对陀思妥耶夫斯基作品的接受:1880—1920》(*The Reception of Dostoevski's Work in Germany:1880—1920*)、1936 年的《个人主义社会中

---

① Jürgen Habermas. *Introduction of An Unmastered Past:The Autobiographical Reflections of Leo Lowenthal*. Berkeley:University of California Press,1987,p. 15.

的个体》(The Individual in Individualistic Society)和1938年的《克努特·汉姆生——权威主义意识形态的史前史》(Knut Hamsun: A Prehistory of the Authoritarian Ideology)等论文。在杂志上发表的这一系列论文开创了批判的文学传播研究,其特点是以著名的高雅文学作品在社会中的传播、接受与读者的反应作为分析文学的基本手段。1936年在巴黎出版的《权威与家庭研究》(Studies on Authority and the Family)是研究所集体研究的经典案例。洛文塔尔主要写作了其中的文学部分,如果不是因为希特勒的因素,他本来计划对其他地方进行经验主义研究。由此可见,他从一开始就不排斥对文学进行经验主义的研究,这也是他能够向美国经验主义开放自己,汲取其精华的原因之一。而给他带来极大声望的《通俗杂志中的传记》是于1944年发表在拉扎斯菲尔德主编的《电台研究1942—1943》(Radio Research, 1942—1943)上的。最初出版在1947年1月的《注释》(Commentary)上的《恐怖的原子人》(Terror's Atomization of Man),写的是在集中营恐怖主义环境中人的分裂倾向,是对法西斯主义煽动者的类型学重建,初稿是1944年在哥伦比亚大学发表的演说。规划了文学社会学和文学传播研究蓝图的《文学社会学》(The Sociology of Literature)于1948年发表在施拉姆(Wilbur Schramm)主编的《现代社会中的传播——对大众媒介的15项研究》(Communications in modern society: fifteen studies of the mass media)一书中。而在大众传播研究领域产生巨大影响,为他带来了极大声誉的《欺骗的先知:对美国煽动者的技巧的一项研究》(Prophets of deceit: A study of the techniques of the American agitator)一书,则是他与诺伯特·盖特曼(Norbert Guterman)合作完成的,最初作为《偏见研究》(Studies in Prejudice)系列的一个单行本在美国于1949年出版,1970年再版时,霍克海默为之作了导言。由于在大众传播研究方面取得的成就,他于1949年被任命为美国之音研究部主任,从而结束了他在研究所长达二十三年的任期,开始了为期六年的美国之音研究部主任的职业生涯。

洛文塔尔非常重视在社会研究所的这段学术生涯,高度评价了他与研究所同事在学术研究上的切磋砥砺和成功合作。可以说,他的"理论力场"这种研究方法既是他个人在自己的研究中形成的研究思路,也与研究所成员各学科间的合作研究密切相关。他说:"我们许多创作的灵感源于研究所成员之间的讨论,而进一步的讨论则激励了未来的工作。比如我那篇论述汉姆生的论文,就是在与霍克海默和马尔库塞讨论时构思的。当时马尔库塞说汉姆生是活着的作家中最伟大的小说家。这使我非常不安,我直截了当地宣称汉姆生就是一个法西斯主义者。霍克海默建议我写一篇论文来阐述它。当莫蒂默·阿德勒(Mortimer Adler)写作从亚里士多德(Aristotle)到电影的文化史时,霍克海默认为这是阐明我们通俗文化理论的好机会,这样我才创作了《艺术与通俗文化》(Art and Popular Culture)一文。研究所成员都非常细心地阅读对方的论文,有时候甚至参与对方的写作。"①例如他的《论汉姆生》中有一个很长的脚注是由 Rottweiler 写的,其实那是阿多诺的笔名。阿多诺还参与了洛文塔尔《欺骗的先知》等的写作。洛文塔尔则参与了阿多诺《权威人格》(Authoritarian Personality)等的写作。他对大众文化的研究则直接启发了阿多诺的文化工业理论。"在洛文塔尔的学术生涯中,他似乎对他与别人的这种学术合作感到满意……总而言之,他对各种合作无疑都是驾轻就熟,这种各学科间的合作更经常的是作为一种值得的目标而非事实。"马丁·杰伊甚至把这一点作为他被忽视的原因之一,"洛文塔尔被相对忽视的原因部分地要归于他太重视研究所集体身份的一致性了……他自己的思想形象不像本来那样清楚独特也许就是这种合作研究的结果"。②

在回顾自己在社会研究所的这段学术生涯时,洛文塔尔感慨地说:"研究所的整个氛围影响了我的世界观、自然观和生命观。研究所的知识传统使我能够把我的哲学、文学、社会学和快乐主义知觉达到一种令人满意的综合。在某种意义上,可以说我在研究所再度体验到了学生时代。"③

---

① Leo Lowenthal. *An Unmastered Past*:*The Autobiographical Reflections of Leo Lowenthal*. Berkeley:University of California Press,1987,p.74.
② Martin Jay. *Permanent Exiles*:*essays on the intellectual migration from Germany to America*. New York:Columbia University Press,1986,p.102.
③ Leo Lowenthal. *An Unmastered Past*:*The Autobiographical Reflections of Leo Lowenthal*. Berkeley:University of California Press,1987,p.60.

三、美国之音时期

从1949年到1955年的六年时间,洛文塔尔担任了美国之音研究部主任一职,领导了当时美国规模最为庞大,也是最具潜力的一支大众传播和舆论宣传研究队伍。也正是这六年的美国之音的学术生涯奠定了他作为美国大众传播研究专家的学术地位。

洛文塔尔认为二战期间自己作为一名美国政府宣传分析家在战争情报局的工作是令人灰心的,因为"当时的工作都是短期项目并且没有方法可言"①。而进入美国之音,不但是他研究重心的一次转换,而且也是他对前期所进行的文学传播研究的一种拓展和丰富,他利用早期建构起来的"理论力场"方法,研究了当时包括文学传播现象在内的大量大众传播现象。尽管此前他已经积累了丰富的传播研究经验,但是国际传播问题对当时所有的研究者而言,都是一个全新的领域。热衷于理论创新的洛文塔尔愉快地接受了这一挑战。在回顾这段研究经历时,他认为:"为政府工作的感受远不如后来为美国之音工作的感受,因为在美国之音的工作充满了智力上和科学上的挑战。"②

洛文塔尔在美国之音的任务是提出一项研究规划以估价美国之音无线电节目的影响。他的规划涉及了广泛的国际领域。而美国国务院(the State Department)在这方面给了他很大帮助。他雇用了许多社会科学领域的专家,并且和大学研究机构以及商业研究公司保持密切联系。与那时美国流行的传播研究相比,他们用相当不同的方法研究了大众媒介的效果问题。不幸的是,这种新方法没能维持很长时间,洛文塔尔认为那是他一生中最大的遗憾之一。那时美国流行的传播研究在本质上深受广告工业需求的影响,他认为这种传播研究本质上是一种市场取向的经验研究,缺乏最起码的批判立场和理论框架。当时他们的研究工作有两个主要目标领域。一个是苏联(the Soviet Union)及其人造卫星,一个是研究传播习惯。

---

① Leo Lowenthal. *An Unmastered Past*: *The Autobiographical Reflections of Leo Lowenthal*. Berkeley: University of California Press, 1987, p. 83.

② Leo Lowenthal. *An Unmastered Past*: *The Autobiographical Reflections of Leo Lowenthal*. Berkeley: University of California Press, 1987, p. 84.

因为"不能天真地假定所有国家和文化对同一种传播会采取同样的反应方式"①。在这六年时间里,洛文塔尔"对全世界居民的传播习惯进行了一系列范围广泛的调查……调研了收听电台和阅读印刷文本与社会、政治和社会中文化状况之间的关系"②。他根据调研结果与同事合作发表了大量专论传播方面的论文,如《国际传播管理研究的若干问题》(*Some Problems in the Administration of International Communications Research*,与费斯克合作,1952年),《舆论研究对心理战评估的贡献》[*The Contributions of Opinion Research to the Evaluation of Psychological Warfare*,与克拉帕(Klapper)合作,1952年],《国际传播研究专辑导论》(*Introduction of Special Issue on International Communications Research*,1953年)等。在这些研究中,他"回顾了舆论研究对一种心理战类型的贡献,特别是对国际广播演变的贡献……他在1952—1953年冬季号出版的《舆论季刊》(*Public Opinion Quarterly*)上向他的同事提议大的研究方向可能是'国际传播'这一新的研究领域……在这期专门讨论这一主题的杂志上,洛温塔尔(洛文塔尔)宣告'国际传播新学科'的诞生。几个月以前,在美国舆论研究协会当中成立了一个分会,洛温塔尔(洛文塔尔)是主席,负责进行推广"③。汉诺·哈特认为,洛文塔尔"创造的文化—政治语境(cultural-political context)研究方法对于社会科学中占据支配地位的实证主义而言,提供了一种可供选择的办法"④。从此,洛文塔尔成为美国"大众传播研究领域公认的专家,对二战后的美国传播研究产生了深远影响"⑤。

本书由于选题方向所限,论述主题主要集中在洛文塔尔的文学传播理论对文学研究的贡献上,不会过多涉及他对传播理论的贡献。不过,"洛文

---

① Leo Lowenthal. *An Unmastered Past*:*The Autobiographical Reflections of Leo Lowenthal*. Berkeley:University of California Press,1987,p.84.

② Leo Bogart. In Memoriam:Leo Lowenthal,1900—1993. *Public Opinion Quarterly*,Fall 1993,Vol. 57 Issue 3.

③ [法]阿芒·马特拉著《世界传播与文化霸权:思想与战略的历史》,北京:中央编译出版社2001年版,第92—93页。

④ Hanno Hardt. The Conscience of Society:Leo Lowenthal and Communication Research. *Journal of Communication*,Summer 1991.

⑤ Dennis Everette E.,Wartella Ellen. *American Communication Research*:*The Remembered History*. Mahwah,New Jersey:Lawrence Erlbaum,1996,p.2.

塔尔的作品是传播领域知识史的一部分,对于传播和通俗文学在社会中的本质和功能作用问题提供了有意义的理论的和分析的洞见"[1]。事实上,他的文学传播理论对传播研究的贡献非常突出,诚如传播研究专家汉诺·哈特所说:"从基于文学或者哲学根源的文化或者社会决定性的角度出发对传播本性进行的讨论,是极其少见的,洛文塔尔则是个例外,他在这方面作出了重要的贡献。"[2]后来他进一步指出:"洛文塔尔对传播研究最根本的贡献在于他加强了社会理论的人文主义方面,并且积极推进起源于古典文化概念的理论传统和方法传统。"[3]洛文塔尔的传播理论是目前西方传播学理论的重要学术资源,而传播学又是文学传播学的上位学科,因此这里试图对他的文学传播理论对传播研究的贡献稍加阐述。美国的大众传播研究专家几乎都把洛文塔尔列入对传播研究具有重要贡献的研究者之列。在以"对传播哲学的贡献"(Contributions to the Philosophy of Communication)为总标题的一系列论文中,洛文塔尔通过他的文学传播研究以及对文化研究与传播研究的亲缘关系的讨论显示了他对传播研究领域的洞察力。美国多数传播研究专家认为洛文塔尔对传播研究最主要的贡献在于他对传播研究人文精神的强调,比如利奥·博加特(Leo Bogart)认为:"他代表了社会科学中的人文主义路径。"[4]汉诺·哈特指出:"洛文塔尔通俗文化社会理论所解决的正是当代所关注的问题。其贡献在于,使历史解释的作用合法化;扩大了人文关怀,对我们社会的社会状况、政治状况和技术状况所包含的通俗文化批评,均被纳入人文关怀视野。"[5]洛文塔尔最早规划了批判传播研究的蓝图,提出了跨学科研究的要求,开创了另一条传播研究路径,与美国的经验传播研究形成了互补的格局,这必将加强传播

---

[1] Hanno Hardt. The Conscience of Society: Leo Lowenthal and Communication Research. *Journal of Communication*, Summer 1991.

[2] Hanno Hardt. *Critical Communication Studies: Essays on Communication History and Theory in America*, London: Routledge, 1991, p. 92.

[3] Hanno Hardt. *Critical Communication Studies: Essays on Communication History and Theory in America*, London: Routledge, 1991, p. 151.

[4] Leo Bogart. In Memoriam: Leo Lowenthal, 1900—1993. *Public Opinion Quarterly*, Fall 1993, Vol. 57 Issue 3.

[5] Hanno Hardt. The Conscience of Society: Leo Lowenthal and Communication Research. *Journal of Communication*, Summer 1991.

学的学科地位并且增加它关于文化和传播的知识,从而丰富作为一门学科的传播学。

因为美国之音的业务,洛文塔尔于1949年第一次重返欧洲。欧洲大陆的社会学家和传播学家几乎都认为洛文塔尔在美国作了太多的经验研究。根据他的回忆录,他前往海德堡访问一位著名的社会科学家时,这位学者以嘲讽的语气谈到他在美国的经验研究。① 从中我们或许可以见出欧洲的人文主义传统有多么深厚,对经验主义的偏见又是多么的根深蒂固,像洛文塔尔这样在美国人看来极具欧陆人文主义传统的批判理论家,他们也无法接受。以至于像菲舍尔·科勒克这样著名的文学社会学家都把他看作经验主义的代表。② 行文至此,顺便更正一个误解,可能是受德国的科勒克把洛文塔尔这位德国老乡归入到"经验的、实用的文学社会学"之列的影响,国内一些学者也把洛文塔尔归入"实证主义的、经验的文艺社会学"之列③,或者称其"是实证主义经验派"④。事实上,作为"移居到美国的法兰克福学派批判理论家中四位关键成员之一",洛文塔尔所从事的研究和阿多诺一样,都是地地道道的"理论批判的文学社会学"。⑤ 不过从人们对洛文塔尔的误读中或许正可以见出洛文塔尔研究方法的多元性,或者说他的"理论力场"中的"力"的多样化,以至于不同学者从不同角度进行解读,会得出不同结论。不过总体上看,尽管他采用了大量经验方法,但他还是在批判理论这一框架中进行文学研究的。欧陆传统与美国主流传播学

---

① Leo Lowenthal. *An Unmastered Past: The Autobiographical Reflections of Leo Lowenthal*. Berkeley: University of California Press, 1987, p. 104.

② 菲舍尔·科勒克在其《文学社会学》一书中把文学社会学研究划分为两种方式,一种是"经验的、实用的文学社会学,比如 H. N. 菲根、洛文塔尔",另一种是"理论批判的文学社会学,比如法兰克福学派的阿多诺"。见菲舍尔·科勒克《文学社会学》,引自《现当代西方文艺社会学探索》,海峡文艺出版社1987年版,第34页。通过下文的论述,我们将会发现洛文塔尔和阿多诺在文学社会学的研究上确实有不容忽视的区别,特别是在对待经验研究方法的态度上,但是二人都站在批判理论的框架中进行研究则是毫无疑问的,他们的区别只是同一学派内部不同研究路径的区别,而非科勒克所说的那样,是两大学派之间的区别。详见本书第二章《批判传播理论:洛文塔尔文学研究的传播学视角和方法》。

③ 张英进,于沛编《现当代西方文艺社会学探索》,福州:海峡文艺出版社1987年版,序言第12页。

④ 姚文放著《现代文艺社会学》,南京:江苏文艺出版社1993年版,第425页。

⑤ Dennis Everette E., Wartella Ellen. *American Communication Research: The Remembered History*. Mahwah, New Jersey: Lawrence Erlbaum, 1996, p. 187.

研究的区别从下面的对话中也可见一斑。洛文塔尔访问挪威（Norway）国家无线电管理机构时问他们的主管关于"听众研究"的问题，这位主管的回答令他大吃一惊，"我们从不进行听众研究"；"为什么没有，你们可是欧洲最民主的国家啊"；"也许恰恰是因为这个原因，因为我们是民主国家，我们也有文化政治和教育目的。如果我们调查听众的选择，看他们喜欢听什么，如果他们想听山地音乐之类的，怎么办？我们不能提供。我们需要提供的是高雅文化节目。因此我们不问他们最喜欢什么"；"当我反思这段话时，我想这真是现代民主自相矛盾的好例子"。① 看看当今社会大众传播的规划设计，大众文化风靡全球的传播现象，这确实是个值得深入研究的课题。

　　洛文塔尔在美国之音的工作并非一帆风顺，1950年代早期他差点成为麦卡锡主义（McCarthyism）的牺牲品。在美国之音工作期间，由于麦卡锡及其追随者认定美国之音被共产主义者控制了，他们就经常传唤、调查美国之音的工作人员，因此洛文塔尔不得不对可能出现的传唤时刻做好准备。"我通常把作品堆放在办公桌上，在一堆作品的最上面就放着题为《美国煽动者肖像》（*Portrait of the American Agitator*）的论文选刊，那是后来出版的《欺骗的先知》的初稿。这本书可以证明我所从事的是科学的研究。"② 那是美国犹太委员会（the American Jewish Committee）付给他一万美元请他写作的关于反犹太煽动家的书。作为部门主管，对他的审问本来应由安全办公室主管进行，但是他们为了羞辱洛文塔尔，竟然派了一个低级文员去审问他。在审问过程中，洛文塔尔坦率地承认，他不仅"曾经同情过共产主义者，而且现在依然同情"。作为一名具有激进思想的批判理论家，即使在最艰难的情况下，他也毫不妥协地拒绝放弃自他青年时代以来就长期珍爱的理想，即使他曾经严肃地承认他的理想是不可能实现的，但是他仍然拒绝向犬儒主义屈服。洛文塔尔的激进思想一直都没有改变，这从下面这件小事也可见出。战后他作为美国之音的业务主管与美国国务

---

　　① Leo Lowenthal. *An Unmastered Past：The Autobiographical Reflections of Leo Lowenthal*. Berkeley：University of California Press，1987，p. 109.

　　② Leo Lowenthal. *An Unmastered Past：The Autobiographical Reflections of Leo Lowenthal*. Berkeley：University of California Press，1987，p. 89.

院官员出访德国时,很多美国高级官员在德国以低廉的价格购置大量的宝石、瓷器等珍品。洛文塔尔不但自己不买,反而惊骇于他们的行为。他说:"我之所以惊骇并不是因为我非常同情德国人,而是因为美国政府官员为了几个小钱竟然如此劫掠德国人。"①

作为美国之音的研究主管,洛文塔尔经常接到来自美国之音主任和国务院高级官员的不同命令,他们对他提出不同要求,但是很少有人从理论研究的角度提出要求。在这种情况下,他决定离开。后来的发展证明他的选择是正确的。不久后他在加利福尼亚大学伯克莱分校迎来了理论收获的高峰期,成为"欧美最著名的文学社会学家",并且为批判的文学传播研究奠定了坚实的理论基础。说起来洛文塔尔能够进入伯克莱分校,从而成为"举世公认的最重要的文学社会学家",与美国经验学派的掌门人,他"永远忠诚可靠的朋友"拉扎斯菲尔德还有点关系。1955—1956 年,当他在斯坦福行为科学高级研究中心(Stanford Center for the Advanced Study of the Behavioral Sciences)工作期间,拉扎斯菲尔德以开玩笑的口吻对他说:"在这个研究年度,你有两个选择:一个是过上一段美国人所说的'美好时光',这样到年底你就会成为一个捕狗人(dog-catcher);或者你可以写几本书,然后成为一名教授。"②洛文塔尔也幽默地回答说,他对捕狗不感兴趣,于是在那一年就产生了《文学与人的形象》(*Literature and the Image of Man*,1957 年)这部"成为进行文化分析的社会学家的案头必备之书"③的经典著作。另外他还和夫人费斯克合写了一篇论述 18 世纪英国艺术和大众文化关系的论文。在斯坦福高级研究中心以及在伯克莱分校担任访问教授期间,他作了足够柏克莱教授工作量的文学研究。1956 年秋天,他被任命为加利福尼亚大学柏克莱分校教授。

---

① Leo Lowenthal. *An Unmastered Past*:*The Autobiographical Reflections of Leo Lowenthal*. Berkeley:University of California Press,1987,p. 106.

② Leo Lowenthal. *An Unmastered Past*:*The Autobiographical Reflections of Leo Lowenthal*. Berkeley:University of California Press,1987,p. 139. 捕狗人(dog-catcher),美国俚语,抓捕流浪狗的工作在美国被视为最低贱的工种之一。

③ Wendy Griswold. *Social Forces*,Vol. 68,No. 3,1990. p. 938. mht.

四、柏克莱时期

1956年成为柏克莱分校的一名正式教授后，洛文塔尔再一次开始全身心地投入到学术研究中，但是经验主义盛行的美国社会科学研究环境给了他很大压力，不过也正是因为他勇于从正面迎接这种挑战，才成就了他学术研究的辉煌。

这一时期，是其文学理论的成熟期，他先后出版了《文学和人的形象》和《文学、通俗文化和社会》这两部奠定其文学社会学家地位的经典著作，尽管有评论家认为1961年出版的《文学、通俗文化和社会》一书"使他的名声达到顶点"，[1]不过，事实上这部著作刚出版时在美国社会科学界并没有引起太大反响，特别是其中对文学进行的传播学研究几乎完全被忽视了。温迪·格里斯沃尔德（Wendy Griswold）从另外一个角度解释了这种现象，他说："洛文塔尔思想的不流行反而增强了他在文学社会学研究中更坚固的基础性地位，甚至要超过当前的任何学派。"汉诺·哈特在引述了格里斯沃尔德的评论之后指出："对于洛文塔尔被如此忽视的原因，必须到时代的社会和政治条件中去寻找。进行经验传播研究曾经是时代的当务之急，当时对它的理论基础几乎没有任何反思。它是当时具有支配权的研究范例……这一研究范例确保了传播研究在市场上的成功，然而从意识形态的观点看，它缺乏批判的历史的维度，特别是在40年代到60年代之间，那时洛文塔尔的主要贡献已经出现了。另外文学和通俗文化问题几乎没有进入早期（大众）传播研究支持者的考虑视野，他们的研究领域非常狭隘地局限在传统媒介和媒介使用上，依靠由拉扎斯菲尔德和施拉姆形成的社会学观点。"[2]尽管洛文塔尔没有成为当时传播研究中理论的和方法的讨论的主要声音，但是他的作品作为批判的文学传播研究的理论来源正在显示越来越顽强的生命力。

1964年的自由演说运动获得了南方民权运动者的支持，作为社会学

---

[1] John Durham Peters, Peter Simonson. *Mass Communication and American Social Thought*: *Key Texts*, 1919—1968. Lanham, Md.: Rowman & Littlefield Publishers, 2004, p. 188.

[2] Hanno Hardt. The Conscience of Society: Leo Lowenthal and Communication Research. *Journal of Communication*, Summer 1991.

系代理主任的洛文塔尔也深受鼓舞,他不遗余力地支持教职工抗议校方的行政管理。1966年6月28日,他重返德国,作了题为《大学作为企业》(*Die Universitaet als Grossbetrieb*)的报告。同年7月应法兰克福大学的邀请,洛文塔尔在教育学与哲学讲座上发表了题为《柏克莱的学生运动》(*Studentenunruhen in Berkeley*)的演讲。在1960年代的学生运动期间,洛文塔尔积极地参加了学术改革斗争。在这方面,他更接近马尔库塞而不是霍克海默和阿多诺。发生在1969年的一件事也许能够说明问题,当马尔库塞几次遭到匿名的死亡威胁时,洛文塔尔为他在卡梅尔(Carmel)的家中提供了避难。而阿多诺在学生运动中却与学生冲突不断,例如他请警察驱逐学生,学生争取民主社会组织(SDS)的女学生赤裸上胸,冲上讲台打断他的演讲等已经成为众所周知的典故,此不赘述。从洛文塔尔和阿多诺对待学生运动的不同态度似能透露出二人的不同取向。

虽然洛文塔尔在1968年正式退休,但是他一直精力充沛地工作到1993年生命结束。1968年8月,时年24岁的马丁·杰伊为撰写《辩证的想象》(*The Dialectical Imagination*)的博士论文拜访洛文塔尔,二人一见如故,从此成为终生好友。在学生罢课期间,他引导对文学感兴趣的研究生举办了私人研究会。从1968到1972年,他为预算委员会服务;在1973到1974年间,他担任了加利福尼亚大学社会学系主任。1977年,他迎娶柏克莱德国文化中心主任苏珊娜·霍普曼(Susanne Hoppmann)作为他的第三任妻子。1981年10月,米歇尔·福柯(Michel Foucault)受马克·波斯特(Mark Poster)邀请,前往洛杉矶,会见了在那里参加研讨会的洛文塔尔和马丁·杰伊。① 洛文塔尔特别欣赏挪威画家爱德华·蒙克

---

① 后来(1983年),福柯说:"假如我能早一些了解法兰克福学派,或者能及时了解的话,我就能省却许多工作,不说许多傻话,在我稳步前进时会少走许多弯路,因为道路已经被法兰克福学派打开了。"见福柯著《福柯集》,上海:上海远东出版社1998年版,第493页。福柯与包括洛文塔尔在内的法兰克福学派之间的理论关系是一个值得探讨的话题。马丁·杰伊认为当代思想的进一步展开,有赖于法兰克福学派的理论与以福柯为代表的解构主义的有效对话。见马丁·杰伊著《马克思主义与总体性:从卢卡奇到哈贝马斯一个概念的历险》(Martin Jay, *Marxism and Totality*: *The Adventures of a Concept from Lukacs to Habermas*. University of California Press, 1984.)。不过福柯和洛文塔尔对后现代主义问题、人文主义与实证主义的关系等问题存在许多分歧,罗素·伯曼认为洛文塔尔"再三强调研究的人文主义立场……这与福柯新实证主义的'人的终结'的主题不协调"。参见 Russell Berman. *Theory and Society*. Vol. 15, No. 5, 1986.

(Edward Munch),在八十多岁高龄时,他还专程前往华盛顿观看蒙克作品展。

自从 1970 年代末以来,洛文塔尔开始把主要精力用在总结他本人和法兰克福学派的理论成果方面。在 1974 年社会研究所成立五十周年纪念大会上,他发表了公开演说。在演说中,他解释了批判理论的意义:它是对待所有文化现象的一种观点,一个共同的、批判的、基本的姿态,从来没有要求成为一种体系。① 1978 年夏和 1979 年春,他先后在洛杉矶和南加州大学发表演说介绍阿多诺。1983 年 9 月 11 日他再次返回法兰克福市在纪念阿多诺八十周年诞辰的大型群众集会上发表了精彩的纪念演说。1981 年夏发表了题为《反思文学社会学》(Sociology of Literature in Retrospect)的演说。1982 年 7 月,他在法兰克福举行的本雅明九十周年诞辰纪念研讨会上发表了题为《本雅明:知识分子的完整性》(Walter Benjamin: The Integrity of the Intellectual)的演说。同年,他在法兰克福纪念歌德逝世一百五十周年的大会上发表了《歌德和虚假主体性》(Goethe and False Subjectivity)的著名演说。1983 年 6 月,在柏林自由大学举办的纳粹焚书五十周年纪念会上发表了题为《凯列班的遗产》(Caliban's Legacy)的演说。1985 年,在巴黎召开的纪念布洛赫(Ernst Bloch)和卢卡奇(Georg Luḱcs)一百周年诞辰的国际会议上,他也发表了演说,纪念这两位对批判理论的发展作出了重要贡献的理论家。1993 年 1 月 21 日,他在加利福尼亚柏克莱因肺炎离开人世。

综观洛文塔尔的学术生涯,不难看出,他的文学传播理论构成了他文学研究的重要一极。当然,没有一个理论家可以被简单归纳为理论的某一类型,尽管如此,本项研究要讨论的正是他对文学传播理论的贡献。如果说本雅明对文学传播研究的贡献人们耳熟能详,那么,洛文塔尔的贡献几乎是完全被忽视。其原因不仅在于他对批判理论的贡献被法兰克福学派其他成员的贡献所掩盖,而且在于他的贡献被某些人严重低估,这是尤其不幸的事。诚如马丁·杰伊所说:"洛文塔尔,作为研究所最早的成员之一

---

① Leo Lowenthal. *An Unmastered Past:The Autobiographical Reflections of Leo Lowenthal*. Berkeley:University of California Press,1987,p. 61.

和研究所在两个大陆长达四分之一世纪的学术生涯中的中心成员,可能是这个过程最大的牺牲品。在对法兰克福学派的大多数研究中,洛文塔尔被忠实地列为文学问题的专家,然而他作品的真实内容却被忽略了。"①马丁·杰伊在为洛文塔尔八十寿辰纪念文集写作的导论中指出了许多法兰克福学派研究者的错误,"例如研究所的研究专家佐尔坦·塔尔(Zoltan Tar)甚至搞错了洛文塔尔进入研究所的时间。批判理论的研究专家菲尔·斯莱特(Phil Slater)等人也犯了实质性错误。《法兰克福学派读本要点》(The Essential Frankfurt School Reader)的编辑尽管对洛文塔尔对汉姆生的批评有深刻的洞察,但是他们仍然没有弄清楚他的生日,甚至错误地把他的大众文化是'相反的心理分析'的警句归到阿多诺名下"②。学术界对洛文塔尔的不公由此可见一斑。事实上,他是具有极强的创新意识的开拓型理论家,是一个十分敏锐的拓荒人。无论在分析文学传播现象方面,还是在创设全新的研究范式方面,都是如此。洛文塔尔的研究被形容为力求填充那些从未研究过的领域,那些文学研究地图上的空白点。他作品的一贯特色,就在于他意图从短暂的文学传播现象中分析出文学转型的历史发展趋势。就这种意向而言,他与本雅明是相通的,尽管他们处理事实材料的方法截然不同。二人都高度赞赏对方在文学传播研究方面所做的理论探讨。

这就难怪马尔库塞和法兰克福学派第二代掌门人哈贝马斯以及法兰克福学派的研究专家们出来为他抱打不平了。在一次电视访谈节目中,马尔库塞指出,"利奥·洛文萨(洛文塔尔),研究所的文学批评家"是法兰克福学派中"被人不公平地冷落或遗忘了的人物"③;哈贝马斯在一篇纪念文章中指出洛文塔尔被公众不公平地忽略了之后,高度评价了洛文塔尔,他认为:"公众注意力的聚光灯忽视了洛文塔尔的重要作品,洛文塔尔一生的

---

① Martin Jay. *Introduction to a Festschrift for Leo Lowenthal on His 80th Birthday*. In *Permanent Exiles: essays on the intellectual migration from Germany to America*, New York: Columbia University Press, 1986, p.101.

② Martin Jay. *Introduction to a Festschrift for Leo Lowenthal on His 80th Birthday*. In *Permanent Exiles: essays on the intellectual migration from Germany to America*, New York: Columbia University Press, 1986, p.101.

③ 麦基编《思想家》,北京:三联书店1987年版,第67页。

全部作品很容易与卢卡奇、克拉考尔和阿多诺对艺术的社会学研究相比较。然而恰好是这些作品揭示了洛文塔尔的独特性,正是洛文塔尔解码了作为'过去几个世纪社会化模式讣告'的资产阶级时代的文学证词。"①马丁·杰伊更是把洛文塔尔的研究视为法兰克福学派在文化和美学问题研究领域的中心。他指出:"实际上,如果说法兰克福学派对西方马克思主义的主要贡献在于对文化和美学问题的调查研究,那么洛文塔尔在这一领域的研究必须被看作那项研究的中心。作为批判理论应用于文学研究的完美例子,洛文塔尔的研究要比本雅明和阿多诺的作品更典型……如果它们比本雅明和阿多诺的作品获得较少的注意,可能是因为它们对社会与文化的关系采取了更加直接坦率的方法。"②对于洛文塔尔在学术界的声望,我们似乎可以借用曹卫东对霍克海默的定位,在《霍克海默集》序言中他说:"阿多诺是'璀璨的明星',而霍克海默则是一颗'永恒的星座'。"③对于本雅明和洛文塔尔,我们也可以说,本雅明是"璀璨的明星",而洛文塔尔则是一颗"永恒的星座"。"当然,对他们作品的赞誉也经历了一个轮转,就像法兰克福学派的历史一样,洛文塔尔拥有更广泛的读者仅仅是个时间问题。令人愉快的是,这一刻已经到来了。"④我们只要看一看自1980年以来他所受到的关注和获得的荣誉就能够明了这一点。

1980年,《终极》(*Telos*)杂志出版了庆祝洛文塔尔八十周年诞辰的纪念文集,苏尔坎普(Suhrkamp)出版社同时重新发行了他的选集。1982年,他荣获黑森州颁发的歌德奖(Goethe Medal,霍克海默曾获此奖项),1984年荣获加利福尼亚大学的最高荣誉——柏克莱引用奖(Berkeley Citation),他选集的英文版也由交易出版社(Transaction Publishers)发行。1985年,他荣获德国锡根大学(University of Siegen)荣誉博士学位,这是它

---

① Jürgen Habermas. *Introduction of An Unmastered Past*: *The Autobiographical Reflections of Leo Lowenthal*. Berkeley: University of California Press, 1987, p.10.
② Martin Jay. *Introduction to a Festschrift for Leo Lowenthal on His 80th Birthday*. In *Permanent Exiles*: *essays on the intellectual migration from Germany to America*, New York: Columbia University Press, 1986, p. 102.
③ [德]霍克海默著《霍克海默集》,上海:上海远东出版社2004年版,序言第1页。
④ Martin Jay. *Introduction to a Festschrift for Leo Lowenthal on His 80th Birthday*. In *Permanent Exiles*: *essays on the intellectual migration from Germany to America*, New York: Columbia University Press, 1986, p. 103.

颁发的第二个此项荣誉。不久后,德意志联邦共和国总统里夏德·冯·魏茨泽克(Richard von Weizsäcker)授予他卓越服务十字勋章(Federal Republic of Germany's Distinguished Merit Cross),这一年他还在柏林高级研究所(Institute for Advanced Studies)作了三个月访问学者。这期间他的兴趣主要集中在文学和哲学的发展趋势上,而这都浓缩在"后现代主义"问题上。由于他的兴趣一直集中在文学上,因此他把研究范围主要限定在解构理论上。同年斯坦福大学(Stanford University)专门召开了题为"文学,文化和社会理论"(Literature, Culture, and Social Theory)的研讨会献给他。1986年,柏林自由大学(Free University of Berlin)、汉堡大学(University of Hamburg)又先后授予他荣誉博士头衔。1989年,他以《无法掌控的过去》一书获阿多诺奖(Theodor W. Adorno Prize)①,在发表的获奖演说中他回顾了他们共同的学术生涯。

在1980年代期间,他出版了5卷本德语文集和英语文集,在第90个生日时,出版了对他的研究和采访的专辑,他在大西洋两岸广受尊敬。比如格里斯沃尔德认为:"洛文塔尔是健在的最著名的文学社会学家……《文学与人的形象》已经成为进行文化分析的社会学家的案头必备之书……他的文学社会学研究的基本原理比任何学派都提供了更为坚实的基础。"②社会学家莱特·米尔斯(Wright Mills)更是在《纽约时报》(*The New York Times*)上撰文指出:"洛文塔尔教授像莎士比亚(Shakespeare)、塞万提斯(Cervantes)和易卜生(Henrik Ibsen)等作家一样描绘出了社会与人的极为鲜明的形象。"③由于洛文塔尔对批判理论和文学研究所作的巨大贡献和他的特殊身份,以至于欧美学术界把他离开人世的那一天作为一个时代结束的标志,"1993年1月21日,洛文塔尔的去世标志着一个时代的结束。这不仅是因为经典批判理论的最后一位奠基人去世了,而且也是因为他是出生于世纪之交德国犹太知识分子的最后一位伟大代表"④。社会研究所

---

① 阿多诺奖(Theodor W. Adorno Prize),每三年评选一次,于9月11日阿多诺生日时颁发;哈贝马斯、德里达等人先后获此荣誉。
② *Social Forces*, Vol. 68, No. 3, 1990, p. 938. mht.
③ Wright Mills, Leo Lowenthal. Professor of Sociology. New York Times. Late Edition (East Coast). New York, N. Y.: Jan 25, 1993. p. B. 9.
④ Helmut Dubiel. A clear thinker. *Telos*, 00906514, Fall 1993.

为德国激进知识分子在美国建立了一座"安全岛",使他们不仅从战火中生存下来(本雅明是个令人遗憾的例外),而且在美国得到了进一步发展,最终使"他们真正地成为西方知识生活中根深蒂固的组成部分,从某种意义上说,也是西方政治生活的一部分"①。事实上,"洛文塔尔所开创的求知的职业道路"不仅"正在为美国左翼德国—犹太知识分子所追随"②,而且也启发了欧美人文社会科学领域的许多学科的学术研究。2003年4月11日,由马丁·杰伊等人组织大西洋两岸的学者,召开了题为《洛文塔尔的遗产》(The Legacy of Leo Lowenthal)的研讨会,纪念他逝世十周年。会议一致认为他是欧美通俗文化理论和社会传播理论的开路先锋和里程碑,是至今为止最出色的文学社会学家之一。

第二节 洛文塔尔文学传播理论的学术资源

毫无疑问,任何一种新理论的诞生,都是在吸收现有理论的基础上建立的,洛文塔尔文学传播理论的产生也不例外。诚如霍拉勃所说:"文学研究的新途径的出现,尤其是具有范式地位的新途径的出现,不可避免地导致一系列为它追根溯源的研究,从而使其独创性黯然失色。在某种意义上我们可以说:理论创造了自己的先驱。"③这一论断对洛文塔尔的文学传播理论同样适用。大众传播语境中的文学转型和社会学、传播学理论的发展潜在地导致了文学传播理论的出现。本节论及的洛文塔尔文学传播理论的学术资源,主要包括两方面:一方面是对其整个研究框架、研究方法产生影响的重要先驱;另一方面则是直接影响了他的文学传播理论的学术资源。总之,是那些能够解释洛文塔尔之所以从文学传播的角度研究文学的理论。

洛文塔尔在回顾自己的学术生涯时说:"我成长的知识传统是马克思、

---

① Leo Lowenthal. *An Unmastered Past*: *The Autobiographical Reflections of Leo Lowenthal*. Berkeley: University of California Press, 1987, p.61.

② John Durham Peters, Peter Simonson. *Mass Communication and American Social Thought*: *Key Texts*, 1919—1968. Lanham, Md.: Rowman & Littlefield Publishers, 2004, p.188.

③ [德]H.R.姚斯,[美]R.C.霍拉勃著《接受美学与接受理论》,沈阳:辽宁人民出版社1987年版,第289页。

狄尔泰、格奥尔格·西美尔(Georg Simmel)、黑格尔(Hegel)、新康德主义哲学(neo-Kantian philosophy)、海因里希·李凯尔特(von Heinrchi Rickert)和马克斯·韦伯(Max Weber)。不同于我的法兰克福学派的同事,我更多地接触了美国的学术传统……我承认美国的实用主义研究等研究方法和途径是值得尊敬的理论。"① 根据洛文塔尔自己的总结和他论文引用的主要资料,我们认为影响洛文塔尔思想发展的几种"力"主要是马克思主义、心理学、文化社会学和美国社会科学。如果说上述几种"力"构成了洛文塔尔文学研究的"理论力场",那么马克思、弗洛伊德、黑格尔、狄尔泰、西美尔、韦伯兄弟和歌德等人则是洛文塔尔思想"星座"中耀眼的群星。

一、对马克思唯物史观、黑格尔艺术观和弗洛伊德心理分析理论的吸收

在其思想"星座"中最为耀眼的一颗恒星,非马克思莫属。不过,洛文塔尔在接受马克思主义的同时,也用黑格尔和弗洛伊德的理论改造了马克思主义,这也是很多学者常把包括洛文塔尔在内的法兰克福学派看作"黑格尔的马克思主义"和"弗洛伊德的马克思主义"的缘由所在。但是我们不能因此就说他们"背离了马克思主义",甚至"与马克思主义根本决裂了"②。洛文塔尔以马克思式的口吻强调指出"马克思主义不是教条"。他认为批判理论是马克思主义的革新形式,在已经改变了的历史条件下,不应该再机械地接受马克思主义范畴。但是马克思主义的基本主题、理论原则从来没有被抛弃。世界历史能够被描述成外部自然和内部自然之间斗争结果的假设,生产力和阶级关系理论从没有被抛弃。被抛弃的是某些经济主义的范畴和已经证明是错误的预言。③ 诚如马丁·卢德克(W. Martin Lüdke)所说:"洛文塔尔的思想深深地植根于批判理论的框架之中,他帮助建立并且发展了批判理论;然而洛文塔尔注重实际的倾向也是非常明

---

① Leo Lowenthal. *An Unmastered Past*:*The Autobiographical Reflections of Leo Lowenthal*. Berkeley:University of California Press,1987,pp.143-144.
② [德]W. 墨菲《法兰克福学派美学:与传统马克思主义美学的根本决裂》,见王鲁湘等编译《西方学者眼中的西方现代美学》,北京大学出版社1987年版,第212页。
③ Leo Lowenthal. *An Unmastered Past*:*The Autobiographical Reflections of Leo Lowenthal*. Berkeley:University of California Press,1987,pp.64-65.

显的,这种倾向使知识分子的爱好改变方向,返回到现存社会环境的轨道上。对于洛文塔尔而言,思想的可能性总是意味着在现存环境范围内的思想。"①洛文塔尔也多次强调,"批判理论并不是一系列在任何时候都可以运用的理论,它只能应用在特殊的历史节点上",并且引用马克思的"人类始终只提出自己能够解决的任务"的话来说明"这正是马克思主义传统"。②

  具体到洛文塔尔的文学研究,我们发现他在进行文学传播研究时,总是力求贯彻马克思所开创的历史唯物主义原则。众所周知,马克思之前没有人明确地从生产力等物质根源来探求文学的发展规律,几乎都把文学归入独立的精神发展领域来研究,文学变迁通常是被当作社会思潮、审美风尚变迁等的外在表现来看待的,没有意识到一切精神活动都根源于物质活动。马克思创立了历史唯物主义,科学地论述了人类社会历史的发展规律,并且以历史唯物主义为依据,从社会历史存在状况出发去解释该社会的文学艺术活动。但是对物质根源与文学艺术之间的辩证关系却没来得及充分展开,问题是如果不对其中的每一个环节都给以足够的重视并进行具体的分析,就可能陷入经济决定论和庸俗社会学的误区。恰恰是在这一点上,洛文塔尔不仅自觉地贯彻了马克思主义,而且对其中的辩证环节给予了充分的重视和具体细致的分析,他对文学发展到大众传播时代所出现的传播转向这种历史趋势的揭示,对通俗文学在现代社会的发展变迁的社会根源的揭示无不贯彻着这个历史唯物主义的方法论原则。例如魏格豪斯把洛文塔尔所开展的第一项独立的文学研究工作,视为一种采用马克思主义理论框架的新的文学研究范式,他说:"自从1926年成为研究所成员后,洛文塔尔一直在对德国19世纪的小说进行社会学的研究。当这本书在二战后出版时,很明显这是一部马克思主义的文学社会学著作,在那个时代几乎没有任何其他人从事这种研究。"③对于洛文塔尔发表在《社会研

---

  ① Leo Lowenthal. *An Unmastered Past*：*The Autobiographical Reflections of Leo Lowenthal*. Berkeley：University of California Press，1987，p. 239.

  ② Leo Lowenthal. *An Unmastered Past*：*The Autobiographical Reflections of Leo Lowenthal*. Berkeley：University of California Press，1987，p. 77.

  ③ Rolf Wiggershaus. *The Frankfurt School*：*Its History，Theories，and Political Significance*. MIT Press，1994，p. 31.

究杂志》上的第一篇论文,许多研究者认为:"它为应用马克思历史唯物主义方法对相关学科进行调查和研究提供了最好的起点。"①事实上,"霍克海默、弗洛姆、洛文塔尔和阿多诺都把自己看作各自领域内的唯物主义研究先驱……对于霍克海默、弗洛姆、洛文塔尔和阿多诺来说,历史唯物主义观念是他们观察现存社会的阶级结构和权力结构的立足点,他们认为意识是由社会存在决定的。"②菲尔·斯莱特认为正是基于这种历史唯物主义观念,"在《社会研究杂志》第一期上发表洛文塔尔的《论文学的社会状况》一文就毫不为怪了。洛文塔尔(生于1900年)在这里强调需要建立关于上述问题的一种全面的理论观点,即'关于历史和社会的一贯的理论'。洛文塔尔还意味深长地说,'在对上层建筑的社会解释中……意识形态的概念占着决定性的地位。因为意识形态是意识的成分之一,它具有把社会对抗隐藏起来的作用,并且往往用协调一致的幻想来代替对这种对抗的认识。文学史的任务就是对各种意识形态进行大量的分析'。"③从中我们不难看出马克思对洛文塔尔的影响。对于洛文塔尔的文学意识形态研究,魏格豪斯在《法兰克福学派:历史、理论及政治影响》(*The Frankfurt School*:*Its History*,*Theories*,*and Political Significance*)一书中以"意识形态的批评家:赫伯特·马尔库塞和利奥·洛文塔尔论艺术"为小标题作了很好的评述。④

洛文塔尔不仅是在马克思主义的理论框架中从事文学传播研究的,而且许多具体观点都是从马克思那里发展来的。例如"马克思作品的核心里有一种传播理论的视野",尽管他"没有在任何地方以持久的方式探讨过传播……然而他推出了一个公正与不公正的模式。公正的传播是亲切的,实实在在的,相互的;非公正的传播却受到外在因素的损害,受到所用尺度的扭曲"。马克思这种认为"传播失败的原因主要不是语意不匹配,而是符号

---

① Stephen Eric Bronner. *Critical Theory and Society*:*A Reader*. Routledge,1989,p. 5.
② Rolf Wiggershaus. *The Frankfurt School*:*Its History*,*Theories*,*and Political Significance*. MIT Press,1994,p. 118.
③ [英]菲尔·斯莱特著《当代影响最大的西方马克思主义流派——法兰克福学派的起源和意义》,兰州:兰州大学出版社1990年版,第185页。
④ Rolf Wiggershaus. *The Frankfurt School*:*Its History*,*Theories*,*and Political Significance*. MIT Press,1994,pp. 218-223.

和物资资源用错了地方"①的传播观对洛文塔尔影响很大。根据马克思的传播观,他坚持认为媒介技术不应该为文化的衰落负责,在和彼得·格劳茨(Peter Glotz)探讨大众文化的接受和艺术普及问题时,他说:"我的观点是——在这点上我离开了阿多诺和霍克海默——你不应该让媒介和媒介技术一样负责任。相反的,这些媒介在资本结构中被使用,是作为资本结构的结果出现的。"②他认为在这种资本结构框架内,媒介被利用,"电影、广播和电视的美学潜能和认知潜能几乎得不到一点机会"③。

在《文学与人的形象》这部讨论高雅文学的著作中,洛文塔尔是以对"创造性文学"的根本性质的界定及其与历史文献的区别为线索来探讨文学的大众传播和社会功能的。他在题为《文学的社会意义》的"导论"中开门见山地指出:"创造性文学……表现了清楚的或者含蓄的他的社会中的人物形象:阶级特权和责任,工作、爱和友谊的概念以及宗教、自然和艺术的概念。通过对书中提到的文学作品的分析,我们能够形成从17世纪初到20世纪初正在改变的人的形象……历史学家……经常模糊或者歪曲了社会现实的形象。正是艺术家描写了比现实本身更为真实的东西。"④

这段话使我们立刻想起了亚里士多德和黑格尔的论述。众所周知,西方传统美学的一个基本原则就是文学艺术能够超越现实本身达到真实,例如亚里士多德《诗学》中的一个核心观点就是"诗比历史更真实"。这一观念在黑格尔那里得到了进一步完善。他在《美学》全书绪论中"对一些反对美学的言论"进行批驳时指出:"艺术的功用就在使现象的真实意蕴从这种虚幻世界的外形和幻相之中解脱出来,使现象具有更高的由心灵产生的实在。因此,艺术不仅不是空洞的显现(外形),而且比起日常现实世界反而是更高的实在,更真实的客观存在。"朱光潜在译完这段话后还特意加了个

---

① John Durham Peters. *Speaking Into the Air*: *A History of the Idea of Communication*. Chicago: University of Chicago Press, 1999, pp. 111-117.
② Leo Lowenthal. *An Unmastered Past*: *The Autobiographical Reflections of Leo Lowenthal*. Berkeley: University of California Press, 1987, p. 255.
③ Leo Lowenthal. *An Unmastered Past*: *The Autobiographical Reflections of Leo Lowenthal*. Berkeley: University of California Press, 1987, p. 256.
④ Leo Lowenthal. *Introduction of Literature and the Image of Man*: *sociological studies of the European drama and novel*, 1600—1900 (Communication in society, V. 2), New Brunswick (U. S. A.): Transaction Books, 1986.

注释说:"黑格尔的这个看法和亚里士多德的'诗比历史更真实'的看法一致。"①对于黑格尔来说,艺术要表现真实内容,不但不能直接模仿现实,而且要否定、超越现实。在洛文塔尔心中也有类似的思想,如他认为"文学也许会为社会辩护,也许会公然反抗社会,但是它不会仅仅被动地记录社会"②。后来他又强调指出:"文学是人类意识和自我意识以及个体与其所经验世界之间关系唯一可信任的来源。"③

黑格尔的艺术观对洛文塔尔的文学观影响深远,这里姑且再举一例。黑格尔认为艺术是"精神的外在现实"。他说:"诗始终要受民族特性的约制。诗出自民族,民族的内容和表现方式也就是诗的内容和表现方式。"④我们在洛文塔尔的相关论述中发现,他的表述简直就是黑格尔的翻版。例如他在分析莎士比亚的《暴风雨》时指出:"如果我们知道科里奥兰纳斯(Coriolanus)、凯撒(Caesar)或者安东尼(Anthony),我们就能理解罗马史;如果我们研究了英国诸王的特点就能够理解英国史。"⑤他还引用法国哲学家伯纳德的话概括了他对文学的这一看法:"如果一个人阅读过一个民族的文学,即使之前对这个民族的历史一无所知,这个人也能辨别出这个民族曾经是怎样的;如果一个人了解一个民族的历史,即使之前对这个民族的文学一无所知,这个人也可以很有把握地假设,这一民族的历史构成了其文学的基本特征。"⑥后来他初次访问挪威首都奥斯陆(Oslo)的经历印证了他的观点。洛文塔尔以前从未到过奥斯陆,但是当他们驾车进入奥斯陆的时候,他知道大酒店、剧院等建筑的精确位置,以至于司机问他以前是否经常到奥斯陆。洛文塔尔对司机作了如下解释:我非常熟悉挪威文学,

---

① [德]黑格尔著《美学》第一卷,商务印书馆1979年版,第12页。
② [德]洛文塔尔著《文学、通俗文化和社会》,北京:中国人民大学出版社2012年版,第7页。
③ Leo Lowenthal. *An Unmastered Past*: *The Autobiographical Reflections of Leo Lowenthal*. Berkeley: University of California Press, 1987, pp. 170-171.
④ [德]黑格尔著《美学》第三卷,商务印书馆1979年版,第26页。
⑤ Leo Lowenthal. *Literature and the Image of Man*: *sociological studies of the European drama and novel*, 1600—1900 (Communication in society, V. 2), New Brunswick (U. S. A.): Transaction Books, 1986, p. 57.
⑥ [德]洛文塔尔著《文学、通俗文化和社会》,北京:中国人民大学出版社2012年版,第2页。

并且研究过汉姆生和易卜生。尽管是第一次来奥斯陆,但感觉似曾相识(Déjà Vu)。①

黑格尔对于洛文塔尔的影响不仅表现在总体的文学观念上,也不止表现在批判姿态、否定态度和辩证方法上,对于洛文塔尔的文学传播研究,黑格尔也有着非常直接的影响。比如一些传播学家之所以认为洛文塔尔"是忠实的黑格尔式的马克思主义者",就包括黑格尔的传播观念对他的影响。对黑格尔而言,"交流既是主体问题也是客体问题","交流与其说是个体之间的接触,不如说是建立一套富有活力的社会关系……交流的目的是所有的人都互相承认"②。这种传播观念深刻地影响了洛文塔尔,洛文塔尔认为:"真正的传播要承担交流的职责,分享内在的体验。"③他建构的"理解力场"理论就是要促使传播形成"理解"关系和共享机制。

面对社会转型和文化转型所带来一系列问题,特别是关于"人的自由与解放问题",洛文塔尔在继承马克思主义的同时,将马克思主义的研究重点转向了文化问题。④ 马丁·杰伊认为:"把精力集中到……现代社会中的文化上层建筑方面,这意味着要关注两个问题:权威的结构与形成,大众文化的出现和扩散。在对此做出令人满意的分析之前,传统马克思主义经济基础和上层建筑之间的鸿沟必须填平,这两方面未能联结是因为缺少心理学。"⑤事实上洛文塔尔认为进行文学传播研究也一样离不开心理学,"例如研究在艺术家、艺术创作和接受之间的相互的心理反应",以及对"在

---

① Leo Lowenthal. *An Unmastered Past:The Autobiographical Reflections of Leo Lowenthal*. Berkeley:University of California Press,1987,pp. 107-108. "Déjà Vu"源于法文,是在美国颇为流行的法语词,其意思相当于中文的"似曾相识"。

② John Durham Peters. *Speaking Into the Air:A History of the Idea of Communication*. Chicago:University of Chicago Press,1999,pp. 106-111.

③ Leo Lowenthal. *Literature and Mass Culture*(Communication in society,V. 1),New Brunswick(U. S. A.):Transaction Books,1984,p. 292.

④ 这是西方马克思主义的普遍特点。佩里·安德森指出:"西方马克思主义作为一个整体,当它从方法问题进而涉及实质问题时,就几乎倾全力于研究上层建筑了……换句话说,西方马克思主义典型的研究对象,并不是国家或法律,它注意的焦点是文化。在文化本身的领域内,耗费西方马克思主义主要智力和才华的,首先是艺术。"佩里·安德森《西方马克思主义探讨》,人民出版社1981年版,第96-97页。

⑤ Martin Jay. *The Dialectical Imagination:A History of the Frankfurt School and the Institute of Social Research*,1923—1950,London:University of California Press,1996,p. 84.

艺术作品和对它的接受之间关系问题的研究"①等等诸如此类的问题。

心理学方法因此成为洛文塔尔经常采用的重要方法。"我们的兴趣转向了马克思主义传统所忽视的一种文化领域——心理学。正统马克思主义中没有心理学的存身之地。我们往马克思主义中增加了心理学的东西。"②在与社会学方法交叉运用的过程中,他首创了社会心理学的文学研究方法。马克思主义文学理论是把文学放到经济基础—上层建筑的框架中来研究文学的,洛文塔尔认为这一框架过分简化了,"不像传统的马克思主义把文化看成是社会的上层建筑,从基础出发对上层建筑的内容和形式进行分析,法兰克福学派的理论家坚持认为文化现象不能在经济基础—上层建筑的简单框架中进行分析"③。那么应该怎么办呢?他的做法是以心理分析作为弥补马克思主义基础与上层建筑之间缺失的中介,他说:"我和我的朋友都支持历史唯物主义和心理分析联姻的观念。毕竟在马克思主义理论中有个根本性问题,就是在基础和上层建筑之间缺乏中介,而心理分析理论可能弥补这一点。在1927—1928年之间,我明确地意识到,对于我们而言,心理分析能够填补这个缺口。"④杜比尔将其概括为"分析的和唯物主义的社会心理学"⑤。

洛文塔尔之所以认为弗洛伊德的心理分析理论能够"弥补马克思主义基础与上层建筑之间的缺失",主要在于他认为"弗洛伊德的理论处理的不仅是心理学,它处理的是文化"。他指出:

> 心理分析理论描绘了具体的社会环境对于个体的动力学影响……俄狄浦斯情结是个很好的社会学模型,因为它解释了个体

---

① Leo Lowenthal. *Literature and Mass Culture* (Communication in society, V. 1), New Brunswick (U. S. A.): Transaction Books, 1984, p. 246.
② Leo Lowenthal. *An Unmastered Past: The Autobiographical Reflections of Leo Lowenthal*. Berkeley: University of California Press, 1987, p. 164.
③ David Held. *Introduction to Critical Theory: Horkheimer to Habermas*. University of California Press, 1980, p. 164.
④ Leo Lowenthal. *An Unmastered Past: The Autobiographical Reflections of Leo Lowenthal*. Berkeley: University of California Press, 1987, p. 52.
⑤ Leo Lowenthal. *An Unmastered Past: The Autobiographical Reflections of Leo Lowenthal*. Berkeley: University of California Press, 1987, p. 52.

与社会结构之间发生关系的机制。更进一步它解释了个体的心理结构是如何源于社会结构的,二者在意识的各个层面上互相作用。这种心理分析模型显示了社会科学家的缺点,因为它综合了广泛的历史趋势,其中种类的历史作为整体是必要的,但是对于理解具体个体的独特时刻是不充分的。在这个意义上,弗洛伊德的理论处理的不仅是心理学,它处理的是文化,这与狄尔泰的一样。对于社会结构的历史之维的关心,包括对于这些结构在个体身上的表现的关心,构成了文化社会学。①

洛文塔尔对弗洛伊德心理分析理论的分析真可谓独具匠心,醒人耳目,纠正了以往学人在解读弗洛伊德过程中认识上的偏差,肯定了他在文化社会学上应有的学术地位。不可否认,"对弗洛伊德的精神分析理论,我们一般关注的只是它的个体意义,就美学而言,大多是用它来解释美学的发生和审美的经验,而不太注重它的社会文化价值"。现在洛文塔尔"以心理分析作为弥补马克思主义基础与上层建筑之间缺失的中介",实际上就解决了"个体与群体之间的关系问题,既把弗洛伊德的精神分析理论的社会文化意义挖掘了出来,也使得马克思主义的社会文化批判具有一个坚实的个体基础"。② 根据埃弗里特·罗杰斯(Everett Rogers)的《传播学史——一种传记式的方法》(A History of Communication Study: A Bicographical Approach)对传播学起源的分析,马克思主义和弗洛伊德的心理分析理论对传播学的发展影响很大。而洛文塔尔把马克思主义和弗洛伊德的心理分析理论融合起来,作为自己批判的文学传播理论的主要基石,就使他对文学传播过程中的诸多环节——例如对传播者和接受者的心理分析和社会批判——的分析有了理论根据。对于这一点,汉诺·哈特也注意到了,他指出:"洛文塔尔承认艺术和通俗文化各自独特的作用……这样对于艺术和大众文化的使用的解释就要依靠社会和个体的社会历史和心

---

① Leo Lowenthal. *Humanistic Perspectives of The Lonely Crowd*. in: Seymour M. Lipset, Leo Löwenthal (Hrsg.). *Culture and Social Character: The Work of David Riesman Reviewed*. Free Press of Glencoe, 1961, p. 31.

② 曹卫东著《交往理性与诗学话语》,天津:天津社会科学院出版社2001年版,第16页。

理条件。"①

从1936年在巴黎出版的《权威与家庭研究》②一书中,我们能够看出用弗洛伊德的心理分析理论补充马克思主义,几乎是法兰克福学派每一位核心成员的做法,并不是洛文塔尔的独创,但是把马克思主义和弗洛伊德的心理分析理论融合起来,作为批判的文学传播研究的理论基石,就不能不说是洛文塔尔的独特贡献了。从目前掌握的资料来看,洛文塔尔在文学传播研究领域将两种理论融会贯通的做法是一种前所未有的尝试。对于法兰克福学派以黑格尔和弗洛伊德的理论来重构马克思主义的做法,批判和赞扬的人都不在少数,笔者认为这种融会多种理论而又不要求成为一种体系的做法有利于解决新的历史条件下出现的一系列新问题。由于本书讨论主旨所限,这里要说明的是,黑格尔和弗洛伊德的理论确实深深地影响了洛文塔尔的文学研究,至于它是偏离了马克思主义还是发展了马克思主义,对这一问题的深入探讨只能留待它文了。

二、对德国文化社会学传统的继承和改造

当我们说洛文塔尔对于文学传播研究的核心范畴、研究范式的设计,在思想上渊源于欧洲的文化社会学传统时,我们就不能不探讨一位"欧洲传统最耀眼的支持者"③,"在思想史中创立了一种最为连贯的、综合的、彻底的和富有成果的人文科学的哲学"④的大哲学家,这个人就是解释学和生命哲学的代表人物狄尔泰。

里克曼指出,包括洛文塔尔在内的法兰克福学派发现"像逻辑实证主

---

① Hanno Hardt. *Critical Communication Studies: Essays on Communication History and Theory in America*, London: Routledge, 1991, p.156.
② 《权威与家庭研究》是研究所集体研究的经典案例。这项旨在研究作为社会水泥的权威研究增加了马克思理论中所没有的理论,即作为基础与上层建筑之间中介的精神理论。在《权威与家庭研究》项目中,洛文塔尔主要写作了其中的文学部分。Leo Lowenthal. *An Unmastered Past: The Autobiographical Reflections of Leo Lowenthal*. Berkeley: University of California Press, 1987, p.74.
③ Leo Lowenthal. *Humanistic Perspectives of The Lonely Crowd*. in: Seymour M. Lipset, Leo Löwenthal (Hrsg.). *Culture and Social Character: The Work of David Riesman Reviewed*. Free Press of Glencoe, 1961, p.32.
④ [英]H.P.里克曼著《狄尔泰》,北京:中国社会科学出版社1989年版,第306-307页。

义这样的哲学派别以及社会科学的行为主义方法是枯燥贫乏的。所以，他们对狄尔泰哲学中的实践感产生了共鸣。他们与狄尔泰一样，对于文化现象感兴趣，并且赞扬狄尔泰之强调个人的价值及其重要性。因此，他们赞同并且修改狄尔泰在其著作中已经倡导和论证过的方法"①。并且认为"像狄尔泰一样，这个学派的成员都具有广泛的兴趣，这些兴趣扩展到社会学，并且扩展到一种跨学科的探讨"②。洛文塔尔对于狄尔泰观点的运用，的确影响了他的工作及其对方法论的思考。事实上他之所以能够建构出文学研究的新范式确实"要归功于狄尔泰的精神"。狄尔泰拒绝学科间的分离隔绝，主张跨学科研究，坚持文学同心理学的关联性以及历史学与社会学的相互依赖。里克曼认为"这里的要点不在于他知识的渊博，也不在于他对于新观念的创造性或敏感性，而在于这样的事实，即所有这些观念都被放进一个综合的系统之中"③。狄尔泰的这种将"所有这些观念都放进一个综合的系统之中"进行跨学科研究的思路对洛文塔尔产生了深远影响。比如，他在评论《孤独的人群》(*The Lonely Crowd*)时说："它的思想风格更接近于欧洲，特别是德国的'文化科学'，从理论上说，也有经验主义取向。不幸的是，与这本书的方法极为接近的思想家在美国还是不知名的，他的主要著作也还没有翻译过来。这个人的作品综合了历史学和心理学，对个体的人类经验从心理的和历史的角度进行了阐释，他就是狄尔泰。在他的观念中，个体表达、文化制度和政治的、宗教的模式共同织成的网是一个独特的历史时期的表现……欧洲传统(狄尔泰是这一传统最耀眼的支持者)在某种程度上延续了文化人类学，即在给定的社会语境中把文化以及人造物品与个性混合起来进行研究。"④我们可以肯定说，法兰克福学派的"力场"观念和洛文塔尔进行文学传播研究的"理论力场"范式的建构都离不开狄尔泰的这种综合观念的指引。

洛文塔尔认为当时主流的文学研究"对文学史对象的孤立和简化达到

---

① [英]H. P. 里克曼著《狄尔泰》，北京：中国社会科学出版社 1989 年版，第 317 页。
② [英]H. P. 里克曼著《狄尔泰》，北京：中国社会科学出版社 1989 年版，第 324 页。
③ [英]H. P. 里克曼著《狄尔泰》，北京：中国社会科学出版社 1989 年版，第 308 页。
④ Leo Lowenthal. *Humanistic Perspectives of The Lonely Crowd*. in: Seymour M. Lipset, Leo Löwenthal (Hrsg). *Culture and Social Character: The Work of David Riesman Reviewed*. Free Press of Glencoe, 1961, p. 32.

了极端程度。作家和作品被从历史环境中抽象出来……由狄尔泰引进的基于历史语境的结构的概念被抛弃了"①。为此他以极其肯定的口吻告诉杜比尔说:"我要为狄尔泰辩护。"②之后他基于"研究对象的复杂性",针对实证主义的弊端,又重新引进了狄尔泰的"基于历史语境的结构的概念"和"理解概念"。他说:"在此我想谈谈狄尔泰的理解概念及其对作者和作品之间关系的特别强调。诚然,文学研究方法的启蒙不能单凭诗学。最重要的是文艺心理学,例如研究在艺术家、艺术创作和接受之间的相互的心理反应。"③他认为,文艺心理学重要的理论贡献在于它讨论了文学的中心问题,比如伟大艺术作品产生的精神条件,特别是艺术想象的起源和结构以及在艺术作品和对它的接受之间关系问题的研究。

洛文塔尔在借鉴狄尔泰理论研究的方法论时,尤其关注"理解"概念。"理解"在狄尔泰的思想体系中具有至关重要的意义,在洛文塔尔的文学传播理论中也占据着至关重要的地位,他文学传播研究的核心思想就是从狄尔泰的"理解"概念发展而来。他说:"我自己的思考就植根于'理解'(Verstehen)这一概念,它在哲学和历史学上是由狄尔泰、在社会学上是由西美尔建立的。"④作为解释学和生命哲学的代表人物,"狄尔泰毕生都在考虑这样的问题,即'理解'如何可能成为客观的。"⑤他认为哲学是生命体验与知识的结合,这就决定了人类对于精神世界的把握只能靠理解。在狄尔泰看来,"理解"是人文科学的根本方法,是对人的生活世界的永恒表达方式。"由于理解的主要对象是个人之意识事实和状态,所以人文科学必然与心理学密切相关。在狄尔泰看来,所有人文科学都需要以心理学的分析与洞见为基础。"⑥这也影响了洛文塔尔对心理学的重视。他认为无论是研究

---

① Leo Lowenthal. *Literature and Mass Culture*(Communication in society, V. 1), New Brunswick(U. S. A.):Transaction Books,1984,p. 244.

② Leo Lowenthal. *An Unmastered Past:The Autobiographical Reflections of Leo Lowenthal*. Berkeley:University of California Press,1987,p. 49.

③ Leo Lowenthal. *Literature and Mass Culture*(Communication in society, V. 1), New Brunswick(U. S. A.):Transaction Books,1984,pp. 244-246.

④ [德]洛文塔尔著《文学、通俗文化和社会》,北京:中国人民大学出版社2012年版,第32页。

⑤ [英]H. P. 里克曼著《狄尔泰》,北京:中国社会科学出版社1989年版,第325页。

⑥ [英]H. P. 里克曼著《狄尔泰》,北京:中国社会科学出版社1989年版,第330页。

文学传播活动的传播环节还是接受环节，都离不开对传播者和接受者心理的考察，因此文学传播研究"需要以心理学的分析与洞见为基础"。所以他就像狄尔泰把新兴的心理学应用到解释学中一样，"往马克思主义中增加了心理学的东西"①。

总之，洛文塔尔继承了德国的文化哲学传统和人文主义范式，主张从历史与社会存在的整体语境着手，对人的内心世界进行体验和理解，对文学进行传播学的研究。诚如哈维·皮尔斯（Harvey Pearce）所说："洛文塔尔的《文学与人的形象》是一部具有崇高的人文主义精神的著作……洛文塔尔的研究没有离开德国的社会学传统——长期以来一直把文学批评视为解释学的一个分支。"②但是这并不等于说洛文塔尔盲目地追随狄尔泰。洛文塔尔不仅是一个具有独创性的思想家，而且毫无疑问，他也受到由许多思想家所造成的整个思想风气的影响。

社会学对于洛文塔尔的影响最初来自于他"最亲密的朋友和导师齐格弗里德·克拉考尔"③。克拉考尔综合哲学和社会学来对大众传播之类的文化现象进行研究的做法深深地影响了洛文塔尔。在克拉考尔的影响下，他"带着很大的兴趣阅读"弗朗茨·梅林（Franz Mehring）的文章、乔治·卢卡奇的《小说理论》、列文·许金（Levin Schücking）关于文学社会学的小册子和格奥尔格·勃兰兑斯（Georg Brandes）的论19世纪文学流通的著作。但是这些都无法满足他对文学理论的渴求。作为海德堡大学的一名教授，克拉考尔对洛文塔尔的影响还在于把他引向了当时德国社会学研究的重镇——海德堡大学。那时的海德堡大学，可谓群星璀璨，马克斯·韦伯、阿尔弗莱德·韦伯（Alfred Weber）、李凯尔特、雅斯贝尔斯、克拉考尔等第一流哲学、社会学大师都在那里执掌教鞭。这些学术大师在教学科研活动中不但相互打破学科界限，而且还创办了许多学术沙龙，老师之间、师生之间交流思想，切磋砥砺，培养了一大批学界精英，洛文塔尔即是其一。

---

① Leo Lowenthal. *An Unmastered Past*：*The Autobiographical Reflections of Leo Lowenthal*. Berkeley：University of California Press，1987，p. 65.
② Harvey Pearce. Art in culture *American Quarterly* Vol. 11, No. 1,1959 p. 78. mht
③ Leo Lowenthal. *An Unmastered Past*：*The Autobiographical Reflections of Leo Lowenthal*. Berkeley：University of California Press，1987，p. 50.

马西亚斯·葛拉夫赖特（Mathias Greffrath）认为在这些社会学家中，西美尔和韦伯对洛文塔尔的影响非常大。① 洛文塔尔本人也在多种场合承认了这一点。西美尔是克拉考尔的朋友，他最早尝试把哲学和社会学结合起来，想以此让哲学研究具体化。这种把哲学和社会学结合起来的研究方法深刻影响了包括洛文塔尔在内的所有法兰克福学派成员，甚至成为了霍克海默就职演说的基调。而对洛文塔尔文学传播研究产生更为直接影响的则是西美尔的传播思想。西美尔把人与人的交往和互动形式作为社会科学工作者的主要研究领域，他从交往或互动的形式对社会加以探讨的做法，几乎把社会学研究的焦点从社会哲学转移到了传播科学上。西美尔认为，社会是一个过程，一种具有意识的个体之间互动的过程，正是人与人之间的互动才构成了现实的社会。② 如果对社会的概念作最通俗的理解，那么社会就是个人之间心灵上的交互作用。因此，他认为，社会学应该研究人们相互交往的基本过程和基本模式。③ 西美尔的这一思考方式深刻地影响了洛文塔尔的文学研究思路，使他在当时盛行的内部研究和外部研究的对立观点中开辟出一条新路，即在传播者与接受者之间的互动过程中研究文学。这种观念，从本质上说，是把文学活动作为一种传播活动来看待的，这样他就把研究文学的目光投注到文学传播层次上来了。事实上，西美尔对洛文塔尔的影响不仅表现在研究思路上，就是他的"理解力场"思想也受到了西美尔的深刻影响，他承认"这一概念……在社会学上是由西美尔建立的"。

与西美尔一起开创了人文主义社会学理论传统的马克斯·韦伯对洛文塔尔文学传播研究的方法论和核心范畴的创建也产生了很大影响。我们知道，韦伯之所以能够在方法论上实现划时代的突破，主要在于他吸收并且综合了德国的人文主义和英国的实证主义这两大传统，从而能够以这

---

① Leo Lowenthal. *Critical Theory and Frankfurt Theorists*：*Lectures*，*Correspondence*，*Conversations* (Communication in Society, V. 4), New Brunswick (U. S. A.)：Transaction Books, 1989, p. 238.

② ［德］盖奥尔格·西美尔著《社会学——关于社会化形式的研究》，北京：华夏出版社 2002 年版，第 55 页。

③ ［德］盖奥尔格·齐美尔著《桥与门——齐美尔随笔集》，上海：三联书店 1991 年版，第 239 页。

种综合方法为起点,以主观和客观相结合的"理解"范畴为核心,建构了理解社会学理论,最终实现了社会科学方法论的新超越。韦伯融会贯通人文主义和实证主义这两大传统从而创设了全新的社会研究方法论的做法,给洛文塔尔的文学传播研究以极大的启发,最终使他破解了文学传播研究中批判学派与经验学派双峰对峙的理论困局,开创了一种新的文学研究范式。韦伯建构的"理想类型"(ideal-types)是一种既承认客观现实的存在,又强调主观理解作用的方法论,他认为,"主观意义的理解是社会学知识的根本特质"①。"理想类型"作为韦伯方法论中的一个核心范畴,是他用来建构社会理论的基本工具,他的所有研究都是通过理想类型的方法来展开的。比如当韦伯论述资本主义的发展时,不再仅仅给予一般的理论断言,而是力图进行一种历史发生学的具体描述。里克曼认为:"韦伯的方法之显著的特点之一便是他对于文本的使用,例如,使用本杰明·富兰克林的作品和《威斯特敏斯特信仰宣言》,来说明'资本主义精神'或新教的本质。韦伯的评论家们已经透彻地讨论了这一点,并且已经强调指出,现代社会学可能还有某些东西是学自这种方法的。"②韦伯的这种分析方法深深地影响了洛文塔尔,他像韦伯一样,当他在研究西方文学和通俗文化的发展变迁时,不是简单地给出一个结论性的理论定性,而是具体地、多层面地展现出"传播力场"变迁中的文学转型现象。而他对这些问题的研究很多都是通过对具体文本的内容分析进行的。

  韦伯对理解方法的强调源于他对自然科学与社会科学之间区别的认识及对社会科学性质的看法。这些都深深地影响了洛文塔尔。洛文塔尔在梳理二者之间的关系时指出:"自然科学处理的是重复发生的对象,要建立普遍有效的法则;而人文主义的领域则关心个别的事件和人,作为价值系统的个体的观点随着时代的变化而变化,而在一个时代内又随着集团的不同而变化是其特点。西美尔的'个体法则'的概念和马克斯·韦伯作为

---

① [德]马克斯·韦伯著《社会学的基本概念》,台北:远流出版社1995年版,第34页。
② [英]H. P. 里克曼著《狄尔泰》,北京:中国社会科学出版社1989年版,第326页。

历史学家和社会学家的双重角色是这一传统的基本证据。"①从洛文塔尔的表述中我们不难看出由西美尔和马克斯·韦伯所奠基的欧洲传统思想和思维方式已经在洛文塔尔身上打下了深深的烙印。

马克斯·韦伯的同胞兄弟阿尔弗莱德·韦伯对洛文塔尔的影响也很大。阿尔弗莱德·韦伯创立了自成体系的文化社会学,融历史哲学和社会理论于一体,在现代社会学历史上独树一帜,形成了一种独特的传统。其核心内容是对"文明"(Zivilisation)与"文化"(Kultur)这两个概念的区分。在阿尔弗莱德·韦伯看来,所谓"文明",是人的外在存在方式和生活技巧,主要指理智和实用的知识以及控制自然的技术手段;所谓"文化",则是一种独特的历史存在和意识结构,主要指人的内在存在方式和本质特征。②让我们再来看一看洛文塔尔的相关论述,其表述简直就是脱胎于阿尔弗莱德·韦伯的文化社会学。他说:"社会学文献经常把文明和文化区别开来。人们用文明这个术语来指称社会生活条件的所有功能。而文化则是这样一些形式,人们用它们来表达他们在宗教、艺术、情欲或者其他多少有点私人性质的事务方面的评价……文化这个概念很大程度上与人类的本性同义。这里所说的人类本性或者本质绝非脱离社会生活过程的不变的结构……事实上,人类的'本性'是以历史的发展为条件的,在社会科学的范围内研究人类本性是合法的……无论什么时候谈到人类本性都要涉及历史。"③作为文化社会学创始人阿尔弗莱德·韦伯的学生,洛文塔尔的确是深受老师从社会历史哲学角度研究文化问题的影响。洛文塔尔特别重视在具体的历史语境中,在历史的发展中来研究人类问题,当然也包括文学传播问题。他的文学传播研究就是植根于具体的历史语境之中,他从没有脱离具体的历史语境和哲学参照维度去抽象地谈论文学传播问题。他之所以能够敏锐地发现文学发展到大众传播时代所出现的传播转向这一历

---

① Leo Lowenthal. *Humanistic Perspectives of The Lonely Crowd*. in: Seymour M. Lipset, Leo Löwenthal (Hrsg.). *Culture and Social Character: The Work of David Riesman Reviewed*. Free Press of Glencoe, 1961, p. 28.

② 曹卫东著《阿尔弗莱德·韦伯和他的文化社会学》,见《中华读书报》,1999年08月04日。

③ Leo Lowenthal. *False Prophets: studies on authoritarianism* (Communication in Society, V. 3), New Brunswick (U.S.A.): Transaction Books, 1987, p. 259.

史趋势,与他对具体的历史语境的重视是分不开的。而他对通俗文学的辩证态度也是与他的思考沉入历史有密切关系。

三、与美国经验主义的冲突和融合

美国经验主义是洛文塔尔进行文学传播研究的重要理论资源。我们甚至可以说没有美国经验主义的影响,洛文塔尔就不可能形成比较完整成熟的文学传播理论。哈贝马斯认为洛文塔尔之所以"能够在美国具有领导地位的社会学系占据教授职位长达四分之一世纪之久,并且取得了非凡的成就",一个重要的原因就是"他向经验主义研究和分析流派开放了自己;在老一代法兰克福学派成员中只有他一个人虽然不是实用主义者,但是并没有拒绝向美国从查尔士·桑德斯·皮尔士(Charles Sanders Peirce)到乔治·赫伯特·米德(George Herbert Mead)的伟大哲学表示尊敬"①。不过由于美国经验主义对洛文塔尔的影响主要体现在他的"理论力场"之中,因此相关内容主要放到第二章《批判传播理论:洛文塔尔文学研究的传播学视角和方法》中阐述,这里只约略提及。

洛文塔尔在评论《孤独的人群》时,梳理了历史上"关于知识领域的分类排序的讨论"和"对人文学科和社会科学之间的关系问题的讨论",从中可以看出欧洲传统的文化科学和人文精神已经融入到他的思想血脉之中,而美国新兴的社会科学也对他产生了深刻的影响,这二者共同成为他进行文学传播研究的主要理论资源。他认为关于知识领域的分类排序的讨论可以追溯到柏拉图(Plato),而亚里士多德"物理学"和"形而上学"的概念把这个讨论引向了理论领域。到了中世纪,关于科学专业由什么范围和职责组成的争论被"七种自由艺术"这一术语弄得模糊不清。但是到了16和17世纪,随着数学和理论物理学的发展又把边界的问题急速地推到了讨论的中心。笛卡尔(Descartes)把现实分裂成两个截然不同的领域,一个从

---

① Jürgen Habermas. *Introduction of An Unmastered Past*: *The Autobiographical Reflections of Leo Lowenthal*. Berkeley: University of California Press, 1987, p. 15. 查尔士·桑德斯·皮尔士(Charles Sanders Peirce, 1839—1914),美国哲学家、逻辑学家、自然科学家,实用主义的创始人;乔治·赫伯特·米德(George Herbert Mead, 1863—1931),美国社会学家、社会心理学家、哲学家,符号互动论的奠基人。

属于数学和自然科学的洞察力,另一个从属于哲学的领域。到了19世纪,德国学者开始系统地把政治和思想史作为一门科学。文化的概念得到了进一步的发展,各门科学之间的关系也得到了重新表述,哲学获得了历史特性。但是"美国社会(或者行为)科学所贡献的思想革新在今天占据了优势地位。他们在人文学科和自然科学之间提出了新学科"。这使讨论的焦点从自然科学与非自然科学之间关系的问题,转换为"社会科学或者说行为科学与人文学科之间关系的问题"。洛文塔尔发现"自从17世纪以来,自然科学充分地研究了物理世界的法则;今天的行为科学则以人类替换了自然这一研究对象,同时仍然坚持研究人类法则和为预言寻求可靠的标准"。尽管"这在国内外都导致了严重的知识分裂",但是他坚持认为"人文主义者和社会科学家并不必然是陌生的"①。这种观念使他能够比较容易地"把理论的、历史的观点和社会学研究的经验主义必需品联合起来",并且"尝试着把这种综合方法应用到研究之中"。②

在发现了这一科学边界争论焦点的转换后,他就通过对这种争论的研究及其解决来逐步形成自己的跨学科研究方法,他说自己"同时慢慢地学会了用具体的科学方法取代含糊的理论的和分析的观念(这是社会理论在20世纪头十年的伟大贡献)……在这种学术规范中,如果我们不同时对诸如消费习惯、教育、集团生活、政治行为之类的成分进行详细说明,我们就不会满足于对所谓时代'精神'的讨论。实际上,《孤独的人群》给这一规范进程增加了新的维度,例如大众媒介、政治经纪人等等"③。受此影响,他放弃了那种建构宏大理论体系的做法,转而摸索建立具体的科学研究范式。对他而言,建立一种具体的科学的文学传播研究方法,比建立所谓宏大空洞的文学理论体系更重要,这可能也是他的文学传播理论在表现形态

---

① Leo Lowenthal. *Humanistic Perspectives of The Lonely Crowd*. in: Seymour M. Lipset, Leo Löwenthal (Hrsg.). *Culture and Social Character: The Work of David Riesman Reviewed*. Free Press of Glencoe, 1961, pp.28-31.

② Leo Lowenthal. *An Unmastered Past: The Autobiographical Reflections of Leo Lowenthal*. Berkeley: University of California Press, 1987, pp.141-142.

③ Leo Lowenthal. *Humanistic Perspectives of The Lonely Crowd*. in: Seymour M. Lipset, Leo Löwenthal (Hrsg.). *Culture and Social Character: The Work of David Riesman Reviewed*. Free Press of Glencoe, 1961, p.33.

上比较分散,不是特别系统的原因之一吧。

从洛文塔尔在论述文学传播问题时所引用的材料看,歌德可能是他引述最多的一位文学人物。歌德的社会观、个体观和文学观,都对他产生了深远的影响,尤其是他对艺术家、经理等文学传播者的责任、现代观众的特点、大众传媒的性质、文学传播渠道以及艺术标准和审美趣味等文学传播问题的论述,更是对洛文塔尔产生了不可估量的影响。但是"歌德的论述,不是以系统的、连贯的形式,而是以片断的形式散落在其作品之中,并且贯穿其漫长的一生"①,因此在这里谈歌德的影响,难免挂一漏万,所以本书将在具体论述洛文塔尔的文学传播理论时再详加阐述。

我们看到,洛文塔尔"在各个学术领域都有朋友和同盟者",以至于他自己也说:"我必须在其中找到一个焦点。"②杜比尔认为洛文塔尔思想中包含着庞杂的理论成分的情况与本雅明的情况相似。这就难怪很多学科都声称他是本学科的成员,例如"文学社会学和政治心理学都声称他是本学科的出色成员,然而他却认为自己是一名具有经验主义兴趣的哲学家"③。事实上人们在称呼他时也会冠以各种各样的头衔,例如:文学史学家、社会学家、批评家、传播学家、批判理论家等等。因此在介绍他从事研究的理论资源时,我们也可以补充诸如犹太传统或者拉扎斯菲尔德等另外的"力"或"星",但是本文无意于追求洛文塔尔"理论力场"的"这种精致性"(马丁·杰伊分析阿多诺的用语)。

第三节 洛文塔尔文学传播理论的发展轨迹

在洛文塔尔长达七十多年的学术生涯中,尽管他的学术重心几经转折,但是文学研究作为他一生的志趣和爱好,却始终未曾中断过。他本人

---

① [德]洛文塔尔著《文学、通俗文化和社会》,北京:中国人民大学出版社 2012 年版,第 39 页。

② Leo Lowenthal. *An Unmastered Past*:*The Autobiographical Reflections of Leo Lowenthal*. Berkeley:University of California Press,1987,p. 51.

③ Helmut Dubiel. A clear thinker. *Telos*,00906514,Fall 1993.

也强调说:"我的一生几乎一直在关注艺术问题,尤其是文学问题。"①综观其一生的研究成果,我们不难看出洛文塔尔在观察和分析问题时所采取的独特视角始终如一,即通过对文学传播现象的整体把握来分析文学的本质和功能。他的文学传播理论与其学术生涯一样,也经历了一条曲折多变的发展轨迹:从在欧洲采用批判理论对文学传播和大众接受现象进行社会学的研究,到在美国采用批判传播理论对文学进行传播学的研究,以至于综合欧美的理论成果,建构了"理论力场"、"传播力场"和"理解力场"等一系列学科交叉性极强的范畴,从而开创出了在文学与传播的"力场"中把握文学的本质这样一种全新的文学研究范式。从洛文塔尔文学思想的发展轨迹看,其文学传播理论的建立大致经历了以下三个阶段,即:首先确立了文学传播理论的研究方法——"理论力场"和文学传播要素的活动空间——"传播力场";其次阐明了文学传播行为在人类交往活动中的功能,从而建立了"理解力场"这一文学传播研究的思想枢纽;最后则是把文学传播理论提到"理解"的高度加以阐释,试图在文学与传播的"力场"中把握文学的本质。他把文学放在文学与传播的"力场"中来揭示文学的本质,从传播论的角度对文学进行规定的文学观念,可以说是一种传播论的文学观。

在洛文塔尔看来,"文学本身就是传播媒介",文学与传播是一个问题的两个方面,因此他试图从"传播"入手来解开文学转型之谜。他以马克思所开创的历史唯物主义原则为理论立足点,重点分析了马克思主义文学理论框架中的一个问题——文学传播是如何影响文学的形成和发展变迁的。洛文塔尔不仅自觉地贯彻了历史唯物主义的方法论原则,而且对其中的辩证环节给予了充分的重视和具体细致的分析。例如,洛文塔尔"在第一个独立的工作中,就尝试着应用从马克思、弗洛伊德和伟大的欧洲哲学传统中学到的东西来对文艺复兴以来的欧洲文学进行一种新的评价"②。而当他一旦开始了以马克思主义为导向的学术研究,马克思主义就在他的文学

---

① Leo Lowenthal. *Critical Theory and Frankfurt Theorists: Lectures, Correspondence, Conversations* (Communication in Society, V. 4), New Brunswick (U.S.A.): Transaction Books, 1989, p. 239.

② Leo Lowenthal. *An Unmastered Past: The Autobiographical Reflections of Leo Lowenthal*. Berkeley: University of California Press, 1987, p. 165.

研究中扎下了根,成为他从事文学研究的基本理论框架。他认为:"对文学的历史维度和社会维度的真正关心需要一种历史理论和社会理论……一种真正的、解释性的文学史必须按照唯物主义原则进行研究。"与经济决定论和庸俗社会学不同的是,他认为:"唯物主义理论特别强调中介:在生产方式和包括文学在内的文化方式之间的中介过程。"①由此他就进入了对文学传播接受环节的研究。他说:"对不同社会群体的文学接受进行研究,是我一直以来的兴趣中心和重要研究任务,但是这个问题却被彻底忽视了,即使在报纸杂志和信件回忆录中有无数的研究资料……唯物主义的文学史已经做好解决这项任务的准备。"②从目前掌握的资料看,洛文塔尔和本雅明是在马克思主义理论框架内开展文学传播研究的第一代理论家。早在1920年代他就探讨了文学接受和读者反应问题。他认为,进入大众传播时代以来,印刷传播方式对于文学生产和文学消费的影响不断增强,因此他果断地"拒绝了在社会科学和人文科学研究中采用传统的研究方法",并且在1926年率先对德国19世纪的文学采取了"一种新的和比较大胆的分析方式",调查了"与艺术作品的激励和传播有关的因素"。他试图通过对欧洲16世纪到20世纪的文学传播接受问题的研究,来说明一位文学家、一部文学作品或者一种文学类型的历史地位和影响,揭示其在不同时代的涨落变化与当时的经济基础、社会结构、文化观念以及传播方式的因果关系。"洛文达尔坚持认为,一部文学作品的效果才是它的存在:'文学作品的本质,基本上由人们体验它的方式来决定'。"③因此他对文学作品的分析首先是从对它的阅读公众的分析开始的。例如他是通过印刷材料的媒介来间接地研究陀思妥耶夫斯基的阅读公众的反应的。他不同于当时一般文学社会学所取的经验主义和实证主义的研究途径,而是选择了一条文学社会心理学的独特路线。这一研究的对象是作者、作品和读者的关系,途径是以心理分析为中介,将传播分析和文学分析联结起来,探讨传

---

① Leo Lowenthal. *Literature and Mass Culture* (Communication in society, V. 1), New Brunswick (U. S. A.): Transaction Books, 1984, pp. 248-249.
② Leo Lowenthal. *Literature and Mass Culture* (Communication in society, V. 1), New Brunswick (U. S. A.): Transaction Books, 1984, p. 256.
③ [德]H. R. 姚斯,[美]R. C. 霍拉勃著《接受美学与接受理论》,沈阳:辽宁人民出版社1987年版,第327页。

播者、文本和接受者之间的社会心理关系。"因此他的早期作品预示了接受理论和效果理论"①;"首开社会心理学的文学接受理论之先河"②;洛文塔尔"实际上是读者反应批评的真正开拓者"③。

洛文塔尔认为"文学史的研究对象属于许多科学学科……学术界远远没有发展出一种公平对待研究对象复杂性的研究分析方法",因此"文学研究方法的启蒙不能单凭诗学"。他针对"研究对象的复杂性"建构了"理论力场"这一全新的方法论,针对实证主义的弊端,重新引进了狄尔泰的"基于历史语境的结构的概念"和"理解概念",创设了"传播力场"和"理解力场"等文学传播研究的核心范畴。诚如朱迪丝·马库斯(Judith Marcus)所指出的,洛文塔尔发表"在《社会研究杂志》第一期上的论文包含了后来理论发展的萌芽"④,特别是他对德国19世纪的小说所进行的社会学研究中包括很多现在看来是传播学的研究,在把文学研究的方法论从传统的以作家作品为中心的研究范式里解放出来的努力中,洛文塔尔所使用的一整套方法都可以由传播学的观念得到说明。

就他个人的理论兴趣来说,传播领域中的许多问题尤其是文学传播问题一直是他长期以来密切关注的问题。他在德国就深入研究了文学的大众传播所带来的问题,而发达的美国大众文化,则为他在这方面的进一步研究提供了特殊的题材和合适的土壤。因此当他1934年流亡到美国后,就开始着手在批判理论的框架中对美国的大众文化和大众传播问题进行研究。他用自己在德国就已熟练使用的分析技巧和应用社会研究局的经验研究方法分析了美国的通俗文化,发表了《通俗杂志中的传记》。这篇论文给他带来了巨大声望,使他"赢得了美国社会学家和传播研究专家的赞

---

① Hanno Hardt. *Critical Communication Studies：Essays on Communication History and Theory in America*, London：Routledge, 1991, p.156.

② [德]H. R. 姚斯,[美]R. C. 霍拉勃著《接受美学与接受理论》,沈阳:辽宁人民出版社1987年版,第327页。

③ Martin Jay. *The Dialectical Imagination：A History of the Frankfurt School and the Institute of Social Research*, 1923—1950, London：University of California Press, 1996, p.138.

④ Judith Marcus, Zoltán Tar. *Foundations of the Frankfurt School of Social Research*. Transaction Publishers, 1984, p.56.

同和尊敬"①。《通俗杂志中的传记》之所以著名是因为它超越了某一种文化达到了文化间的熔合。他所采用的批判理论的知识框架在德国已经发展得非常成熟,同时他所采用的内容分析方法在美国也已经得到了很大发展。在学生时代他就尝试建构的"理论力场"的研究方法在本项研究中发挥了很大作用,正是批判理论和经验方法在"理论力场"中的冲突与融合,使他超越了批判学派与经验学派双峰对峙的理论困局。一些传播学专家认为,"他的研究体现了批判理论和美国社会科学研究方法最美好的联姻"②;"是欧洲理论姿态和美国经验主义研究相结合的最成功的范例之一"③。不久后,洛文塔尔在伊利诺斯大学传播研究所成立大会上发表了一篇演讲,概述了他"关于文学本身就是传播媒介的主张的根本原则"④,进一步规划了文学传播研究的蓝图。

洛文塔尔最初在美国的理论研究,可以说和阿多诺一样,也是饱受欧洲人文主义传统和美国社会科学传统之间互相冲突的折磨,然而他所具有的开放的理论品格、辩证的思维方法以及对批判理论的独特理解和运用,使他的文学传播研究摆脱了要么像阿多诺那样偏执于欧洲人文主义传统,要么像施拉姆那样完全陷于美国社会科学传统而不能自拔的境地。正是这两种不同的文化传统和不同的研究范式在他的文学传播研究中的切磋砥砺才使他认识到"力场"理论可以有效地解释文学与传播所形成的既构成又变动不居的现实结构,他因此形成了"理论力场"方法论,从而使其文学传播研究方法论逐步走向成熟,实现了从"批判理论"到"批判传播理论"再到"理论力场"的三级跳。

在文学传播研究的"理论力场"中,洛文塔尔对辩证中介的敏感得到了充分显示,他紧扣文本,交叉使用批判理论、传播理论和文学社会学方法来

---

① Hanno Hardt. The Conscience of Society: Leo Lowenthal and Communication Research. *Journal of Communication*, Summer 1991.
② John Durham Peters, Peter Simonson. *Mass Communication and American Social Thought: Key Texts*, 1919—1968. Lanham, Md.: Rowman & Littlefield Publishers, 2004, p. 89.
③ Leo Lowenthal. *An Unmastered Past: The Autobiographical Reflections of Leo Lowenthal*. Berkeley: University of California Press, 1987, p. 134.
④ [德]洛文塔尔著《文学、通俗文化和社会》,北京:中国人民大学出版社 2012 年版,第 16 页。

分析传播者与文本建构,期待视野与文本结构,文学"传播力场"的历史变迁与文学转型等问题。他认为,文学传播活动必须在更具包容性的文化和社会理论中被调查。文学传播研究不仅要包括它的传播者、文本和接受者,而且要包括它的文化语境、社会过程和经济关系。他把个体表达、传播媒介和社会制度等都编织到一个独特的网络之中,从而建构了"传播力场"这一由复杂的传播现象所构成的动态结构。在从理论上阐述了"传播力场"的生成机制与构成要素后,洛文塔尔依次梳理了传播媒介、作家、书商、批评家、读者和传播渠道等各种"力"在文学"传播力场"中的角色及其相互关系的历史变迁。正是通过对文学"传播力场"的历史变迁的研究,洛文塔尔才揭示了西欧文学发展到大众传播时代所出现的文学转型现象。尽管"传播力场"理论可以有效地揭示文学与传播所形成的既构成又变动不居的现实结构,然而仅以此来解释文学传播活动,未免抹杀了文学传播活动的特殊性,因此他又进一步提出以"理解"范畴来规定文学与传播的关系,从而把"理解"范畴与"力场"理论结合起来,形成了在文学与传播的"理解力场"中规定文学的本质的研究思路。在洛文塔尔看来,"文学本身就是传播媒介",无论是就其内在本质而言,还是就其社会功能来说,文学所发挥的都是一种中介作用,即传播、交流、理解的中介。从"理解力场"的角度看,文学传播活动的核心就是意义的创造、理解和共享。因此洛文塔尔才特别重视"理解"概念,试图在"理解力场"中使文学传播活动成为一种真正的理解活动,从而开创了批判的文学传播研究的新范式。

通过以上梳理,我们不难发现,洛文塔尔的学术研究传统与马克思、黑格尔、弗洛伊德、狄尔泰、西美尔和韦伯兄弟等贤哲有着深厚的血脉渊源,其学术观点深深地植根于先贤的哲学社会学传统中;更加重要的是,他不仅继承了德国的哲学传统和人文主义范式,而且在一定程度上表现了对美国实证主义的尊重,并且吸收了美国社会科学的一些研究方法。欧洲人文主义传统和美国社会科学传统这两大看起来似乎不可能被融合的学术传统经过洛文塔尔的综合,不但使他成功地建构了"理论力场""这种综合方法的成功范例",而且还建构了"传播力场"、"理解力场"等文学传播研究的核心范畴,从而开创了从历史与社会传播的整体语境着手,对文学进行传播学研究的新范式。虽然很长一段时期,文学传播理论与方法没有受到应有的重视,但是随着传播理论的兴起和发展,用传播理论与方法研究和阐释文学现象的合理性和重要性逐渐得到了证明和肯定。在当代西方学术舞台上,文学传播理论经过不断发展和更新,已经成为颇具理论穿透力的研究模式之一。洛文塔尔文学传播理论的生成和发展表明,站在批判理论的立场上,采取"理论力场"的方法对文学进行传播学的研究,是有可能超越文学传播研究中批判学派和经验学派双峰对峙的理论困局,进而揭示大众传播时代的文学传播现象的种种奥秘的。

第二章 批判传播理论:洛文塔尔文学研究的传播学视角和方法

据说,爱因斯坦(Albert Einstein)的一个学生曾问他:"什么发现对你发明相对论帮助最大?"爱因斯坦毫不迟疑地回答说:"发现怎样思考这个问题。"①对于洛文塔尔,我们也可以这样说。什么对于洛文塔尔发现文学转型这种历史发展趋势帮助最大?"发现怎样思考这个问题"——发现新问题,找到切入问题的新角度和研究问题的新方法。因为学术的本质在于创新,建立新的研究范式更需要创新,新的研究范式的建立就直接体现为全面的理论创新。而进行理论创新,必须有立足于现实基础之上的问题意识和科学方法。洛文塔尔在文学传播研究中以问题为中心,重视对时代冲突所引发的现实问题的研究,重视对理论自身所生成的问题的研究,尤其重视思维方法和研究范式的突破。他针对大众传播条件下出现的文学转型现象以及当时各种文学研究方法的不足,植根于批判传播理论,综合批判理论、传播理论和文学社会学等建构了一种"理论力场",从而"扭转了当时的研究立场,在文化社会学领域发动了一场哥白尼式的革命",超越了传播研究中批判学派和经验学派双峰对峙的理论困局。他对文学传播现象所作的分析与其方法论预设紧密联系,因此本章主要探讨洛文塔尔文学研究的传播学视角和方法。

第一节 批判传播理论的内涵及其基本特征

在法兰克福学派的社会批判理论体系中,对于大众传播的批判尤为引人注目。诚如小约翰(Littlejohn)在《传播理论》(*Theories of Communication*)一书中所评论的,由于"他们对资本主义社会中作为压迫性结构的大

---

① [美]施拉姆,波特著《传播学概论》,北京:新华出版社1984年版,第198页。

众传播与媒体产生了极浓的兴趣",所以"传播在这一理论运动中占核心地位,而且对大众传播的研究一直是特别重要的部分"。① 小约翰的概括与洛文塔尔后来的总结相吻合,他在回忆录中说:"我研究的关键领域之一,包括理论研究和应用研究,是大众传播领域。"② 以洛文塔尔和阿多诺为代表的批判理论家们的传播研究成果,早在1941年就被经验传播学派掌门人拉扎斯菲尔德命名为"批判传播研究"③。传播学家汉诺·哈特认为"洛文塔尔是法兰克福学派在美国传播研究界最著名的代表"④,"对传播研究领域的贡献要远远大于他的同事"⑤。洛文塔尔早在1940年代就开创了一种批判传播研究范式,目前这种范式已经发展成为美国传播研究的三大范式之一,为当代传播研究提供了重要的理论资源。诚如汉诺·哈特所说:"洛文塔尔的作品是传播领域知识史的一部分,对于传播和通俗文学在社会中的本质和功能作用问题提供了有意义的理论的和分析的洞见。"⑥ 他的论文"是批判传播研究的一篇极其卓越的宣言……事实上,洛文塔尔的分析计划、主题和方法上的建议可以被看作美国批判传播研究理论根基上的开端"⑦。本小节试图在以下范围评述洛文塔尔的贡献——从在文学传播研究中为文学研究、文化研究和传播研究定位到建立文学传播研究的方法论和推进文学传播研究的批判观点。

---

① [美]斯蒂文·小约翰著《传播理论》,北京:中国社会科学出版社1999年版,第413页。
② Leo Lowenthal. *An Unmastered Past*: *The Autobiographical Reflections of Leo Lowenthal*. Berkeley: University of California Press, 1987, p. 141.
③ Paul Lazarsfeld. Remark on Administrative and Critical Communication Research. *Studies in Philosophy and Social Science*, vol. 9, p. 2-16. 法兰克福学派在美国的官方刊物《哲学和社会科学研究》于1941年出版了一期"大众传播专号",与之有密切合作关系的拉扎斯菲尔德在这一期上发表了《评管理的和批判的传播研究》一文,在论文中他将自己的研究称为"管理的研究",将法兰克福学派的研究称为"批判的研究"。
④ Hanno Hardt. *Critical Communication Studies*: *Essays on Communication History and Theory in America*, London: Routledge, 1991, p. 150.
⑤ Hanno Hardt. The Conscience of Society: Leo Lowenthal and Communication Research. *Journal of Communication*, Summer 1991.
⑥ Hanno Hardt. The Conscience of Society: Leo Lowenthal and Communication Research. *Journal of Communication*, Summer 1991.
⑦ Hanno Hardt. *Critical Communication Studies*: *Essays on Communication History and Theory in America*, London: Routledge, 1991, p. 153.

一、从批判理论到批判传播理论

法兰克福学派以批判理论(Critical Theory)著称于世。作为法兰克福学派核心成员之一,"洛文塔尔的思想深深地植根于批判理论的框架之中"①,在其一生的学术研究中,洛文塔尔始终把批判理论应用于文学、文化、传播和社会问题的分析研究,在批判传播理论(Critical Communication Theory)和文学社会学(Sociology of Literature)等方面都有卓越的贡献。他的批判传播理论和文学社会学研究都广泛涉及了文学传播问题。早在加入社会研究所之前,洛文塔尔就对"社会批判精神"有所自觉,他不但对批判理论的建立有很大贡献,而且在自己一生的理论实践中都努力捍卫着并切实发展了批判理论。道格拉斯·凯尔纳等传播研究专家在其论著中反复强调批判理论对于洛文塔尔传播研究的重要性,认为批判理论是其文学传播研究的元理论之一。汉诺·哈特则明确指出:"洛文塔尔的所有作品,特别是在他的文学社会学方面的作品中,从批判理论的立场出发对批判传播研究提出了一种真正的跨学科研究方法。"②汉诺·哈特的这一论断其实就是本章所要探讨的中心问题之一。因此,如何理解批判理论就成了理解洛文塔尔文学传播思想的重要学术前提。

"那么什么是批判理论?"凯尔纳在《重访法兰克福学派》一文中给出了一种十分简洁的界定,他说:"批判理论是一种理论联系实践,关注普遍性和特殊性,联合哲学和科学的跨学科理论,其本身是一种植根于马克思主义辩证法的辩证的社会理论。"③对于如此明确地界定批判理论,洛文塔尔似乎抱有迟疑态度。他在1974年社会研究所成立五十周年纪念大会上发表演说时,强调指出批判理论只是一种观点,只能被理解为"公分母",除此之外它什么也不是。他说自己不知道如何对它进行界定,并要求马丁·杰伊对所谓的"批判理论"的主要特征给出详细说明。然而事实上,就连专门

---

① Leo Lowenthal. *An Unmastered Past: The Autobiographical Reflections of Leo Lowenthal*. Berkeley: University of California Press, 1987, p.239.

② Hanno Hardt. *Critical Communication Studies: Essays on Communication History and Theory in America*, London: Routledge, 1991, p.156.

③ Douglas Kellner. The Frankfurt School Revisited *New German Critique*, No.4, 1975p.138. mht

写了一本书论述"批判理论"的杜比尔也承认,要想提出几个概括性的特征并且说这就是批判理论,是不可能的。而对于传统理论,这种做法常常是可行的,因为根据给定的中心前提,人们能够得出自己的假设,而对于这种断片式的写作,碎片式的风格,未免违背了作者的初衷。在这种情况下,本书若仍然想以传统方式对其进行理论上的概括,未免有蛇足之嫌,因此我想本书也应该采取马丁·杰伊评述阿多诺的方式,为了揭示洛文塔尔的独一无二的思想精华,尽可能用洛文塔尔自己的语言展示他的思想,用尽可能符合他思想中那种不可克服的张力的那样的方式从理论上阐释他。

"批判理论"作为一个哲学范畴是由霍克海默于1931年1月在题为"社会哲学的现状和社会研究所的任务"的就职演说中提出的,他要求将哲学同社会学结合起来,对现代社会进行分析,对哲学概念进行社会学批判,对社会学概念进行哲学批判。"它主要指用历史—社会方法对现实社会经济—文化现象作类似马克思当年在《资本论》中所作的那种批判考察。"① 1937年,霍克海默又在《传统理论与批判理论》(Traditional and Critical Theory)一文中详细阐述了法兰克福学派批判理论的纲领。他在论文中不但第一次使用了"社会批判理论"一词,而且指出传统理论与批判理论的根本区别在于:前者只是从既定事实出发进行所谓"科学的"社会观察,这种貌似客观中立的态度实际上只能得出顺从现存社会秩序的结论;而后者则站在现存社会秩序之外(即洛文塔尔所说的"边缘"位置)对其进行批判性分析,以证明这种既存现实是不真实的。对于霍克海默来说,"作为科学之出发点的现实情境并不仅仅被看作依照或然律去证实和预见的原始材料。每一原始材料都不仅仅依赖自然,而且还依赖人类对它施加的力量。对象、知觉的类型、所提及的问题以及答案的意义,都证明着人类能动性的存在和人类膂力的程度"②。批判理论试图揭示出,在科学貌似中性的表述中,潜藏着人性被压抑的状况。因此,他们"拒绝那种放弃了道德职责的'科学价值中立'(value-free science)观念",洛文塔尔将这种观念视为"不可宽恕的",并且进一步指出,"如果有人对此表现出不满甚至愤怒,我也不

---

① 李小兵著《"西方马克思主义"和霍克海默的〈批判理论〉》,见[德]霍克海默著《批判理论》,重庆:重庆出版社1989年版,中译本序第10页。
② [德]霍克海默著《批判理论》,重庆:重庆出版社1989年版,第230-231。

会道歉。正相反,我很荣幸得到这种指控",因为"在公众生活和科学事业领域我们有足够的理由感到愤怒"①。洛文塔尔的这一批判姿态与霍克海默反对形而上学的态度遥相呼应,霍克海默在《黄昏》中说:"我知道形而上学家通常对人类的痛苦熟视无睹。"他认为"包罗万象的体系很可能成为社会现状的一种理论辩护",而实证主义者则"剥夺了理智在判断现实的真假时的任何权利,过分的经验论偏见导致事实的神圣化,而这同样是片面的"。因此他强调辩证的社会科学的可能性,批判的社会理论的必要性,因为它既可避免同一论,又能保持观察者超越经验所赋予的权利。②

在接受杜比尔的采访时,洛文塔尔在指出霍克海默和马尔库塞的相关论文对此有所阐释后,说:"这里我要作一点另外的说明。有人攻击我们完全背弃了马克思主义并且丧失了现实感。我认为他们未能理解批判理论的意义。"③他强调:"批判理论始终关心现实,在批判理论和传统理论之间最本质的区别在于:我们所面对的问题本质上是由既定的历史情形决定的,不论它是对自由主义的批判还是对现象学、文学或者音乐的批判。我们的主要兴趣……在于批判地分析那些倾向和运动,以成功地在政治和理论之间重建一种可能的联合。因此批判理论从来就没有故作深奥,它最关键的特征在于,他是对理论与现实之关系的反思。"④事实上,洛文塔尔认为批判理论是马克思主义的革新形式,它继承了马克思主义的基本主题和批判精神。在《反思文学社会学》一文中,洛文塔尔终于"指明了批判理论意味着什么:即一种观点,一种基于共享的批判基础之上的姿态,这种观点将被应用于研究所有的文化现象,但是它并不要求成为一种体系。它包括对哲学、经济学、心理学、音乐和文学的批判性分析"⑤。

---

① Leo Lowenthal. *An Unmastered Past: The Autobiographical Reflections of Leo Lowenthal*. Berkeley: University of California Press, 1987, p. 165.

② Martin Jay. *The Dialectical Imagination: A History of the Frankfurt School and the Institute of Social Research*, 1923—1950, London: University of California Press, 1996, pp. 46-48.

③ Leo Lowenthal. *An Unmastered Past: The Autobiographical Reflections of Leo Lowenthal*. Berkeley: University of California Press, 1987, p. 62.

④ Leo Lowenthal. *An Unmastered Past: The Autobiographical Reflections of Leo Lowenthal*. Berkeley: University of California Press, 1987, p. 63.

⑤ Leo Lowenthal. *An Unmastered Past: The Autobiographical Reflections of Leo Lowenthal*. Berkeley: University of California Press, 1987, p. 167.

1930年代，社会研究所的成员先后流亡到美国，并从1930年代末开始，将美国的大众文化作为自己的主要研究对象，诚如马丁·杰伊所指出的："权威主义在美国的出现带有与欧洲不同的伪装形式，是一种更缓和的强求一致的方式，这在文化领域可能最有成效。因此，美国的大众文化就成为法兰克福学派四十年代的主要研究对象。"①由于大众文化与大众传播密切的内在关联——大众文化是以大众传播为途径来实现的，事实上"文化和传播的范畴不可避免地会重合。现代传播已成为文化，特别是大众文化的观念和现实这一整体的组成部分"②。这样，将1930年代发展起来的"批判理论"延伸到对美国的大众文化、大众传播进行多方位的分析批判，便成为研究所顺理成章的议题。

　　就洛文塔尔个人的理论兴趣来说，大众传播领域中的许多问题尤其是文学传播问题一直是他本人长期以来密切关注的问题。汉诺·哈特认为"传播研究和媒介研究是1940年代在美国出现的"③，这指的应该是严格意义上的传播学研究，因为洛文塔尔早在1920年代就从接受理论和读者反应批评的角度对文学接受和媒介效果等文学传播问题进行了探讨。例如，他对迈耶尔和陀思妥耶夫斯基的研究。通过对他们的作品的大众传播状况和受众构成的分析，他得出结论：迈耶尔的读者主要是中产阶级中适度富裕的人，而陀思妥耶夫斯基的大多数读者是没有成功的小资产阶级，其作品迎合了德国人群中混乱和恐惧的那一部分。可以说，他在法兰克福就已经接触到由于大众传播的兴起与普及所带来的文学、文化方面的困惑和问题，而受大众传播技术发展的推动、受实用主义和经验主义传统熏陶的美国大众文化，则为他在这方面的进一步研究提供了特殊的题材和合适的土壤。由于洛文塔尔对文化传播问题的浓厚兴趣，当他1934年流亡到美国后，几乎立刻就开始着手在批判理论的框架中对美国的大众文化和大众传播问题进行研究。拉扎斯菲尔德和默顿主持的应用社会研究局给他

---

　　① Martin Jay. *The Dialectical Imagination*: *A History of the Frankfurt School and the Institute of Social Research*, 1923—1950, London: University of California Press, 1996, p. 172.
　　② ［美］切特罗姆著《传播媒介与美国人的思想——从莫尔斯到麦克卢汉》，中国广播电视出版社1991年版，第2页。
　　③ Hanno Hardt. *Critical Communication Studies*: *Essays on Communication History and Theory in America*, London: Routledge, 1991, p. 81.

提供了研究秘书和助手,他开始按其要求把注意力转向大众艺术更直接的样式,同时在费城写作新闻评论。也正是在那里他写作了奠定其学术地位和研究方法的《通俗杂志中的传记》。从那时开始,他先后在哥伦比亚大学社会学系、华盛顿战争情报局、美国之音、斯坦福高级研究中心和加利福尼亚大学柏克莱社会学系等地从事文学社会学和大众传播研究,从而开启了具有欧洲人文主义传统的批判传播研究与具有美国实证主义传统的经验传播研究这两大传播学派长达半个多世纪的冲突与融合。洛文塔尔在回忆自己在美国所从事的研究工作时,尽管对美国的经验研究充满了不满和抱怨,但是他仍然承认自己从中学习到很多东西,因此他才说:"对我而言,把理论的、历史的观点和社会学研究的经验主义方法联合起来是比较容易的……因为我研究的关键领域之一,包括理论研究和应用研究,是大众传播领域,而大众传播研究很长时间以来就是美国社会科学最重要的主题之一。"①作为洛文塔尔从学生时代就已经根深蒂固的思维方式,辩证思维方式在他进行大众传播研究时,发挥了重要作用。从下面的分析中我们能够看出,他的批判传播理论既是在对经验传播理论的批判过程中发展起来的,也是在吸收经验研究方法的过程中建构起来的。

二、批判传播理论的发展及其基本特征

马丁·杰伊指出:"批判理论是通过对其他思想家和传统哲学的一系列批判来表述的,其发展是对话式的,其起源是辩证的。"②对于批判传播理论的起源和发展,这一说法也是可以成立的。切特罗姆则给出了更为直接的评论:"将经验主义中'经验的'一词限定为专指一系列当代各种个体的抽象的、可统计的信息资料,使得社会科学研究范围受到严重限制。但是对经验主义方法的最显著的批评是由法兰克福社会研究学会流亡于美国期间提出来的。这种批评是法兰克福学派三十年代发展起来的'批评理论'的延伸,它被应用于对四十年代和五十年代的美国大众文化的分析。

---

① Leo Lowenthal. *An Unmastered Past*:*The Autobiographical Reflections of Leo Lowenthal*. Berkeley:University of California Press,1987,p. 141.
② Martin Jay. *The Dialectical Imagination*:*A History of the Frankfurt School and the Institute of Social Research*,1923—1950,London:University of California Press,1996,p. 41.

他们的主要人物是马克斯·霍肯默、T. W. 阿多诺、利奥·洛温撒尔。他们把被经验主义传统所定义的大众媒介效果问题——关于说服效果的问题——置于更广泛的意识问题中：即关于文化价值的问题。"①事实上，对当时在美国占据主流地位的经验主义传播研究方法，法兰克福学派的成员们都是非常不满，持批判态度的。在他们看来，"大众传播和大众文化的传统的经验主义研究在两种水平上都有欠缺。第一，它没有建造起一种着眼于社会整体的研究；第二，把文化问题降低到经验主义的可检验的范畴是完全不恰当的"②。洛文塔尔的批判传播理论，可以说就是通过对美国经验学派的一系列批判来表述的。

洛文塔尔开宗明义，在《文学、通俗文化和社会》一书正文的第一句就明确指出："限制对大众文化进行当代分析的盲点在于美国人寻求事实的癖好。"③他把美国人"寻求事实"的癖好看作"盲点"表明了他对美国实证研究的态度。例如对于美国经验学派只关注数据处理技巧的研究思路，洛文塔尔就针锋相对地指出："调查研究并非一定要从一张白板开始不可。要弄清楚的首要问题便是需要对罗列在数据表中的数据进行破译和读解。现代传播研究，像其他许多社会科学领域中的专业活动一样，已经成为一种克己苛刻的行为——它把自己局限在定义非常清晰的课题上，如内容分析、效果研究、受众分层、媒介内部以及媒介之间的关系等。"④在洛文塔尔看来，这种以市场数据作为理论起点的经验传播研究缺乏必要的社会理论基础，其结论是不真实的。因为对任何与人相关的社会现象的研究都不可能离开研究者的价值取向。更何况像现代传播这种大众传播机构本身就是一种社会制度，它是无法脱离文化意义和价值构成的。对于那种回避、掩盖甚至参与社会控制的"实证主义"方法，洛文塔尔进行了毫不含糊地批判，比如：

---

① [美]切特罗姆著《传播媒介与美国人的思想——从莫尔斯到麦克卢汉》，中国广播电视出版社1991年版，第153页。
② [美]切特罗姆著《传播媒介与美国人的思想——从莫尔斯到麦克卢汉》，中国广播电视出版社1991年版，第154页。
③ [美]洛文塔尔著《文学、通俗文化和社会》，北京：中国人民大学出版社2012年版，第18。
④ [美]洛文塔尔著《文学、通俗文化和社会》，北京：中国人民大学出版社2012年版，第8。

在一项对电视的研究中,它尽其所能地对电视影响家庭生活的数据进行分析,但是却把这一新机制对人类的实际价值问题留给诗人和梦想家。社会研究过于关注现代生活(包括大众媒介)的表面价值,而拒绝将其置于历史和道德语境之中。在现代的初始阶段,社会理论将神学作为其模范,但是今天自然科学取代了神学,这一范式转换的内涵意义深远。神学的目的是救赎,自然科学的目的是操纵;一个指向天堂与地狱,另一个则指向技术和机器。①

在洛文塔尔看来,经过几百年的斗争,人类精神在摆脱了神学统治之后,不应再被自然科学这一"新的神学"所控制,不应该被"科技理性"所主宰。他直截了当地指出:"社会研究者的光荣孤立很可能会加强一种普遍猜疑,即认为从最终的分析来看,社会研究只不过是市场研究,它是一种权宜之计,是让不情愿的消费者狂热消费的工具。"他认为经验传播研究是造成这种社会倾向的原因。在以嘲讽的口吻指出经验学派的传播研究,是以"科学价值中立"为幌子来掩盖其把"控制"作为传播研究目标的做法后,他感叹道:"权宜主义加上历史和哲学参照框架的缺失,造成了一桩令人遗憾的便利婚姻。"②他认为社会科学家通过声称研究对象既不属于逻辑范畴也不属于历史范畴,从而逃避其道德义务的做法,是不可宽恕的。他始终认为,作为一名批判理论家,批判精神是与生俱来的不可剥夺的权利。在一次访谈中,他一针见血地指出:"美国社会科学研究中所谓的经验研究是令人担忧的,人们有这样的感觉,他们之所以要进行经验研究实际上仅仅是为了钱,而不是为了研究对象。"③在严厉地批判了这种缺乏历史和哲学参照维度、丧失了人文精神关怀的研究立场后,洛文塔尔进一步指出了经验学派的全部研究都奠定在错误的前提上:"对于大众媒介研究来说,理论

---

① [德]洛文塔尔著《文学、通俗文化和社会》,北京:中国人民大学出版社2012年版,第26页。
② [德]洛文塔尔著《文学、通俗文化和社会》,北京:中国人民大学出版社2012年版,第29页。
③ Leo Lowenthal. *An Unmastered Past*:*The Autobiographical Reflections of Leo Lowenthal*. Berkeley:University of California Press,1987,p. 144.

的起点不应当是市场数据。经验研究一直错误地假设,消费者的选择是决定性的社会现象,我们应该对此展开深入分析。但第一个问题是:在社会的总体进程之中,文化传播的功能是什么?"洛文塔尔将美国社会科学家所进行的"经验研究"界定为市场研究,认为它仅仅表现了一种无中介的反应,而没有对潜藏在文化现象下面的社会功能和心理功能进行详细审查。他指出:"研究不应该限于狭义的心理学范畴。它们的目的更在于查明社会整体中的客体要素在大众媒介中是怎样被生产和再生产的。这就意味着不能把'大众的趣味'作为一个基本范畴,而是要坚持查明,这种趣味作为技术、政治和经济条件以及生产领域主宰利益的特定结果,是如何灌输给消费者的。"①汉诺·哈特针对这个问题在《论忽视历史:大众传播研究与社会批判》一文中评论说,"行政研究是在行政机构支持下完成的","批判研究是作为行政研究对立面提出的,它要求优先于并且排除服务的特殊目标,研究我们的传播媒介在目前社会体系中的一般作用"。而拉扎斯菲尔德则忽视了批判研究的历史本质,没有认识到文化在媒介定位中的作用。②

由于"经验研究总是缺乏所研究现象的历史语境"③,洛文塔尔期望批判传播研究能够超出对媒介活动显而易见的社会条件的描绘和分析。事实上"从一开始,洛文塔尔对通俗文化的兴趣和对媒介内容的认识就证明了他的历史分析的有效性"④。1947年洛文塔尔在伊利诺斯大学传播研究所成立大会上的演讲,第一次系统规划了批判传播研究的蓝图。他认为对大众媒介中社会总体的客观因素的生产和再生产的分析将揭示作为传播技术条件和社会政治条件结果的大众趣味是如何出现的。为此,他把被经验主义传统所定义的大众传播效果问题置于文化价值的问题之中,在社会

---

① [德]洛文塔尔著《文学、通俗文化和社会》,北京:中国人民大学出版社2012年版,第31页。
② [美]汉诺·哈特著《论忽视历史:大众传播研究与社会批判》,见[英]奥利弗·博伊德-巴雷特,克里斯·纽博尔德编《媒介研究的进路——经典文献读本》,北京:新华出版社2004年版,第19页。
③ Leo Lowenthal. *An Unmastered Past: The Autobiographical Reflections of Leo Lowenthal*. Berkeley: University of California Press, 1987, p. 144.
④ Hanno Hardt. *Critical Communication Studies: Essays on Communication History and Theory in America*, London: Routledge, 1991, p. 156.

历史和文化政治的框架中,从价值与意义的角度对大众传播领域进行探讨。在洛文塔尔的研究途径中隐含着这样一种看法,大众传播必须在更具包容性的文化和社会理论中被调查。这样的立足点,有力地促成了洛文塔尔具有批判色彩的大众传播研究,相对于经验主义学派的研究而言,确实开创了一条新的研究思路。如汉诺·哈特认为:"洛文塔尔不但在经验传播研究在美国获得全盛期期间就应用批判理论进行了传播和媒介研究,而且确定了通俗文学(包括新闻业)在一个社会的社会批判中的地位,对于美国传播研究和文化研究之间的关系,这是特别的兴趣点和重点。"①后来他又在《批判传播研究》一书中指出,尽管拉扎斯菲尔德等人的实证主义的传播研究观念在美国占据了主流地位,"但是在当时的社会科学建制之外,还有一种可供选择的传播理论,尽管那时还处于边缘,它在文学和社会学的语境中得到了表达"②。

在把文学研究的方法论从传统的以作家作品为中心的研究范式里解放出来的努力中,洛文塔尔所使用的一整套方法都可以由传播学的观念得到说明。汉诺·哈特揭示了洛文塔尔的传播研究与文学研究的一致性,他说:"从基于文学或者哲学根源的文化或者社会决定性的角度出发对传播本性进行的讨论,是极其少见的,洛文塔尔则是个例外,他在这方面作出了重要的贡献。"③例如他研究了"收听电台和阅读与社会、政治和社会中文化状况之间的关系",而"引导洛文塔尔从事这项重要研究工作的是……他对分析文学意义的浓厚兴趣"④。他多次强调他的研究多年来一直聚焦于文化现象,特别是文学生产。对于洛文塔尔而言,"文学本身就是传播媒介",因此他认为,"要了解我们时代的传播的意义,我们最好转向象征性表

---

① Hanno Hardt. The Conscience of Society: Leo Lowenthal and Communication Research. *Journal of Communication*, Summer 1991.

② Hanno Hardt. *Critical Communication Studies: Essays on Communication History and Theory in America*, London: Routledge, 1991, p. 123.

③ Hanno Hardt. *Critical Communication Studies: Essays on Communication History and Theory in America*, London: Routledge, 1991, p. 92.

④ Leo Bogart. In Memoriam: Leo Lowenthal, 1900—1993. *Public Opinion Quarterly*, Fall 1993, Vol. 57 Issue 3.

达领域,即艺术领域和宗教领域"①。可以说,文学传播既是他文学研究的逻辑起点,也是他传播研究的逻辑起点。"洛文塔尔是依靠他的文学、哲学和艺术经验来发扬传播的人文主义内涵的,这涉及真正生产性的想象,免于把语言和传播作为信息技术概念。"②

  洛文塔尔认为研究文学的传统学院学科忽略了包括报纸杂志在内的通俗文学产品,没有意识到畅销书、通俗杂志、连环画等诸如此类东西的冲击,他们对那些想象力水平较低的出版物保持一种不屑一顾的傲慢态度。这个领域已经提出了挑战,社会学家对此必须有所作为。他指出要填补这一领域,就必须调查"所有与艺术作品的激励和传播有关的因素"。"洛文塔尔强烈主张文学社会学必须进行传播研究,他提出了一系列研究计划以加强学科地位,并且力争将文化和传播知识融入到这一学科知识中。"③将文化和传播知识融入到文学社会学学科领域的尝试,意味着文学研究与传播研究必然会出现交叉,而二者的交融必然会产生文学传播研究这一交叉研究领域。在以后的文学传播研究中,他逐步形成了"理论力场"这一文学传播研究方法。

第二节 批判传播理论的文学社会学方法

  1987年,罗伯特·威尔逊教授在评论《文学与人的形象》一书时,开篇就指出:"洛文塔尔是当今世界公认的最重要的文学社会学家。事实上,人们几乎都认为他创造了一个学术领域:他的许多作品为那些试图从社会学视角对文学作品进行内容分析的学者树立了典范。"④1990年,格里斯沃尔德进一步指出:"洛文塔尔是健在的、最著名的文学社会学家……《文学与人的形象》已经成为进行文化分析的社会学家的案头必备之书……洛文塔

---

 ① Leo Lowenthal. *Literature and Mass Culture*（Communication in society, V. 1）, New Brunswick (U.S.A.): Transaction Books, 1984, p. 291.

 ② Hanno Hardt. The Conscience of Society: Leo Lowenthal and Communication Research. *Journal of Communication*, Summer 1991.

 ③ Hanno Hardt. *Critical Communication Studies: Essays on Communication History and Theory in America*, London: Routledge, 1991, p. 153.

 ④ *Contemporary Sociology*, Vol. 16, No. 5, 1987 p. 721. mht.

尔文学社会学研究的基本原理比任何学派都提供了更为坚实的基础。"①到1992年,有学者甚至认为"离开洛文塔尔的文学社会学研究,就像演出的《哈姆雷特》没有哈姆雷特一样"②。可以说,洛文塔尔的学术声望在1990年前后达到了他一生中的最高点,但是他的文学社会学作为文学理论的一种研究方法,其价值仍然有待于进一步发掘,它不但是接受理论之所以能够产生的一种理论基础,而且对于洛文塔尔文学传播理论的形成具有重要的方法论意义。比如霍拉勃的《接受理论》一书就把洛文塔尔的"文学社会学"作为接受理论的五种重要的理论先驱之一,认为它一方面对接受理论的发展具有显著的影响,这在接受理论主要理论家的脚注和理论来源中就足以获得证明;另一方面在于它重新着眼于本文—读者的关系,从而有助于解决文学研究中的危机。③洛文塔尔批判传播理论的文学社会学方法对于他的文学传播理论的价值和意义,要更为深刻。当然我们也认可霍拉勃的下述观点:"文学社会学对接受理论的关系,或许不是一种直接的影响,或曰不是简单的因果关系,只是人们越来越关注社会学研究,肯定会波及接受理论所由产生、繁荣的氛围。"④因此本小节将主要探讨他的批判传播理论的文学社会学方法对于其文学传播理论的方法论价值。

一、文学社会学研究的人文主义路径

尽管洛文塔尔文学社会学研究的学术价值直到1990年前后才赢得广泛承认,但是他的相关贡献早在1930年代就已经发表了。作为当今世界最出色的文学社会学家之一,洛文塔尔1932年就"在《社会研究杂志》创刊号上,发表了题为《论文学的社会条件》一文,现在这篇论文已经被公认为文学社会学发展史上的里程碑。他试图在他的论文中发展出一种文学

---

① *Social Forces*, Vol. 68, No. 3, 1990, p. 938. mht.
② Robert Wilson. Review of Toward a Phenomenological Sociology of Literature, in *Social Forces*, Vol. 70, No. 4, 1992.
③ [德]H. R. 姚斯,[美]R. C. 霍拉勃著《接受美学与接受理论》,沈阳:辽宁人民出版社1987年版,第290页。
④ [德]H. R. 姚斯,[美]R. C. 霍拉勃著《接受美学与接受理论》,沈阳:辽宁人民出版社1987年版,第333页。

的社会观念"①。他认为:

> 文学具有特殊的价值,它不仅显示了人的社会化行为,而且展示了这种行为发展的社会化过程;它不仅说出了个体的经验,而且阐释了这种经验的意义。作家渴望创造独一无二而又具有重大意义的作品,这种渴望迫使他去探索全新而有力的表达,这些表达经常成功地使人们注意到那些迄今为止难以名状的焦虑和希望。作家是擅长思考个体问题的专家,他的作品能够成为社会学家(即研究个体与社会之关系的专家)的关键资源。对文学的社会学阐释不仅仅是孤立地研究特殊的文化现象,它还力求把人类生存最有价值的一些证据置于社会学框架之中。②

洛文塔尔的这一段论述及其整篇文章所要表达的核心观点——文学艺术对于社会历史问题的研究具有其他社会材料所无法替代的、特殊的社会学价值,因而完全有资格并且理应成为社会学研究的关键资源——在今天的社会学家和传播学家中间,似乎不会引起太大的争议,但是对于八十年前的社会科学家们来说,不啻"异端邪说"而已。要知道直到20世纪五六十年代,洛文塔尔已经在美国的主流社会学研究机构中(加利福尼亚大学伯克莱分校社会学系)谋得了教授职位之时,在美国从事社会科学研究的大多数社会学家和传播学家仍然不能接受把文学艺术作为社会学研究对象的做法。那些主流社会科学家几乎都将其视为非科学的,甚至是毫无意义的。当时美国的主流社会学刊物很少发表这方面的研究成果或许也是这种排斥心态的一种反映。从这个角度看,洛文塔尔早在1930年代就大力倡导并且身体力行地对于文学艺术的社会学研究,不仅拓展了当代文学研究的理论空间,而且开创了当代社会学研究的新范式,对于文学社会学的创立和发展是具有筚路蓝缕的开拓之功和确立研究范式的奠基性价值

---

① Leo Lowenthal. *An Unmastered Past*: *The Autobiographical Reflections of Leo Lowenthal*. Berkeley: University of California Press, 1987, p.239.
② [德]洛文塔尔著《文学、通俗文化和社会》,北京:中国人民大学出版社2012年版,第4页。

的。当然,作为社会研究所的核心成员,洛文塔尔并不是一个人在战斗,他的同事们几乎都与他一样对艺术进行了社会学意义上的研究,比如阿多诺的音乐社会学研究、本雅明的电影社会学研究。尤其是霍克海默从社会学角度对艺术和大众文化所作的比较研究,与洛文塔尔的研究可以说是一唱一和、遥相呼应。在《艺术与大众文化》一文中,霍克海默和洛文塔尔一样,也是从艺术与"体现在艺术作品中的个体经验"的角度出发得出艺术的社会学观念的。"个性——艺术创作和判断中的真正要素,不仅存在于特有的风格和奇特的构想中,而且存在于能经得起对现行经济制度的整形外科手术的力量中。这种制度把所有的人都雕刻成一个模式。人类……可以自由地在艺术作品中实现自己。体现在艺术作品中的个体经验,和社会用来实现对自然的控制的有组织的经验具有同样的效力……艺术和科学同样都是知识。"①霍克海默的这段论述与上文所引用的洛文塔尔对文学的社会学阐述具有异曲同工之妙。显然,对于洛文塔尔和霍克海默而言,文学艺术具有同等意义的社会学价值——诉说了个体对于社会的经验,这种经验与科学一样,具有同样的效力,都是知识,因此应该置于社会学的框架之中予以研究。

正是因为这一逻辑前提,洛文塔尔才将他的文学传播研究"聚焦于文学艺术作为社会结构和社会变迁的关键指示器这一主题"②,从而探讨了欧洲文学中的资产阶级意识和人的形象的变迁问题,正如有的研究者所说,"作为文学理论家,法兰克福学派留下了丰富的各式各样的遗产。例如洛文塔尔的文学社会学。洛文塔尔关心发展一种对文学进行马克思主义解读的阅读方法,解释在文学作品的内容和形式中经济结构和阶级结构如何得到表达"③。事实上,"自从 1932 年以来,洛文塔尔在《社会研究杂志》上发表的《论文学的社会条件》《战前德国对陀思妥耶夫斯基的接受》《克努特·汉姆生——权威主义意识形态的史前史》等一系列论文开创了批判的文学社会学研究。其特点是以著名的高雅文学作品作为分析社会的基本

---

① [德]霍克海默著《批判理论》,重庆:重庆出版社 1989 年版,第 258—259 页。
② *Contemporary Sociology*, Vol. 16, No. 5, 1987 p. 721. mht.
③ Peter R. Sedgwick, Andrew Edgar. *Key Concepts in Cultural Theory*. Routledge, 1999, p. 153.

来源"①。洛文塔尔的文学研究不但从社会学的角度研究了文学活动与时代变迁、社会结构之间的相互关系,而且尝试着从文学传播和大众接受的角度研究文学的发展变迁。在1930年代,这种切入问题的角度和研究方法都是全新的。汉诺·哈特则进一步肯定了洛文塔尔的文学社会学研究与传播研究之间的密切联系,"洛文塔尔对于这一领域的先见之明展示在1932年到1967年之间写作的一系列论文之中,他讨论了文学社会学、大众文化批判以及它们与传播研究的关系。后来它们被收集并且以'对传播哲学的贡献'为题收入在《文学与大众文化》一书中"②。巴尼特(Barnett)在评论威尔伯·施拉姆主编的《现代社会中的传播》一书时认为,"洛文塔尔论文学社会学的文章论述了传播领域通常为人所忽视的方面,并且指出在美国社会学和传播学研究中至今为止一直忽视的这方面应该给予必要的研究"③。事实上,洛文塔尔的文学社会学研究不仅广泛深刻地触及了文学传播问题,而且正是通过文学传播研究才弥补了美国主流传播研究中的许多不足。

众所周知,在进入大众传播时代之前,文学传播问题还没有成为一个真正的理论问题,只是到了印刷传播时代,文学与传播的关系发生了深刻变化之后,文学传播问题才正式进入理论家的视野。不过,不论是社会学家还是传播学家,他们对文学传播问题的研究都是从本学科的立场出发,所关注的中心都不是文学本身的问题。更重要的一点可能在于以美国经验传播学派为代表的早期传播学理论没能成功地应用到对文学传播问题的研究上。尽管"文学本身就是传播媒介",文学活动也是一种传播活动,传播理论理应对大众传播中的文学传播现象做出阐释,"但是传统传播学实证主义的研究范式却无法将文化中的艺术现象纳入自己的研究视野"。④霍尔认为大众传播学研究的一个非常重要的盲点在于"它窄化了对大众媒介公开生产的产品和通过它传递的产品的研究范围。因此这导

---

① Helmut Dubiel. A clear thinker. *Telos*,00906514,Fall 1993.
② Hanno Hardt. *Critical Communication Studies*:*Essays on Communication History and Theory in America*,London:Routledge,1991,p. 72.
③ *Reappraising Our Immigration Policy*,*Annals of the American Academy of Political and Social Science* Vol. 262,1949,p. 240.
④ 隋少杰著《艺术:在文化传播中生成》,载《山东大学学报》2006年第4期。

致传播研究一方面脱离了文学艺术研究,另一方面也脱离了日常生活的表达和仪式形式。文化这个词在人类学意义上把我们引向对全部生活方式的研究,它被传播这个词代替,后者把我们引向对被分解的存在进行研究。在方法论上,'传播'这个词使我们脱离处于人类学、文学研究及现代马克思主义中心的全部批判方法、解释方法和比较的方法"①。上述论断提醒我们要重视洛文塔尔的文学研究与美国主流研究的一项重大区别。洛文塔尔在谈到"美国人和欧洲人之间的特定不同"时指出:"在美国,文学社会学或多或少被限制在内容分析和对大众文化的效果研究上,并且特别强调对商业的和政治的宣传效果的研究……文学社会学对艺术分析持有怀疑态度。"②他注意到"作为艺术的文学……距离社会科学家的兴趣点好像很遥远"。然而他确信,"自从文艺复兴以来,创造性、艺术性的文学就为研究人与社会的关系提供了一个重要的来源"③。因此,他力求通过文学传播研究,将文学社会学从美国经验主义研究的限制中解放出来,这不但扩大了文学社会学的研究领域,而且影响了它的理论指向。

可以说洛文塔尔与同时代的社会学家、传播学家的传播研究的区别之一就在于他不是仅仅把文学作为传播研究的资料,而是在把社会学和传播学的理论运用于西方近现代文学研究时,其研究的出发点与他们相比有一个根本的转移:它不是以传播问题为基本前提,而是以西方现代文学和通俗文化的生成和发展为基本前提,他研究问题的立足点和落脚点都在文学与人的关系问题上。而在这样做时他就推进了大众传播研究的"人性"维度、批判观点和人文主义精神。洛文塔尔指出:

> 关于传播是如何影响人的本性的问题,我们从社会学中所知甚少。事实上,关于传播的讨论已经严重危害了在社会科学家和人文主义者之间的建设性探讨,这是因为讨论的主要是传播的大

---

① [英]奥利弗·博伊德-巴雷特,克里斯·纽博尔德编《媒介研究的进路》,北京:新华出版社2004年版,第448页。

② Leo Lowenthal. *An Unmastered Past*: *The Autobiographical Reflections of Leo Lowenthal*. Berkeley: University of California Press, 1987, pp. 168-169.

③ [德]洛文塔尔著《文学、通俗文化和社会》,北京:中国人民大学出版社2012年版,第2页。

众媒介。然而与人文主义的陈腔滥调相反的是,一些社会科学家相信要了解我们时代的传播的意义,我们最好转向象征性表达领域,即艺术领域和宗教领域。①

很明显,他认为要从根本上理解传播的本性和意义,就必须研究文学,他多次强调:"从人文主义角度进行社会学研究的同时,人文学科也保持社会学观点,这样做有助于阐明我所关心的文化现象(对于我也意味着政治的道德)……我自己的途径则是研究文学。用社会学家的术语来说,这是传播的领域,用人文主义者的话来说,这是(艺术的或者其他的)文学领域。"②可以说,他既是从传播角度出发进行文学研究的,又是从文学角度出发进行传播研究的。在1947年伊利诺斯大学传播研究所的落成典礼上,洛文塔尔应传播研究所的第一任所长威尔伯·施拉姆之邀作了一个演讲,概述了他关于文学本身就是传播媒介的主张的根本原则。

洛文塔尔的这个演讲是批判传播研究值得注意的宣言,但是自从1948年出版后实际上被美国的主流传播研究忽略了。施拉姆在他后来的传播研究选集中没有再版这篇论文。这个删除行为本身是一个不可忽视的征兆,它很可能反映了当时美国主流传播研究界对洛文塔尔的文学传播理论的态度,或者说它反映了美国经验传播理论与洛文塔尔的批判传播理论的分歧。正如汉诺·哈特所说:"作为第一流传播研究文献的编辑,施拉姆的行动复制了拉扎斯菲尔德对传播研究的理解,包括不愿意包含(如果不是反对的话)传播研究的批判观点,这种观点依靠历史的力量和文化条件。当传播研究走出学术领域进入市场时,它开始聚焦于认识机构的需要和兴趣。"③

洛文塔尔注意到美国经验传播理论把研究主题局限在市场需要的范围内,拒绝对关于传播的人性问题等人文主义领域的问题进行探讨,甚至

---

① Leo Lowenthal. *Literature and Mass Culture* (Communication in society, V. 1), New Brunswick (U. S. A.): Transaction Books, 1984, p. 291.

② Leo Lowenthal. *Literature and Mass Culture* (Communication in society, V. 1), New Brunswick (U. S. A.): Transaction Books, 1984, p. ix.

③ Hanno Hardt. The Conscience of Society: Leo Lowenthal and Communication Research. *Journal of Communication*, Summer 1991.

抵制把传播问题放进历史和道德语境进行研究的做法。针对经验传播研究的理论缺陷，洛文塔尔期望传播研究能够超出对媒介活动显而易见的社会条件的描绘和分析，关注研究对象所蕴含的人文内涵。他批评说：

> 传播几乎完全被剥夺了它的人性内容，而这些内容是由字词本身所暗示的。因为真正的传播要承担交流的职责，分享内在的体验。传播的非人性化是由现代文化中的媒介的蚕食，即首先是由报纸，其次是由无线电和电视的蚕食引起的……当个体出现在传播媒介中时，他被阴险地与他的人性隔离了。大众传播在开发（exploit 开发、剥削……以自肥）个性的每一个过程中，都依靠个体自治的意识形态的支持来为大众文化服务。①

他把美国的经验传播研究看作造成这种社会倾向的一个重要原因。他认为作为一门成建制的社会科学，只重视市场调查和数据材料的美国经验传播研究已经退化为媒介研究，不但"严重地危害了社会科学家和人文主义者之间的建设性讨论"，而且在媒介文化中突出了传播的非人性化。因此为了促进传播的人文主义内涵，他转向了文学传播研究领域。但是他对传播研究的"人性"维度、人文主义精神和批判观点的强调并不是要放弃对科学的追求，而是要通过对传播的批判研究来促进科学理性与人文精神的融合。洛文塔尔进行文学传播研究时所采取的这种辩证态度和批判精神对后世产生了很大影响。例如汉诺·哈特就认为："洛文塔尔对传播研究最根本的贡献在于他加强了社会理论的人文主义方面，并且积极推进起源于古典文化概念的理论传统和方法传统……在社会科学和人文学科在为定义这一研究领域、争夺话语权而争论不休时，他成为二者的中介。"②

通过与占据美国主流地位的经验学派的比较，我们较为清晰地看出了洛文塔尔作为人文社会科学研究中的人文主义路径代表的理论特色，而通

---

① Leo Lowenthal. *Literature and Mass Culture*（Communication in society, V. 1），New Brunswick（U. S. A.）：Transaction Books，1984，p. 292.

② Hanno Hardt. *Critical Communication Studies：Essays on Communication History and Theory in America*，London：Routledge，1991，p. 151.

过与同一学派内的阿多诺等人的文艺社会学的比较,将有助于我们进一步把握他的文学社会学理论的独特性。哈贝马斯指出:"洛文塔尔一生的全部作品很容易与卢卡奇、克拉考尔和阿多诺对艺术的社会学研究相比较,恰好是这些作品揭示了洛文塔尔的独特性,正是洛文塔尔解码了作为'过去几个世纪社会化模式讣告'的资产阶级时代的文学证词。"①尽管洛文塔尔与阿多诺都是在批判理论的框架中对文学艺术进行社会学的研究,但是他们从事研究的具体方法、角度和对待美国经验学派的态度都有很大区别。例如他们对待传播问题的不同态度。阿多诺早已注意到无线电广播,但是他"为什么还没有阐明广播的作用呢?关键是心理学的视角遮蔽了他在传播学意义上的思考,或者他压根就没有从严格的传播学角度思考过这一问题。而缺少了传播学意义上对无线电广播的界定和分析,他的思考无论如何都不周全"②。显然,赵勇认为阿多诺未能从传播学的角度切入问题,使他的研究有失偏颇。在研究洛文塔尔时,他却发现"大众媒介"是洛文塔尔著作中"一个出现频率很高的词。这就意味着除了'批判理论'和'文学社会学'之外,洛文塔尔在进入大众文化的时候还有一个重要的观点,即通过考察某一时期的大众媒介,从而接近这一时期的大众文化。或许正是基于这一原因,美国的传播史学者汉诺·哈特才把洛文塔尔看作传播研究乃至当代文化研究的先驱"③。赵勇的观察很细致,事实也确实如此,洛文塔尔在研究中不仅非常注意传播的重要作用,尝试着从传播的角度来分析文学艺术的变迁、通俗文化的产生发展及其特征,而且在从人文主义角度进行社会科学研究的同时,并没有像阿多诺那样敌视美国社会科学,而是使人文学科也保持社会学观点,他相信:"这样做,能够将西方精神的交融性导向一种全新的认识。"④罗伯特·威尔逊在评论《文学、通俗文化和社会》一书时,在引用了洛文塔尔对人文社会科学研究所应采取立场的这段话后指出:洛文塔尔的作品就以一种极具说服力的范例说明了这种

---

① Leo Lowenthal. *An Unmastered Past: The Autobiographical Reflections of Leo Lowenthal*. Berkeley: University of California Press, 1987, p. 10.
② 赵勇著《整合与颠覆:大众文化的辩证法》,北京大学出版社 2005 年版,第 83 页。
③ 赵勇著《整合与颠覆:大众文化的辩证法》,北京大学出版社 2005 年版,第 240 页。
④ [德]洛文塔尔著《文学、通俗文化和社会》,北京:中国人民大学出版社 2012 年版,第 1 页。

对"共享"的追求。他在批判传播理论的框架中，围绕着通俗文化与高雅艺术，作家的社会角色和受众的作用等问题论述了欧美文学。他的研究显示了极其敏锐的历史敏感性和具体性，扩展并且加深了我们对文学与社会传播之间关系的理解。① 对于文学社会学与批判理论在洛文塔尔文学传播研究中的关系，罗素·伯曼认为："洛文塔尔论文化社会学的作品保持了坚定的批判立场，植根于具体的历史语境。在这样的语境中，文化成为一种审美文化，艺术则呈现了人类活动的独特特征。"② 洛文塔尔在回顾自己的理论研究时曾这样形容文学社会学与批判理论的交融关系："已经半个多世纪了，我关心的主要问题一直是文学社会学和通俗文化的问题。依靠法兰克福大学社会研究所的财政支持，我在1926年开始了一项对19世纪德国作家的研究。在这些研究中可辨别的是社会批判精神，这种精神推动了那时还年轻的学者群体在社会科学和人文科学研究中拒绝传统的研究方法，并且寻求一种新的比较大胆的分析材料的方式。"③ 对于那种学院化的、缺乏批判性的文学社会学，我们并不陌生，由于它与把社会作为一个整体来加以动态考察的批判方法相悖而需要加以改造。洛文塔尔的文学社会学正是站在批判精神的立场上，广泛地吸收批判理论成果，反思传统文学社会学的缺陷，批判地吸收经验研究方法的基础上产生的。他使批判理论向社会学考察靠拢，深入到具体的文学传播问题之中，体会它的运作方式和活动脉络。

二、对经验主义文学社会学方法的批判和借鉴

在描绘具有批判传播理论色彩的文学社会学蓝图之前，他首先向经验的文学社会学研究发起了挑战，正如斯蒂芬·布隆纳（Stephen Eric Bronner）所说："为了攻击在美国占据特别优势的非批判性的经验的文化和社

---

① Robert Wilson. *American Sociological Review*, Jun 1962, Vol. 27 Issue 3, pp. 437-438. (AN 12766636).

② Russell Berman. Review of Literature and Mass Culture. *Theory and Society* Vol. 15, No. 5, 1986, p. 792.

③ Leo Lowenthal. *An Unmastered Past: The Autobiographical Reflections of Leo Lowenthal*. Berkeley: University of California Press, 1987, p. 164.

会研究方法,他将其和研究所的历史的和批判的研究方法作了尖锐的对比。"①洛文塔尔质疑道:

> 现代社会科学对于现代社会文化的处理已经达到什么程度?研究工具已经高度精确,但是这就足够了么?经验主义的社会科学已经成为一种实用的禁欲主义。它和一切外在力量的纠缠划清界限,在一种严格保持中立的氛围中兴旺繁荣。它拒绝进入意义的领域……今天,社会科学被定义为对社会各部分——难以界定的、或多或少被人为地孤立起来的部分——的分析。它把这各种横切面想象成它的研究实验室。②

他强调对于辩证的社会研究而言,所有对社会理论家有效的经验都不应当还原为实验室的受控观察,然而"对于经验研究者而言,现象好像是在某个精确的时刻被囚禁在现实中,研究者这个时候只要用他们的手术刀对准他们就行了。每一个新研究项目都要详细定义新现实"③;但是,"它似乎忘记了,唯一可行的、有资格的社会研究实验室是历史境况"④。洛文塔尔认为社会研究总要包含历史内容,因此应该从历史可能性的角度观察它们。他举例说:"研究当代出版界的角色,甚至是研究诸如读者形象这样的具体问题的学者们,都应该好好读一读19世纪和20世纪早期对出版界的论述。从中他们将会发现多样的有效的例证。不同的政治和哲学阵营都在具体语境中研究社会现象——这种语境即现代报纸与中产阶级的经济、社会和政治解放史之间的关系。以对出版界的研究为例,研究现代报纸,如果没有意识到历史的框架,那么在这个词的确切涵义上,这项研究是毫

---

① Stephen Eric Bronner. *Critical Theory and Society*:*A Reader*. Routledge,1989,p. 13.
② [德]洛文塔尔著《文学、通俗文化和社会》,北京:中国人民大学出版社2012年版,第25-26页。
③ Leo Lowenthal. *An Unmastered Past*:*The Autobiographical Reflections of Leo Lowenthal*. Berkeley:University of California Press,1987,p. 144.
④ [德]洛文塔尔著《文学、通俗文化和社会》,北京:中国人民大学出版社2012年版,第26页。

无意义的。"①由此可见,历史参照维度是洛文塔尔进行文学传播研究的重要坐标。他认为:"系统阐述'阅读对人们的作用'的研究假说,是文学社会学家在传播研究领域的正当业务。但是在对作品完成了历史学、传记学以及文本分析等方面工作之后,他不能简单地把责任都推给他的同行——经验主义研究者。"因为"在衡量效果时,有些社会相关因素虽然具有决定性的作用,但是还必须在理论与文献研究的层次上进行社会学考察"。②

洛文塔尔在指出文学社会学研究所应具有的逻辑起点和研究任务之后,并没有把经验研究方法全盘抛弃,与其他批判理论家不同的是,他采取的是批判吸收的策略:在批判经验研究的同时,试图改变其逻辑起点,借鉴其研究方法,将人文科学和社会科学的研究方法同时引入到文学传播的研究中,使批判理论、传播理论与文学社会学融会贯通。他强调说:"如果一个文学社会学家想在现代传播研究领域占有一席之地,那么他至少得拿出一个研究方案,这项方案既要适应他所在的研究领域,同时还要能与其他的大众媒介所积累起来的科学经验相联系。"③哈罗德·拉斯韦尔(Harold Lasswell)认为洛文塔尔的研究之所以极具张力和创造性,主要原因就在于"他同时采取了定性的和定量的研究方法,并且吸收了二者之所长"④。

洛文塔尔从1949年到1955年的六年时间,担任了美国之音研究部主任一职,领导了当时美国规模最为庞大,也是最具潜力的一支舆论研究队伍。他在美国之音的工作任务主要是"评估针对东方集团国家的广播宣称的效果,以及针对中东和远东国家的广播宣称、印刷品宣称以及非正式宣传的效果。在洛文塔尔的领导下,美国之音和许多大学及商业机构保持了密切的联系。洛文塔尔和拉扎斯菲尔德之间的亲密关系培育了美国之音和应用研究局之间的密切合作,洛文塔尔曾经说拉扎斯菲尔德是他'永远

---

① [德]洛文塔尔著《文学、通俗文化和社会》,北京:中国人民大学出版社2012年版,第26-27页。
② [德]洛文塔尔著《文学、通俗文化和社会》,北京:中国人民大学出版社2012年版,第201-202页。
③ [德]洛文塔尔著《文学、通俗文化和社会》,北京:中国人民大学出版社2012年版,第205页。
④ Harold Lasswell. Personality, Prejudice, and Politics *World Politics* Vol. 3, No. 3, 1951p. 407. mht

可靠的朋友'"①。在美国主流传媒的任职经历和与经验传播学派的密切合作对洛文塔尔的研究取向和研究方法产生了重大影响,从此他开始大量借鉴经验方法来研究文学传播现象。比如他对全世界居民的传播习惯进行了一系列范围广泛的调查,对广播节目进行了内容分析,调查了广播节目的收听率,并且对广播听众和印刷媒体读者进行了访问,"调查了收听电台和阅读与社会、政治和社会中文化状况之间的关系"②;还"利用标准的意识形态调查表,对精选的大众文学样本进行扫描分析"③,洛文塔尔认为:"分类账的一个好处就是能够通过仔细的民意测验来获得所有信息。精心设计的民意测验或者包括深度访谈在内的相似技巧,也能够提供很多非正式传播渠道的信息:例如……传播速度和精确度等问题……也能够提供关于给定人群的传播交流习惯方面的信息。"④这使他的文学传播研究具有了批判理论所缺乏的实证基础。他认为借助这些经验研究方法,能够"找出作家的态度,以及他对人性、群体紧张状态、历史灾难和自然灾害、性、大众与伟人的相对关系等等的观点。这样,在分析问卷的答案时,我们就能够得到一种定性和定量的衡量标准,从而可以对作家的社会地位进行定位,并且能够对他的个人行为和他将要进行的创作进行预测。如果进一步扩大样本采集的数量和范围,我们就会了解这些大众传播代理人的自我认同,以及这些隐蔽的自我肖像对读者的潜在影响"⑤。事实证明,他的研究具有极大的预见性。比如通过研究汉姆生的文学作品及其接受史,他揭示了汉姆生的作品中潜藏的独裁主义倾向,证明了汉姆生其实是一个法西斯主义者。几年后,汉姆生与纳粹的合作确认了他的分析。洛文塔尔在接受采访时也很自豪地宣称:"我文章的预见性是无可置疑的。马尔库塞和

---

① Timothy Richard Glander. *Origins of Mass Communications Research During the American Cold War: Educational Effects and contemporary implications*, Lawrence Erlbaum, 2000, p.157.

② Leo Bogart. In Memoriam: Leo Lowenthal, 1900—1993. *Public Opinion Quarterly*, Fall 1993, Vol. 57 Issue 3.

③ [德]洛文塔尔著《文学、通俗文化和社会》,北京:中国人民大学出版社2012年版,第207页。

④ Joseph Klapper, Leo Lowenthal. The Contributions of Opinion Research to the Evaluation of Psychological Warfare, *Public Opinion Quarterly*, volume 15, 1951.

⑤ [德]洛文塔尔著《文学、通俗文化和社会》,北京:中国人民大学出版社2012年版,第207-208页。

本雅明都为汉姆生辩护过。但是我坚持以'论权威主义意识形态的史前史'作为这篇论文的副标题不是偶然的。不仅通过分析汉姆生在他的政治声明中所说的,而且通过对他的文学作品的特征和原则的一种内在分析,我试图证明我的主题。"①洛文塔尔那项关于接受具有社会—政治意义的研究证实了他对汉姆生的预言,"汉姆生的作品的接受史从各个方面反映出独裁主义政治意识的发展"②。

洛文塔尔的文学社会学研究不仅以其预见性,更以其创新性著称于世。有人将他的研究形容为力求填充那些从未研究过的领域,那些文学社会学地图上的空白点。比如他"首开社会心理学的文学接受理论之先河"③;他是第一个"对广播听众和电影观众的来信进行内容分析"④的社会科学家;在"对美国煽动者的技巧的一项研究"中,他第一次"以经验主义的方式探查煽动者的心理状态并且为他研究受众的实际影响问题铺出一条路。从方法论的角度说,这项研究是实验性的;还没有人接触过这一领域"⑤。马丁·杰伊认为他"实际上是读者反应批评的真正开拓者"。

第三节 "理论力场"的建立与文学研究的"哥白尼式革命"

洛文塔尔认为社会研究所成员所偏爱的"力场"理论可以有效地解释文学与传播所形成的既构成又变动不居的现实结构。所谓"力场"主要是指一种主客体吸引和排斥的相互关联作用所构成的复杂现象的相互转换

---

① Leo Lowenthal. *An Unmastered Past*: *The Autobiographical Reflections of Leo Lowenthal*. Berkeley: University of California Press, 1987, p. 123.

② Leo Lowenthal. *An Unmastered Past*: *The Autobiographical Reflections of Leo Lowenthal*. Berkeley: University of California Press, 1987, p. 179.

③ [德]H. R. 姚斯,[美]R. C. 霍拉勃著《接受美学与接受理论》,沈阳:辽宁人民出版社1987年版,第327页.

④ Leo Lowenthal. *Critical Theory and Frankfurt Theorists*: *Lectures, Correspondence, Conversations* (Communication in Society, V. 4), New Brunswick (U.S.A.): Transaction Books, 1989, p. 214.

⑤ Leo Lowenthal. *False Prophets*: *studies on authoritarianism* (Communication in Society, V. 3), New Brunswick (U.S.A.): Transaction Books, 1987, p. 5.

的动态结构。在题为《力场：在思想史和文化批判之间》(*Force Fields*：*Between Intellectual History and Cultural Critique*)的论文集的"导论"中，马丁·杰伊开篇就解释了"力场"这个词的本雅明渊源及其内涵。他认为在本雅明看来，"辩证地呈现的事务的每一个历史状态都两极分化，并且成为一个力场，在力场中，史前和史后的冲突释放出来"，这使"过去和现在之间的关系能够解释为一种冲突的能量的场"①。阿多诺曾用"力场"这一范畴深刻地分析了卢卡奇和本雅明等理论家。洛文塔尔、马丁·杰伊也曾使用"力场"这个范畴很好地概括了本雅明和阿多诺的理论特征。正如"星座"是本雅明和阿多诺最喜欢的与"力场"相对应的另一条"隐喻"，"跨学科研究"则是洛文塔尔经常使用的另一个术语。所谓跨学科研究，其实就是他的"理论力场"(Theoretical Force Fields)所形成的研究范式。如果我们不是将其全部理论而是将其文学传播理论作为刻画的对象，那么，我们就会发现：上文所论述的批判理论、传播理论和文学社会学理论正是洛文塔尔"理论力场"中三股能量最为强大的"力"，或者说是其"理论星座"中三颗最为明亮的"星"。

一、"交融、共享、理解"的学术理念与"跨学科研究"

洛文塔尔在进行文学传播研究时经常明显地表现出跨学科的研究背景以及各种理论资源在"理论力场"中既冲突又融合的理论特征。与阿多诺一样，洛文塔尔"拒绝将各种见解和意见以等级有序的方式排列起来，这来自于他不愿意赋予力场中的一个因素以优越于另一个因素的特权地位"②。在文学传播研究的"理论力场"中，批判理论、传播理论和文学社会学等"一系列变化着的因素组成了非总体的并置关系，在这种非总体的并置关系中，这一系列变化着的因素产生了互相吸引和排斥的、动态的影响"，这种既冲突又融合的相互作用构成复杂的互相转换的动力结构，但是

---

① Martin Jay. *Force Fields*：*Between Intellectual History and Cultural Critique*，New York：Routledge，1993，p. 1.
② [美]马丁·杰伊著《阿多诺》，北京：中国社会科学出版社1992年版，第9页。

并"没有产生某种生成性的第一原则"①。这种独特的研究方法是洛文塔尔文学传播理论得以形成的重要原因。马丁·杰伊认为:"在文化理论家和哲学家对总体性理论日益机警的情况下,更应该承认星座和力场之类的隐喻对于理解现代和后现代状况所具有的丰富的启迪。"②在上文的述评中,我们已经涉及了几种"力"之间的冲突,下面我们将主要论述这几种"力"在冲突中的融合,而这才是洛文塔尔文学传播研究方法论的过人之处。

1961年,洛文塔尔在为他的论文精选集《文学、通俗文化和社会》一书所作的导论中,开篇就明确指出多学科的知识背景有利于他的研究,应该采取跨学科的方法进行理论研究。他曾先后在法兰克福、海德堡和吉森等地学习文学、艺术、美学、历史、哲学、心理学和社会学。在从事社会科学研究的同时,也进行文学研究和历史研究,而贯穿于他一生的则是哲学的研究。他"相信这是一种优势"③。后来他甚至认为对这些不同知识进行学科分类的做法是不恰当的。"把社会科学分割成不同的学术部门,例如说这是政治科学家,这是社会学家,这是人类学家,这是社会心理学家,这么说确实是毫无意义的。"④他在回忆录中屡次提到他多学科的知识背景和跨学科研究,"我对知识的趣味是非常庞杂的,我是个折中主义者,我想我学的每一样东西都进到我脑子里"⑤;"看看我后来的文学研究。当我研究高乃依(Corneille)的时候,我也研究笛卡尔;当我研究莫里哀(Molière)时,我也研究伽桑狄(Gassendi);当我研究通俗文化时,我也研究帕斯卡尔(Pascal)和蒙田"⑥;"在保持人文学科的社会学观点之时,从人文主义出发

---

① Martin Jay. *Force Fields: Between Intellectual History and Cultural Critique*, New York: Routledge, 1993, p. 2.
② Martin Jay. *Force Fields: Between Intellectual History and Cultural Critique*, New York: Routledge, 1993, p. 2.
③ [德]洛文塔尔著《文学、通俗文化和社会》,北京:中国人民大学出版社2012年版,第1页。
④ Leo Lowenthal. *An Unmastered Past: The Autobiographical Reflections of Leo Lowenthal*. Berkeley: University of California Press, 1987, p. 145.
⑤ Leo Lowenthal. *An Unmastered Past: The Autobiographical Reflections of Leo Lowenthal*. Berkeley: University of California Press, 1987, p. 47.
⑥ Leo Lowenthal. *An Unmastered Past: The Autobiographical Reflections of Leo Lowenthal*. Berkeley: University of California Press, 1987, p. 117.

进行社会学研究",之所以如此,是因为洛文塔尔坚信,"这样做有助于阐明我所关心的文化现象"。正是基于这种学术理念,他在进行文学传播研究时,才同时采用了人文学科的和社会科学的方法,从而使他的文学传播研究能够超越批判学派与经验学派的对立。然而"不幸的是,这种统一性时常被单纯的学术专科所固执宣称的特权所遮蔽"。在最初进行文学传播研究时,洛文塔尔发现他的研究"陷入了社会科学和人文学科都宣称享有特权的尴尬境地"[1],他承认自己受到了来自这两个学术阵营的攻击,他说:"作为一名社会科学家,我在这里处理的材料在传统上被定位为人文学科;并且除了那些通用的社会科学研究方法之外,我还采用了其他分析技巧。为了反对来自于这两个学术阵营的攻击,我希望我的研究能够有助于加强二者的关系。"[2]他认为尽管在这两个学科之间存在着混淆和竞争,但是一致性要更多一些。双方可能都对对方抱有成见,甚至轻蔑,"但是事实上,他们没有意识到他们经常会互相使用对方的术语。在某种学术框架中工作的社会科学家,在为大众媒介的社会维度研究草拟逻辑依据时,经常怀着与人文主义者同样的责任感和对文化以及道德价值的忧虑;而这正是人文主义者在研究同样问题时所不可或缺的部分……实际上,这两个团体都关心艺术及其相应事物在现代社会中的角色,都在寻找判断媒介产品及其社会角色的标准和尺度,并且都相信研究价值的跨时空传播的重要性。这种情绪和紧张本身就足以表明,他们在这两个领域内有许多共同关心的问题,只是他们还没有设计出有效的交流方式而已"[3]。而"理论力场"可以说正是洛文塔尔针对上述问题,基于"交融、共享、理解"的学术理念设计出来的"有效的交流方式"和研究方法。

对于洛文塔尔的学术理念和研究方法,汉诺·哈特、罗伯特·威尔逊

---

[1] 洛文塔尔在《文学和大众文化》和《文学、通俗文化和社会》等著作中反复阐述了他的这一进行人文社会科学研究的学术理念,参见 *Literature and Mass Culture* 1984, p. ix. 和洛文塔尔著《文学、通俗文化和社会》,北京:中国人民大学出版社 2012 年版,第 1、14 页。

[2] Leo Lowenthal. *Preface of Literature and the Image of Man*: sociological studies of the European drama and novel, 1600—1900 (Communication in society, V. 2), New Brunswick (U. S. A.): Transaction Books, 1986, p. 1.

[3] [德]洛文塔尔著《文学、通俗文化和社会》,北京:中国人民大学出版社 2012 年版,第 14-15 页。

等人文社会科学专家都给予了高度评价。汉诺·哈特指出洛文塔尔"通过强调在现存的经济条件和政治条件的语境中理解文化、文学或者媒介的需要,质疑了特殊学科边界的自足性……洛文塔尔提倡一种真正的——在抛弃特殊学科权利的意义上——跨学科研究途径……洛文塔尔的理论重视艺术和通俗文化各自不同的角色,并且把第一流的欧洲传统社会思想的知识兴趣和对美国新的社会科学的洞见合为一体。通过强调跨学科的工作,洛文塔尔也规定了一种保持一种特殊立场的基本原理……他得出结论'在保持人文学科的社会学观点之时,从人文主义出发进行社会学研究,这样做,能够将西方精神的交融性导向一种全新的认识'"①。威尔逊在引述了洛文塔尔对人文社会科学研究所应采取立场的那段经典名言之后,指出洛文塔尔的作品对通俗文化与高雅艺术、作家与受众的关系、通俗读物受众的崛起、作家和批评家对文学市场的反应等问题的分析都显示了极其敏锐的历史敏感性和具体性,是文学社会学家分析的典范。②

二、批判理论的"另一副面孔"及其对美国传播理论的批判性借鉴

1975年,道格拉斯·凯尔纳在评论《辩证的想象》一书时指出:"批判理论杰出的辩证法体现在它的理论结构中融入了经验研究方法。"③可惜他的这个概括最初并不为人所普遍接受,事实上当时人们对批判理论最经常的批评就是他们排斥经验和实践。国人所熟悉的以阿多诺为代表的法兰克福学派批判理论的确表现出了对实证主义的不满和对分析哲学的不屑,并且也很少收集数据对社会现象作经验的分析。对于阿多诺而言,这种批评是切中要害的。洛克菲勒基金会终止对阿多诺广播音乐研究项目的资助可以看作阿多诺与美国社会科学界相冲突的征兆。阿多诺坚持认为他关于音乐收听模式已经发生改变的观点,是不可验证的假说,而从实证主义出发对其进行验证恰恰是拉扎斯菲尔德对他的期望和要求。使阿

---

① Hanno Hardt. The Conscience of Society: Leo Lowenthal and Communication Research. *Journal of Communication*, Summer 1991.

② Robert Wilson. *American Sociological Review*, Jun 1962, Vol. 27 Issue 3, p. 437-438, 2p;(AN 12766636)

③ Douglas Kellner. The Frankfurt School Revisited *New German Critique*, No. 4, 1975 p. 138. mht

多诺从理论根基上就无法容忍的是,美国主流社会科学所采取的把文化现象转换成量性数据的非中介方法。在他看来,这是大众文化物化特性的典型体现。马丁·杰伊认为正是"这一前提使他与以严格运用定量方法著称的拉扎斯菲尔德的'管理研究'的合作从一开始就不能成功"①。阿多诺本人曾经公开声称:"要将我的思想准备成那些传播研究的术语,就如同要把圆的画成方的一样不可能。"②可以说到了1940年代末,以阿多诺为代表的法兰克福学派对于与美国经验学派进行合作的"悲观态度"就已经广为人知了。

但是,法兰克福学派批判理论还有不为国人所了解的"另一副面孔",那就是洛文塔尔在美国进行人文社会科学研究时所运用的批判理论。当我们了解到这一点时,也许就会承认道格拉斯·凯尔纳的评价确实精当。洛文塔尔与经验学派的区别,无需再言,与所谓主流批判学派的区别,通过与阿多诺比较,也能一目了然。两人都曾受聘研究现代电子传播媒介的接受和效果问题,然而他俩所使用的不同方法导致了迥然相异的结果。洛克菲勒基金会聘请阿多诺研究无线电音乐的消费和效果问题。在研究中,阿多诺严守批判立场,拒绝用社会科学的实证技术来检验他关于广播音乐的研究结果。他批判性的观点和毫不妥协的姿态遭到美国理论界的反对,最终导致了洛克菲勒基金会终止了对广播音乐研究子项目的资助。福特基金会则聘请洛文塔尔研究电视节目的接受和效果问题。洛文塔尔的研究成果不但得到了福特基金会的肯定,而且被提交给美国文化公共政策委员会作为制定电视政策的参考。当然这无法说明批判研究和经验研究是否具有沟通的可能性。不过洛文塔尔以后的一系列传播研究说明沟通批判学派与经验学派的研究方法,将批判理论与文学社会学方法相会通与融合的可能性是存在的。美国经验学派对洛文塔尔的选择似乎能说明这一问题。在与阿多诺的合作失败后,经验学派的掌门人拉扎斯菲尔德非但没有

---

① Martin Jay. *The Dialectical Imagination: A History of the Frankfurt School and the Institute of Social Research*, 1923—1950, London: University of California Press, 1996, p. 222. 马丁·杰伊在《辩证的想象》一书中详细地引述了阿多诺与拉扎斯菲尔德之间充满火药味的通信,对此感兴趣的读者可以参见 Martin Jay. *The Dialectical Imagination*, 1996, pp. 222-224.

② 转引自殷晓蓉《法兰克福学派与美国传播学》,载《学术月刊》1999年第2期。

第二章　批判传播理论：洛文塔尔文学研究的传播学视角和方法

对经验学派与批判学派的合作丧失希望，反而邀请洛文塔尔到他的应用研究局担任专职研究员。在拉扎斯菲尔德看来，行政研究与批判研究之间存在着极富潜力的合作前景，如果批判理论能够融入现行的大众传播研究的洪流中，就一定能够对传播研究做出很大贡献。显然，他是将批判理论作为行政研究的一种补充来看待的。洛文塔尔则正相反，尽管他接受了拉扎斯菲尔德的资助，并且明确表示愿意采用经验方法来进行传播研究，但他是将经验研究作为批判理论的一种补充予以借鉴的。不过也正是这种错位和互补，才使二人在学术研究上形成了密切的合作关系。汉诺·哈特认为，拉扎斯菲尔德的传播研究之所以对洛文塔尔有着特别的吸引力，可能是由于洛文塔尔看到自己的成果用于传播研究的真实可能性；也可能是出于他当时特别的社会政治处境——"洛文塔尔和其他流亡的学者一样，不得不依靠有权势的个人和组织的影响和慷慨捐赠。但更加重要的是，洛文塔尔认识到互动主义和中介的关系，这是马克思主义缺失的一环，即'基本的经济社会力量和人的实际需求之间的中介'"[①]。与拉扎斯菲尔德等大众传播研究经验学派主将的合作，为洛文塔尔开辟了新的研究空间。在此之后不久，洛文塔尔就被美国之音聘为研究部主任。这些看似与理论本身无关的社会交往行为都是我们在进行研究时所不应忽视的征兆。作为一名批判理论家，洛文塔尔之所以能为美国的主流社会科学所接受，是与他对待美国社会科学的态度和所采用的研究方法分不开的。

诚如一些传播学家所说，洛文塔尔的文学传播研究体现了批判理论和美国经验研究最愉快的合作。作为批判传播理论的创始人之一，洛文塔尔与美国传播学先驱拉扎斯菲尔德和传播学集大成者施拉姆都有过成功的合作，在学术研究中的成功合作又加深了他们的私人友谊，他和拉扎斯菲尔德多次在多种场合声称对方是自己一生中"永远忠诚可靠的朋友"，而两人的亲密关系又培育了美国之音和社会应用研究局之间的密切合作关系，他们的学术交往和私人友谊已在欧美传播学界传为佳话。"1941 年，（社会研究所）扔下洛文塔尔一个人留在纽约，在这个战争年代与（拉扎斯菲尔

---

① Hanno Hardt. *Critical Communication Studies: Essays on Communication History and Theory in America*, London: Routledge, 1991, p.157.

德的)广播研究办公室紧密合作。"①然而当时"哥伦比亚大学的满意和效果研究经常聚焦于心理经验和行为结果,忽略了大众媒介更广泛的历史语境和社会语境,但是……批判理论显现出两副面孔(showed two of its faces),一副面孔表现在洛文塔尔1944年发表的《通俗杂志中的传记》中,而另一副面孔则表现在霍克海默和阿多诺于1944年出版的《启蒙辩证法》(Dialectic of Enlightenment)中。1942—1944年期间,霍克海默和阿多诺搬到洛杉矶说德语的移民聚居区,主要从事工具理性、发达资本主义和文化工业的理论批判研究。而洛文塔尔则住在纽约,在拉扎斯菲尔德充满了经验研究取向的研究所费力地工作,他的研究体现了批判理论和美国社会科学研究方法最美好的联姻"②。哈贝马斯在指出洛文塔尔开创了传播研究的第三种可能时,也谈到了这一点,他说:"我之所以如此详述老一代法兰克福学派成员的典型的思想特征,仅仅是因为利奥所具有的区别于他朋友的完全不同的特征。利奥总是准备置身于问题之中,他的魅力是如此伟大,他的谦卑是如此自然……他的这种无穷魅力也可以解释为什么洛文塔尔比别人更多地向美国社会开放了自己,向经验主义研究和分析流派开放了自己;为什么在老一代法兰克福学派成员中只有他一个虽然不是实用主义者,但是并没有拒绝向美国从桑德斯·皮尔士到赫伯特·米德的伟大哲学表示尊敬;为什么他能够在美国具有领导地位的社会学系占据教授职位长达四分之一世纪之久,并且取得了非凡的成就……"③

事实上,洛文塔尔也曾经和阿多诺一样饱受经验研究的折磨,这一点不但像马丁·杰伊、汉诺·哈特、约翰·彼得斯(John Durham Peters)等后来的研究者都清楚地看到并且毫不含糊地指出了,就是洛文塔尔的同事当时也明显地感受到了,这从洛文塔尔与阿多诺等人的通信中可以看出。比如阿多诺在1942年11月25日写给洛文塔尔的信中就提到了这一点,他写道:"我读到了你论述通俗杂志的论文(指《通俗杂志中的传记》),我非

---

① John Durham Peters, Peter Simonson. *Mass Communication and American Social Thought: Key Texts*, 1919—1968. Lanham, Md.: Rowman & Littlefield Publishers, 2004, p. 87.

② John Durham Peters, Peter Simonson. *Mass Communication and American Social Thought: Key Texts*, 1919—1968. Lanham, Md.: Rowman & Littlefield Publishers, 2004, p. 89.

③ Leo Lowenthal. *An Unmastered Past: The Autobiographical Reflections of Leo Lowenthal*. Berkeley: University of California Press, 1987, p. 15.

常喜欢它……我知道你面对的问题,一方面你要坚持我们的理论兴趣,另一方面则要以拉扎斯菲尔德能够忍受的方式来处理材料。"①这篇举世公认的经典文献尽管在当时就受到了"美国最有教养的社会学家罗伯特·默顿"的充分肯定,但是,洛文塔尔回忆道:"我的朋友拉扎斯菲尔德仍然以他典型的经验主义—实证主义方式对我说:'你向我展示了什么是坏传记;现在你应该证明好传记是什么。'他没能看到我这项研究的政治意义和分析意义。"②尽管如此,拉扎斯菲尔德仍然出版了洛文塔尔的这部作品,与之相比,更加令人沮丧的是他的很多作品由于坚守实证主义者所不能接受的批判立场或者缺乏经验主义者所要求的"经验性数据"而无法发表。对于第一种情况,我们前面已经提到施拉姆再版传播理论经典文献时删除了洛文塔尔的论文的做法。至于后者,《恐怖的原子人》投稿被拒的经历是一个典型例子。这篇论文的初稿是洛文塔尔1944年在哥伦比亚大学发表的演说。罗伯特·林德(Robert Lynd)听到了这个演说后建议洛文塔尔"务必要发表这篇论文"。在他的建议下,洛文塔尔把文章送给芝加哥(Chicago)的《美国社会学》杂志(American Journal of Sociology)发表。但令人遗憾的是,洛文塔尔回忆道:"编辑——美国整整一代社会学家的老师——把手稿退回来了,原因是这篇论文的经验性数据(empirical data)太少了。我以嘲讽的口气给编辑回信说,我没有在集中营呆过,因此无法在现场收集到合适的数据。自从那之后,我对美国社会科学家在政治上和历史上的幼稚深感失望。"③尽管洛文塔尔对美国的经验研究甚为不满,并且和法兰克福学派的其他成员一样站在批判理论的立场上,对其进行了鞭辟入里的分析和毫不留情的批判,但是他并没有像阿多诺那样陷于欧洲传统不能自拔。事实上他对经验研究的基本态度最好地体现了马克思主义的辩证方法:他既批判经验性社会科学缺乏哲学和历史维度的还原论倾向,也希望用经验方

---

① Leo Lowenthal. *Critical Theory and Frankfurt Theorists*:*Lectures*,*Correspondence*,*Conversations* (Communication in Society, V. 4), New Brunswick (U. S. A.): Transaction Books, 1989, p. 131.

② Leo Lowenthal. *An Unmastered Past*:*The Autobiographical Reflections of Leo Lowenthal*. Berkeley:University of California Press, 1987, p. 134.

③ Leo Lowenthal. *An Unmastered Past*:*The Autobiographical Reflections of Leo Lowenthal*. Berkeley:University of California Press, 1987, p. 136.

法来丰富、矫正并且支持它的理论假设。

三、"哥白尼式革命"与诸种理论在冲突中的融合

斯坦福大学的罗素·伯曼对洛文塔尔的研究有着非常精彩的评论,他指出:"在广泛的历史性说明和具体的个案分析中,洛文塔尔对文化结构的形成作了批判性调查……现存的文化结构之所以被接受,仅仅是因为它们是既定的,非理性主义因此最终变得和它最初所反对的19世纪的实证主义一致了。洛文塔尔一直在寻找一种对决定论的成功的批判,因此发现他在1950年代反对文化社会学中的实证主义在美国经验研究中的复兴就不足为怪了。统计学研究是有价值的——洛文塔尔确实没有忽视它的结果——但是它们需要用历史的观点来处理。"①通过对洛文塔尔转换研究对象、转变思维方式,进而确立"理论力场"方法论的分析,罗素·伯曼提出了"洛文塔尔发动了哥白尼式革命"这一大胆的观点。他写道:

> 他的论文化社会学的作品保持了坚定的批判立场,植根于具体的历史语境。在这样的语境中,文化成为一种审美文化,艺术则呈现了人类活动的独特特征。通俗文化研究就因此成为了通俗艺术研究,特别是通俗文学研究,而不是对宽泛的日常生活观念的调查……洛文塔尔扭转了当时的研究立场,在文化社会学领域发动了一场哥白尼式的革命(Copernican revolution),这不能被简化为明确的统计表或者内容分析标本。洛文塔尔当然没有放弃这些技巧,但是它们都被整合到资产阶级社会中的个体历史,包括读者历史的研究中。②

如果确实像罗素·伯曼所说的那样,"洛文塔尔在文化社会学领域发

---

① Russell Berman. Review of Literature and Mass Culture. *Theory and Society* Vol. 15, No. 5, 1986, p. 792.
② Russell Berman. Review of Literature and Mass Culture. *Theory and Society* Vol. 15, No. 5, 1986, p. 792.

动了一场哥白尼式的革命",那么洛文塔尔的这场"哥白尼式的革命"①是怎么发生的呢?到底是什么原因使洛文塔尔能够综合人文科学的和社会科学的研究方法,从而沟通了欧洲人文主义学术传统和美国实证主义—经验主义学术传统,进而超越了文学传播研究中批判学派和经验学派双峰对峙的理论困局呢?它当然不可能凭空发生,而是有其哲学根源的。其实本书第一章在介绍洛文塔尔横跨欧美两大洲的学术生涯和追溯洛文塔尔文学传播理论的跨文化、跨学科的学术渊源时已经预示了这一点。

我们还是先来看一看洛文塔尔本人是怎么说的吧。洛文塔尔认为这与他一直从事实际工作相关。在回答杜比尔关于他为什么"比阿多诺更容易与拉扎斯菲尔德合作"的问题时,洛文塔尔说:"我认为对我而言,把理论的、历史的观点和社会学研究中必不可少的经验研究结合起来是更容易的……这与我的职业经常与具体事情打交道,并且要求我去处理具体事情有很大关系。我是一名教师和社会工作者,我深陷研究所的实际事务之中,包括财政和管理,因此我比阿多诺要更关心社会现实。这一点最有可能反映在我们的学术行为上。"②洛文塔尔在学生时代就热切地关注社会现实,积极地参与到社会主义政治运动中去。参加工作后他又积极地为犹太事业服务,进入来自东欧的犹太难民咨询委员会,为犹太难民提供力所能及的帮助。作为委员会的一名理事,洛文塔尔一方面要处理金钱事务,另一方面还要与诸如警察厅、外侨登记处等官方机构打交道。后来担任社会研究所的第一助理和《社会研究杂志》主编后更是要处理繁杂的实际事

---

① 所谓"哥白尼式革命",指的是哥白尼在天文学领域所做出的具有革命性的转变,主要在于思维方式和研究主体与对象关系的转变。哥白尼假定观察者旋转从而提出"日心说"假说,使主客关系发生根本转变;他证明了日出日落之类的日常感官经验是不真实的,从而使思维方式转向超越经验的方向。而康德在哥白尼革命的启发下,也做出了类似尝试。他按照哥白尼的思路,假定对象必须符合认识,从而将研究对象从客体转向主体的认识能力,使思维方式转向超越经验的方向,最终确立了先验论。先验方法在美学领域的运用,使康德美学得以超越经验主义美学和理性主义美学,从而独立、系统地批判主体的审美能力,形成独特的美学思想,为美学成为一门独立的学科奠定了坚实的学理基础。这就是康德在形而上学领域(后来又贯彻到伦理学、美学等领域)所进行的革命之被誉为"哥白尼式的革命"的原因所在。详见拙作《康德"哥白尼式革命"与当代美学转型》,载《云南社会科学》2007年第5期。从康德的"哥白尼式革命"主要体现在研究对象的转换和先验方法的确立和运用的角度看,洛文塔尔转换研究对象、转变思维方式,进而确立和运用"理论力场"方法论的做法,被誉为"哥白尼式革命"似乎并不算太过分。

② Leo Lowenthal. *An Unmastered Past*:*The Autobiographical Reflections of Leo Lowenthal*. Berkeley:University of California Press, 1987, p.141.

务，这种经常处理社会事务的习惯也影响到了他注重实际问题的学术研究取向。这一点许多研究者都注意到了，比如施莱辛格（Philip Schlesinger）、西尔弗斯通（Roger Silverstone）、科纳（John Corner）在对欧美著名传播学学者的媒介研究和代表性的理论观点进行批判性反思时就谈到这一点。① 汉诺·哈特更是直截了当地指出洛文塔尔"在研究所期间要比阿多诺更多的关注社会现实和具体事务"，认为"他对调查的本质所具有的非凡的洞察力"，是"建基于他作为教师和社会工作者的职业经历"之上的。② 他的这种职业经历也培养了他很强的团队精神，"在洛文塔尔的学术生涯中，他似乎对他与别人的学术合作感到满意，《偏见研究》系列中的《欺骗的先知》是和盖特曼合作撰写的。他还和费斯克、克拉帕等许多人合作过……总而言之，他对各种合作无疑都是驾轻就熟，这种各学科间的合作更经常的是作为一种值得的目标而非简单的事实"③。马丁·杰伊注意到的这一点对于理解我们的研究主题颇有帮助，他的"理论力场"方法既是他的学术研究所形成的研究思路，也与他这种各学科间的合作研究密切相关。

另外一个重要原因在于，他在继承德国的哲学传统和人文主义范式的同时，也对美国的实证主义传统表现出了极大的兴趣和充分的尊重，他说："我成长的知识传统是马克思、狄尔泰、西美尔、黑格尔、新康德主义哲学、李凯尔特和韦伯。不同于我的法兰克福学派的同事，我更多地接触了美国的学术传统。"④我们不得不承认洛文塔尔确实"有点浮士德的味道"⑤，他对各种文化各个学科之间的冲突与交融似乎具有一种近乎本能的洞察力。"从洛文塔尔开始了在美国的职业生涯之时，他就比他的同事更好地理解了如何在对媒介和社会的社会科学分析的需要与调查文化或者文化产品

---

① Philip Schlesinger, Roger Silverstone, John Corner. *International Media Research*：*A Critical Survey*. Routledge, 1997, p. 23.
② Hanno Hardt. The Conscience of Society：Leo Lowenthal and Communication Research. *Journal of Communication*, Summer 1991.
③ Martin Jay. *Permanent Exiles*：*essays on the intellectual migration from Germany to America*, New York：Columbia University Press, 1986, p. 102.
④ Leo Lowenthal. *An Unmastered Past*：*The Autobiographical Reflections of Leo Lowenthal*. Berkeley：University of California Press, 1987, p. 143.
⑤ Leo Lowenthal. *An Unmastered Past*：*The Autobiographical Reflections of Leo Lowenthal*. Berkeley：University of California Press, 1987, p. 47.

的本质时对历史维度的需要之间架一座桥。他成为社会科学、行为科学与人文学科之间的调停人。"① 洛文塔尔不但自己积极主动地吸收美国经验学派中有利于学术研究的理论成果,而且劝说阿多诺等同事"对他们保持耐心"。1983 年,他在纪念阿多诺的一篇演说中承认:"在《权威人格》的研究计划中,我扮演一个安抚性质的外交官的角色,在阿多诺和他的同事——美国教授之间居中调停,真诚地劝说阿多诺不要和美国教授发生争吵。我尽量减轻阿多诺的疑虑,告诉他经验主义者所作的并不是那么糟糕,我们必须对他们保持耐心,并且使他们熟悉我们的理论,那么事情就会很顺利。"② 他敏锐地发现充满了实证主义传统的美国社会科学对他们的理论很陌生。在 1942 年 4 月 17 日致阿多诺的信中,洛文塔尔说明了这一点。这封信谈及了阿多诺和拉扎斯菲尔德所领导的应用社会研究局之间恼人的冲突。洛文塔尔试图在这种困难的局势中居中调解。他告诉阿多诺这种冲突既有方法方面的也有心理方面的,他希望阿多诺能够明白"美国公众在理解我们时有许多困难"③。可能是他的文学传播研究提醒了自己吧,不仅在研究文学接受问题上要重视读者,而且在理论传播的实践中也应如此。他非常重视他的研究成果在学术界的传播状况,并且希望能够为美国知识分子所理解,在写作时,他既把德国同行作为潜在的读者,也把美国同行作为潜在的读者。在 1948 年 2 月 23 日致阿多诺的信中,他写道:"我论文的本质问题在于我按照何种范畴来组织材料,这种范畴要能够与普通的美国知识分子达成妥协,也就是说,在这一理论领域中要建一座从我的理论研究到他们所习惯的经验研究模式的桥梁。"④ 我们必须承认

---

① Hanno Hardt. The Conscience of Society: Leo Lowenthal and Communication Research. *Journal of Communication*, Summer 1991.

② Leo Lowenthal. *Critical Theory and Frankfurt Theorists: Lectures, Correspondence, Conversations* (Communication in Society, V. 4), New Brunswick (U. S. A.): Transaction Books, 1989, p. 69.

③ Leo Lowenthal. *Critical Theory and Frankfurt Theorists: Lectures, Correspondence, Conversations* (Communication in Society, V. 4), New Brunswick (U. S. A.): Transaction Books, 1989, p. 129.

④ Leo Lowenthal. *Critical Theory and Frankfurt Theorists: Lectures, Correspondence, Conversations* (Communication in Society, V. 4), New Brunswick (U. S. A.): Transaction Books, 1989, p. 141.

洛文塔尔对待经验主义的态度要比阿多诺更理智也更辩证，站在批判的立场上开放地吸收一切优秀的文化资源，这正是马克思主义的理论品格。洛文塔尔之所以能够沟通欧洲人文主义学术传统和美国实证主义—经验主义学术传统，超越批判学派与经验学派的对立，与这种开放的理论姿态是分不开的。

从洛文塔尔与阿多诺对自我学术身份的不同界定上，我们能够更加清楚地看出他对待美国社会科学的开放性态度，这不但与一个学者的学术个性相关，更与其学术视野和方法论架构密切相关。阿多诺从来没有真正地把美国当作自己的家，他坚持用母语写作，认为只有德语才是与哲学最亲近的语言，战后迫不及待地搬回德国去。而洛文塔尔则认为自己越来越像个美国人了，他承认自己确实是个德国犹太人，但是他认为自己也是个美国人。阿多诺被看作欧洲学术传统的典型符号，而洛文塔尔，在一些研究者看来，他的学术身份似乎有些暧昧①，事实上，他是主张进行跨学科、跨文化研究的先驱和典型代表。在回答葛拉夫赖特关于他在美国是否感觉像在家一样幸福的问题时，洛文塔尔说："我已经与美国的教育制度和美国的知识界一体化了。"②他坦率地承认自己从美国学术传统中受益匪浅。这不仅表现在他"关注社会现象的视野变得更加开阔了"③；而且"学会了用具体的科学方法取代含糊的理论的和分析的观念"④。诚如斯坦福大学的巴里·卡茨（Barry Katz）所说："移民到美国，扩展了洛文塔尔的研究领域，他把研究对象从欧洲经典文学转向美国的通俗文化作品，这种研究对象的转换导致了他研究方法的改进，默顿把它描述成是'综合了欧洲理论

---

① 赵勇以"摇晃的立场与暧昧的历程"为题概括了洛文塔尔的理论研究，见赵勇著《整合与颠覆：大众文化的辩证法》，北京大学出版社 2005 年版，第 199-203 页。
② Leo Lowenthal. *Critical Theory and Frankfurt Theorists*：*Lectures，Correspondence，Conversations*（Communication in Society，V. 4），New Brunswick（U. S. A.）：Transaction Books，1989，p. 250.
③ Leo Lowenthal. *Critical Theory and Frankfurt Theorists*：*Lectures，Correspondence，Conversations*（Communication in Society，V. 4），New Brunswick（U. S. A.）：Transaction Books，1989，p. 251.
④ Leo Lowenthal. *Humanistic Perspectives of The Lonely Crowd*. in：Seymour M. Lipset，Leo Löwenthal（Hrsg.）. *Culture and Social Character*：*The Work of David Riesman Reviewed*. Free Press of Glencoe，1961，p. 33.

立场和美国经验研究方法的少数几个范例之一'。美国经历使他对选取、利用'数据'变得非常敏感，不但是从欧洲经典哲学和艺术中选取，而且从大众文化现象中选取。"①由此可见，"洛文塔尔跨越国界的学术活动不但扩展了他的理论视野而且为建立新的学术体制做出了重要贡献"②。

至此我们已经比较全面地追溯了洛文塔尔从事实际工作和跨越国界的学术活动对其发动"哥白尼式革命"，建立"理论力场"方法论的影响，问题是二战期间许多知识分子具有和洛文塔尔相似的工作经历和学术生涯，为什么只有洛文塔尔做到了这一点？看来外部诱因不足以解释这一点，我们还需要进一步深入到哲学根源的层面去探究。

众所周知，欧洲大陆学术传统以理性主义为哲学基础，以定性研究为主，注重整体及理论问题，主张在对社会的任何一方面做分析时都必须重视社会的整体，重视研究的哲学和历史维度，具有思辨性。美国学术传统主要以实证主义、经验主义为哲学基础，以定量研究为主，注重解决实际问题，对基础理论问题不感兴趣，这和美国的主流哲学"实用主义"密不可分。由于美国的社会科学研究多接受政府资助或工商业赞助，因此带有很浓厚的实证色彩，这在促进应用研究的同时也严重地限制了美国社会科学的研究范围。汉诺·哈特认为："德美社会科学研究在方法论上的根本区别，最重要的是在经验上能否得到验证的问题。"③其实如果进一步追根溯源，我们会发现这种分歧可谓源远流长，争论早在17世纪就在英国经验主义和大陆理性主义之间预演过了。我们知道，这两派"争执的基本问题在于经验派只承认感性世界，理性派却主张更为基本的是超感性的理性世界。这个基本分歧表现于认识论方面，则为经验派认为一切知识都以感性经验为

---

① Barry Katz. The Acculturation of Thought: Transformations of the Refugee Scholar in America *Journal of Modern History* Vol. 63, No. 4, p. 746. mht

② Gertrude J. Robinson. The Katz/Lowenthal Encounter: An Episode in the Creation of Personal Influence. *Annals of the American Academy of Political and Social Science*, Vol. 608, No. 1, 76-96 (2006). 格特鲁德·罗宾逊认为拉扎斯菲尔德和默顿的"管理"(administrative)研究和洛文塔尔的"批判"(critical)研究不仅被过分简化了，而且二者的欧洲思想渊源及其移民到美国后的互相学习都未能得到充分承认，有待于进一步深入研究。

③ Hanno Hardt. *Critical Communication Studies: Essays on Communication History and Theory in America*, London: Routledge, 1991, p. 134.

基础,而理性派却认为没有先验的理性基础,知识就不可能"①。这场长达几百年的争论使矛盾得到了充分暴露,也为矛盾的解决创造了条件。比如与西美尔一起开创了人文主义社会学理论传统的马克斯·韦伯,他之所以能够在方法论上实现划时代的突破,主要在于他吸收并且综合了德国的人文主义和英国的实证主义这两大传统,从而能够以这种综合方法为起点,实现社会科学方法论的新超越。实际上,"把经验方法与社会科学的批判目标相结合,把严肃的实践与价值意识理论结合起来"②的目标已经成为时代的要求。可以说到了洛文塔尔,现代西方人文社会科学研究的方法论就达到了关键性的转变。洛文塔尔在梳理了历史上"关于知识领域的分类排序问题的讨论"之后指出:

> 美国社会(或者行为)科学所贡献的思想革新在今天占据了优势地位。他们在人文学科和自然科学之间提出了新学科,并且与这一讨论的早期阶段不同,对于新旧领域之间的交叉关系几乎没有提出任何定义和分类计划。然而重新定义科学领域的需要,通过关于科学之间"杂交"的渴望的声明以及对各学科间的合作研究的需要得到了明确的表达。这样,我们就进入了一个澄清科学和思想领域之间关系的时代……新的知识计划及其应用已不再需要哲学观念证明其合法性,而是通过应用性观念——服务社会和个人的需要——来证明其合法性,这是当代民主社会的特征。美国社会科学家已经深入分享了这种观念……现在讨论的焦点好像不再是自然科学与非自然科学之间的关系的问题,而是社会科学或者说行为科学与人文学科之间的关系的问题。自从17世纪以来,自然科学充分地研究了物理世界的法则;今天的行为科学则以人类替换了自然这一研究对象,同时仍然坚持研究人类法则和

---

① 朱光潜著《西方美学史》北京:人民文学出版社1979年版,第344页。
② [英]奥利弗·博伊德,克里斯·纽博尔德编《媒介研究的进路》,北京:新华出版社2004年版,第21页。

为预言寻求可靠的标准。①

洛文塔尔敏锐地发现了进入现代社会后这一科学边界争论焦点的转向,并且注意到:"具有美国背景的人和具有欧洲背景的人在学术交流中偶尔会遇到困难,困难之一或许在于,前者有一种反历史的过敏症,而后者却对历史过分敏感。"②面对这两派的分歧和互相责难而二者又都无法为文学传播研究提供可靠的依据的困境,他不得不考虑另辟蹊径,这使文学研究的"哥白尼式革命"有了出现的可能。通过"对人文学科和社会科学之间关系问题的争论"的批判性分析,他得出结论:

> 美国人对技术的偏好常常严格限制了美国社会学家所进行的调查范围,他们选择的问题都是适用于技术调查的。另一方面,欧洲人则趋向于另一个极端,他们经常把整个历史作为他们的研究领域。当然,任何一种方法被推向极致都不会得到有意义的结论,不用说,在技术和历史这个连续统一体的两极,他们各自仍有大量的工作要做……但是意义的问题更加重要。如果我们把自己限制在可观察到的事实和我们自己的社会中,那就没有办法确定什么是重要的、什么是不重要的;什么是本质的、什么又是非本质的。这里,有关过去社会的中心问题的知识具有显而易见的价值。③

显然,他认为美国的社会科学研究只是在表面价值上抓住了现代生活现象,却拒绝把它们放入历史的道德的总体之中,这严重地危害了社会科学家和人文学者之间的建设性讨论。为此他期望传播研究能够超出对媒

---

① Leo Lowenthal. *Humanistic Perspectives of The Lonely Crowd*. in:Seymour M. Lipset, Leo Löwenthal (Hrsg.). *Culture and Social Character:The Work of David Riesman Reviewed*. Free Press of Glencoe,1961,pp.28-29.

② [德]洛文塔尔著《文学、通俗文化和社会》,北京:中国人民大学出版社 2012 年版,第 28 页。

③ [德]洛文塔尔著《文学、通俗文化和社会》,北京:中国人民大学出版社 2012 年版,第 3-4 页。

介活动显而易见的社会条件的描绘和分析,关注研究对象所蕴含的人文内涵。但是他对传播研究的人文主义精神和批判观点的强调并不是要放弃对科学的追求,而是要通过对传播的批判研究来促进科学理性与人文精神的融合。他在批判经验研究的同时也承认人文主义范式要获得充分发展,就必须进行广泛的经验研究以说明其理论研究的充分性。他既反对没有经验研究的空洞的理论推论,也反对没有理论指导的盲目的经验主义研究,试图把欧洲的人文主义传统和美国的经验研究方法融会贯通。不过从总体上看,他认为他所从事的还是历史科学研究,他说:"我们终究不得不承认我们的科学是一门历史科学,并且它与所有历史性的因而也是非实验性的科学一样,面临着缺乏确定性问题的困扰。在关于人的科学中,只有一小部分主题是不证自明的。当我们研究的主题是生活,是整个人类及其情感和态度时,就无法保证其确定性。这里,正如普通的心理学和社会学一样,我们至多能寄希望于通过采用某种手段,并且密切关注各种可能性,以把有效的、重要的资料从那些具有欺骗性的、琐碎的资料中筛选出来。模糊性是与对人的研究形影不离的。"①毫无疑问,他认为对人类社会现象,包括对文学传播现象的研究,理论所起的作用是决定性的,但是经验主义的洞察力也不可或缺。他强调他"想在符合批判理论的前提下实现科学意义的研究工作——把批判的和科学的方法应用到政治现实上"②。如他列举的进行通俗文化分析时所需要考虑的事项中就包括"对数据的可操作性研究,即不论研究什么,都用人们所相信的各种各样的样本来说明术语的含义"③。

---

① [德]洛文塔尔著《文学、通俗文化和社会》,北京:中国人民大学出版社 2012 年版,第 5 页。

② Leo Lowenthal. *An Unmastered Past: The Autobiographical Reflections of Leo Lowenthal*. Berkeley: University of California Press, 1987, p.137.

③ [德]洛文塔尔著《文学、通俗文化和社会》,北京:中国人民大学出版社 2012 年版,第 10 页。其他几项分别是:(1)社会思想、概念和价值的总和——简言之,就是人类学上意义上的"文化";(2)真正的艺术以及学术思想和体系的普及;(3)过去的精英文化在迎合大众较低的知识水平和不自觉情感需求后的剩余物;(4)生产和消费大众媒介产品的现代中产阶级和中低层的民间艺术;(5)大众媒介本身所固有的内容和价值;(6)源于大众传播及其作为整体在社会中运转所产生的观念和价值;(7)"对数据的可操作性研究"被列为第 7 项。从他所列举的需要关注的问题可以看出,他对观念上的、理论上的研究要更为重视,但是他并不忽视经验性研究。

第二章 批判传播理论:洛文塔尔文学研究的传播学视角和方法

从哲学根源的层面看,洛文塔尔之所以能够成功地发动"哥白尼式革命",最根本的原因在于,他对批判理论的独特理解和运用。尽管批判理论是法兰克福学派所有核心成员的理论基础,但是社会研究所的不同成员对它的理解、运用仍然是有着显著区别的。对于阿多诺而言,批判理论不仅是一种立场,更是一种方法论,这使他与拉扎斯菲尔德的合作缺乏一种共享的理论基石。洛文塔尔在进行学术研究时则与这种严格的批判理论保持了一定的距离。马丁·杰伊在评述批判理论时说:"批判理论的核心是对封闭的哲学体系的厌恶,如果以为它是封闭的体系,那就会扭曲它本质的开放性、探索性及未完成性。"[①]既然"批判理论"不是一个体系,那它就不能被简化为一个排斥他者的封闭系统。洛文塔尔在回忆"批判理论"的产生发展时专门强调了这一点:"《社会研究杂志》是我们在希特勒统治前夜设法在德国出版的唯一刊物,它的第一个议题就是指明了批判理论意味着什么:即一种立场,一种基于共享的批判基础之上的姿态,这种观点将被应用研究所有的文化现象,但是它并不要求成为一种体系。它包括对哲学、经济学、心理学、音乐和文学的批判性分析。"[②]

洛文塔尔把批判理论作为"一种立场",一种面对所有文化现象都将采取的普遍的、批判的姿态,一种跨学科的研究,而非一种理论体系,这就使他的理论视野具有极大的开放性,为兼容其他研究方法留下了空间。因此,当洛文塔尔运用批判理论时就不会局限于某一种方法,而是站在批判的立场上,同时采用人文科学的和社会科学的方法,采取定性和定量相结合的方法,这就沟通了文学传播研究中批判学派与经验学派的研究方法。

对于洛文塔尔对批判理论的独特理解和运用,直到不久前才有评论家给予了应有的重视和客观的评价,罗素·伯曼在评论"主要探讨通俗文化问题"的《文学和大众文化》(*Literature and Mass Culture*)一书时指出:

> (洛文塔尔)在材料的特殊性和历史的普遍性之间的摇摆,让

[①] Martin Jay. *The Dialectical Imagination:A History of the Frankfurt School and the Institute of Social Research*, 1923—1950, London:University of California Press, 1996, p.41.

[②] Leo Lowenthal. *An Unmastered Past:The Autobiographical Reflections of Leo Lowenthal*. Berkeley:University of California Press, 1987, p.167.

我们回想起法兰克福学派其他成员的文化批判著作。这一点在这里不需要做冗长的讨论,本书的另一种趋势却值得讨论:洛文塔尔的作品在批判理论的传统里描绘了一种独特的立场,即使不是在根本主旨方面,在许多方面都与他同事的作品有非常突出的差异。最突出的案例是他对通俗文化问题的论述。当然,洛文塔尔和霍克海默、阿多诺一样对文化工业没有好感,但是《启蒙辩证法》的作者对商业化的娱乐形式采取了毫不妥协的拒斥姿态,洛文塔尔在他的通俗类型研究中则持保留态度。而且洛文塔尔对大众媒介的潜力持相对开放的观点……另外,这份备忘录(指《艺术与通俗文化之争》——笔者注)注重实效的语调也是洛文塔尔对美国社会和英裔美国人的文化传统感兴趣的征兆。他的作品没有阿多诺的作品所具有的神学上的悲观主义。①

罗素·伯曼独具慧眼的评论把我们的目光吸引到洛文塔尔对通俗文化问题的论述上。"洛文塔尔探讨大众文化的顶点是 1961 年出版的选集《文学、通俗文化和社会》。"②他在这部论述通俗文化的文集导言中提出了对当时通俗文化研究的一些疑问。洛文塔尔首先对那种简单的把艺术、洞察力和精英相等同,把通俗文化、娱乐和大众相等同的观点提出了质疑。"一方面是艺术↔洞见↔精英(art↔insight ↔ elite),另一方面是通俗文化↔娱乐↔大量受众(popular culture ↔ entertainment ↔ mass audience),这些等式是有根据的么? 精英从来不去寻求娱乐而普通阶层的人们本来就疏远高雅文化么? 另一方面,娱乐就排除洞见么?"③在指出学术界在分析文学与通俗文化问题时所惯用的两分法所存在的问题后,洛文塔尔以一连串的质疑对这种两分法的思维模式进行了反思:

---

① Russell Berman. Review of Literature and Mass Culture. *Theory and Society* Vol. 15,No. 5,1986,p. 792.
② Martin Jay. *The Dialectical Imagination*:*A History of the Frankfurt School and the Institute of Social Research*,1923—1950,London:University of California Press,1996,p. 212.
③ [德]洛文塔尔著《文学、通俗文化和社会》,北京:中国人民大学出版社 2012 年版,第 11 页。

我们在此处理的确实是两个对立物么？或许这两个概念只是简单地形成于不同的逻辑语境中？当我们谈论艺术时，难道我们没有将其视为一种特殊的产品？我们在谈论它的内部结构、标准以及这种结构、标准与其他特殊产品的结构、标准的关系时意味着什么？而当我们想到通俗文化时，难道我们不是把我们的思考局限在消费、传播以及对大量受众产生的效果问题上么？提到艺术甚至艺术批评，人们所关心的道德上与思想上的主要标准难道不是"真理"或者作品所提供的洞见程度问题么？那么关于通俗文化，能不涉及"效果"这一主要标准么？

最后他总结说："许多作家都阐发过这种两分法的观点，但是为这两种观点的融合进行辩护的人却不多见。"①他认为，近代以来出现的很多文化现象都是有着交叉点的，不应当把艺术和通俗文化泾渭分明地分割开。之后他还进一步提出艺术与通俗文化是可以相互转化的看法。对于这个问题，洛文塔尔的态度和方法与他的同事比起来显然更为辩证和客观。尽管他强调"必须严格区分艺术和消费品"，但是他也认为"高雅艺术的消费也能变成大众文化，而且在操纵社会中扮演了它的角色"。他举了《奥赛罗》(*Othello*)的英文产品和改编的《玩偶之家》(*Doll's House*)的例子说明了这一点。②

很明显，这与阿多诺式的决绝的批判姿态和自上而下的研究路数不同，洛文塔尔是站在批判理论的立场上，沿着历史化、现实化和具体化的方向用批判理论形态的文学社会学方法对西方文学传播现象的历史演变进行系谱学考察的。他通过对 16 世纪到 20 世纪之间每一个历史时期最具

---

① ［德］洛文塔尔著《文学、通俗文化和社会》，北京：中国人民大学出版社 2012 年版，第 10-11 页。
② Leo Lowenthal. *An Unmastered Past: The Autobiographical Reflections of Leo Lowenthal*. Berkeley: University of California Press, 1987, p.168. 这两个例子分别是：一部 18 世纪改编的《奥赛罗》(*Othello*)的英文产品，在作品的最后一幕，摩尔人(Moor)没有杀死苔丝德蒙娜(Desdemona)，而是意识到了自己的错误并且请求她的宽恕，目的是他们能永远快乐地生活在世上；另外一个例子是，世纪之交在慕尼黑上演的易卜生的《玩偶之家》(*Doll's House*)，在上演的这出剧的结尾，娜拉不是从门外而是从屋里关上门，并且回到她那无聊的丈夫的身旁——因为女人的地方毕竟是在家中。洛文塔尔认为通过大众传播渠道进行传播的高雅文化很可能变异为大众文化。

有代表性的人物和杂志的考察,来追溯历史上围绕文学与传播问题所进行的讨论,由此提炼出文学与通俗文化论争史的脉络,为当代大众传播研究提供广阔的基础。文集中最典型地体现了"融会贯通"这一研究思路的是《大众偶像的胜利》(*The Triumph of Mass Idols*)一文。诚如彼得斯所说:"《通俗杂志中的传记》(这是最初发表在拉扎斯菲尔德主编的《电台研究:1942—1943》中的题目,收入《文学、通俗文化和社会》后改名为《大众偶像的胜利》——笔者注)之所以著名是因为它超越了某一种文化,达到了文化间的熔合(fusion)。他采用德国的批判理论知识框架的同时,运用了在美国已获得很大发展的内容分析方法。"①洛文塔尔站在批判理论的立场上通过对发表在两家流行杂志中的通俗传记的内容分析,揭示了传记主人公从"生产偶像"到"消费偶像"的转变过程。他还通过这个对通俗作品的个案分析敏锐地揭示了消费已经取代生产成为美国民众日常生活兴趣的中心,从而揭示了美国社会正在步入消费社会的历史发展趋势。作为通俗文化研究的一篇经典文献,洛文塔尔的《大众偶像的胜利》所开创的研究范式已经成为通俗文化研究的一种基本思考模式。从本世纪初国内一度非常热闹的关于"偶像"问题的争论到大众文学杂志研究所使用的理论资源中,我们都可以隐约地看到洛文塔尔的身影。

在《文学、通俗文化和社会》这本著作中还有一个现象值得一提,那就是在理论界还主要是使用"mass culture"一词来指称"大众文化"的情况下,洛文塔尔就别出心裁地使用了"popular culture"这一术语来指称它了。众所周知,1960年代以后,随着西方社会结构本身的变化和思想文化观念的转型,在对大众文化的研究上出现了从"大众文化"到"通俗文化"的转向。这首先就表现在对研究对象的定义上,以英国的伯明翰学派和美国的费斯克等为代表的文化研究学派摒弃了主流法兰克福学派一直沿用的"mass culture"("大众文化")的提法,而代之以"popular culture"("通俗文化"),这意味着研究立场和研究方法都发生了变化。在某种程度上洛文塔尔可以说是这一变化的一个过渡性人物。在阿多诺式的大众文化批判理

---

① John Durham Peters, Peter Simonson. *Mass Communication and American Social Thought: Key Texts*, 1919—1968. Lanham, Md.: Rowman & Littlefield Publishers, 2004, p.188.

论日益显现出理论局限性的情况下,像洛文塔尔这样对大众文化的态度比较清醒冷静、持论比较客观辩证的理论家就非常值得重视了。

与阿多诺等人相比,洛文塔尔的分析何以能比较客观而又不失批判立场呢?一方面与其所采用的文学社会学方法有关,文学社会学方法的运用使他能够直面具体现实,进入具体的文化语境。马丁·杰伊指出:"洛文塔尔一直以忠于批判理论的原初冲动为骄傲。他一直保持着激进的甚至是乌托邦精神。然而他在这样做时保持了引人注目的现实主义的冷静,这使他的作品具有他以前的同事所缺乏的平衡和尺度。"①另一方面则与研究对象本身的性质有关。阿多诺文艺社会学的研究对象主要是音乐等由新兴的电子传媒制造和生产出来的视听文化,他面对的是当下的大众文化现象;洛文塔尔文学社会学的研究对象则主要是文学等由印刷传媒制造和生产出来的印刷文化,他面对的是历史上的高雅文学和通俗文化,这种研究对象上的区别又加深了他们本就不同的现实感和历史感,从而使他们对待大众文化的态度产生了根本性的分歧。洛文塔尔的这段话可以看作两人不同研究取向的征兆,他说:"阿多诺再三地催促我评论当代文学。我没有那样做。或许我是传统意义上的文学历史学家。直到今天,我依然拒绝对现代文学进行'社会学的'综述。我有两个理由:第一,现代文学还没有经过历史之筛的过滤,并且很难辨别,在卢卡奇的意义上,什么在将来会有类型学意义;第二,对我而言,文学社会学只是纯粹美学沉思的补充。"②其实18世纪的大众文化尚处于起始阶段,而所谓的阅读大众还只是局限于少数几个城市文化中心里的中产阶级。就此而言,中国目前的大众文化状况与之是有可比之处的,当然它不能与洛文塔尔所研究的欧美早期的大众文化同日而语,但是有一点是可以比较的,即从阶段上来看,都处于开始阶

---

① Leo Lowenthal. *An Unmastered Past*:*The Autobiographical Reflections of Leo Lowenthal*. Berkeley:University of California Press,1987,p.5.

② Leo Lowenthal. *An Unmastered Past*:*The Autobiographical Reflections of Leo Lowenthal*. Berkeley:University of California Press,1987,p.130.

段;从量上看,所谓的"大众"其实是"小众"——都是城市中新生的中产阶级。① 对于我国的大众文化研究而言,这种研究对象的相似性,使洛文塔尔的理论比法兰克福学派的其他成员如阿多诺的理论具有了更大的适用性。正如哈贝马斯所指出的:"洛文塔尔可以被看作阿多诺和马尔库塞对'启蒙辩证法'杞人忧天式反应的可供选择的办法。相对于马尔库塞和阿多诺,洛文塔尔描绘了第三种可能。"②

  透过洛文塔尔的文学传播研究,我们看到,"批判理论和经验理论,社会科学方法和人文科学方法"是有可能打通的。罗伯特·默顿在研究了洛文塔尔的文学传播理论后得出结论:"社会哲学的德国思想风格与美国的方法论并不是不相容。"他认为洛文塔尔"对于通俗传记的研究就是这种综合方法的成功范例";③"是欧洲理论姿态和美国经验主义研究相结合的最成功的范例之一。"④默顿所谓的"综合方法"实际上就是洛文塔尔的批判理论、传播理论和文学社会学等方法在冲突中的融合所形成的研究范式——在"理论力场"中对文学传播活动进行综合研究。对于默顿的评论,有的学者指出:"墨顿没有明白说明知识社会学应该怎样与大众传播研究结合。"而"仅此一例(指洛文塔尔的研究),要替知识社会学和大众传播研究搭桥,谈何容易"⑤! 由此可见"理论力场"的开创性与辩证性。可以说,它将批判理论和经验理论融会贯通的尝试正在为这两大对立学派架起一

---

  ① 对于"mass"以及"mass culture"在中国文化语境中的具体内涵及其所指,可参见马龙潜、高迎刚所著的《人民大众的文化权益》,载《文艺报》2005年7月28日。在该文中,作者指出,"mass culture"这一文化观念的倡导者和推动者所倡导和推动的"大众文化"在国内其实还是"小众文化"。

  ② Leo Lowenthal. *An Unmastered Past*: *The Autobiographical Reflections of Leo Lowenthal*. Berkeley: University of California Press, 1987, pp. 5-6. 研究二人的区别其实是一个很有趣也很有学术价值的课题,有助于我们更为清醒辩证地看待欧洲学术传统与美国学术传统的优缺点。除了文中提到的之外,他们的主要区别还有:对乌托邦的不同态度、对语言的不同态度、对归纳法与演绎法的不同态度……二人的不同之处可以说举不胜举,对这一问题感兴趣的读者可以参考格罗斯的《洛文塔尔、阿多诺、巴特:论流行文化的三个视角》(David Gross. Lowenthal, Adorno, Barthes: Three Perspectives on Popular Culture. in *Telos*, Number 45, Fall 1980, pp. 122-140.)和赵勇的《整合与颠覆:大众文化的辩证法》。

  ③ Leo Lowenthal. *An Unmastered Past*: *The Autobiographical Reflections of Leo Lowenthal*. Berkeley: University of California Press, 1987, p. 141.

  ④ Leo Lowenthal. *An Unmastered Past*: *The Autobiographical Reflections of Leo Lowenthal*. Berkeley: University of California Press, 1987, p. 134.

  ⑤ 陈世敏著《大众传播与社会变迁》,台北:三民书局股份有限公司1994年版,第105页。

座沟通的桥梁。虽然说诸种理论完全融会贯通的前景尚未真正出现,但是批判理论、传播理论与文学社会学在洛文塔尔文学传播研究的"理论力场"中既冲突又融合的状况,仍然极富潜力地开拓了文学研究的新视野。"理论力场"的结构性互动关系,本身就已把信息时代的文学研究置于大众传播基础之上,这样一种关系模式,应该可以为文学的创新性研究建构坚实的支点。

第三章 文学研究新范式：洛文塔尔文学传播理论中的文学观

通过前面两章的梳理工作，我们基本摸清了洛文塔尔进行文学传播研究的理论资源和方法论。我们看到，洛文塔尔的文学研究主要集中在对文学传播现象的分析和总结上。把文学问题作为一种传播现象加以研究和把握，是洛文塔尔文学理论的基本特征和方法论基础。他在建构文学传播理论的过程中，文学理论和传播理论作为具有不同学术血统的两种独立的理论资源和研究范式，始终处于既冲突又融合的在场状态，他将它们置于"理论力场"的研究框架中，使二者融会贯通地尝试，开创了一种新的文学研究范式，整合出了在文学与传播的"力场"中把握文学的本质这样一个全新的研究课题。

根据洛文塔尔文学思想的发展轨迹，其文学传播理论的建立大致经历了以下三个阶段，即：首先确立了文学传播理论的研究方法——"理论力场"和文学传播要素的活动空间——"传播力场"；其次阐明了文学传播行为在人类交往活动中的功能，从而建立了"理解力场"这一文学传播研究的思想枢纽；最后则是把文学传播理论提到"理解"的高度加以阐释，试图在文学与传播的"理解力场"中对文学的本质作出规定。洛文塔尔之所以选择以上所提问题的角度和研究问题的思路，主要是基于当时文学发展和文学研究中存在的基本问题：在大众传播时代，传播规律已然渗透进文学活动之中，并且与文学规律融合在一起共同影响文学的发展，但是当时的文学研究却未能从理论上对此做出令人满意的解释。可见洛文塔尔的研究思路非常明确，即把传播理论运用到文学研究中，从传播的角度揭示文学的本质和功能，从中发展出一种传播论的文学观念，并且初步勾勒出其理论框架的基本面貌，以致力于寻找一条把握文学发展的新的研究范式。

据此，我们对洛文塔尔文学传播理论中的文学观的阐释也就相应地分为如下三个方面的内容：1. 文学，作为一种既具有艺术性又具有商业性的传播现象，在"传播力场"中的地位和功能，即对洛文塔尔的文学"传播力场"概念进行阐释;2. 文学,作为人类交往活动中的一种传播行为,对于"人类的自由与解放"的价值和作用,即对洛文塔尔的"理解力场"这一文学传播研究的思想枢纽进行阐释;3. 进一步总结他的文学传播研究范式,从而揭示出洛文塔尔在文学与传播的"理解力场"中对文学本质的规定。

第一节 "传播力场":文学传播场的构成要素与生成机制

众所周知,在印刷传播媒介和电子传播媒介分别成为文学的主要传播媒介之后,文学出现了两次重大转型,那么对文学转型问题的揭示、对文学传播现象的分析、对文学发展问题的讨论在多大程度上是随着对文学传播方式、文学"传播力场"的理解而定呢?洛文塔尔之前的甚至是他同时代的文学理论家对于上述问题的研究多集中在思想观念层面或者作家作品层面上,很少有人从传播的角度提出问题,对文学进行传播学的研究。对于大众传播时代的文学发展问题,传统的文学理论未能及时调整自己的研究视野和研究方法,洛文塔尔则通过考察文学传播媒介的知识谱系及其文化逻辑,发现文学传播方式的历史变迁深刻地影响了文学的发展变化,正是机械印刷媒介的发明和广泛运用才引发了欧洲的文学变革,使"生产和评判艺术作品的社会结构发生了根本性的变化",在这种情况下,传播规律已然渗透进文学活动之中,并且与文学规律融合在一起共同影响文学的发展,因此他才将研究的焦点聚集在文学传播媒介的发展变迁和文学"传播力场"的生成与重组上。

一、"大众"媒介的演变与文学转型

马克·波斯特在研究媒介与时代的关系问题时,曾以略带遗憾的口吻指出,尽管"阿多诺和本雅明有关大众文化的争论已经被一再分析",然而法兰克福学派对"传播技术这一论题"的分析,却"是一个备受忽略的题目"[1],尤其是学派中"被不公平地冷落的核心人物"洛文塔尔对文学传播

---

[1] [美]马克·波斯特著《第二媒介时代》,南京:南京大学出版社 2000 年版,第 3 页。

媒介问题所做的分析，更是迄今为止在很大程度上被遗漏的课题。事实上，他和本雅明、阿多诺是最早一批运用批判理论分析大众传播媒介的批判理论家，所不同的是，本雅明的研究对象主要是机械复制传播媒介和电影，阿多诺的对象主要是电子传播媒介和音乐，而洛文塔尔分析的则主要是印刷传播媒介对欧洲文学的渗透和影响问题。在洛文塔尔看来，近现代以来欧洲文学出现的历史变迁离不开印刷传播媒介的介入和改造，它的自身塑造和构建首先是从印刷书籍、杂志和报纸等传播媒介开始的，只有从传播媒介的角度入手才能对文学传播问题进行更为清晰的考察。因此他"从印刷机的发展及其成为大众媒介的潜力开始讨论"。洛文塔尔"提醒读者，本项讨论所关心的是围绕艺术对通俗媒介的问题而不是对产品本身的历史回顾和分析"①，可见洛文塔尔的研究既不是传统文学理论中的作品研究，也不是单纯的传播研究。

　　大众媒介是洛文塔尔研究文学传播问题的一个重要切入口，打开《文学和大众文化》《文学、通俗文化和社会》等洛文塔尔论述文学问题的重要著作，我们会发现"文学媒介"、"大众媒介"等文学传播媒介用语是出现频率非常高的词，"文学媒介"更是在几本著作中作为论述文学传播问题的小标题出现。洛文塔尔是通过追溯从16世纪到20世纪初期历史上围绕文学与大众媒介问题所进行的讨论，并选取每一个时期最具有代表性的文学人物和报纸杂志等大众媒介进行考察，来分析欧洲文学的发展变迁的。

　　在洛文塔尔与费斯克合著的《艺术与通俗文化之争：以18世纪的英国为例》(The Debate Over Art and Popular Culture: English Eighteenth Century as a Case Study)一文中，他是这样界定大众媒介的，"如果'大众'媒介这一术语意味着为大量具有购买力的公众生产的、适合于市场销售的文化商品，那么18世纪的英国是历史上能够有效使用这一概念的第一阶段"②。洛文塔尔认为，在18世纪的头几十年，英国日益成长的工业化和城市化，以及越来越廉价的纸张和不断改善的文学作品的生产方式和传播

---

① Leo Lowenthal. *Literature and Mass Culture* (Communication in society, V. 1), New Brunswick (U. S. A.): Transaction Books, 1984, p. 19.
② [德]洛文塔尔著《文学、通俗文化和社会》，北京：中国人民大学出版社2012年版，第78页。

销售方式,使文学读物比以往任何时候都更便宜,也更容易获得。有阅读和写作能力的人大大超过以往任何时期;并且识文断字正在成为商人和店主阶层必备的职业条件。到了18世纪最后二十多年,甚至边远的农村都雇用自己的教师,或者至少开办周末学校,来教授阅读的基本原理。从1700年到1800年,具有阅读能力的公众从贵族、牧师和学者扩展到职员、技工、体力劳动者和农民。文学读者在英国全国范围内都有了显著增加。洛文塔尔指出:"尽管新的文学产品正在增加,并且商业竞争日益激烈,但是每种新的文学形式或者旧形式的各种变种都能找到现成的市场。这主要是因为处于社会经济最底层的民众中的识字者增加了。"[1]不过由于读者阶层的分化,洛文塔尔注意到,文学产品的差别也日益扩大了。例如,由于女性读者的大量增加,书商开始专门为女性读者设计图书;为了满足年轻女孩的需要,小册子也大量增加了。专门为小孩写的书也日益增多。另外还有专门为律师、农民和音乐家设计的职业杂志和贸易杂志,以及为各种具有专门嗜好的人准备的书刊。而普通杂志则几乎不可避免地成为女士和年轻人生活中的组成部分。从洛文塔尔对大众媒介的分类梳理中可以看到,英国的大众媒介早在18世纪就已经进入到了"受众细分"时代。针对社会阶层的分化,不同阶层、不同阅读群体的不同趣味和阅读标准,大众媒介为了扩大传播效果,抢占文学市场,开始要求创作者针对不同接受对象进行"有的放矢"地创作。

在"文学媒介"这一标题下,洛文塔尔先后分析了杂志、现代报纸、印刷书籍等大众媒介。通过对历史资料的钩沉梳理,他发现,"尽管新的文学产品不断发展,商业竞争不断加剧,但是每一种新的文学形式或者旧形式的变种依然都能找到它的市场。杂志——与由宗教和政治团体支持的小册子截然不同——是这一时代最新的、最有特点的传播媒介。在从1730年到1780年的五十年时间里,每年至少有一本新杂志在伦敦出版"[2]。几乎所有现代杂志在那个时候都有了原型,并且大部分办得都很兴旺:妇女杂

---

[1] Leo Lowenthal. *Literature and Mass Culture* (Communication in society, V. 1), New Brunswick (U. S. A.): Transaction Books, 1984, p. 77.

[2] [德]洛文塔尔著《文学、通俗文化和社会》,北京:中国人民大学出版社2012年版,第79页。

志、充满流言的戏剧性月刊、真实故事和爱情故事杂志、新闻摘要、书评,甚至是书的缩写本,特别是文艺专栏、小说连载和报刊文摘等已经成为杂志的特色。而通俗小说作为一种新的文学形式,之所以能够在18世纪中期后开始流行,也要归功于杂志这种大众媒介。18世纪,英国人理查德·斯梯尔与约瑟夫·艾迪生创办了《闲谈者》与《观察者》杂志①,上面发表了大量通俗小说。通过对杂志上发表的小说的分析,洛文塔尔认为:"尽管早期的畅销书销售商喜欢重印17世纪的浪漫主义作品,但是理查森②的小说《帕梅拉》在1740年的出版则标志着一种主要的转变。《帕梅拉》出版三十年后……小说中或多或少地混杂着中产阶级的现实主义和多愁善感,这形成了这一时期的特色。"③塞缪尔·理查森、亨利·菲尔丁、托比亚斯·斯摩莱特与劳伦斯·斯特恩④这四位主要作家的小说非常受欢迎。到了18世纪中期,小说达到了顶峰,其后拙劣的模仿与重复盛极一时,以至于一些作家都担心小说会无疾而终。然而读者却不这么认为,对于他们而言,这种娱乐是会持续流行下去的,甚至是把旧有的书卷换个新标题也行。这种局面一直延续到18世纪末,然后随着通俗性哥特式小说(popular Gothic novel)的出现才有所好转。到了1780年代后期,青少年读物也日益

---

① 理查德·斯梯尔(Richard Steele,1672—1729)和约瑟夫·艾迪生(Joseph Addison,1672—1719)是现代散文的先驱,在小品文和戏剧方面都取得了一定的文学成就,但是他们之所以能够青史留名,至今还常常被人提起,主要是因为他们创办的《闲谈者》(Tatler)与《观察者》(Spectator)这两份期刊。《闲谈者》由斯梯尔于1709年出版,紧随其后的《观察者》(1711年)则是由斯梯尔和艾迪生合作创办的。杂志将优美的文笔和社会及文化目的结合起来,发表了许多以当时的社会风俗、日常生活、文学趣味等为题材的文章,成为当时最流行的杂志。艾迪生宣称,《观察者》的日发行量达三千份,拥有两万到三万的读者人数。详情参见洛文塔尔著《文学、通俗文化和社会》,北京:中国人民大学出版社2012年版,第95-98页。

② 塞缪尔·理查森(Samuel Richardson,1689—1761),英国小说家和印刷商,他和亨利·菲尔丁、丹尼尔·笛福并称为英国现代小说的三大奠基人。其书信体小说包括《帕梅拉》(Pamela,1740),它通常被视为第一部现代英语小说,以及《克拉丽莎》(Clarisa,1747)。这两部书信体小说被尊为感伤主义的经典之作。

③ [德]洛文塔尔著《文学、通俗文化和社会》,北京:中国人民大学出版社2012年版,第79页。

④ 亨利·菲尔丁(Henry Fielding,1707—1754),英国18世纪最重要的小说家,被司各特称为"英国小说之父",其代表作《汤姆·琼斯》对后世影响很大。托比亚斯·斯摩莱特(Tobias Smollett,1721—1771),小说家和编辑,是亨利·菲尔丁和塞缪尔·理查森之后18世纪英国最重要的小说家之一。其代表作《亨佛利·克林克》也是一部书信体小说。劳伦斯·斯特恩(Lawrence Sterne,1713—1768),18世纪英国最重要的小说家之一,著有九卷本《项狄传》和两卷本《感伤旅行》。

增加。洛文塔尔指出,由于通俗小说的热销,在1790年代期间,甚至一个相当没有名气的作家也可以靠为热情的公众写连载小说而获得一笔可观的收入。因为小说写作变得越来越有利可图,以至于越来越多的人加入到文学这个行业中来。文学创作主体、传播主体和接受主体构成成分及其在文学"传播力场"中地位的变化对文学产生了巨大影响,这个问题留待下文作进一步探讨。

至于报刊,洛文塔尔承认:"要对18世纪的杂志和报纸作出区别是有一定困难的。因为最初它们的内容非常相似:期刊作家(他们通常也编辑自己的期刊)也给报纸写特写,相反地,许多杂志也包含大量新闻。"①他认为现代报刊的原形是在1695年特许法案(Licensing Act)失效之后不久出现的。"在整个18世纪,日报变得独立且有尊严:之所以能够独立是因为文学的广泛传播;之所以能够有尊严是因为在与宗教和政治控制的斗争中,它们获得了成功。"②在洛文塔尔看来,"文学的广泛传播"使文学传播媒介获得独立,是文学大众传播的显著效果之一,这一传播效果之所以对文学来说特别重要,乃是因为文学传播媒介的独立,意味着传播媒介在文学"传播力场"中的地位和角色发生了历史性变化,而这一变化对文学的发展产生了深远的影响。他认为当时社会各界对于这一变化以及日益增长的文学市场的反应还很含混,但是总体上来说,关注这一变化的人士更关心这个变化对于发展知识和美学的潜力,而不是担心它对公众观念的影响。只是到了19世纪早期,随着在英国和爱尔兰的报刊达到四百多种的数量时,报刊成为一种操纵性设施的问题才成为知识分子关心的主要问题。至于印刷书籍以及"印刷机的发展及其成为大众媒介的潜力"问题,洛文塔尔以一组统计数据作了说明。根据他的统计,伦敦的印刷机在1724年有75架,到1757年就增加到200架。"到伊丽莎白时代,印刷日益成为社会传播的主要渠道。"③每年出版的新书在这一世纪以四倍的速度增长。

---

① Leo Lowenthal. *Literature and Mass Culture* (Communication in society, V. 1), New Brunswick (U.S.A.): Transaction Books, 1984, p. 78.
② [德]洛文塔尔著《文学、通俗文化和社会》,北京:中国人民大学出版社2012年版,第81页。
③ Leo Lowenthal. Review of The Rise Of The Novel, in: *The American Journal of Sociology* Vol. 64, No. 4, 1959, p. 440.

为了方便读者的阅读与携带，出版商设计出了小开本图书，又小又轻的图书遂在18世纪下半叶走俏一时。"到1800年，书籍贩卖和出版生意成为英国的主要工业之一"①。也正是在这一时期，作家的职业成为一种体面的、有利可图的职业。这种职业被搞得如此火爆以至于塞缪尔·约翰逊（Samuel Johnson，1709—1784）早在1752年就把这一时代命名为"作家的时代"。

上文引用的数据分析印证了洛文塔尔的理论假设，他"假定整个问题最初出现于复制方式在技术上取得革命性飞跃的时刻"，而对于机械印刷传播媒介对于文学发展的革命性影响，他"认为这是从数量到质量的飞跃"②。作为文学研究的一篇经典文献，洛文塔尔的《艺术与通俗文化之争》一文所开创的从传播媒介入手来分析文学变迁的研究范式已经成为近现代文学研究的一种基本思考模式。不论是欧美的理论家还是国内的研究者在分析近现代文学转型问题时，都把机械印刷媒介列为不可忽视的重要因素。从他们对通俗小说和现代报纸杂志、印刷书籍之关系的研究所使用的理论资源中，我们可以看到洛文塔尔的身影。

在探讨印刷传播技术和日益增长的印刷产品市场对于个体、知识和审美发展的影响以及对于作为整体的国家的影响问题时，洛文塔尔发现目前的批评状况是混乱的，对新媒介的社会批判缺乏系统的理论资源，"正如在广播研究以及诸多学术论文中所表明的那样。一方是善意的大众媒介分析家，他们似乎认为，尽管一切还不是那么完美，但所有这一切正在日渐变好。另一方则是标新立异的社会批评家，他们把现代人的孤独与其对大众媒介的兴趣联系起来，认为大众媒介是一种完全失败的组织机构"③。文学史学家和评论家对于这一问题抱着复杂的态度。他们或者充满了正义的愤慨和道德方面的忧虑，或者试图用社会学术语来理解这种新现象，例如，未经判断就把它和政治、经济等基本问题联系起来。很明显，这几种反

---

① [德]洛文塔尔著《文学、通俗文化和社会》，北京：中国人民大学出版社2012年版，第86页。
② Leo Lowenthal. *An Unmastered Past: The Autobiographical Reflections of Leo Lowenthal*. Berkeley: University of California Press, 1987, p. 124.
③ [德]洛文塔尔著《文学、通俗文化和社会》，北京：中国人民大学出版社2012年版，第22页。

应类型几乎是同时出现,并且在当代讨论中仍然有他们的回声。对于这种新发展,洛文塔尔既反对那种单纯的愤慨和忧虑的精英主义态度,更反对那种毫无判断的经验研究和盲目乐观。

马克·波斯特以阿多诺、霍克海默的《启蒙辩证法》为例批评"面对第一媒介时代的社会批判理论","未加深入研究就先入为主地否定媒介……哪怕只对法兰克福学派的著作稍作浏览,就会肯定这种判断。他们对资本主义和自由主义意识形态的运作进行了条分缕析而鞭辟入里的探讨。然而考察媒介时,则沦为攻击和谩骂"。他批评"阿多诺除了其自以为是的权威之外别无任何经验基础可言"①也许是有其道理的,但是以此作为批判法兰克福学派的论据未免有以偏概全之嫌,因为洛文塔尔对文学传播问题所进行的研究既有经验基础可言,也没有简单地否定媒介。洛文塔尔确实对经验传播研究不满,并且对其进行了严厉的批判,但是他仍然认为,经验主义的洞察力也是不可或缺的,特别是对于文学传播问题的研究,他非常注重进行广泛的经验研究以说明其理论研究的充分性。比如上文提到的他对英国18世纪文学媒介状况的研究,他就收集了大量关于大众媒介的数据,并且对其进行了经验性的分析。

批判传播研究不但与经验传播研究分歧严重,就是在法兰克福学派内部,批判理论家们对于大众媒介对文学艺术的影响问题也是一直争论不休。争论的一极是以阿多诺为代表的法兰克福学派主流成员对大众媒介持消极悲观的批判态度,另一极则是特立独行的本雅明大力鼓吹大众媒介潜在的进步力量。与这两种较为极端的态度相比,洛文塔尔的观点则比较客观辩证,他既看到了大众媒介的技术潜能、美学潜能和认知潜能,因而没有像阿多诺那样消极悲观;也看到了资本主义社会对大众媒介的应用所带来的问题,因而没有像本雅明那样积极乐观。但是当他面对现实生活中的电子传播媒介时,他似乎就与阿多诺达成了一致,他说:"阿多诺花费了大量精力去论证包括但是不限于广播和唱片的电子复制技术导致的严肃音乐的变形。我不是音乐社会学家,但是关于艺术作品和艺术演出的社会框架之间的必要关系,我还是知道一些,通过推论我必须假设被播映的莎士

---

① [美]马克·波斯特著《第二媒介时代》,南京:南京大学出版社2000年版,第6-8页。

比亚的恐怖情形比得上阿多诺所说的音乐听力的变形。"①面对资本主义社会中文化工业的迅速发展,他不得不承认:"传播技术对于艺术家的完整性而言,已经成为了一种武器。我正在思考卡夫卡（Kafka）、乔伊斯（Joyce）和普鲁斯特（Proust）,在某个方面,他们是难以接近的,但这种'难以接近'恰恰是他们的目标。对于抽象画而言,也是如此。但是资本主义社会有一个大胃,我们总是低估它所能吸收和消化的东西。"②

不过当洛文塔尔把他的研究焦点从冷峻的现实转移到远去的历史,把大众媒介放到一个既定的历史语境中进行考察,以仔细辨别文学与大众媒介的历史关系时,他的态度就不再像阿多诺那样激进,而是变得较为客观辩证。实际上,洛文塔尔认为在帕斯卡尔式的谴责与蒙田式的辩护之间,"蒙田的态度意义更为深远"③。针对帕斯卡尔式的谴责,洛文塔尔谨慎地质疑道:"大众媒介是否不可避免地注定会成为低俗产品的传播工具？"④他认为:"如果今天有人谈论起传播,几乎必然会对大众媒介产生争论。当然,媒介仅仅是可能发生的传播的工具——它们是工具,技术得到了发展,但是正确的应用还是个问题。"⑤作为一名社会科学家,洛文塔尔在进行理论分析时,态度就变得比较清醒冷静,研究思路也非常清晰,他认为应当把大众媒介和对大众媒介的应用分开来考虑。他相信媒介技术条件对于艺术生产的革命性潜能,在这一点上他似乎又转向了本雅明,而远离阿多诺。他说:"我更重视下列因素,我的观点是——在这点上我离开了阿多诺和霍克海默——你不应该让媒介和媒介技术一样负责任。相反的,这些媒介在

---

① Leo Lowenthal. *Critical Theory and Frankfurt Theorists：Lectures，Correspondence，Conversations* (Communication in Society, V. 4), New Brunswick (U. S. A.)：Transaction Books, 1989, p. 58.

② Leo Lowenthal. *An Unmastered Past：The Autobiographical Reflections of Leo Lowenthal*. Berkeley：University of California Press, 1987, p. 129.

③ [德]洛文塔尔著《文学、通俗文化和社会》,北京：中国人民大学出版社2012年版,第37页。

④ [德]洛文塔尔著《文学、通俗文化和社会》,北京：中国人民大学出版社2012年版,第70页。

⑤ Leo Lowenthal. *Literature and Mass Culture* (Communication in society, V. 1), New Brunswick (U. S. A.)：Transaction Books, 1984, p. 291.

资本结构中被使用,是作为资本结构的结果出现的。"①他坚持认为媒介技术不应该为文化的衰落负责,建议至少要考虑媒介内在固有的潜力。他认为在这种资本结构框架内,媒介被利用,并且作为这种政治经济形式的结果,这导致了"电影、广播和电视的美学潜能和认知潜能几乎得不到一点机会"。尽管他承认"存在作为艺术的电影和广播电视节目,但是就它们的传播而言,它们仅仅是外围现象。人们已经抛弃了针对敌人的这一领域"。以此精神为指导,他要求不断推进媒介的技术潜能和美学潜能,"我觉得两件事情应该联系起来:第一,继续推进媒介的技术可能性和美学可能性……同时必须作两件事:适当地利用新媒介,并且对使我们变得愚笨的大众文化进行激进的批判"②。他因此把对"大众媒介本身所固有的内容和价值"的研究列为进行通俗文化分析时所需要考虑的事项之一。对于洛文塔尔与阿多诺在这个问题上的分歧,罗素·伯曼给予了很好的概括,他指出:"《启蒙辩证法》的作者对商业化的娱乐形式采取了毫不妥协的拒斥姿态,洛文塔尔在他的通俗类型研究中则持保留态度。而且洛文塔尔对大众媒介的潜力持相对开放的观点……1954年,在霍克海默和阿多诺把好莱坞描绘成大众欺骗的时候,洛文塔尔为福特基金的电视执行委员会写作了《艺术与通俗文化之争》一文,文章通过提出'大众媒介怎样才能被用作促进大多数人口的文化发展和教育发展的工具这一问题',表明了避免具有很高文化修养的精英主义和粗俗的商业主义所带来的双重危险的可能性。"③

我们说洛文塔尔的观点在某个方面看起来"似乎"与本雅明一致,是因为他的观点非常复杂,在接受杜比尔的采访时,他曾这样说:

> 关于本雅明的主题:他认为由机械和电子复制方式进行的艺术作品传播具有肯定积极的政治效果。我认为这是错的。它跑到

---

① Leo Lowenthal. *An Unmastered Past:The Autobiographical Reflections of Leo Lowenthal*. Berkeley:University of California Press,1987,p. 255.
② Leo Lowenthal. *An Unmastered Past:The Autobiographical Reflections of Leo Lowenthal*. Berkeley:University of California Press,1987,p. 256.
③ Russell Berman. Review of Literature and Mass Culture. *Theory and Society* Vol. 15,No. 5,1986,p. 792.

我们政治经验的对立面。但是也可能是我们误解了他。如果仔细地阅读本雅明的作品,我们会发现,当法西斯主义变得很明显时,他描绘了政治审美化,并且迅速地从技术革命的肯定方面转移了。但是他也说在共产主义中,艺术等于政治。①

洛文塔尔观点的复杂之处在于,他既看到了大众媒介所具有的革命性潜力,也切身感受到了资本主义社会的政治经济结构把大众媒介作为资本逐利工具的后果;他既要"避免具有很高文化修养的精英主义和粗俗的商业主义所带来的双重危险",又要保留文学艺术的乌托邦功能。在对本雅明的观点提出质疑之后,他又对本雅明给出了与自己观点相近的理解,他说:"艺术是抵抗的信息,事实上,艺术是创造性反抗社会灾难的伟大的蓄水池;它承认彻底照亮昏暗社会的幸福前景。"②

那么洛文塔尔到底是如何看待传播媒介的呢?"洛文塔尔坚持这样两种立场,并且保持着二者间的紧张状态。他的作品既没有导向精英封闭主义的标准化稳定措施……也没有仅仅因为通俗文化作品获得了大量传播就为之欢呼。"③我们认为他的观点与本雅明和阿多诺的相比较,是更为客观辩证的。他既不像本雅明那样对大众媒介抱有乐观的和革命的乌托邦情怀,也不像阿多诺那样持断然否定和激进批判的态度;他承认传播技术对于艺术家的完整性而言,成为一种武器,但是他也认为大众媒介具有一定的美学潜能和认知潜能。对于大众媒介的出现及其所导致的文学转型,愤慨忧虑、批判哀叹与赞赏欢呼之声一直不绝于耳,但是这两种态度都非学术研究所应有,作为学术研究而言,就应该像洛文塔尔一样,站在批判传播理论的立场上,同时采取人文科学和社会科学的方法来历史地和具体地分析文学传播媒介的发展变迁及其对文学转型的影响,进而揭示出文学发展的历史趋势。由此可见,洛文塔尔绝不是某些人所批判的技术决定论

---

① Leo Lowenthal. *An Unmastered Past*: *The Autobiographical Reflections of Leo Lowenthal*. Berkeley: University of California Press, 1987, p.125.

② Leo Lowenthal. *An Unmastered Past*: *The Autobiographical Reflections of Leo Lowenthal*. Berkeley: University of California Press, 1987, p.125.

③ Russell Berman. Review of Literature and Mass Culture. *Theory and Society* Vol.15, No.5, 1986, p.792.

者。那种认为"法兰克福学派的悲观的技术决定论……过高地估计了技术的决定性作用而低估了媒介的社会环境的重要性"①的结论是不符合洛文塔尔的理论实际的。事实上,洛文塔尔的辩证之处正在于他对社会环境的重要性的强调,认为应该把大众媒介和对大众媒介的应用分开来考虑,从而他才建构了"传播力场"这一极为辩证的文学传播研究的基本范畴。

二、"传播力场"与文学"传播力场"

在理清洛文塔尔大众媒介研究脉络的基础上,我们来重点分析一下他对大众传播与"大众社会"之辩证关系的论述,看他是如何阐明二者的关系以及由此建构起"传播力场"这一文学传播研究的基本范畴的。

在洛文塔尔看来,传播是媒介的上位概念,其外延要比媒介广。一般把传播的组织机制和技术手段称作媒介,而传播则是人类的一种交往方式。因此他主张从更加宽泛的角度来进行大众传播研究,即以承认传播是人类理解的本质为前提。这样社会就成了传播的上位概念。对于一名以"文学传播"问题为主要研究对象的文学社会学家而言,大众传播与大众社会所构成的互动关系必然会成为文学传播研究的重要课题。洛文塔尔既把文学传播活动视为一个独立、完整的系统进行研究,又将文学传播系统置于更大的社会系统中进行考察,探讨二者的辩证关系。

洛文塔尔认为经验传播研究缺乏必要的社会理论基础和哲学历史维度,没能认识到大众传播本身就是一种社会制度,必须在特定的社会语境中才能产生意义。他提醒读者大众传播并非经验传播学派所说的价值中立,美国的大众传播研究未能认识到大众传播和大众社会研究需要批判理论。因此他才站在批判理论的立场上从大众传播与大众社会所构成的互动关系着手进行大众传播研究。洛文塔尔期望传播研究能够超出对大众传播活动显而易见的市场数据的描绘和分析。他断言在利用个性为大众文化服务的过程中,传播几乎完全被剥夺了它的人性内容。在大众传播过程中出现的个体与他们的人性分离了。在这种情况下,作为理解基础的传

---

① 陶东风,周宪编,《文化研究·主编的话》第6辑,桂林:广西师范大学出版社2006年版,第3页。

播就被大众传播"附庸化"了,被媒介工业腐蚀了,媒介的形象已经残忍地刺穿了个体的私人领域。因此洛文塔尔认为对大众传播与大众社会之关系的批判性考察必须以下面这个问题开始:"在社会的总体进程中,文化传播的功能是什么?"①他认为对大众传播中的社会总体的客观因素的生产和再生产的分析将揭示作为技术条件和政治条件结果的大众趣味是如何出现的。因此他把"源于大众传播及其作为整体在社会中运转所产生的观念和价值"列为进行通俗文化分析时所需要考察的第六项。②

"大众传播学研究的盲点在于这个术语忽略了传播首先是一系列社会实践、习惯和形式这个事实"③,而洛文塔尔把大众传播学研究置于社会理论之上,从而超越经验传播学派的理论视界,将其从微观的效果研究中解放出来的做法,可以说是他对大众传播学研究的重大贡献之一。《欺骗的先知》就是一部代表性著作。诚如汉诺·哈特所说:"《欺骗的先知》对于大众社会研究和大众传播研究领域而言都是一部具有重大贡献的著作,它聚焦于煽动家的方法、行为、技术、要求及其意义。"④在1970年版的前言中,霍克海默就洛文塔尔的研究指出:"意识形态和意识形态的表现可以被测量,或者可以从性质上,作为一种有意义的结构单元来理解。内容分析的技巧引导科学家洞察社会问题的根源。"不过霍克海默同时又强调"仅仅对人类本身进行研究是不够的"。根据洛文塔尔的研究,他认为:"如果我们要掌握大众行为现象的真正意义,我们就必须把对刺激的本质的研究和对刺激的反应的研究放在一起进行研究。"⑤

在《欺骗的先知》中,洛文塔尔提醒他的读者在解释文学是怎样存在于它们的传播语境中时,一定要注意总体观念的重要性。他拒绝把社会因素

---

① [德]洛文塔尔著《文学、通俗文化和社会》,北京:中国人民大学出版社2012年版,第31页。
② [德]洛文塔尔著《文学、通俗文化和社会》,北京:中国人民大学出版社2012年版,第10页。
③ 詹姆斯·凯里著《大众传播与文化研究》,见[英]奥利弗·博伊德-巴雷特,克里斯·纽博尔德编《媒介研究的进路》,北京:新华出版社2004年版,第448页。
④ Hanno Hardt. The Conscience of Society: Leo Lowenthal and Communication Research. *Journal of Communication*, Summer 1991.
⑤ Max Horkheimer. "Foreword". In Leo Lowenthal, *False Prophets: studies on authoritarianism* (Communication in Society, V. 3), New Brunswick (U.S.A.): Transaction Books, 1987, pp. 1-2.

孤立起来,他争论道:"在现实中所有个别因素都被编织到总体的辩证法之中。"①从霍克海默的前言和洛文塔尔的表述中能够看出,个体表达、传播媒介、政治模式、文化制度和社会制度都被洛文塔尔编织到一个独特的网络之中,由此他建构了"传播力场"这一由复杂的传播现象所构成的动态结构,用以阐释某一独特的历史时期的既构成又变动不居的文学传播活动。尽管他承认在一个概念框架中解释某一历史时期和在这一时期占据优势的人类行为的普遍特点的难度,但是如果人们想理解包括他们的社会角色和个人形象在内的个体的行为,就必须面对这个困难。②在洛文塔尔所建构的范畴系列中,"总体辩证法"(dialectic of totality)、"网络"(net)与"传播力场"的意思大致相同。只不过前者指向的主要是理论的逻辑发展进程,以及它所把握对象的历史运动过程;"网络"一词则与"星座"(constellation)类似,指的是诸种因素彼此并立联结而又不被某个中心整合的集合状态。只不过"星座"本身是运动的,而"网络"一词偏于静态的描述;"传播力场"则强调各种传播要素在力场中吸引和排斥的相互作用所构成的复杂现象的动力的、互相转换的结构。

洛文塔尔对大众传播与大众社会结构性互动关系的分析主要凝聚在对"艺术性文学"和"通俗文化"的传播研究上。从他对欧美16世纪到20世纪初的文学和通俗文化的传播研究上看,"传播力场"可谓是洛文塔尔建构的统摄文学传播研究的总体范畴。他把文学活动和传播活动凝聚成为一个动态的结构,文学传播活动的各个要素都被整合到这个充满了竞争和冲突的时空结构中,各要素互相竞争和冲突的交互作用又形成了彼此之间相互依赖的交融关系。由此可见,洛文塔尔将"传播力场"理解成为了一个处于不断变化之中的各种"力"之间既冲突又融合的场域。那么"传播力场"中包含有哪些"力"呢?

洛文塔尔认为"传播力场"作为一个阐释某一时期传播活动的总体范畴,至少应该包括对两个层面的活动要素的分析:一是把传播活动视为一

---

① Leo Lowenthal, *False Prophets: studies on authoritarianism* (Communication in Society, V. 3), New Brunswick (U.S.A.): Transaction Books, 1987, p. 257.

② Leo Lowenthal. *Literature and Mass Culture* (Communication in society, V. 1), New Brunswick (U.S.A.): Transaction Books, 1984, pp. 279-280.

个独立、完整的系统进行研究,这一点体现在对传播活动五要素,即传播主体、传播内容/信息、传播渠道/媒介、传播客体/受者、传播效果等基本元素的分析上;二是将传播系统置于社会系统中进行考察,这一点体现在对传播语境,即文化制度、社会制度以及政治经济模式的批判性分析上。这两个层面的划分,只是为了理论说明的方便,事实上,二者是交融在一起的,比如传播者既是传播活动的主体,也是生活在社会中的客体。在担任美国之音研究部主任的六年时间里,洛文塔尔"对全世界居民的传播习惯进行了一系列范围广泛的调查……调研了收听电台和阅读印刷文本与社会、政治和社会中文化状况之间的关系"①。他运用"理论力场"方法分析了"传播力场"的生成机制与构成要素,特别是在一项估价美国之音无线电节目的影响的项目中,他对如何研究"传播力场"的要素进行了阐述。在与克拉帕合写的《舆论研究对心理战评估的贡献》一文中,洛文塔尔指出,他的"评估项目要评估传播过程的所有阶段",而这"离不开拉斯韦尔所说的:'谁?说什么?对谁说?通过什么渠道?取得什么效果?'的分析研究"②。在他的评估项目中,他对从美国之音的广播输出、广播内容、广播受众、广播对受众的影响以及电台根据受众反馈所做出的调整都放到一个动态的传播力场之中依次进行分析,并且要把美国之音的定位及其与传播内容、受众等要素的关系问题置于社会系统这个更大的场域之中进行综合研究。洛文塔尔认为在相关的"传播力场"框架内只有通过详细的内容分析以及其他一些技巧才能完成对内容的完整描述,才能完成以下两件事,"描绘内容的无形方面;以系统的而非试错的方式将具体内容或者内容要素与所要观察的效果联系起来"③。事实上他的《大众偶像的胜利》正是他运用内容分析方法进行文学传播研究的典范之作。关于受众是由谁构成的问题,洛文塔尔认为舆论研究能够提供有价值的信息。比如让训练有素的观察人员在文化模式和日常生活模式的框架中研究居民的传播交流习惯。这需要

---

① Leo Bogart. In Memoriam: Leo Lowenthal, 1900—1993. *Public Opinion Quarterly*, Fall 1993, Vol. 57 Issue 3.

② Joseph Klapper, Leo Lowenthal. The Contributions of Opinion Research to the Evaluation of Psychological Warfare, *Public Opinion Quarterly*, volume 15, 1951.

③ Joseph Klapper, Leo Lowenthal. The Contributions of Opinion Research to the Evaluation of Psychological Warfare, *Public Opinion Quarterly*, volume 15, 1951.

对与内容分析和效果研究相关的系统技巧和对这种技巧的经验研究。

在从理论上阐述了"传播力场"的生成机制与构成要素后,洛文塔尔从传播者、接受者、传播方式等要素在"传播力场"中的地位、"传播力场"对文学成就的决定性作用等方面对文学活动进行了分析。

洛文塔尔认为:"创造性作家本身就是知识分子,对他们来说,客观的原始素材仅仅是供他随意参考使用的材料库,如果他要使用这些材料,也只需根据他自己独特的审美目的。如此一来,他就成为代表知识分子行为的原型,而如果能对这一具有社会意义的自画像和最古老的知识分子群体的特殊功能进行历史文献分析,那么社会学家之间关于知识分子作用的热烈讨论也许就可以扩展到一个更具体的层次上。"对此,洛文塔尔列举了一些观点和现象,从主观层面看,文学生产者的自我认知各式各样:他们是能够预言的先知、肩负使命的传教士、令人愉悦的娱乐人士、具有严格技巧的专业人士、为了政治或为了利益的实用主义者等等。"而在客观层面上,我们则不得不调查他们声望和收入的来源、社会控制的制度化机构的或显或隐的压力、科技和市场机制的影响——所有与艺术作品的激励和传播有关的因素,以及作家置身于其中的各个历史阶段的社会、经济和文化状况。同时,文学行业与王公贵族、书院、沙龙、图书俱乐部和电影工业的关系,也为我们系统的讨论提供了相关主题。"然而,还有一些问题是横跨主客观两个方面的,例如,"在现代书刊的生产条件下,作家是否仍然是一个独立的生产者,或者实际上已经成为出版商和广告商的雇员。"[①]

在洛文塔尔看来,文学成就是在文学的传播过程中形成的,因此他认为:"系统阐述'阅读对人们的作用'的研究假说,是文学社会学家在传播研究领域的正当业务。但是在对作品完成了历史学、传记学以及文本分析等方面工作之后,他不能简单地把责任都推给他的同行——经验主义研究者。在衡量效果时,有些社会相关因素虽然具有决定性的作用,但是还必须在理论与文献研究的层次上进行社会学考察。"他认为研究"传播力场"对文学活动的影响,"首要的问题是,必须先找出我们所知道的、无所不包的社会星座对写作和阅读公众的影响。"例如,"战争年代或和平年代、经济繁荣时期或萧条时

[①] [德]洛文塔尔著《文学、通俗文化和社会》,北京:中国人民大学出版社2012年版,第188页。

期是否或多或少地有助于文学生产？特定的文学标准、文学形式或主题内容是否会或多或少地占据优势地位？在这些不同时期里，流通分销渠道、出版社、发行量以及书籍与杂志之间的竞争是什么样的状况？"如果进一步细分，还可以"根据正在变化的社会条件，对于在公共图书馆和大学图书馆、军队和医院中的读者状况，我们了解多少？就定性和定量分析而言，进入发行消费领域的文学作品与其他大众传播媒介，乃至于非言语形式的、有组织的娱乐活动之间的比例情况，我们又了解多少呢"①？

接着洛文塔尔分析了作为"传播力场"重要构成要素的"第二种辅助性的来源——社会控制领域"对于文学活动，特别是对于读写大众的影响。他问道："对于生产与阅读的公开正式管控的影响，我们了解多少？"他分析了世界各国利用税收来建设公共图书馆，欧洲政府出资补贴剧院，美国新政期间用公共基金扶持具有独创性的作家等文学传播现象。此外，他还研究了公共奖项的筛选和内涵象征所带来的影响，包括从诺贝尔文学奖到出版社组织的征文，从普利策奖到地方或地区性组织授予有幸出生在本地的成功作家的荣誉；以及"操纵性控制"现象：如出版商的广告宣传大战，与读书俱乐部和电影生产密切相关的盈利预期，广阔的杂志连载市场，图书的再版、翻印等等；还有出版审查制度领域，其制度化的限制形式包括从天主教的禁书索引到地方禁止销售某种书籍或期刊的法令。当然他也没有忘记分析和梳理"传播力场"中非正式控制因素的影响，比如书籍评论、对作家的公开吹捧、领袖的观点、文艺八卦和私下交谈等等。

除了上述两种社会因素之外，洛文塔尔还特别强调了传播技术革新对于文学活动的影响，他指出：

> 成功的社会决定因素与技术革新及其所带来的经济和社会后果密切相关，这一点绝非无关紧要。② 出版业取得了非凡的发展，

---

① [德]洛文塔尔著《文学、通俗文化和社会》，北京：中国人民大学出版社2012年版，第201-202页。

② 关于现代技术革新及其后果问题的研究，霍克海默的《艺术和大众文化》为其奠定了理论基础，他的文学社会学思想令作者在诸多方面受益良多。Max Horkheimer, "Art and Mass Culture," in *Studies in Philosophy and Social Science*, Vol. IX (1941)——洛文塔尔原著注释。

使其能够以低廉的价格出版各种层次的文学作品,只有那些更为惊人的大众传播媒介的生产模式才能超越它。就此看来,以下问题就很值得研究了:在过去几十年中,作家的经济回报是否在很大程度上应归因于技术设备(包括作家的工作设备)的改善,以及技术上的这种革新是否改变了作家群体的社会地位。对于从一种媒介到另一种媒介的技术改进所产生的累积性影响,我们了解得还比较少。是因为看了更多的图像或是听了更多的广播,或者是因为其他什么原因,才会有越来越多的人读更多的书?或者这是由其他途径引起的吗?抑或这两者之间不存在互相依赖的关系?① 印刷材料很容易获得,这是否与教育机构为所有年龄层次的对象提供这些材料的方法有一定关系?②

对于媒介技术改进与作家生产方式及其经济回报的关系问题的研究以及图文比较研究、影视戏剧文学比较研究近年来取得了长足进展,但是这些问题对于六十年多前的文学艺术界而言,都是颇为新颖的研究课题。

当时为了阐明"传播力场"对文学成就的决定性作用,洛文塔尔分别从受众和传播者的角度举了两个例子。"我们可以举德国人对陀思妥耶夫斯基广泛、多样而密切的反应作例子,来阐明成功的社会决定因素。通过对书籍、杂志和报纸中的可用材料的研究表明,德国中产阶级的某种心理范式显然能够从阅读陀思妥耶夫斯基的作品中获得高度满足。与对汉姆生的研究不同,这里我们关注的并不是作家的作品,而是其被接受的社会特

---

① 关于技术革新对视听艺术领域的生产和再生产的影响,阿多诺已经对音乐领域的相关问题进行了研究,而本雅明则对电影领域的有关问题进行了分析。例如,阿多诺的《论流行音乐》(T. W. Adorno, "On Popular Music," in *Studies in Philosophy and Social Science*, Vol. IX, NO. 1(1941)),本雅明的《机械复制时代的艺术作品》(Walter Benjamin, "L'oeuvre d'art a l'epoque de sa reproduction mecanisee", in *Zeitschrift fui Sozialforschung*, Vol. V, No. 1 (1936).)。关于电影与文学产品之间互相影响的有价值的研究,可以参考克拉考尔的《从卡里加利到希特勒:德国电影的心理史》(S. Kracauer's *From Caligari to Hitler: A Psychological History of the German Film*. Princeton, N. J.: Princeton University Press, 1947)——洛文塔尔原著注释。

② [德]洛文塔尔著《文学、通俗文化和社会》,北京:中国人民大学出版社2012年版,第202-203页。

征。"①另一个例子是洛文塔尔对时代生活公司（Time-Life Corporation）的一则广告的分析。时代生活公司的一则广告向读者保证，尽管读者的时间是有限的，但是读者将在他们那里读到在风格和意义上都是永恒的著作。因为编者花费了数千个小时从一摞摞的书中为读者选取最有价值的著作。在每一次选书的案例中，编者都要为读者写下特别的导论以强调本书的独特之处，这本书已经产生了什么影响，它将会产生怎样的影响，它将在文学史和当代思想史中赢得怎样的地位……洛文塔尔指出，在这种看似友好的叙述中，编者实际上已经成为了文学传播过程中的一道关口、一个过滤器，编者不但决定哪部作品将被传播到读者那里，甚至应该怎样理解这部作品，这部作品在传播过程中将获得怎样的定位，编者都为读者规定好了。②由此可见，在大众传播时代，编者已经成为文学"传播力场"中的一种不可忽视的"力"。诚然编者可能无法决定什么作品可以出生，也许只是一个助产婆，但是既然编者决定了哪些作品可以进入传播领域，同时又以专家的身份影响读者的阅读，那么反过来他们一样可以据此影响甚至决定作者的创作。文学"传播力场"的运行机制使文学的性质不再由作者所决定，甚至可以说作者在这种新的文学"传播力场"中的地位已经变得相对次要了，他不可能再像以前那样在文学领域具有不容置疑的权威地位了。如此一来，传统的以作家为中心的文学研究范式也就难以对大众传播时代的文学现象做出令人满意的解释了。

在洛文塔尔有关文学"传播力场"历史变迁的描述中，文学"传播力场"所属的社会系统对其有着深刻的影响。他是从社会变革和传播技术革新的角度出发，来阐发文学"传播力场"的历史变迁和文学转型的根本原因的。他首先分析了西方社会在政治、经济领域的变革所引发的社会转型，他指出："到1800年代，蒙田时代还仅仅处于萌芽阶段的改变都发生了：封建制度的所有残余几乎都被摧毁了，至少在政治和经济领域被消灭了，

---

① ［德］洛文塔尔著《文学、通俗文化和社会》，北京：中国人民大学出版社2012年版，第203页。

② Leo Lowenthal. *Critical Theory and Frankfurt Theorists*: Lectures, Correspondence, Conversations (Communication in Society, V. 4), New Brunswick (U.S.A.): Transaction Books, 1989, p. 59.

工业化及其导致的劳动分工在中产阶级社会中都占据了优势地位。"①封建社会解体,中产阶级社会形成作为西方社会的一次巨变,导致西方的社会生活开始全面步入转型期。权力、资本和印刷传播技术共同形成一种强大的制约力量,使西方社会的高雅文化日益衰落,通俗文化迅速崛起,在这种情况下,"真正的艺术"与通俗文学的深刻对立似乎无法弥补;而随着社会转型的逐步深入,个体转型也是不可避免,"生产和评判艺术作品的社会结构已经发生了根本性的变化"。在他看来,社会的这个重大历史转变对文学的影响就表现在文学"传播力场"的历史变迁与文学转型上。把社会转型看作文学转型的最根本的原因,这可以说是站在马克思主义的经济基础—上层建筑的研究框架中来分析文学转型问题的典范性研究。

  总之,洛文塔尔的"传播力场"概念特别有助于我们理解文学与传播、文学与社会之间所形成的辩证互动的复杂关系。可以说文学"传播力场"理论不仅突破了"新批评"之类的内部研究方法,也同样突破了经验主义之类的外部研究方法的局限。洛文塔尔运用"传播力场"的独特理论来透视文学传播现象,为现代西欧文学研究带来了焕然一新的理论前景。正是通过对文学"传播力场"的历史变迁的研究,洛文塔尔才揭示了西欧文学发展到大众传播时代所出现的文学转型现象。文学"传播力场"的历史变迁是指文学传播要素互动和传播关系所构成的传播结构随着历史的推衍有了改变,或者是文学传播要素在"传播力场"中的地位和角色发生了改变。根据"传播力场"理论,构成这一"力场"的任何一个要素,如果发生了变化,必然会引起整个场域随之发生变化。如果我们能够测定这些构成要素是如何变化的,那么我们就可以根据各个构成要素之间的辩证关系来预测整个文学"传播力场"的变化,进而分析出生存于其中的文学可能会发生的变化。关于洛文塔尔对传播媒介、作家、书商、批评家、读者和传播渠道等各种"力"在文学"传播力场"中的角色及其相互关系的历史变迁的具体分析,我们留待第四章《洛文塔尔对文学"传播力场"构成要素辩证关系的研究》再进行具体阐述。

---

  ① Leo Lowenthal. *Literature and Mass Culture* (Communication in society, V. 1), New Brunswick (U.S.A.): Transaction Books, 1984, p. 20.

第二节 "理解力场"：文学传播研究的人文主义范式

　　任何理论都要有其赖以生长的原理性的理论观念及其最基本的概念和范畴。从洛文塔尔文学思想的发展轨迹来看，"传播力场"是其所建构的文学传播研究的最基本的、总体性的理论范畴；"理解力场"思想——即认为在达到理想状态过程中，"理解力场"具有核心作用——则是洛文塔尔文学传播理论的一个原理性的理论观念和灵魂性的思想枢纽。洛文塔尔为什么会建构这样一个带有乌托邦性质的思想枢纽？作为一名深受犹太教救赎信仰影响的犹太人和颇具马克思主义救世情怀的批判理论家，洛文塔尔毕生关注的都是一种"人性的传播和健全的社会"的建立；他的文学传播研究，他对艺术与大众文化角色的分析，都与如何克服困难，实现这样一种理想状态有关。正如我们在导论中所介绍的，作为批判理论家，洛文塔尔的文学传播研究并非单纯的理论研究，不仅仅是为了把握文学的本质和传播的规律，而是有着更深层次的精神内涵，是一个更大的理论分析体系中的一部分，这个体系旨在理解意识形态。洛文塔尔的通俗文化研究、社会传播研究和文学社会学研究都与这一主题密切相关，特别是他的文学传播研究与他对"人性的传播"、"真正的理解"和"交融共享"理念的追求须臾不可分离。他的文学传播理论就建立在这样一个问题的基础上：即文学传播如何体现它的社会批判的姿态，如何成为理解意识形态，否定社会压抑的因素。在洛文塔尔看来，无论是就其内在本质而言，还是就其社会功能来说，文学所发挥的都是一种中介作用，即传播、交流、理解的中介。这样，理解问题就成为洛文塔尔文学传播研究的一个核心问题。面对大众传播时代所出现的传播扭曲现象和传播的非人性化问题，洛文塔尔认为，作为人类交往活动中的一种传播行为，文学对于恢复传播的本真内涵和人性内容，对于推进人与人之间的交流、理解、分享内在的体验，对于"人类的自由与解放"都具有不可替代的价值和作用。正是对于文学传播行为在人类交往活动中所具有的理解和解放功能的信念，促使其把文学传播理论提到"理解"的高度加以阐释，从而确立了"理解力场"这一文学传播研究的原理性的理论观念和灵魂性的思想枢纽。

一、"交流"和"理解":文学传播研究的根本使命和终极关怀

众所周知,本雅明在论述文学传播问题时,将"灵韵"(Aura)的危机和经验的丧失这两个主题明确联系起来,做出了令人瞩目的创造性贡献;洛文塔尔在论述文学传播问题时则把传播、理解、力场等范畴明确联系起来,建构了"理解力场"这一打通理解、文学、"传播力场"三者之间关系的思想枢纽。他认为"传播力场"理论可以有效地揭示文学与传播所形成的既构成又变动不居的现实结构,然而仅以"传播力场"理论来解释文学活动,未免抹杀了文学活动的特殊性,因此他又进一步提出以"理解"范畴来规定文学与传播的关系,从而把极具德国文化哲学传统的"理解"范畴与法兰克福学派的"力场"理论结合起来,形成了在文学与传播的"理解力场"中规定文学的本质的研究思路。

强调重点的这种转向引发洛文塔尔对传播和理解概念进行了进一步的批判性考察,这种批判性考察把他引向一种更具人文主义色彩的文学传播理论阐释框架。在这一节里,理解问题将被视为对传播问题的分析的延续,接下来我们将联系欧洲文化哲学对其加以进一步考察,因为这个问题"与欧洲哲学传统的联系尤其引人注目"。洛文塔尔承认他自己的思考就"扎根于'理解'的概念,这一概念在哲学和历史学上是狄尔泰确立的,而在社会学上是由西美尔确立的"。但是在转向更为详细的讨论之前,简要考察洛文塔尔对于传播的本质及其与理解的关系的一般观点还是有益的。对于洛文塔尔而言,理解呈现出更多的人与人之间进行交流、分享体验的特性,而人们之间的交流共享是以传播为基础的,其实 communication 一词既有"传播"的涵义,也有"交流"的涵义。[①] 然而进入大众传播时代以后,传播的本真内涵(交流、共享)就逐渐成为被遮蔽的理论遗迹,传播扭曲现

[①] 大致说来,这两种涵义可以分别对应约翰·费斯克(John Fiske)所总结的两种定义。"第一种定义将传播视为一个过程:通过这个过程,A 送给 B 一个讯息,并对其产生一种效果。第二种定义则将传播看做一种意义的协商与交换过程,通过这个过程,讯息、文化中人(people-in-culture)以及'真实'之间发生互动,从而使意义得以形成或使理解得以完成。"详见[美]约翰·费斯克等编撰《关键概念:传播与文化研究辞典》,北京:新华出版社 2004 年版,第 45-46 页。

象甚至成为大众传播的常态。

洛文塔尔颇为感慨地说:"技术前所未有地扩大了我们进入世界的途径。然而尽管有电话、无线电、电视等传播工具,识字群体日益扩大,书籍、报纸和期刊的发行量也日益扩大,但是我们感到比以往任何时候都更加孤独了。"为什么会这样呢？在洛文塔尔看来,在大众传播过程中,"传播几乎完全被剥夺了它的人性内容,而这些内容是由字词本身所暗示的。因为真正的传播要承担交流的职责,分享内在的体验。传播的非人性化是由现代文化中的媒介的蚕食,即首先是由报纸,其次是由无线电和电视的蚕食引起的。"①他认为是"人们生活于其中的巨大的传播设备,剥夺了人们之间进行交流的可能,这种状况最终导致了人的非人性化"②。传播的本意是交流,然而现代社会的大众传播却阻碍了人们之间的交流。"个体成为了并且保持着仅仅是一个客体,是一个按条件进行反射的客体,要对无数操纵性的、计划性的震惊(shock)进行反应。在一个把生活简化为一系列对震惊毫无联系的反应的制度中,个人传播趋向于丧失所有的意义。"③他指出,这种非人化在大众传播社会中接近了尽善尽美,"当个体出现在传播媒介中时,他被阴险地与他的人性隔离了。大众传播在开发个性以自肥的每一个过程中,都依靠个体自治的意识形态的支持来为大众文化服务"④。洛文塔尔举了美国《青年读者》(Young Readers)借用乔治·霍勒斯·盖洛普(George Horace Gallup)民意测验的广告和商业信函的例子对此作了说明。洛文塔尔指出尽管商家一定印制了数百万封函件,但是它一样会宣称,"这封信只写给我们认为是有思想的读者"。商家把商业函件称作一封"信"——这是作品中个体传播最为私人化的类型——这是大众传播曲解传播的一个典型例子。事实上,大众传播不仅在扭曲传播的内涵,而且也

---

① Leo Lowenthal. *Literature and Mass Culture* (Communication in society, V. 1), New Brunswick (U. S. A.): Transaction Books, 1984, pp. 291-292.

② Leo Lowenthal. *False Prophets: studies on authoritarianism* (Communication in Society, V. 3), New Brunswick (U. S. A.): Transaction Books, 1987, p. 181.

③ Leo Lowenthal. *False Prophets: studies on authoritarianism* (Communication in Society, V. 3), New Brunswick (U. S. A.): Transaction Books, 1987, p. 183.

④ Leo Lowenthal. *Literature and Mass Culture* (Communication in society, V. 1), New Brunswick (U. S. A.): Transaction Books, 1984, p. 292.

导致了语言和记忆的退化。洛文塔尔认为:"记忆是人类对活语言的接受,也是对他及其周围的人通过历史承继下来的语言的接受。然而,现代人经历了记忆的收缩。现代人的记忆经常局限在如果不是今天的,也是昨天的报纸或者电视新闻范围内。今天不仅汽车和洗衣机,而且语言本身也遭受到了被计划的命运,或者至少在事实上是退化了。哪些还记得,哪些已忘掉,好像无法辨别,但这全是偶然的,没有任何意义。"①洛文塔尔指出柏拉图的天才在于他发现了文明的成就,不是口头语言而是文字产品(包括知识、文学艺术和大众传播——从报纸到连环漫画——派生出的产品),对于文化的威胁。在这种情况下,传播就被"附庸化"了,"坦白地说,现代世界的传播组织已经腐蚀了人性的传播,并且它的形象已经残忍地刺穿了个体的私人领域"。然而,令洛文塔尔感到失望的是,"最近两代的社会科学家却通过假装从事价值中立的研究——其中一些研究既非逻辑的也非历史的——逃避承担道德义务"②。洛文塔尔认为经验传播研究是造成这种社会倾向的原因。在经验传播研究的阐释框架中,传播过程被看作传播主体作用于客体(接受者)的活动过程。至于体验的分享、相互的理解等内在于传播过程的因素则被完全忽略,以至于大众传播越来越背离传播所包含的"交流"、"共享"等本真内涵。换句话说,作为个体之间创造性互动过程的传播观念,在经验传播研究的阐释框架中已不复存在,取而代之的是受众的观念。人们对参与、互动的理解被简化为对大众媒介做出被动的回应。如此一来,经验学派就把大众传播研究的范围局限在大众媒介活动领域内了。洛文塔尔严厉地批判了经验传播研究中人文精神的丧失,认为这种传播研究已经退化为媒介研究。为促进传播的人文主义内涵,洛文塔尔转向了涉及真正生产性想象的文学、哲学和艺术经验的领域,转向了欧洲文化

---

① Leo Lowenthal. *Literature and Mass Culture* (Communication in society, V.1), New Brunswick (U.S.A.):Transaction Books,1984,p.292. 大众传播导致语言和记忆退化的问题,是研究文学传播问题的理论家都很关注的一个课题。比如,本雅明就研究了机械复制传播方式所导致的语言、记忆的退化与文学变迁的关系;麦克卢汉则论述了电子传播媒介导致的语言、记忆退化问题;将三位理论家的相关分析置于同一个阐释框架中进行比较研究,看他们是如何分别从印刷传播方式、机械复制传播方式和电子传播方式论述语言和记忆退化问题的,将是一个很有趣也很有价值的理论课题。

② Leo Lowenthal. *Literature and Mass Culture* (Communication in society, V.1), New Brunswick (U.S.A.):Transaction Books,1984,p.293.

哲学中的理解学说。

洛文塔尔对传播的批判性分析,是法兰克福学派中对大众传播最有力的批判,而他对传播的人性内涵的强调,则是法兰克福学派中对传播的人文主义本质的最明确的定义,"尽管这不是传播的惟一定义,但是它在上个世纪上升到了一个显著的位置"。传播思想史专家约翰·彼得斯在获得2000年全美传播学会奖的《交流的无奈——传播思想史》(Speaking Into the Air: A History of the Idea of Communication)的导论中介绍"'传播'意义的多样性"时指出:

> 传播的第三个意义分支是交流(exchange),即两次的迁移(communication as transfer times two)。在这种意义上,传播被设想包含了相互交换、共享和互惠(interchange、mutuality and reciprocity)的内涵。传播意味着把两个分离的目标成功地联结起来……作为交流的更深含义,传播并不一定是指在一起交谈,但需要心灵交汇和心理共享甚至意识的熔合。正如洛文塔尔所提出的,"真正的传播要承担交流的职责,分享内在的体验"。尽管洛文塔尔没有说我们不通过语词的物质性就能够分享内在的体验,但是他还是小心地为传播下了一个高风险的定义:内心的接触。很明显,尽管这不是传播的惟一定义,但是它在上个世纪上升到了一个显著的位置。在这里有一个意思很强烈:标准化的同情。①

尽管彼得斯在著作中说自己不同意洛文塔尔的这种传播观念,认为"把传播当作心灵共享的观点是行不通的",但是这并不表明二人的传播观念是完全对立的,当彼得斯说"恰当的传播是健全社会的一个标志"时,二人的传播观念在最根本的问题上达成了一致。事实上,洛文塔尔与"黑格尔和马克思、约翰·杜威(John Dewey)和米德、阿多诺和哈贝马斯等思想

---

① John Durham Peters. *Speaking Into the Air: A History of the Idea of Communication*. Chicago: University of Chicago Press, 1999, pp. 8-9.

家"一样,都认为,"恰当的传播是健全社会的一个标志"①。例如,他的文集《社会中的传播》第一册《文学和大众文化》就是以杜威的论"传播与社会"之关系的一段名言作为全书的结语。为了凸显洛文塔尔与杜威在传播理念方面的一致性,特将洛文塔尔引述的杜威的原文转引于此:

> 社会不仅通过传播而持续存在,而且简直可以说,社会就存在于传播之中。在公共(common)、共同体(community)和传播(communication)这几个词之间,不仅只是存在字面上的联系而已。人们凭借他们共享的东西而生活在一个共同体内;传播乃是他们达到拥有共同的东西的方式……作为传播的接受者,会获得扩大的……经验。一个人分享别人所想到的和所感到的东西,他自己的态度也就或多或少有所改变。传播者也不能不受到影响……除了对付那些日常司空见惯的经验和口头禅之外,必须富有想象力地吸收别人经验中的一些东西,以便把他自己的经验明智地告诉别人。一切传播都类似于艺术。②

在引用这段话作为全书的结束之前,洛文塔尔特别强调指出,伟大的哲学家和社会科学家杜威在其经典论著《民主和教育》中为传播所下的定义,在大众传播研究专注于收集数据的时代,愈发显现出顽强的生命力。从中我们不难看出洛文塔尔对杜威的传播理念的推崇,但是就传播与其所依存的社会系统之间的关系问题来说,他的看法也是深受马克思的影响的。比如马克思"推出了一个公正与不公正的模式。公正的传播是亲切的,实实在在的,相互的;非公正的传播却受到外在因素的损害,受到所用尺度的扭曲"。马克思的这种认为"传播失败的原因主要不是语意不匹配,

---

① John Durham Peters. *Speaking Into the Air*: *A History of the Idea of Communication*. Chicago: University of Chicago Press, 1999, p. 253.
② Leo Lowenthal. *Literature and Mass Culture* (Communication in society, V. 1), New Brunswick (U. S. A.): Transaction Books, 1984, p. 301. 杜威的原文请见 John Dewey. *Democracy and Education*. Publisher: Free Press, 1997, pp. 5-7.

而是符号和物资资源用错了地方"①的传播观显然对洛文塔尔产生了深刻影响。正如我们在上文已经论证过的,洛文塔尔也坚持认为媒介技术不应该为文化的衰落负责,建议至少要考虑媒介内在固有的潜力。他认为在这种资本结构框架内,媒介被利用,并且作为这种政治经济形式的结果,"电影、广播和电视的美学潜能和认知潜能几乎得不到一点机会"②。对传播的批判性考察和对传播人性内涵的强调是洛文塔尔提出"理解力场"的基础,在洛文塔尔看来,传播是一个理解问题,文学传播理论的关键问题也是"理解"问题,因为真正的传播"要承担交流的职责",以导向真正的理解和意义的共享。因此他才在"传播力场"的基础上进一步提出了建构"理解力场"的设想,试图通过"理解力场"描绘出理想的文学传播蓝图,也正因此传播学专家汉诺·哈特才把他誉为"社会的良知"(The Conscience of Society)。③

作为一种对理想的文学传播蓝图的勾画,"理解力场"概念在洛文塔尔的文学传播研究中起着决定性的作用。洛文塔尔对"理解"的重要性深信不疑,他接受了狄尔泰精神科学的一些主要内容,尤其是狄尔泰的理解学说。他在借鉴狄尔泰的研究方法时,尤其关注"体验"和"理解"这两个概念,不但研究了"体验"在大众传播语境中的变异,而且他的自己的思考"就植根于'理解'这一概念,它在哲学和历史学上是由狄尔泰建立的"。在狄尔泰看来,"理解"是人文科学的根本方法,是对人的生活世界的永恒表达方式。而在洛文塔尔看来,"理解力场"是对传播的人性内涵的永恒表达方式,在文学与传播的"理解力场"中规定文学的本质是他进行文学传播研究的根本目的。他说:"在此我想谈谈狄尔泰的理解概念及其对作者和作品之间关系的特别强调。诚然,文学研究方法的启蒙不能单凭诗学。最重要的是文艺心理学,例如研究在艺术家、艺术创作和接受之间的相互的心理

---

① John Durham Peters. *Speaking Into the Air: A History of the Idea of Communication*. Chicago: University of Chicago Press, 1999, pp. 111–117.
② Leo Lowenthal. *An Unmastered Past: The Autobiographical Reflections of Leo Lowenthal*. Berkeley: University of California Press, 1987, p. 256.
③ See Hanno Hardt. The Conscience of Society: Leo Lowenthal and Communication Research. *Journal of Communication*, Summer 1991.

反应。"①显然,洛文塔尔把作者、文本和读者的互动作为一种达至理解的文学传播模式。他认为文艺心理学重要的理论贡献在于它讨论了文学的中心问题,比如在艺术作品和对它的接受之间关系问题的研究。"由于理解的主要对象是个人之意识事实和状态,所以人文科学必然与心理学密切相关。在狄尔泰看来,所有人文科学都需要以心理学的分析与洞见为基础。"②这也影响了洛文塔尔对心理学的重视。他认为无论是研究文学传播活动的传播环节还是接受环节,都离不开对传播者和接受者心理的考察,因此他就像狄尔泰把心理学应用到解释学中一样,"往马克思主义中增加了心理学的东西"③。洛文塔尔因此接受了狄尔泰和韦伯的如下观点:"我们不仅可以从外在方面观察和把握人的行动,而且可以从内在方面理解他们的行动……理解的方式当然并不只适用于社会学,它也适用于历史学和其他涉及人们行动的文化科学。"④总之,洛文塔尔继承了德国的文化哲学传统和人文主义认识论范式,主张从历史与社会存在的整体语境着手,对人的内心世界进行体验和理解,对文学进行传播学的研究。显然,对洛文塔尔的文学传播研究来说,理解这个概念是至关重要的。不过,作为一名批判理论家,尽管他肯定"理解"的价值,但认为理解者很可能受到统治意识形态的压抑和虚假意识的误导,所以更需要批判的反省。洛文塔尔对理解的这种解释,说明在他那里理解不仅是狭义上的个人之间的沟通和了解,而且也是广义上的对社会和历史的把握。

理解既是主体问题也是客体问题,但是"理解力场"这种关系的出发点既不在主体,也不在客体,而在"主客体结构"。这就意味着,要探索文学传播规律,理解文学的本质,就必须研究这种主客体关系。在洛文塔尔之前居于主导地位的以作家为中心的文学研究范式,片面强调作家的主体性,读者被看作文学传播活动的客体;深受洛文塔尔文学传播理论影响的以读者为中心的研究范式则片面强调接受者的主体性,声称作者已经死了;而

---

① Leo Lowenthal. *Literature and Mass Culture* (Communication in society, V. 1), New Brunswick (U. S. A.): Transaction Books, 1984, pp. 244-246.
② [英]H. P. 里克曼著《狄尔泰》,北京:中国社会科学出版社1989年版,第330页。
③ Leo Lowenthal. *An Unmastered Past: The Autobiographical Reflections of Leo Lowenthal*. Berkeley: University of California Press, 1987, p. 65.
④ [德]马克斯·韦伯著《社会科学方法论》,北京:中央编译出版社2002年版,序第11页。

在洛文塔尔建构文学传播理论之时兴起的以作品为研究中心的新批评派却否定了作家和读者的作用；这三者都走上了极端。事实上，文学传播活动的传受之间并非是一种简单的二元对立关系，而是一种传受互动关系。"理解力场"强调的是在文学"传播力场"之中，主体之间、主客体之间的交流与理解，主张体验与意义的共享。"力场"理论并不特别强调场域中的某一种力量，这使洛文塔尔的文学传播理论能够在一定程度上避免主体哲学的局限。洛文塔尔指明了文学传播活动的特殊本性和独特逻辑，即文学传播是人与人之间的相互交流、理解和对内在经验的分享。在他看来，文学传播行为就是一种以理解为导向和目的的交流行为。

作为一个具有乌托邦性质的思想观念，"理解力场"和"传播力场"有着显著的分别。作为一种分析文学传播现象的理论架构，"传播力场"是洛文塔尔建构的研究文学传播活动的理论空间，能够涵盖文学传播的各种情况，包括传受者之间的交流理解，同时也包括它的对立面，即阻隔理解的情况。"传播力场"的阐释框架着眼于对文学传播活动及其构成要素的客观分析，其目的是要把握文学传播活动的客观规律。而理解则是传播的深层内涵，文学传播当然有很多目的，但是希望获得理解，可谓是最基本的目的。洛文塔尔不仅认为文学传播行为以理解为目的，而且认为文学传播行为本身就是理解的过程。因此他才特别重视"理解"概念，试图在"理解力场"中使文学传播活动成为一种真正的理解活动。因而"理解力场"可以说是他对文学传播行为在人类交往活动中的功能的阐释框架，即认为在达到理想的传播状态过程中，"理解力场"具有核心作用，其着眼点在于文学传播行为所具有的交流、理解功能。因此"理解力场"理论强调在文学传播研究里的强烈价值介入，可以用来分析文学传播现象以及批判构成扭曲传播行为的社会制度。洛文塔尔的"理解力场"这一颇具欧洲文化哲学色彩的文学传播理念与胡塞尔的"主体间性"、伽达默尔的"视域交融"、马丁·布伯的"对话"、哈贝马斯的"交往"、皮亚杰的"主客体结构"等著名理念都有异曲同工之处。

洛文塔尔把文学传播活动看作参与其中的人与人之间的交流理解方式，认为文学传播研究不仅是一种学术研究，更是一种争取"自由和解放"的实践活动。从他的论述中可以看出，洛文塔尔构建"理解力场"理论并不是要放弃对科学的追求,而是要通过建构"理解力场"来促使文学传播活动形成"对话"关系,实现他对"人性的传播"、"真正的理解"和"交融共享"理念的追求,达到科学理性与人文精神的融合。有人说,是麦克卢汉使媒介这个概念广为人知;我们也可以说,是洛文塔尔使传播的人文主义内涵深受瞩目,经过他的阐发,交流理解问题才成为传播研究的热点。自洛文塔尔开始,传播的交流理解问题就成为西方传播研究的另一个出发点。"事实上,洛文塔尔的分析计划、主题和方法上的建议可以被看作美国批判传播研究理论根基上的开端。"①

二、"个体"和"想象"在大众传播语境中的变异

文学传播理论是对文学传播现象的反思,而理论要反思现象首先就必须对其所使用的范畴进行考察。在洛文塔尔看来,"由于缺乏一种历史视角,在争论中所使用的概念就显得含糊不清"。因此,尽管"对可能得出某些结论的大众文化进行讨论,以发展出一种真正的论点,这种可能性是存在的,但是从总体上看,这些讨论是不真实的"②。比如对于电视的一些争论,似乎可以追溯到莱辛和歌德论述创造性想象的理论,但问题是"想象"这个概念本身就是相对的,是由历史语境所决定的。再如"个体"的概念在各种不同的意义上被使用,几乎都没有考虑到历史决定性。在洛文塔尔看来,当时"对于通俗文化以及大众媒介可能性的讨论陷入了循环论证,只有做出新的、系统的努力才能廓清这种混乱状态,从而进行真正的讨论"③。因此,洛文塔尔在建立"理解力场"这一独具特色的理论范畴时,还对一些传统的文学理论范畴如"个体"、"想象"等进行了重新阐释。他是通过把上述范畴放到文学传播研究的理论框架中来分析其内涵和外延在大众传播语境中的变异的。

1."个体"在大众传播语境中的变异

洛文塔尔在回顾他在社会研究所的学术生涯时,曾经这样概括法兰克

---

① Hanno Hardt. *Critical Communication Studies*: *Essays on Communication History and Theory in America*, London: Routledge, 1991, p. 153.
② [德]洛文塔尔著《文学、通俗文化和社会》,北京:中国人民大学出版社2012年版,第76页。
③ [德]洛文塔尔著《文学、通俗文化和社会》,北京:中国人民大学出版社2012年版,第77页。

福学派的研究主题:"我们社会研究所曾经有个理论上的梦想,即除了研究权威这一社会主题之外,我们要合作研究资产阶级社会中个体的本质和概念的衰退的所有方面以及它向幻想和意识形态的变换。"[①]其实关于个体的本质和概念的历史变迁及其与文学转型的关系问题,始终是洛文塔尔的研究主题,尤其是他研究通俗文学和高雅文学的姊妹篇——《社会中的传播》(Communication in society)系列的第一册《文学和大众文化》和第二册《文学与人的形象》更是如此。《文学和大众文化》"研究的焦点集中在个体和个人主义的问题上"[②];《文学与人的形象》一书的主题则是"和社会密切相关的正在改变的人的形象"。他认为:"一些从16世纪末到20世纪初的西方世界的伟大文学作品揭示了这种改变。"[③]对于洛文塔尔而言,创造性文学包含多层意蕴,它通过精心虚构的问题和人物表现了社会中的人物形象:阶级特权和责任,工作、爱和友谊的概念以及宗教、自然和艺术的概念。因此通过对1600—1900年欧洲戏剧和小说的社会学和传播学研究,能够形成从17世纪初到20世纪初正在改变的人的形象——与他的家庭,与他所处的社会、自然环境密切相关的人的形象。洛文塔尔认为:"使作家虚构的人物及其对环境的经验与他们来自于其中的历史气候相联系,正是文学社会学家的任务。文学社会学家必须把这些主题的私人因素和体裁上的意义转化为社会因素。"在他看来,在莫里哀时代有很多关于中产阶级的职业和及其所面临的当务之急等方面的描述,但是只有莫里哀揭示了那个时代的生活经验。相似的,歌德也描绘了他那个时代的官僚和白领工人所面对的社会和职业问题。"但是作家不仅报告了个体对于社会压力的反应,而且也提供了一幅正在改变的观念的图画。"而生活在竞争社会全盛期的易卜生则描绘了包括公共事务和私人事务在内的所有事务方面都高度竞争的个体。通过对文学作品中描绘的个体发展史,尤其是个体与社会关系

---

① Leo Lowenthal. *An Unmastered Past*:*The Autobiographical Reflections of Leo Lowenthal*. Berkeley:University of California Press,1987,p. 189.

② Leo Lowenthal. *Literature and Mass Culture*(Communication in society,V. 1),New Brunswick(U. S. A.):Transaction Books,1984,p. ix.

③ Leo Lowenthal. *Preface of Literature and the Image of Man*:*sociological studies of the European drama and novel*,1600—1900(Communication in society,V. 2),New Brunswick(U. S. A.):Transaction Books,1986,p. 1.

的变迁史的梳理,洛文塔尔得出结论,"在文学作品中发现的关于人类本性的最有概括性的概念是与社会和政治的改变密切相关的"①。

毫无疑问,"文学是人学",任何时代的文学都与"人"密切相关,然而有关"个体"的观念却不是亘古就有的话题,而是变化了的历史环境中出现的新思想。"事实上,人类的'本性'是以历史的发展为条件的","这里所说的人类的本性或者本质绝非脱离社会生活过程的不变的结构……无论什么时候谈到人类本性都要涉及历史"。② 在研究 1600—1900 年欧洲戏剧和小说的过程中,他发现塞万提斯、莫里哀、莎士比亚、歌德、易卜生等伟大文学家的小说和戏剧最典型地体现了近现代以来文学的最主要的问题意识和艺术特征——即对"个体"的关注。他认为,在莎士比亚时代,人们对社会的了解主要是通过与其他人面对面的交流获得的;然而自从高乃依时代以来,"个体如何看待自己就不可避免地要遵循社会规范,无论他是屈从于这种规范还是以另一种秩序的名义反对这种规范"。而到了莫里哀时代,几乎每一位作家都开始下力气揭示社会对于私人问题的决定意义。在洛文塔尔看来,从社会学意义上说,歌德堪称莫里哀的直接继承者。在歌德晚年创作的《威廉·麦斯特的漫游时代》中,他非常清楚地表明了这样一种思想:个体只有在履行了有价值的社会任务,并且融入到社会里之后才能成为真正的个体。在歌德的时代,通过顺从社会来完成个体的实现是盛行的主题。到中产阶级在德国掌握政权的时候,个体适应社会的代价已经非常昂贵了。当然,歌德也意识到了这个问题。在他生活的晚年,他希望个体的最适宜发展与社会的最适宜发展能够和解为一个整体,然而现实发展却使他日益感受到一种威胁和解的危险——这种危险后来成为易卜生社会剧的核心主题。易卜生堪称中产阶级社会的批评家。他针对高速运转的资本主义社会迫使个体参与残酷竞争的现象,提出了一个非常尖锐的问题:社会是否实践了它的辩护者所声称的主张。他的回答几乎不可避免

---

① Leo Lowenthal. *Introduction of Literature and the Image of Man*: *sociological studies of the European drama and novel*, 1600—1900 (Communication in society, V. 2), New Brunswick (U.S.A.): Transaction Books, 1986, p. 2.

② Leo Lowenthal. *Critical Theory and Frankfurt Theorists*: *Lectures, Correspondence, Conversations* (Communication in Society, V. 4), New Brunswick (U.S.A.): Transaction Books, 1989, p. 259.

地是否定的。他发现在生活中的每一个领域,竞争和专门化的结果就个体而言几乎都是破坏性的。总之,"在所有这些时期中的作品里——在风格方面是古典主义和浪漫主义,在内容和趣味方面是理性主义和经验主义——个体与其社会之间的正在改变的关系是一贯的主题"①。

洛文塔尔认为塞万提斯所说的,"人是他本人工作的结果"这一概念对于西方世界的现代生活风格具有普遍意义。"最后出现的杜尔西内娅这一形象象征着人类全新的概念:关于杜尔西内娅是真实的存在于这个世界上还是一个虚构的创作物这一问题,当骑士把她描绘成'她是她的工作的女儿'时,问题得到了解决。这表明他支持人类通过活动来实现自己的意义。从而人类成为了他的世界的创造者,而不仅仅是世界中的创造物。"②在洛文塔尔看来,"塞万提斯的所有作品都走在揭示人类天性的道路上。其过程是批判性的而非因循的,方法是现实主义的,目的是理想主义的"③。洛文塔尔认为,要想探寻人类天性的基本要素,可以从下列两个方向着手进行:

> 一个是研究过去的典型环境,特别是希腊历史学家所记录的;另一个是观察生活在边缘环境中的当代个体,这种环境解除了他们一致的需要和通常的实用性。塞万提斯在吉普赛人、强盗和其他被排斥的群体中揭示了人类的天性。《暴风雨》组成了一种极端的边缘现象,因为人们离开了预定的环境,返回到本来状态。④

---

① Leo Lowenthal. *Introduction of Literature and the Image of Man*: *sociological studies of the European drama and novel*,1600—1900(Communication in society, V. 2), New Brunswick(U. S. A.): Transaction Books, 1986. pp. 4-6.

② Leo Lowenthal. *Literature and the Image of Man*: *sociological studies of the European drama and novel*,1600—1900(Communication in society, V. 2), New Brunswick(U. S. A.): Transaction Books, 1986, p. 31.

③ Leo Lowenthal. *Literature and the Image of Man*: *sociological studies of the European drama and novel*,1600—1900(Communication in society, V. 2), New Brunswick(U. S. A.): Transaction Books, 1986, pp. 38-39.

④ Leo Lowenthal. *Literature and the Image of Man*: *sociological studies of the European drama and novel*,1600—1900(Communication in society, V. 2), New Brunswick(U. S. A.): Transaction Books, 1986, p. 58.

第三章 文学研究新范式:洛文塔尔文学传播理论中的文学观

莎士比亚的《暴风雨》为我们提供了一个人类生存条件在现代社会开端时的范例,而且对于在封建社会向中产阶级社会转变的时期,个体面对新环境是如何做出反应的,《暴风雨》也提供了丰富的事例。对这个样本进行社会学和传播学的解剖将为我们揭示出,个体是如何以及是以何种形象出现在现代社会的大门口的。通过洛文塔尔对《暴风雨》的内容分析,我们看到,出现在文艺复兴时期文学中的工作观念远不再是为上帝服务的观念了;工作开始变成一种创造性活动,没有它就没有人类世界。并且,学习的内涵也经历了相应的转变。正是"劳动和知识"一起发现了人类天性中的生产性潜能,并且是把自然现象转变为受人类控制和人所创造的世界的基本力量。[①] 洛文塔尔认为:"这就是伊丽莎白时代人的形象,他发展了他对自己的责任,对他人的同情,正预见到未来将实现他的希望。"[②] 塞万提斯和莎士比亚关于人的观念与马克思"手稿"中关于"人在劳动中生成"这一核心思想已经很接近了。

在塞万提斯和莎士比亚的作品中,组织化社会还仅仅是一种起背景作用的条件,人类把自身看作负责任的创造者,不管愿不愿意都把自己看作现实的一部分。他们通过把自己与新社会相联系的方式来探寻自己的天性,试图以此克服因封建秩序消失所导致的真空式的生活。作为一种体验,社会几乎就是与其他个体的偶然相遇,而文学记录下了那些相遇的成功与失败。作为孤独的、自治的和理性的个体,人必须承担自己的命运,并且为他人的福利负责。为了征服孤独感,个体需要知道他是与共享了孤独经验的人类相同一的。洛文塔尔发现,随着更严密的社会控制的到来,伊丽莎白时代的人的形象即将发生根本的改变:个体将永远都不可能再感觉到他自己是如此完全地是他自己的主人。"展示在文学中的这种紧张关系(指新的社会意识与封建社会政治—经济框架之间的冲突——引者注)不再仅仅是那些个体天性问题,而是日益增加的人的自我意识与其社会之间

[①] Leo Lowenthal. *Literature and the Image of Man*:*sociological studies of the European drama and novel*,1600—1900(Communication in society,V. 2),New Brunswick(U. S. A.):Transaction Books,1986,p. 68.

[②] Leo Lowenthal. *Literature and the Image of Man*:*sociological studies of the European drama and novel*,1600—1900(Communication in society,V. 2),New Brunswick(U. S. A.):Transaction Books,1986,p. 96.

的关系问题。"①由此,中产阶级社会化的长期过程开始了。17世纪的法国戏剧极好地展示了这一过程的各个方面。在高乃依的戏剧中,人们通过让自己服从国家的苛求来使自己适应新状况,并且把服从视为一条自我实现的真实途径。而拉辛(Racine)的戏剧则描绘了在个体和国家权力机器之间无法协调的冲突,剧中的人物发现自己在这个极权国家无家可归。与前两种作品不同的是,在莫里哀的作品里,中产阶级作为一种新力量出现了,尽管未免保守,但他们还是找到了进入新社会、建立新制度的方式,并且能够遵从中产阶级生活共有的模式和价值观念。从莫里哀的描写中,我们看到了17世纪个体发展的可能性与社会限制之间的关系:

> 个体与社会之间的关系一直存在这样一种发展趋势:世界不再像中世纪那样是被给予的,而是来自于人类不断的生产性活动;人类的行为方式不再由继承的传统所规定,而是靠人类本身的试验。然而这些创造性行为和经验不再被设想为独特个体的特权和责任,而是被视为社会化的人的努力;社会化的人是在舆论的框架中行动的,并且他们的行为与社会赞成或者不赞成的机制密切相关。②

洛文塔尔认为,由此我们就和莫里哀一起到达了当代历史的开端:从现在起每一个人都要面对个体与社会一体化的问题。同时,他也注意到,莫里哀的主人公显示了一种非常具体的社会改变——从充满束缚的传统社会到日益开放的现代社会,这个社会不再阻止它的成员相对自由地发展自己的特质。

随着资产阶级意识的增强,主体性问题开始凸现出来了。他认为,歌德在《少年维特之烦恼》中谴责的社会是过时的、不足道的贵族社会,在这

---

① Leo Lowenthal. *Literature and the Image of Man: sociological studies of the European drama and novel*, 1600—1900 (Communication in society, V. 2), New Brunswick (U. S. A.): Transaction Books, 1986, p. 98.

② Leo Lowenthal. *Literature and the Image of Man: sociological studies of the European drama and novel*, 1600—1900 (Communication in society, V. 2), New Brunswick (U. S. A.): Transaction Books, 1986, p. 128.

种社会中,维特找不到能够发挥自己能力的环境,因为社会行动和社会格调还由贵族决定。而在《威廉·麦斯特的学习时代》中,歌德庆祝的则是日益民主化的中产阶级社会。在洛文塔尔看来,"这两个时代的中产阶级的差别在于,维特时代的中产阶级还没有获得政治地位,他们的思想情感容易受到艺术家的影响;而《威廉·麦斯特的学习时代》的中产阶级已经或者正在获得国家的实际控制权。"而"中产阶级一旦夺取了胜利,他们就坐下来享受,吸着烟斗,读着报纸……他们变得自满而又轻佻,愿意心满意足地接受那种轻佻的娱乐"①。洛文塔尔认为,这样一种状态对于艺术家和观众而言都预示着停滞的危险。在歌德的时代,通过顺从社会来完成个体的实现是盛行的主题。到了易卜生的时代,社会制度和社会道德已经完全为中产阶级所控制,人的社会概念达到了顶点:他的内在生活立刻作为社会力量的反应或者是自我反思表现出来;社会力量在个体内部持续生存并且控制了个体。洛文塔尔认为:"不论是塞万提斯和莎士比亚、拉辛和莫里哀,还是歌德和易卜生,他们有个共同点:他们都关心个体与社会和自然环境的斗争;他们都拒绝给人类的想象和成就加上限制;他们都充满热情地为人类的自由服务。"②然而到了19世纪末,艺术家不再表现人类的道德统一这种理想。例如汉姆生的人物就不是真正的个体。随着大众传播和文化工业的日益兴盛,特定社会的同一化后果出现了,"即认为一个人如果想成为一个社会团体所认可的成员,其个体价值就必须被压制"③,个体的细微差别已经为同一性所取代。

洛文塔尔试图通过文学和大众文化批评来研究资产阶级社会中个体

---

① Leo Lowenthal. *Literature and the Image of Man*: sociological studies of the European drama and novel,1600—1900 (Communication in society, V. 2),New Brunswick(U. S. A.):Transaction Books,1986, pp.141-142.

② Leo Lowenthal. *Literature and the Image of Man*: sociological studies of the European drama and novel,1600—1900 (Communication in society, V. 2),New Brunswick(U. S. A.):Transaction Books,1986, p.219.

③ [德]洛文塔尔著《文学、通俗文化和社会》,北京:中国人民大学出版社2012年版,第64页。尽管洛文塔尔的研究路数与霍克海默的并不相同,但是他的这一研究与霍克海默的研究结论却不谋而合。霍克海默在《走向工具理性批判》中有类似的表述:"在我们这个由巨大的经济联合体和文化工业控制的时代,同一性原则已经扯去了个人主义的帷幕,并且直接显示出来,其本身就被提升为目标。"[德]霍克海默著《霍克海默全集》第6卷,第145页。转引自王晓升著《为个性自由而斗争——法兰克福学派社会历史理论评述》,北京:社会科学文献出版社2009年版第113页。

的本质和概念的全面衰退。他的注意力集中于本文分析(textual analyses)。在他看来,"文学是人类意识和自我意识以及个体与其所经验世界之间关系唯一可信任的来源……文学教我们理解在具体的历史瞬间和境遇中个体社会化的成功或失败。例如司汤达(Stendhal)的小说,尤其是《吕先·勒旺》(Lucien Leuwen),是研究从封建主义个体到贵族个体再到资产阶级个体的经验形式转变的绝佳原始资料。"①总之,"资产阶级社会的文学使个体的永久危机外观化了"②,易卜生"阐释了现代个体的困境:无论他作什么,都注定要成为一个夸张的、单维的(one-sided)存在。适应这个概念获得了新意义"③。由此可见,"自治个体以及传统意义上的个性,不论其概念还是其存在,都在瓦解,甚至是消失"④。而"个体的崩溃也毁灭了艺术伟大的教育使命,艺术变成了仅仅是一种装饰"⑤。

在《歌德和虚假主体性》一文中,洛文塔尔指出了"现代资本主义社会的尴尬处境:一方面是消费性的和同一性的行为模式,一种破坏一切细微差别,禁止个性和特质的伪平等主义。另一方面是虚假的主体性"。在他看来,狂暴和消遣都属于偶然的、无常的、虚假的主体性范畴。洛文塔尔借歌德于1797年8月9日写给席勒(Schiller)的一封信,说道:"所有的娱乐,甚至戏剧,都只设定为消遣;期刊和小说,对公众的强烈吸引力正是源自一个理由,即前者(期刊)总是,而后者(小说)常常是为了娱乐而娱乐。"⑥洛

---

① Leo Lowenthal. *An Unmastered Past*: *The Autobiographical Reflections of Leo Lowenthal*. Berkeley: University of California Press, 1987, p. 170.
② Leo Lowenthal. *An Unmastered Past*: *The Autobiographical Reflections of Leo Lowenthal*. Berkeley: University of California Press, 1987, p. 171.
③ Leo Lowenthal. *Humanistic Perspectives of The Lonely Crowd*. in: Seymour M. Lipset, Leo Löwenthal (Hrsg.). *Culture and Social Character*: *The Work of David Riesman Reviewed*. Free Press of Glencoe, 1961, p. 170.
④ [德]洛文塔尔著《文学、通俗文化和社会》,北京:中国人民大学出版社2012年版,第26页。
⑤ Leo Lowenthal. *Humanistic Perspectives of The Lonely Crowd*. in: Seymour M. Lipset, Leo Löwenthal (Hrsg.). *Culture and Social Character*: *The Work of David Riesman Reviewed*. Free Press of Glencoe, 1961, p. 40.
⑥ Leo Lowenthal. *Critical Theory and Frankfurt Theorists*: *Lectures, Correspondence, Conversations* (Communication in Society, V. 4), New Brunswick (U.S.A.): Transaction Books, 1989, p. 91.

文塔尔正如歌德一样,认为"真正的艺术与真正的人性和真实相同一"①。他指出,在18世纪德国资产阶级革命期间,只有艺术家才能作为自治个体的代言人。然而到了19世纪,艺术家开始意识到与社会保持同一性的代价。在歌德时代的德国,艺术家已经不再是他那一代最重要的代言人了:艺术家被迫采取防御的姿态,不得不与歌德所说的"虚弱的、敏感的、令人厌恶的更新的出版物"斗争。他认为:"歌德的攻击指向了资产阶级,尤其是德国资产阶级关键的组成部分,即虚假的个体观念。从意识形态的角度看,今天与歌德时代没什么区别。"②从他的分析中可以看出,具有同一性和虚假主体性特征的大众文化与个体的本质和概念的全面衰退之间的联系。

洛文塔尔认为占据优势地位的大众传播机构和大众文化的消费问题与个体心理条件恶化的历史紧密相连。他在研究德国和美国的通俗传记这一文学类型的过程中"探讨了个体这一主题以及作为一种虚假装置的个体角色,这种装置在装扮人类特征的同时,人类特征的真实意义却变得不正当了"③。在《通俗杂志中的传记》一文中,洛文塔尔指出,通俗传记正在"导致教育功能和其他积极内涵的丧失,而那些正是自由主义时代里传记的特征。娱乐和消费氛围乍一看并无大害,但更进一步的审视将揭示出,精神的恐惧占据优势,在这种氛围的笼罩下,大众不得不认为自己的日常生活是琐碎的和无意义的。已经脆弱的个体意识,又受到伪个性化的最高级语言的力量的重击"④。他认为这种传记的作者就像马戏团里的小丑,为增加现场吸引力招徕客人而极尽夸张之能事,而对传记主人公的描述,

---

① Leo Lowenthal. *Critical Theory and Frankfurt Theorists*: *Lectures*, *Correspondence*, *Conversations* (Communication in Society, V. 4), New Brunswick (U.S.A.): Transaction Books, 1989, p. 94.

② Leo Lowenthal. *Critical Theory and Frankfurt Theorists*: *Lectures*, *Correspondence*, *Conversations* (Communication in Society, V. 4), New Brunswick (U.S.A.): Transaction Books, 1989, p. 96.

③ Leo Lowenthal. *Critical Theory and Frankfurt Theorists*: *Lectures*, *Correspondence*, *Conversations* (Communication in Society, V. 4), New Brunswick (U.S.A.): Transaction Books, 1989, p. 52.

④ Leo Lowenthal. *Biographies in Popular Magazines*, in John Durham Peters, Peter Simonson. *Mass Communication and American Social Thought*: *Key Texts*, 1919—1968. Lanham, Md.: Rowman & Littlefield Publishers, 2004, p. 200.

"所缺的正是对目前情形极有意义的概念:成长和孤独"①。"对于洛文塔尔而言,休闲是另一种方式的工作的继续。他的'成长已经终止了存在'的要点意味着完整个性的自我实现的理想已经丧失了它的文化追求,大卫·理斯曼(David Riseman)分享了这种分析方法(原注:他的《孤独的人群》引用了洛文塔尔的论文)。这篇论文是 20 世纪许多对在大众媒介的印刷媒体和视听媒体的堤坝堵塞前自我丧失的反思之一……洛文塔尔坚持第一流的中产阶级的连贯的自我的理想。"②

不仅如此,洛文塔尔还在《欺骗的先知》一书中思考了恐怖时代的个体的命运。他将现代的恐怖制度"归结为个体的原子化",社会的一体化进程把人口综合为一种总体,从而剥夺了人们之间进行交流的可能。在他看来,"这是由人们生活于其中的、巨大的传播设备造成的,这种状况最终导致了人的非人性化"。他认为恐怖的基本功能之一,就是消灭政府决策和个体命运之间的理性联系。生活变成了一连串的震惊——预期、逃避、物化——这些碎片式的经验强化了个体的原子化。人类从本质上具有经验和记忆的连续性的个体转型为仅仅具有原子化反应的个体,这产生了深远的影响。在恐怖社会中,个体成了并且保持着仅仅是一个客体,是一个按条件进行反射的客体,要对无数操纵性的、计划性的震惊进行反应。在一个把生活简化为一系列对震惊毫无联系的反应的制度中,个人传播趋向于丧失所有的意义。③ 大众传播正在"把个体转变成为一种没有个性的、语无伦次的、完全可锻造的个性结构"④。

从洛文塔尔的分析中可以看出,"个体"这个范畴从 16 世纪末到 20 世纪初"经历了戏剧性的变化,从无可置疑的最高价值(从意识形态的高度

---

① Leo Lowenthal. *Biographies in Popular Magazines*, in John Durham Peters, Peter Simonson. *Mass Communication and American Social Thought*:*Key Texts*, 1919—1968. Lanham, Md.:Rowman & Littlefield Publishers, 2004, p. 196.

② John Durham Peters, Peter Simonson. *Mass Communication and American Social Thought*:*Key Texts*, 1919—1968. Lanham, Md.:Rowman & Littlefield Publishers, 2004, p. 188.

③ Leo Lowenthal. *False Prophets*:*studies on authoritarianism*(Communication in Society, V. 3), New Brunswick(U. S. A.):Transaction Books, 1987, pp. 181-183.

④ Hanno Hardt. The Conscience of Society:Leo Lowenthal and Communication Research. *Journal of Communication*, Summer 1991.

看)到令人沮丧的质疑历史和人类一致的相对主义"①。

2."想象"在大众传播语境中的变异

艺术的想象问题,是文学研究的重要问题之一。一直以来,想象都被视为艺术的真正创造者,被看作文学的本质特征,然而在占据了当今文学市场绝大部分份额的通俗文学作品中,想象却成了"被组织和被管理的"想象。洛文塔尔通过追溯从16世纪到20世纪历史上围绕艺术与想象的关系问题所进行的讨论,并选取每一个时期最具有代表性的文学人物进行考察,提炼出想象的内涵和外延在大众传播语境中的变迁的脉络,为进一步揭示大众传播时代的文学本质提供了理论基础。

洛文塔尔重点分析了歌德和莱辛对文学想象问题的论述。他认为歌德像文艺复兴以来的许多艺术家和思想家一样,认识到艺术与宗教、哲学和科学相对应,其特殊功用在于激发多产的想象力。因此,歌德才批评低劣艺术过于咬文嚼字,迎合特定的情感需求。正如我们已经看到的,这些批评的意思之一,确切地说就是认为低劣艺术妨碍了创造性想象力的发挥。在论魏玛宫廷剧院的论文中,歌德主张公众"不应被视为乌合之众";对于被选出来上演的戏剧来说,其目的不应是迎合公众的需要,而应是去激发他们的想象和思考。洛文塔尔认为歌德对艺术激发想象的功能的强调,与他的同胞莱辛一致。作为一位诗人、戏剧家和批评家,莱辛热心于发展德国戏剧。在《拉奥孔——论画与诗的界限》(*Laocoon: An Essay on the Limits of Painting and Poetry*)和《汉堡剧评》(*Hamburg Dramaturgy*)中,他用了一些篇幅来讨论真正的艺术与模仿的艺术之间的区别。他明确谴责那些没有为观众的想象力留下余地的艺术作品。他抨击一些古代作家提出的观念:"画是无言的诗,诗是能言的画。"洛文塔尔指出莱辛正是通过比较诗与画中"想象"的区别与联系来阐明自己的观点的,"他(指莱辛)评论道,这样一种观念将会麻痹诗中对时间关系的想象和画中对空间关系的想象。考虑到画家和雕塑家运用想象力要比作家或戏剧家更困难,莱辛认为他们描绘的是'最富于孕育性的顷刻',即在绘画或雕塑形象中努力选取

---

① Leo Lowenthal. *Literature and Mass Culture*(Communication in society,V.1),New Brunswick(U.S.A.):Transaction Books,1984,p. ix.

能给自由想象留有空间的顷刻，使得前前后后都可以从这一顷刻中得到最清楚的理解。'我们看得越多，我们通过思考获得的就越多。我们通过思考获得的越多，我们相信看到的必定就越多'"。洛文塔尔指出，正是根据这一标准，莱辛才认为："像拉辛或伏尔泰（Voltaire）之类的戏剧家就要比古代人或莎士比亚差一些，因为他们塑造的是僵化的类型，而后者则是在发展过程中来塑造人物的，并且能够使观众认同这些人物。"①

在此基础上，洛文塔尔还进一步分析了"依赖报刊文学"所产生的"不幸后果"。他认为报刊文学应大众所需，提供"新奇的事物"，"矫揉造作的肥皂剧"，会妨碍公众学会欣赏"宁静风格的作品，而这种气度与平和正是那些我们视之为我们语言的经典作品的显著特征"②。在他看来，正是报刊文学持续再发行的要求和追新逐异的传播体制使得一切艺术想象、审美静观和需要深思熟虑的观点都受到毁灭性的打击。这一论题，即大众传播对创造性想象力的阉割作用，在洛文塔尔论述大众传播与想象的关系问题的文章中一再出现。他认为："随着更加现代的媒介的出现，莱辛和歌德所察觉到的危险（指通俗艺术对于想象力的抑制性影响——引者注）变得越来越严重了。"在他看来，"一件给定的艺术作品越是占据了受众的感官，留给想象力的空间就越少；就此而言，一本坏书的影响，要比一个同时作用于眼睛和耳朵的坏场景的影响小很多，因为后者使观众几乎完全处于被动状态"。洛文塔尔认为，美国社会学家威廉·阿尔比格（William Albig）在《现代公众舆论》（*Modern Public Opinion*）一书中对这一问题所做的讨论极富启发性。阿尔比格通过对比阅读和观看电影可能产生的不同影响，发现电影中所展现的模式化观念非常深刻地"影响了人们关于真实的人的观念"，而"印刷材料中的描述却很难达到如此栩栩如生的效果"。他认为："那些肤浅的东西如果是以画面的形式呈现在观众眼前，那么它就很可能会消除观众的疑虑而变得更有说服力。然而当一个人在阅读的时候——即使是最低水平的读者，也会停下来想一想，或者仅仅是停在某一点上。电影就

---

① ［德］洛文塔尔著《文学、通俗文化和社会》，北京：中国人民大学出版社2012年版，第44页。

② ［德］洛文塔尔著《文学、通俗文化和社会》，北京：中国人民大学出版社2012年版，第62页。

不同了,画面的节奏从外部产生作用,无意识地控制着观看的个体。观众因此变得很灰心,实际上他们经常很沮丧。与其他传播方式比较起来,面对电影的个体是更消极的接受者。"由此他得出结论:现代人的"需求越来越定型了"①。通过对上述材料的分析,可以说洛文塔尔的这项研究在某种程度上揭示了现代视听艺术的出现正在使文学艺术的存在方式、本质特征及其审美方式发生深刻变化的发展趋势。传统文艺为欣赏者留下了巨大的想象空间,在一幅画面前,人们可以长久凝视,"涵泳玩索"。然而,现代影视艺术却使人来不及思考,那倏忽变换,令人目不暇接的动态画面,根本没有为观众留下任何想象的时间和空间。② 这也可以从一个侧面解释为什么洛文塔尔对大众文化的批判不像阿多诺那样激进,原因之一就是,洛文塔尔批判的大众文化是印刷文化语境中的通俗文化,而阿多诺批判的则是电子文化语境中的大众文化。

洛文塔尔认为,随着大众传播和文化工业的日益兴盛,"大众媒介已经发生了很大变化,它导向奴役人类并且使人类更加愚笨的倾向变得更强烈了。在较早的时期,大众媒介还提供某种可能性,还存在一定程度上的自由的想象,使人类逃离日常生活的压抑性,然而现代社会中的大众媒介却没有留下任何自由想象的余地"③。在他看来,文化工业的特点之一就是抑制真正的经验。"在这里我们发现想象的生产力不可避免地萎缩了,最终导致觉察力扩展知识的功能转型为仅仅是一种市场化的心理状态。文化工业持久稳固地为它的产品提供商业特征,并且以无法察觉的方式把它们生产这种产品的政治或者商业上的宣传目的弄得无法察觉。"④他认为,

---

① [德]洛文塔尔著《文学、通俗文化和社会》,北京:中国人民大学出版社2012年版,第45页。

② 本雅明对这个问题也有着颇为精彩的论述。他认为随着视觉文化取代传统文化成为大众文化消费的主流形式,建立在传统文化基础之上的以个人欣赏为前提的"凝神专注"式的审美静观,就随之改变为"消遣"式接受了。详情请参阅本雅明的《经验与贫乏》,天津:百花文艺出版社,1999年版,或者参考拙作《论视觉文化对传统审美方式的消解》,载《西北师大学报》2007年第5期。

③ Leo Lowenthal. *An Unmastered Past*: *The Autobiographical Reflections of Leo Lowenthal*. Berkeley: University of California Press, 1987, p. 240.

④ Leo Lowenthal. Address upon Accepting the Theodor W. Adorno Prize on 1 October 1989. *New German Critique*, No. 54, Special Issue on Siegfried Kracauer (Autumn, 1991), pp. 179-180.

在这种情况下,想象的"管理"或者抑制程度就成为大众文化的一部分,这从下面的例子可以清楚地看出。在美国和德国,读书俱乐部是一项大买卖。一个叫做"计时书"(Time Books)的企业,提供了一项"计时阅读项目"(Time Reading Program)。它向读者保证,它的精选本具有毋庸置疑的可靠性:作为专业人员的文学编辑不但对出版物进行了精心的筛选,而且还为读者写下了特别的导论以引导读者的阅读、想象与理解。这种筛选和导读从某种意义上看其实就是对人的创造性和想象力的压抑。另外一个例子是文学协会(the Literary Guild),美国最成功的图书俱乐部之一,近来提供廉价的《安娜·卡列尼娜》(*Anna Karenina*)、《包法利夫人》(*Madame Bovary*)和小仲马的《茶花女》(*Camille*)。它的广告如下:"这三本经典小说讲述了令人难忘的女士们的悲剧三重唱,她们为了爱而以整个生命为赌注以致失去了一切……"在洛文塔尔看来,这些描写阐明了艺术是怎样堕落为大众文化产品的。毕竟浮士德的甘泪卿(Faust's Gretchen)或者安娜·卡列尼娜经历的爱情悲剧对于女人的天性并非永远是正确的陈述,恰恰相反,她们被看作对在某种特定环境中的女性的特殊理解。然而,在大众传播社会中,想象的组织和"管理"已经被社会控制机构所接管,这样简化法(包括行为主义科学)就成为正当的方法,实际上成了唯一适当的方法。①

洛文塔尔通过研究书刊的发行方式、销售广告等文学传播现象,揭示了大众文化以娱乐和文化消费的形式,抑制人的想象力、自发性和创造性的本质。他注意到,"现在,以自发性为特征的艺术产品越来越被熟练操作的、与现实相一致的复制品所取代。而且在这样做的过程中,通俗文化认可并且美化了它所发现的任何值得重复的事物"②。事实上大众文化的典型方法就是简化法:对畅销元素(即"有重复价值的事物")进行标准化的组织和搭配。对于大众文化对想象的"组织和管理",洛文塔尔借用兰德尔·贾雷尔(Randall Jarrell)的评论表达了自己的观点:诗人生活在这样一个世

---

① Leo Lowenthal. *An Unmastered Past*: *The Autobiographical Reflections of Leo Lowenthal*. Berkeley: University of California Press, 1987, pp. 176-178.
② [德]洛文塔尔著《文学、通俗文化和社会》,北京:中国人民大学出版社 2012 年版,第 22 页。

界里,报纸、杂志、书籍、电影、广播和电视已经毁坏了人们对于真正的文学进行理解的能力,"通俗作品什么都没给想象留下,到现在这么长时间了以至于想象也开始萎缩"①。在《文学与人的形象》一书中,洛文塔尔进一步论述了关于"想象、想象力和艺术"的关系问题,"在盛行的社会思潮的压力下,难以保持个体的完整性……甚至个体的幻想和艺术的想象——通常我们把二者视为抵抗世界袭击的最后据点——也不能超越社会事实,而仅仅是反映它"②。对于洛文塔尔而言,作家能否拒绝给人类的想象加上限制;作品中的人物是否是真正的个体;作品中是否有与现实不一样的地方,或者说是单纯地反映现实还是超越现实,"是区别什么是真正的艺术,什么不是真正的艺术的试金石"。张抗抗曾坦言:"网络文学改变文学的载体和传播方式,会改变读者阅读的习惯,会改变作者的视野、心态、思维方式和表现方式,但究竟在多大程度上能改变文学本身?比如说,情感、想象、良知、语言等文学要素。"③在21世纪的今天依然有很多作家、学者提出此类问题,从某种意义上说,洛文塔尔早在半个多世纪前就已经对类似问题给出了理论上的解答。

"洛文塔尔的贡献",诚如汉诺·哈特所说,"不仅在于他对传播研究领域进行的坚持不懈地批判的讨论,而且在于他的对于想象的压抑和大众文化促进了虚假集体的结果的攻击";"洛文塔尔依靠他的文学、哲学和艺术经验来发扬传播的人文主义内涵,这涉及真正生产性的想象"。④

第三节 以文学传播为中心的研究范式与传播论的文学观念

文学发展到大众传播时代,大众传播成为影响文学发展的主要因素,

---

① Leo Lowenthal. *An Unmastered Past:The Autobiographical Reflections of Leo Lowenthal*. Berkeley:University of California Press,1987,pp. 182-183.

② Leo Lowenthal. *Literature and the Image of Man:sociological studies of the European drama and novel*,1600—1900 (Communication in society,V. 2),New Brunswick (U. S. A.):Transaction Books,1986,p. 178.

③ 张抗抗著《网络文学杂感》,载《中华读书报》2000年3月1日。

④ Hanno Hardt. The Conscience of Society:Leo Lowenthal and Communication Research. *Journal of Communication*,Summer 1991.

文学的大众传播日益成为一种重要的文学现象和传播现象。在这种情况下，文学和文学研究范式都面临着重新建构的问题，"文学传播研究"因此成为大众传播社会中进行文学研究所不容忽视的一个课题。但是直到洛文塔尔开创以文学传播为中心的研究范式之前，还很少有文学理论家把文学传播现象作为文学研究的焦点，对文学传播问题进行系统的论述。

一、文学研究范式的历史演变

我们说洛文塔尔的文学传播研究开创了文学研究的新范式，这是与以往的文学研究范式相比较而言的，因此有必要在此先对之前的研究范式作一下简要述评，接着再来介绍洛文塔尔的研究范式，以期能够更为鲜明地凸现出"新范式"的新颖之处。

"一代有一代之文学，一代有一代之学术。"时代的推衍推动着文学的发展变迁，而每一转型期，何谓文学以及采取何种研究范式都成为学术界加以重新审视的新问题。西方的文学理论在两千多年的发展中，由于对研究对象的观察角度和侧重点的不同而形成了不同的研究范式。回顾历史上从各种不同角度对文学进行规定的文学研究范式及其所形成的文学观念，我们发现最大的特点莫过于文学研究范式和文学观念的多样化。比如我们耳熟能详的，至今影响仍然非常大的文学观念就有再现论的、表现论的、活动论的、生产论的、审美反映论的、语言本体论的和文化论的文学观念。由此可见，文学研究的角度不同，所观察到的就必然会有所不同；关注的焦点不一样，所得出的文学观念也必然不一样。每一种新的观察视角必然都会给人们呈现一种全新的景观，给人们提供一种新的研究范式和文学观念。近现代的西方文学理论不仅受到美学研究、文学实践的影响，而且也受到各种文化哲学思潮、新兴学科的冲击，因而出现了流派众多、错综复杂的情况，逐一地描述与论析各种文学研究范式的来龙去脉，显然不是本小节有限的篇幅所能承载的重任。鉴于选题的研究主旨以及艾布拉姆斯（M. H. Abrams）所提出的"文学四要素说"对西方文学研究产生的重大影响，本小节仅借鉴艾布拉姆斯的"文学四要素说"，对以下三种文学研究范式作一简要述评。

美国康奈尔大学的英文教授艾布拉姆斯于1953年在其名著《镜与灯：

浪漫主义文论及批评传统》(The Mirror and the Lamp: Romantic Theory and the Critical Tradition)一书中提出了享誉世界的"文学四要素说"。根据艾布拉姆斯的"文学四要素说",文学是由作品、艺术家、世界和欣赏者四要素构成的。他用了一个三角形图示来说明文学研究的诸维度,认为每一部文学作品总要涉及上述四个要素,并且几乎所有力求周密的理论总会在大体上对这四个要素加以区辨,使人一目了然。在接下来的研究中他进一步指出,运用他的三角形分析图式,可以把阐释作品本质和价值的种种尝试大体上划为四类,其中三类主要是用作品与另一要素(世界、欣赏者或艺术家)的关系来解释作品,第四类则把作品视为一个自足体孤立起来加以研究,认为其意义和价值不与外界事物相关。① 尽管在现在看来,艾布拉姆斯的"文学四要素说"作为一种简明的分析框架不可避免地具有理论本身削繁就简的缺陷和时代局限,但是它确实对那个时代的主流文学研究范式做出了令人信服的描述。事实上,西方近现代以来的文学理论,基本上都是围绕着艾布拉姆斯所说的"文学四要素",侧重于不同的活动要素,从各种不同角度对文学进行各种不同的研究,从而形成了不同的研究范式。可以说,西方文学研究范式在近现代的演变就集中地体现在以作者、作品、读者、世界等为研究对象和本体的变迁方面。诚如伊格尔顿所总结的,西方文学理论的发展大致可以划分为三个阶段:"全神贯注于作者阶段(浪漫主义和19世纪);绝对关心作品阶段(新批评);以及近年来注意力显著转向读者阶段。"②这一说法在国内也引发了共鸣,比如张隆溪认为近现代以来文学研究范式的演变基本上"是由以创作为中心转移到以作品本身和对作品的接受为中心"③。张首映著作的《西方二十世纪文论史》甚至就根据艾布拉姆斯的"文学四要素说"将西方20世纪文论区分为"四大系统——作者系统、作品系统、读者系统、世界系统"④。总之,从18世纪下半叶到20世纪中叶,西方的文学研究一直处于实证研究和内部研究的主导下,比

---

① [美]M. H. 艾布拉姆斯著《镜与灯——浪漫主义文论及批评传统》,北京:北京大学出版社1989年版,第5-6页。
② 伊格尔顿著《二十世纪西方文学理论》,西安:陕西师范大学出版社1987年版,第83页。
③ 张隆溪著《二十世纪西方文论述评》,北京:三联书店1986年版,第6页。
④ 张首映著《西方二十世纪文论史》,北京:北京大学出版社1999年版,第22页。

如社会历史研究法、传记研究法、新批评研究法等等,他们的研究重点一直在作家作品、文学流派和文学思潮等方面,几乎没有注意到文学传播问题。

作为创作主体的作家,在文学活动的过程中无疑具有举足轻重的作用。但是,"它作为探讨艺术的一种全面的方法出现并为批评家们广泛采用,至今不过一个半世纪"①,在19世纪浪漫主义兴起之前,再现论是西方文学研究的主流范式。只是到了19世纪,表现论才取代再现论,以作家为中心的研究范式才成为西方文学研究的主流范式。从18世纪后期到20世纪初期,文学被看作作家情感的表现,由此作家的地位有了根本性的变化,以至于"天才"成为作家的代名词。这时文学研究的重心来了一个一百八十度的大转弯:文学的发展规律不再取决于外部世界,而取决于作家本身。于是,作家成为文学活动以及文学研究活动的中心。在以作家为中心的时代,天才、情感、心灵传达等问题成为文学研究的中心问题,社会历史研究法、传记研究法成为最流行的研究范式。韦勒克和沃伦在《文学理论》中将这种文学研究范式称为文学的外部研究。

以作家为中心的研究范式在20世纪遭到了俄国形式主义文论和英美新批评等文学理论流派的有力批判。他们一反以作家为中心的研究范式,针锋相对地提出文学研究应该以文学作品研究为中心的观点。他们把文学作品看作一个独立自足体,切断了作品与作家、作品与读者、作品与社会现实之间的联系,将研究的重点转向了文学文本的文学性和内在构成方面。比如什克洛夫斯基就明确宣称,文学艺术是独立于生活的,文学理论的任务在于研究文学的内部规律。②韦勒克和沃伦则进一步将文学作品看成是"一个为某种特别的审美目的服务的完整的符号体系或者符号结构"③,因此他们才在《文学理论》中花费了长达四分之一的篇幅去论证文学研究的中心不应该是传记研究、心理学研究、社会学研究等"外在的"研究,"文学研究的合情合理的出发点是解释和分析作品本身"④。而他们对

---

① [美]M. H. 艾布拉姆斯著《镜与灯——浪漫主义文论及批评传统》,北京:北京大学出版社1989年版,第2页。
② 什克洛夫斯基等《俄国形式主义文论选》,北京:三联书店1989年版,第11页。
③ 韦勒克,沃伦著《文学理论》,北京:三联书店1984年版,第174页。
④ 韦勒克,沃伦著《文学理论》,北京:三联书店1984年版,第145页。

作品本身的分析也主要是对某一部特定作品的形式的本体研究。可以说他们所有的研究都是建立在把文学作品从具体的社会历史中悬搁出来的基础上。正是新批评在欧美的风行,使西方的文学研究范式实现了由外部研究到内部研究的转向。

而20世纪60年代末70年代初在德国兴起的接受美学和在美国兴起的读者反应批评,则采取了不同于上述的外部研究和内部研究的文学研究路径。他们既反对以社会历史研究法、传记研究法为代表的以作家为中心的研究范式,也反对以俄国形式主义文论和英美新批评为代表的以作品为中心的研究范式。与以作家、作品为中心的研究范式相对,他们提出了以读者为中心的研究范式。文学研究对象的这种变化使文学研究范式再次发生了根本的变化。这种新范式强调的是文学的接受研究、读者研究和影响研究,强调的是读者研究的重要性、客观性和科学性,把读者研究抬高到了文学研究的中心地位,将文学接受活动作为文学研究的焦点,并且极力强调读者在接受活动中的自主性。在接受美学看来,作品总是为读者而创作的,未被阅读的作品仅仅是一种"可能的存在",只有读者才能赋予作品以现实的意义。因此读者对作品意义的填充是能动的、决定性的。

毫无疑问,上述几种文学研究范式自从出现以来都曾各领风骚几十年,并且直到现在依然具有深远的影响。但是如果从洛文塔尔所建构的文学"传播力场"的角度来看待文学活动的话,那么我们不得不承认,不论是以作家作品为中心的研究范式,还是受到洛文塔尔文学传播研究启发的以读者为中心的研究范式,都未免偏颇。即使是艾布拉姆斯的"文学四要素说"也不足以概括文学传播活动,"不能针对传播对文本从生产到接受的整体过程进行有效分析"①。尽管我们不能根据文学发展的现状来苛求艾布拉姆斯写于1953年的著作,但是我们必须承认,上述几种研究范式几乎都忽略了文学与传播的关系。在欧美的文学理论家们聚精会神地研究作家作品的时候,洛文塔尔则转换了研究视角,从传播的角度来分析文学,把文学传播问题作为文学研究的中心,自然会开创出一番别样的新天地。

---

① 王晓路著《艾布拉姆斯四要素与中国文学理论》,载《文学评论》2005年第3期。

二、在文学与传播的"力场"中探寻文学的本质

　　文学研究范式是一个由范畴和范畴间的关系所构成的逻辑体系。范畴和确定范畴间关系所依据的思维方式构成了文学研究范式得以建立的逻辑基础和结构框架。每种文学研究范式的独特范畴都标志着各自的特性。在我们分析洛文塔尔文学传播理论的范畴体系时,其实就已经展示了这一理论的研究范式和体系构架。我们在本小节所要讨论的问题就是,洛文塔尔是如何在"传播力场"中揭示大众传播时代的文学变迁的,又是如何在"理解力场"中规定文学的本质、阐述其文学观的？洛文塔尔在他的演讲中,"一如既往、极其自信地宣称,学者的权利和能力在于,区别开具有认知性内容的艺术性文学和只能被用来作为消费品、商品、意识形态控制方式的价值不高的文学"①。可见,对于洛文塔尔而言,在"传播力场"中客观地揭示出大众传播时代的文学所出现的历史变迁是一回事,而在"理解力场"中对艺术性文学做出本质的规定则是另一回事。在他看来,随着大众传播的发展、中产阶级艺术市场的崛起,艺术逐渐显得没有价值了,它没有其他商品的工具效用。但是,"只有艺术传达了人类生活和人类经验中真正好的东西;它是对尚未实现的幸福的允诺"②。因此他在进行文学传播研究时,努力提升文学传播理论的人文主义内涵,试图在"理解力场"中对艺术性文学做出本质的规定。诚如哈贝马斯所说:"当洛文塔尔相信他自己能够在作为艺术的文学和作为大众文化的文学之间做出区分时,他实际上是在接受某种精确本能的引导。洛文塔尔在艺术中寻求社会中尚未实现的预言:'事实上,艺术是创造性对抗社会灾难的巨大的蓄水池。'"③

　　洛文塔尔"关心发展一种对文学进行马克思主义解读的研究方法,解释在文学作品的内容和形式中经济的和阶级的结构如何得到表达"④,并

---

① Jürgen Habermas. *Introduction of An Unmastered Past：The Autobiographical Reflections of Leo Lowenthal*. Berkeley：University of California Press，1987，p. 11.
② Leo Lowenthal. *An Unmastered Past：The Autobiographical Reflections of Leo Lowenthal*. Berkeley：University of California Press，1987，p. 171.
③ Jürgen Habermas. *Introduction of An Unmastered Past：The Autobiographical Reflections of Leo Lowenthal*. Berkeley：University of California Press，1987，p. 14.
④ Peter R. Sedgwick，Andrew Edgar. *Key Concepts in Cultural Theory*. Routledge，1999，p. 153.

且努力说明"在个体的文学作品中,特别的社会结构所得到表达的范围以及这些作品在社会中执行了什么功能"①。那么"把社会结构同文学结构联系在一起的因果关系究竟是什么呢?在没有……搞清楚为什么要写和为谁而写的问题,换句话说,在没有提出文学传播的问题之前,是无法回答这个问题的"②。洛文塔尔把文学传播活动中各要素都放到文学与传播的"力场"中进行综合研究,历史的和逻辑的分析文学传播活动是怎样影响文学的形态和本质的做法,不但早在埃斯卡皮提出问题之前就探讨了这个问题,而且由此开创了一种文学研究的新范式。

洛文塔尔认为文学艺术的发展变迁、通俗文化的生成演变与文学"传播力场"紧密相连。他的文学传播理论始终贯彻着这样的逻辑:在大众传播时代,创造性艺术和通俗文化之间有着既对立又互补的辩证关系,"文学中包含有两种强有力的文化合成物,其一是艺术,其二是以市场为导向的商品",这是洛文塔尔对大众传播时代的文学的本质特征的精练表述,在他看来,文学的商品特性是大众传播这一历史条件所造就的特有性质。当然文学的商品性并不是大众传播方式出现以后才有的,事实上,他已经把相关研究追溯到17世纪甚至更早,他认为在分层社会的起点,它可能就以某种形式存在了,但是直到大众传播时代,文学的大众传播的事实才从根本上改变了文学的本质特性。

洛文塔尔认为印刷传播方式成为文学的主流传播方式对于文学的发

---

① Peter R. Sedgwick, Andrew Edgar. *Key Concepts in Cultural Theory*. Routledge, 1999, p. 377.
② [法]埃斯卡皮著《文学性和社会性》,见张英进,于沛编《现当代西方文艺社会学探索》,福州:海峡文艺出版社1987年版,第90页。埃斯卡皮还曾经在《文学社会学》中做出如下总结:"待到文学专家们对社会学的兴趣被唤醒之时将作家当作个人或将作品当作孤立的现象进行研究的习惯早已养成,很少人对作家、作品与读者大众的关系进行研究……可是,虽然卢卡奇及其追随者将社会作为文学表象后面的现实加以考虑,他们仍然将艺术品本身视作一个目的,而忽视了读者在文学传播过程中的作用。是的,他们几乎忽视了文学传播这一概念……只有当存在主义用新的观点解释事物之时,这个僵局才可能有所突破。萨特的论著《什么是文学?》(1948年)可以认为是一个里程碑。"见《现当代西方文艺社会学探索》第4页。埃斯卡皮的总结大体上符合当时的文学研究状况,但是不知道是什么缘故,洛文塔尔论述文学传播问题的几篇重要论文,如发表于1932年的《论文学社会学》(*On Sociology of Literature*)和与萨特的《什么是文学?》同一年发表的《文学社会学》(*The Sociology of Literature*)以及1950年、1957年发表的几篇论文,当时都没有进入埃斯卡皮的视野,这导致他遗漏了洛文塔尔在这方面所作的开创性贡献。学术界有一种观点认为是埃斯卡皮最早从传播的角度研究了文学传播问题,不过事实上他直到1957年才提议出版《文学社会学》一书,1963年才发表《文学行为是否是一种传播行为?》的论文。

展具有划时代的意义:它使文学传播的性质从根本上发生了变化,从而使文学本身的性质、体制及其社会功能也都发生了相应的变化。正因为如此,洛文塔尔才"从印刷机的发展及其成为大众媒介的潜力开始讨论",认为它所引起的最根本的变化是,作家和读者在文学传播活动中身份和地位的变化,以及由此导致的"作家为什么要写、为谁而写"和"读者为什么要读、读什么"的变化。这两个看似相同的问题,其实是完全不同的两回事,因为"读者从文学传播中寻求什么是一回事,作家超出读者的自觉意识传达什么又是另一回事"①。洛文塔尔认为,他对汉姆生和陀思妥耶夫斯基的作品及其接受研究就足以说明这类问题。

洛文塔尔首先分析了西方文学发展进程中最具决定性的社会变迁现象之一,即依靠市场生活的职业作家在18世纪的出现及其社会地位的改变对文学传播活动的影响。他认为:"作家是擅长思考个体问题的专家,他的作品能够成为社会学家(即研究个体与社会之关系的专家)的关键资源。对文学的社会学阐释不仅仅是孤立地研究特殊的文化现象,它还力求把人类生存最有价值的一些证据置于社会学框架之中。"而"把文学放到社会学语境中探讨立刻会带来一个资料的可靠性和典型性的问题。作家代表谁讲话?例如,他心目中的读者是谁,他存心把他的读者仅仅限定为他自己和有限的精英么?他的洞察力在多大程度上超越了这个群体?大体而言,以前的伟大剧作家和小说家只有少数读者,而不论是过去还是现在,大多数人接触的主要是大量生产的、很大程度上是逃避现实的作品"②。这项研究提出了"潜在的读者"的问题,这种文学观不可避免地把洛文塔尔引导到文学传播研究的道路上。

洛文塔尔指出早期的作家一直在为一个更加同质的团体写作——贵族和学者是他们的主要读者。这些读者并不做出"高雅"和"低俗"艺术的区别,他们也不讨论不同阶层受众的审美趣味的差别。但是随着作家、读者和文学产品的成倍增加,文学传播世界发生了根本改变,"文学传播技术的革新和中产阶级的出现所引发的广泛的社会变迁导致传统上那些依靠直

---

① [德]洛文塔尔著《文学、通俗文化和社会》,北京:中国人民大学出版社2012年版,第207页。
② [德]洛文塔尔著《文学、通俗文化和社会》,北京:中国人民大学出版社2012年版,第4页。

接的消费者以维持生活的艺术家,不必再取悦于惟一有钱或者有势的恩主;他现在必须忧虑的是广泛的、更'大众化的'观众的需要"①。他认为要探讨日益增长的印刷产品市场对于个体道德、知识和审美发展的影响以及对于作为整体的国家的影响问题,18世纪的英国文学界是最恰当的一个例子。他之所以选择18世纪的英国文学作为研究对象,并不是因为在这一时期出现了现代意义上的"大众化"的观众——这要到19世纪才出现——而是因为从那时起,作家已经通过把作品卖给公众就能够养活自己了。"其结果就是发生了这样一种转变:从私人捐赠(通常是贵族赞助的形式)和有限的观众转向公众捐赠和潜在的无限的观众。同时,文学作品的生产、宣传和销售发行都成为一项有利可图的事业。"②在这种情况下,公众通过购买某种文学产品,不购买其他产品的方式来表达自己的兴趣,出版商、书商和作家则把它看成是衡量公众观点的诀窍。如此一来,读者的倾向和喜好问题对于作家来说成为了一个新的、亟待解决的问题,因为现在他的读者成为他维持生计的唯一来源。而对于读者接受能力的怀疑也促使作家转而面对正在扩展的市场所带来的问题。洛文塔尔详细梳理了18世纪英国作家对于由文学作品开始作为适于市场销售的商品来生产所造成的问题的看法:

  到18世纪中期,作家开始面对以前从未遇到过的两个问题:正在不断扩张的文学产品的接受者(现在开始扩展到更低阶层)对审美与伦理方面的"改善"感兴趣么?这种新情况——作家要通过取悦更广泛的公众而不是一两个贵族或者政治赞助人来维持生计——对艺术家的完整性会产生怎样的影响呢?③

洛文塔尔认为当作家开始为迅速增长的文学市场进行写作时,他就从

---

① Leo Lowenthal. *Literature and Mass Culture* (Communication in society, V. 1), New Brunswick (U. S. A.): Transaction Books, 1984, p. 20.
② Leo Lowenthal. *Literature and Mass Culture* (Communication in society, V. 1), New Brunswick (U. S. A.): Transaction Books, 1984, p. 75.
③ [德]洛文塔尔著《文学、通俗文化和社会》,北京:中国人民大学出版社2012年版,第102-103页。

教堂和政权的束缚中解放出来,到 18 世纪末,作家第一次作为一种独特的职业,作为一个专门的阶层出现了。与此同时,他们也经历了中产阶级的日益解放及其带来的威胁,当中产阶级集团越来越繁荣时,就开始用哲学和艺术作为一种大众装饰,而这会威胁到艺术家的完整性,相对于教堂和政权而言,这是一种新的歪曲形式。从艺术的生产者和消费者之间的关系的观点看,传播的大众媒介,首先是报纸,建立起了他们的统治,这使文学市场被那种设计用来吸引最广泛的、可能存在的公众的产品所淹没。例如债台高筑的约翰逊和哥尔德斯密斯(Oliver Goldsmith)都对书商有极大的依赖性。洛文塔尔分析的例子与我们耳熟能详的巴尔扎克的情况类似,这种情况并非特例,事实上这才是大众传播时代的普遍情况。在对上述问题进行探讨的过程中浮现出来这样一个观点:那就是任何对文学标准的讨论都必须把公众的经验考虑进来。洛文塔尔由此阐明了文学接受者对于文学标准问题的重要意义。他指出,文学标准问题长期以来一直是由作家决定的领域。但是随着受众的成倍增加,受众的观点变得是如此繁多,以至于艺术家与他们的趣味几乎无法调和。由于对共同标准的讨论难以取得实质性进展,以至于分析的重点越来越放到受众经验方面。阅读大众的迅猛增加及其在文学市场中地位的提升,导致文学"传播力场"中各种力量的对比发生了显著改变。而文学传播世界发生的这种决定性改变"在美学领域和伦理领域产生了最为深远的影响,同时影响到了文学实体和文学形式,更不必说这对作家本人的日常习惯和所关心问题的影响。一项较早的研究①试图详细地描绘由这种改变引发形成的文学类型和文学制度,这种文学类型和文学制度反过来也促进了这种改变;这说明文学观念正在转型"②。洛文塔尔在他接下来的研究中详细分析了文学的大众传播所导致

---

① 一项较早的研究指洛文塔尔和费斯克于 1957 年发表在 Common Frontiers of the Social Sciences 上的《18 世纪英国艺术与通俗文化之争》(The Debate Over Art and Popular Culture in Eighteenth Century England),后收入在于 1961 年出版的《文学、通俗文化和社会》的论文集中。他的论述广泛地涉及了"原则上发生在艺术家和通俗文化消费者之间"的争论,并且通过对这种争论历史脉络的梳理,清晰地说明了文学体制的历史变迁。这项研究表明洛文塔尔最迟在 1957 年就已经敏锐地揭示了文学发展到大众传播时代所出现的传播转向这种历史发展趋势。

② Leo Lowenthal. *A Historical Preface to the Popular Culture Debate*, in *Mass Media in Modern Society*. Norman Jacobs. New Brunswick, U. S. A.: Transaction Publishers, 1992, p. 73.

的文学内容和文学形式的变迁。

戏剧和小说内容最显著的变化发生在18世纪上半叶,这种改变可以归结为正在浮现的中产阶级人物。从社会上的崇高人物向商人和学徒的私人生活的转变导致读者经验的显著改变:普通戏迷现在可以把他们与舞台上的男女主人公相比较了。正是小说激发了读者将虚构人物视为与己同一的问题。它的内容不同于17世纪和18世纪初的作品。"人物和环境上的现实主义是新小说的显著特征。"洛文塔尔认为,对现实主义的强调对于作家而言产生了一个新问题。他将无法再仅仅依靠书本知识进行创作,他必须成为他周围世界和人物的机敏的观察者。如果他犯错误,每一个"普通读者"都将发现。① 对于现实主义的出现及其成为文学主流的原因,文学史上有多种解释,与那些仅仅从内容、手法、风格等角度出发进行的阐释相比,洛文塔尔从文学传播角度做出的阐释可谓非常新颖,颇具独创性。至于1740年以后英国戏剧的衰落,他也从艺术传播的角度给出了合理的解释。尽管洛文塔尔的研究表明,"伟大作家的缺席还是一个悬而未决的问题",但是当时的理论界仍然流行这样一种观点——"人们把1740年以后英国戏剧的衰落,部分地归咎于一个纯属意外的原因——这个时期没能孕育出伟大的戏剧家"。毫无疑问,这是从传统的以作家为中心的文学研究范式出发所得出的结论。那么这个结论是科学的吗?符合当时的真实情况吗?在洛文塔尔看来,答案显然是否定的。他不再聚焦于作家,转而从受众角度出发去研究这一问题,研究视角的转换,使他看到了不同的景象——"真实情况是,那个时期的受众具有更加广泛的社会背景,并且对于戏剧的艺术性,他们远不如18世纪上半叶的受众那样感兴趣。再者,如前所述,中产阶级的现实主义在舞台上比在书本中的还要单调乏味"。与此同时,他还从艺术传播渠道的角度解释了戏剧内容变化的原因,"在此也要冒昧地提一下戏剧衰落的另外一个原因,那就是为了容纳更多受众而对剧院所进行的物理上的改造,这种物理上的变化要求剧作家和演员也必须进行相应的改变,这对'好剧院'的发展产生了不良影响。灯光昏暗、音响效

---

① [德]洛文塔尔著《文学、通俗文化和社会》,北京:中国人民大学出版社2012年版,第109-110页。

果拙劣,为了克服这些缺陷,就要采用夸张手法,这样一来,悲剧和喜剧里都增添了插科打诨的滑稽段子"①。

与文学内容的这一改变相适应,文学的功能在大众传播语境中也发生了很大改变。在概述他"关于文学本身就是传播媒介的主张的根本原则"时,洛文塔尔指出:"如果一个文学社会学家想在现代传播研究领域占有一席之地,那么他至少得拿出一个研究方案,这项方案既要适应他所在的研究领域,同时还要能与其他的大众媒介所积累起来的科学经验相联系。"②他把对"文学功能"的研究列为第一个需要研究的领域。他认为,对于文学功能的研究,其基本要求是探明在既定社会体制内或最好在特定历史时刻内,人们希望从文学中获得哪种满足,而这需要对作品的内容有精确的知识。他首先对当时"广为接受的一般观点",即认为"大众文学的主要功能是为遭到挫折、希望逃避的人们提供宣泄的渠道",提出了质疑——"我们怎么知道这一点在过去是真实的,或者时至今日它依然是真实的呢"?在洛文塔尔看来,"今天小说的功能与其说是提供逃避途径,还不如说是提供信息:在令人困惑的外部世界和内部世界中,文学已经成为一种廉价而容易获得的心理定位工具"。他注意到,"与较为早期的文学产品相比,当代小说中行动的密度更大、速度更快,而沉思和描述的成分则在加速衰退"。他把今天的和上一代人的通俗历史小说做了一番比较,发现"老一代人的作品试图表现一个时代的全景式图像,而读者则可以安然地坐在历史主人公身边,看着这幅全景图围绕着这个主人公渐次展开。然而今天,这幅全景图已被分割成许多人物、情境和行动的画面,这就使读者无法享受不为人知地坐在一个被选定的主人公身旁的乐趣,而这个主人公过去一直是衡量作家驾驭文学材料的能力的尺度和标准"。他由此得出结论:"文学消费的那种经典情境——不可复制的艺术作品,孤独而又独特的主人公,沉浸于其中、分享主人公孤独的选择和命运的读者——已经被秩序井然的集体

---

① [德]洛文塔尔著《文学、通俗文化和社会》,北京:中国人民大学出版社2012年版,第128-129页。
② [德]洛文塔尔著《文学、通俗文化和社会》,北京:中国人民大学出版社2012年版,第205页。

经验所取代,这种经验正朝着适应和获得满足的自我控制的方向发展。"①

洛文塔尔的这一评论指出了艺术性文学在大众传播条件下的生存状况,"在适应市场销售的通俗文化产品的挤压下,艺术被逼到了防御性位置……大众产品的形成安抚了大众趣味。在个体允许自己由流行时尚支配的那一刻起,艺术的惩戒性功能就不断地陷入被推进到社会边缘的危险。这样可供选择的办法日益削减到两个极端:为精英准备的艺术性文学;为剩下的人准备的铁路文学(像罗斯金(John Ruskin)称呼的那样)"②。

从洛文塔尔的分析中我们可以看出,从一开始,他的研究兴趣就超出了文学的传统观念。他分析了由大众传播方式所引发形成的"文学的大众市场对艺术家的地位和社会声望的威胁",以及"文学第一次分化为艺术与商品的痛苦时期"。他承认存在不同水平的社会阶层,各个阶层对于文学的形式和内容具有不同兴趣,因此需要调查社会阶层和文学传播之间的关系。他意识到文学传播内容的功能在传播研究中是一个主要问题,并且通过对通俗文化产品中的空想、意识形态和信息功能的区别性和跨时代观察证明了历史分析的有效性。他对文学的大部分讨论都是在文学的传播主体与接受主体的比较语境中进行的,贯穿始终的红线是历史上人们对文学传受双方地位变迁的争论,"隐含的思路则是高雅文化和低俗文化、真正艺术和通俗艺术之间的二元对立"③。这从他对收入文集中的论文的编排方式中也可见出,例如他说《文学、通俗文化和社会》一书"前四章研究的是作为商品的文学,最后一章关注的则是作为艺术的文学"④。再如他的《社会中的传播》书系,第一册《文学和大众文化》探讨的主要是通俗文化问题,而对高雅文学问题的讨论则主要收入在第二册《文学与人的形象》里了。

---

① [德]洛文塔尔著《文学、通俗文化和社会》,北京:中国人民大学出版社2012年版,第206-207页。

② Leo Lowenthal. *Literature and the Image of Man: sociological studies of the European drama and novel*, 1600—1900 (Communication in society, V. 2), New Brunswick (U. S. A.): Transaction Books, 1986, p. 159. 铁路文学,指人们坐火车旅行时看的轻松的文学读物,也就是通俗文学。

③ Norman Jacobs. *Mass Media in Modern Society*. New Brunswick, U. S. A.: Transaction Publishers, 1992, p. 70.

④ [德]洛文塔尔著《文学、通俗文化和社会》,北京:中国人民大学出版社2012年版,第15页。

事实上，这两个维度构成了洛文塔尔对文学的辩证的阐释，二者共同组成了洛文塔尔的文学传播理论。

遵循洛文塔尔的研究思路，现在我们来进一步考察他对作为商品的文学和作为艺术的文学的论述。对于这一问题的探讨，洛文塔尔采用了法兰克福学派所惯用的"艺术与通俗文化"两分法的研究方案。在发表于1950年的《通俗文化的历史视角》(Historical Perspectives of Popular Culture)一文中，洛文塔尔以十分确定的口吻宣称：

> 与通俗文化相对应的概念是艺术。现在，以自发性为特征的艺术产品越来越被熟练操作的、与现实相一致的复制品所取代。而且在这样做的过程中，通俗文化认可并且美化了它所发现的任何值得重复的事物。叔本华评论音乐是"又一个世界"。这句格言显示了艺术和通俗文化之间具有不可逾越的鸿沟：一个是通过具有自立性的媒介来使洞察力更为敏锐，另一个仅仅是借用工具来重复给定的事实，这二者是有差别的。①

后来他在回忆录中又强调说："关于艺术和通俗文化的关系，只要艺术作为一种制度继续存在，也就一定存在与它相反的事物。"②在洛文塔尔的表述中，高雅艺术、精英艺术、真正艺术、伟大艺术、自治艺术、艺术性文学与艺术实际上具有相同的内涵。对于洛文塔尔来说，艺术指的主要是欧洲古典文学，例如他论述高雅文学的专著《文学与人的形象》，就选取了维加、卡尔德龙、塞万提斯、莎士比亚、高乃依、拉辛、莫里哀、歌德、易卜生等欧洲文学家作为他心目中伟大作家的代表进行了论述，他们的作品则构成了他所谓的艺术性文学。在这里，他基本上是从维护艺术的角度去反思通俗文化的，所以，艺术和通俗文化常常是作为一对对立的范畴出现在他的论

---

① Leo Lowenthal. Historical Perspectives of Popular Culture. in *The American Journal of Sociology*, Vol. 55 (January, 1950), p. 326. 也可以参考洛文塔尔著《文学、通俗文化和社会》，北京：中国人民大学出版社2012年版，第22—23页。

② Leo Lowenthal. *An Unmastered Past: The Autobiographical Reflections of Leo Lowenthal*. Berkeley: University of California Press, 1987, p. 127.

述语境中。例如当马西亚斯·葛拉夫赖特对他在伟大艺术(great art)和轻浮艺术(trivial art)之间划了一条分界线的做法表示质疑时,洛文塔尔就回应道:"不可以将二者如此纯粹地区别开,但是它们是有区别的。确实存在艺术性的文学作品——毫不含糊地就是艺术性作品,也存在价值不高的、轻浮的作品——为了市场而制造。当然总存在一些中间现象;但是狮子是动物,玫瑰是植物。一边是莎士比亚,一边是侦探小说。历史也表达了它的判断。"①他认为在伟大艺术和轻浮艺术之间有一个很大的区别:即所处理的材料和处理材料的方式的不同,也就是"写什么"和"怎么写"的不同。轻浮艺术所处理的问题好像都较容易解决。幸福结局是轻浮艺术不可分离的特征,而悲剧结局或者开放性问题则是伟大艺术不可分离的特征。洛文塔尔对艺术的本质和特征的这一界定,还是从传统的作家作品的角度出发得出的结论。后来他在接受格劳茨的采访时②则转而从艺术的功能和传播效果的角度再次强调了这种区别:"在艺术和通俗文化之间有一种根本的区别,这种差别不应该被排除。艺术不仅仅是主观性。艺术家所传播的东西不能通过其他智力方式进行表现。艺术扩展我们的经验,增加我们的知识,提高我们的生活质量,这些都是其他方式——不论是有组织的科学还是哲学——做不到的。而且我们称作大众文化的东西或者像阿多诺和霍克海默那样更适当的称呼——文化工业,其实是一种商业。至于这种商业是被党派控制还是被大公司控制都是没有利害关系的。它并没有推进可供积累的新知识,仅仅是把某种商品引进市场而已。"③洛文塔尔强调,在艺术与通俗文化之间的这种区别必须被牢记,特别是在当今大众文化风

---

① Leo Lowenthal. *Critical Theory and Frankfurt Theorists*:*Lectures*,*Correspondence*,*Conversations* (Communication in Society, V. 4), New Brunswick (U. S. A.): Transaction Books, 1989, p. 245.

② 在采访中,格劳茨提出洛文塔尔对于大众文化的立场不同于他的朋友阿多诺和霍克海默的《启蒙辩证法》,也不同于第二代理论家的立场,比如说哈贝马斯的《公共领域的结构转型》(*Structural Change of the Public Sphere*)。至少对于阿多诺而言,大众文化仅仅是艺术的恶化。洛文塔尔回答说:"我和我的同事在批评大众文化方面没有根本不同。然而,我认为我们必须在大众文化和大众文化所使用的技术之间作出区别。"Leo Lowenthal. *An Unmastered Past*. Berkeley:University of California Press, 1987, p. 253. 对此可以与本章第一节洛文塔尔论大众媒介部分相互参照理解。

③ Leo Lowenthal. *An Unmastered Past*:*The Autobiographical Reflections of Leo Lowenthal*. Berkeley:University of California Press,1987, p. 254.

靡全球、真正艺术的生存空间日益遭到挤压的情况下，更要对此保持清醒的意识。他以一种无可奈何的语气描述了大众传播主宰下的现代艺术市场的发展现状，"我确信艺术越来越被挤压到防御的立场上。下面这种现象真是太令人悲哀了：现代抽象艺术的伟大绘画和雕刻一方面成为了一项大买卖，另一方面它们站在那里，不被人理解，不产生任何效果。这真是一个大悲剧"①。他认为在大众传播——文化工业这种生产体制和社会语境中，"主要是以艺术为中介的真正的体验（genuine experience）正变得日益艰难，艺术的独立性和完整性日益为复杂的社会操纵和控制装置所破坏。生产性想象和艺术体验（productive imagination and artistic experience）的无情麻痹正在引起感知转变成为可销售的心理状态，这种转化意义重大。文化工业对它的所有产品都规定了一种不可避免的商品特征，并且以一种无法察觉的方式消灭了这些产品本身中的差别，从而达到创造它们的总体的或者特殊的广告目的"②。之所以这样说，是因为"对于艺术家而言，艺术家毕竟也是资产阶级—资本主义社会中的成员，通过发行量等来赚钱的危险和诱惑越大，保持艺术意识的完整性就越困难。"③他因而将批评指向了通俗文化产品及其所赖以存在的体制。他认为在现代文明的机械化进程中，个体衰落式微，大众传播主宰了文学传播市场，使得通俗文化日益兴盛，逐渐取代了民间艺术和高雅艺术。总之，"通俗文化产品没有丝毫真正的艺术特色，但是通俗文化的所有媒介都证明了它具有真正的自我特色：它是标准化、俗套、保守、虚伪、操纵消费者的产品"④。

尽管洛文塔尔对通俗文化进行了不遗余力的批判，但是他的总体观点还是较为辩证的，他始终认为：创造性艺术和通俗文化之间除了明显的对

---

① Leo Lowenthal. *Critical Theory and Frankfurt Theorists：Lectures, Correspondence, Conversations* (Communication in Society, V. 4), New Brunswick (U.S.A.)：Transaction Books, 1989, p. 244.

② Leo Lowenthal. *Critical Theory and Frankfurt Theorists：Lectures, Correspondence, Conversations* (Communication in Society, V. 4), New Brunswick (U.S.A.)：Transaction Books, 1989, p. 51.

③ Leo Lowenthal. *An Unmastered Past：The Autobiographical Reflections of Leo Lowenthal*. Berkeley：University of California Press, 1987, p. 129.

④ [德]洛文塔尔著《文学、通俗文化和社会》，北京：中国人民大学出版社2012年版，第30页。

立之外还有互补的关系,二者可以被看作在大众传播条件下一个连续发展序列的两极。在这样做时,洛文塔尔其实是在欧洲人文学科的文化价值观念的引导下,依靠他的文学经验来推进通俗文化研究的批判观点,提升通俗文化的人文主义内涵。他经常把艺术和通俗文化问题描绘为在蒙田和帕斯卡尔之间的虚拟对话。与阿多诺等批判理论家对大众文化的激进批判不同,洛文塔尔认为通俗文化在某些方面具有一定的积极作用。当他在帕斯卡尔式的谴责与蒙田式的辩护之间,选择与蒙田站在一起时,就说明他已经充分认识到了通俗文化对大众的心理作用。他认为作为流行商品的文学"主要能起到指示大众的社会——心理特征的作用。通过研究大众媒介的组织、内容和语言符号,我们了解到大多数人典型的行为模式、态度、普遍信仰、偏见和渴望"①。这样就出现了一个和这个问题密切相关的问题:在艺术和通俗文化中什么是"好的",什么是"坏的"?在评判标准上,洛文塔尔认为:"应用于艺术的传统审美标准并不必然地与现在应用于通俗文化产品的评价标准不同。"随后,他进一步指出,像亚里士多德或者德国古典主义那样的经典美学理论——其中心是净化这个概念——本质上都是关于产品效果的理论。只不过古典美学范畴似乎直接指向道德标准,而我们今天所理解的效果("反应")本质上是心理数据。他认为"现代效果研究通过聚焦于反应者经验的心理方面来逃避任何道德的或者美学的责任"②的做法是不负责任的。

对于洛文塔尔文化研究的人文主义维度,汉诺·哈特给予了很好的概括:"洛文塔尔通俗文化社会理论所解决的正是当代所关注的问题。其贡献在于,使历史解释的作用合法化;扩大了人文关怀,对我们社会的社会状况、政治状况和技术状况所包含的通俗文化批评,均被纳入人文关怀视野。"③这个评论有助于我们更加深入地理解洛文塔尔在"理解力场"中对文学进行本质规定的做法。

---

① [德]洛文塔尔著《文学、通俗文化和社会》,北京:中国人民大学出版社2012年版,第2页。

② [德]洛文塔尔著《文学、通俗文化和社会》,北京:中国人民大学出版社2012年版,第12-13页。

③ Hanno Hardt. The Conscience of Society: Leo Lowenthal and Communication Research. *Journal of Communication*, Summer 1991.

艺术与现实之间的关系问题，一直是文学研究的中心问题，洛文塔尔在探讨文学本质问题时，当然不会忽略这个重要问题，他是在对艺术性文学和通俗文学与真实生活的关系的比较语境中来研究这一问题的。如前所述，洛文塔尔认为收音机、电影、报纸和畅销书等通俗文化在大众传播社会中已经成为了大众文化生活方式的模式以及他们现实生活方式的表达式。但是，"至少自从18世纪文学分化为艺术和商品这两个截然不同的领域以来，通俗文学产品就不再主张追求洞察力和真实了。尽管它们已经成为现代人生活中的一种强大力量，但是它们的符号也不可以被过高地评价为研究当代社会中人的诊断工具"。然而：

> 作为艺术的文学则另当别论。它是个体的创作物，并且是个体以自身身份进行的体验。因此，它距离社会科学家的兴趣点好像很遥远，正如医患关系远离生化学家的研究兴趣一样……然而我深信，尤其是自文艺复兴以来，创造性、艺术性的文学就为研究人与社会的关系提供了一个重要的来源……正是艺术家描绘出了比现实本身更真实的东西。①

"正是艺术家描绘出了比现实本身更真实的东西"，这是洛文塔尔基于"理解力场"的阐释框架在多种著作中反复阐明的对文学的本质规定。对文学本质的这种规定突出强调的是文学与现实之间的辩证关系。这是一种不同于传统的再现论的独特视角，它从根本上否定了文学是对现实本身的直接再现的传统观念。从某种意义上说，在当代大众传播社会中，文学要超越现实本身达到真实，不但不能直接模仿现实，而且要否定现实本身，"文学也许会为社会辩护，也许会公然反抗社会，但是它不会仅仅被动地记录社会"②。因此洛文塔尔努力在"理解力场"中进一步提升文学传播的人文价值。这意味着，文学与现实生活之间的关系还有另外一层意义：即文

---

① ［德］洛文塔尔著《文学、通俗文化和社会》，北京：中国人民大学出版社2012年版，第2—3页。
② ［德］洛文塔尔著《文学、通俗文化和社会》，北京：中国人民大学出版社2012年版，第7页。

学具有一种超越的品质,"它是对尚未实现的幸福的允诺"①。这也是他肯定文学的价值,批判大众文化的一个重要原因,诚如马丁·杰伊所说:"研究所对大众文化批判的核心是它相信'幸福的承诺'。"②他既没有把文学看得高深莫测,也没有把文学看作追求市场或大众性的替代品。在这里,洛文塔尔通过对马修·阿诺德(Matthew Arnold)和瓦尔特·白芝浩(Walter Bagehot)等批评家的评论表达了自己的艺术理想:"艺术(特别是文学)的根本功能是要带来人类的普遍解放。"③作为解放的力量这样一种艺术概念,特别是文学概念远远超出了18世纪晚期和19世纪早期的古典人文主义者的观念,它首先关注的是个体。他认为应该通过真正的文学传播活动使个体从现实生活和大众传播的"永恒重复"中解放出来。当他评论说"席勒,这位法国大革命之子……他集中关注的是一种'道德'社会的建立"时,其实这表明了在他的心中也有着类似的思想,他相信理想的状态可能实现,即经由"理解力场"可以建构出一种理想的文学传播状态,通过它人们将获得自由和解放。对此W.墨菲的分析很有道理,他说在洛文塔尔心目中,"艺术真正的社会功能是向人类提供为支撑社会存在所需要的理论基础,是在面临其他诸种竞争着的发展可能性时去证实某一种生活图景的合理性"④。就此而言,汉诺·哈特的评论很有启发,他指出:"这是一种站在黑格尔否定形式传统上的社会批判立场,它站在体制之外,是边缘立场的一种表达。对于洛文塔尔而言,这意味着对受大众市场操纵和控制的商品的一种批判。"⑤记住这一点是重要的,因为洛文塔尔屡次强调他"继承了黑格尔特别的否定形式的传统……有意识地站在确定权利的外围上。边缘是最重要的范畴。最近五十年,我所尝试作的工作就是在完整地继承欧洲文学遗产的同时,不间断地批评为了被操纵的大众市场而生产的

---

① Leo Lowenthal. *An Unmastered Past*:*The Autobiographical Reflections of Leo Lowenthal*. Berkeley:University of California Press,1987,p.171.
② Martin Jay. *The Dialectical Imagination*:*A History of the Frankfurt School and the Institute of Social Research*,1923—1950,London:University of California Press,1996,p.179.
③ [德]洛文塔尔著《文学、通俗文化和社会》,北京:中国人民大学出版社2012年版,第54页。
④ [德]W.墨菲《法兰克福学派美学:与传统马克思主义美学的根本决裂》,见王鲁湘等编译《西方学者眼中的西方现代美学》,北京:北京大学出版社1987年版,第214页。
⑤ Hanno Hardt. *Critical Communication Studies*:*Essays on Communication History and Theory in America*,London:Routledge,1991,p.156.

商品"①。

洛文塔尔的文学传播研究始终关注着"人的自由与解放"问题,他认为在资本主义社会中,艺术具有双重功能,即乌托邦功能和意识形态功能。也就是说,真正的文学传播要承担双重使命:它既是对现存社会的批判;又是对"自由与解放"的允诺。对于洛文塔尔来说,对社会的批判首先是对社会意识形态的批判。当马丁·卢德克提出一些当代的异议,谈及这种批评的荒废时,他抗辩道:"我更倾向于认为埋葬意识形态批评是一种犯罪。在这种情况下,艺术在与大众媒介进行竞争时,已经被驱赶到被动防御的位置。今天,艺术的肯定性倾向越来越强烈,并且日益被整合进'体制'之中……当然今天也有从对抗的立场上进行艺术创造的,但是它的数量极其微小。"②诚如斯蒂芬·布隆纳所说,洛文塔尔"坚持认为资产阶级时代的艺术和哲学具有肯定性联系。艺术——对于洛文塔尔和马尔库塞而言,首先是德国古典文学;对于本雅明和阿多诺而言,则是先锋派文学和音乐——是意识形态批评优先选择的对象"③。在洛文塔尔看来,"意识形态的概念对所有上层建筑现象的社会学解释都是决定性的。意识形态是社会矛盾和以用社会和谐的幻想取代社会矛盾的尝试的虚假意识。事实上,文学研究在很大程度上就是意识形态研究"④。不过,尽管意识形态批评是洛文塔尔文学研究中最重要的主题之一,但是他"从来没有打算把文学简化为意识形态,正相反他总是试图把文学描绘成为'虚假意识'中的'可信的元素'"⑤。洛文塔尔所写的大部分作品表达了这样一种企图,"即试图追踪资产阶级意识的衰落和瓦解,并且以意识形态批评来描绘它"⑥。

---

① Leo Lowenthal. *An Unmastered Past：The Autobiographical Reflections of Leo Lowenthal*. Berkeley：University of California Press，1987，pp. 167-168.
② Leo Lowenthal. *An Unmastered Past：The Autobiographical Reflections of Leo Lowenthal*. Berkeley：University of California Press，1987，p. 241.
③ Stephen Eric Bronner. *Critical Theory and Society：A Reader*. Routledge，1989，p. 295.
④ Leo Lowenthal. *Literature and Mass Culture*（Communication in society，V. 1），New Brunswick（U. S. A.）：Transaction Books，1984，p. 249.
⑤ Leo Lowenthal. *An Unmastered Past：The Autobiographical Reflections of Leo Lowenthal*. Berkeley：University of California Press，1987，p. 240.
⑥ Leo Lowenthal. *An Unmastered Past：The Autobiographical Reflections of Leo Lowenthal*. Berkeley：University of California Press，1987，p. 118.

他在回顾自己"作为艺术的文学社会学研究"时指出：

> 阿多诺曾经说，"艺术作品……伟大之处仅仅在于在他们能够说的范围内揭示了意识形态所隐藏的。无论他们是否想到，他们都超越了虚假意识"。文学不是意识形态……然而，我们必须将我们的注意集中在文学作品透露出的特别事实和特定感知方面。这并不意味着"新批评"（new criticism）；相反，它暗示了艺术及其接受的社会历史研究，正如马克思对希腊悲剧和巴尔扎克小说的评论所暗示的。在这点上，我想从社会批判立场上来感知文学，来确认文学的伟大主题。①

洛文塔尔相信："文学是人类意识和自我意识以及个体与其所经验世界之间关系唯一可信任的来源。艺术家不仅把他的时代而且把我们时代的社会化过程——即私人的、隐私的和个体的社会环境——提升到意识领域，因此文学艺术就具有了不断纠正我们的虚假意识的功能。"②只是在19世纪末，对文学这一方面的认知才成为文学理论议程上的一个重要议题，那时随着极权主义的出现，西方世界陷入了严重的危机之中。他把艺术社会学比作密涅瓦（minerva 智慧和技艺之神）的猫头鹰之一，认为文学研究应该解释那些似乎最远离社会的东西，那是理解社会，尤其是它的缺点的最有效的钥匙。"文学批判社会学特别重要之处在于它对隐秘的、私人的社会氛围的分析；在于对诸如爱，友谊，人类与自然的关系，自我形象之类现象的社会学决心的揭示。"③尽管他"对社会与文化的关系采取了更加直接坦率的方法"，但是他并没有像梅林那样在"本质上把文学文体视作政治

---

① Leo Lowenthal. *An Unmastered Past：The Autobiographical Reflections of Leo Lowenthal*. Berkeley：University of California Press，1987，p. 169.
② Leo Lowenthal. *An Unmastered Past：The Autobiographical Reflections of Leo Lowenthal*. Berkeley：University of California Press，1987，p. 170.
③ Leo Lowenthal. *An Unmastered Past：The Autobiographical Reflections of Leo Lowenthal*. Berkeley：University of California Press，1987，p. 170.

和经济文体",而是有中介的。①他强调指出他的方法并不意味着还原主义(reductionism)。"文学不纯粹是被掠夺的场所。我拒绝所有把文学视为一种学习关于如经济、国家和法律体系事实的工具的企图。"②他认为:"对艺术所作的最坏的事就是……让艺术直接为社会或者政治任务服务。那是最坏的一种艺术。我的朋友马尔库塞也持有同样立场,在他的论马克思主义美学的文本(指《审美之维》——引者注)中,他强调那种无中介地把艺术转化为政治的行为是对政治和艺术的双重背叛。"③洛文塔尔既拒绝庸俗的文学社会学研究,也"反对当时占据支配地位的唯心主义的和语言学的立场","拒绝把文学作为一种独立自足的客体来研究"④,相反,他采取了一种文本解释方法,同时又在文化客体的大众传播语境中决定文化客体的意义。诚如马丁·杰伊所指出的,"洛文塔尔在这样做时,置身在一条狭窄的道路上,一边是像梅林这样正统的马克思主义者,另一边是由新批评代表的理想主义。他认为尽管批评不应把艺术还原为一种简单僵化的社会趋势,但是可以合法地把它视为社会的间接反映,而把艺术作品看作孤立的、超社会的现象仅仅是诗学的理解而非批判的分析"⑤。

通过以上分析,我们不难看出,洛文塔尔不但继承了马克思的批判精神,而且他的文学传播研究就是以马克思所指明的开端为理论立足点的,只是他认为仅仅把文学放到经济基础—上层建筑这一框架中进行阐释未免过分简化了,因为它对物质根源与文学艺术之间的辩证关系未能充分展开,而如果不对其中的每一个中介环节都给以足够的重视并进行具体细致的分析,就可能陷入经济决定论和庸俗社会学的误区。因此他才以马克思主义的历史唯物主义为方法论原则,重点分析了文学传播是如何影响文学

---

① Martin Jay. *Permanent Exiles*: *essays on the intellectual migration from Germany to America*, New York: Columbia University Press, 1986, p. 102.

② Leo Lowenthal. *An Unmastered Past*: *The Autobiographical Reflections of Leo Lowenthal*. Berkeley: University of California Press, 1987, p. 170.

③ Leo Lowenthal. *Critical Theory and Frankfurt Theorists*: *Lectures*, *Correspondence*, *Conversations* (Communication in Society, V. 4), New Brunswick (U.S.A.): Transaction Books, 1989, p. 239.

④ Stephen Eric Bronner. *Critical Theory and Society*: *A Reader*. Routledge, 1989, p. 5.

⑤ Martin Jay. *The Dialectical Imagination*: *A History of the Frankfurt School and the Institute of Social Research*, 1923—1950, London: University of California Press, 1996, p. 136.

的形成和发展变迁的。通过对16世纪到20世纪的文学发展史和文学传播史的考察,他发现文学与传播密不可分,是一枚硬币的两面。文学传播不是文学的外在手段,而是内在于文学的,是文学的本体存在,涉及文学本体论、认识论等关键问题。他相信文学传播活动的每一个环节都直接影响了文学的发展,这种影响不仅是外部的、间接的影响,即文学传播方式的变迁通过改变文学所赖以存在的外部条件而间接地改变了文学;而且是内部的、直接的影响,即直接从文学内部塑造了文学的审美构成。

1947年,洛文塔尔在伊利诺斯大学传播研究所落成典礼上发表演讲,概述了他"关于文学本身就是传播媒介的主张的根本原则"。他认为文学传播方式转变为大众传播方式以后,文学与美的关系发生了显著的改变:美逐渐失去了它在文学中的核心地位。在大众传播语境中,文学发挥的实际上是一种传播、理解、解放的作用,文学传播理论最后推导出来的文学的本质是传播。他本人并没有这么明确地说,而是借对尼采(Nietzsche)和一些文学家的评论表达出来的。他认为尼采是一位无与伦比的现代大众文化批评家,当他说"上帝死了"时,他的意思是现代生活的疯狂行为制造了大众文化,目的是为了填补一个不可填补的真空。尼采把宗教的不稳定角色与文明的压力联系起来。在引述了尼采的一段话之后,洛文塔尔评论道:

> 跟随着这段引文,我们回到通俗文化与艺术的不同之处,这二者的差别在于,前者是虚假的满足,后者则是迈向更伟大的个体实现的真实体验(这是就亚里士多德所谓"净化"的意思而言的)。艺术存在于行动之始。人们通过追溯的方式,真正把自己从与事物的神话关系中解放出来,这就是说,从那些他们曾经崇拜而现在才认识到是美的事物中解放出来。体验美就是从自然对人的强大控制中得到自由。在通俗文化中,人们通过抛弃每一件事物,甚至是对美的崇敬,以从神话力量中把自己解放出来。他们拒绝超出既定现实的任何事物。我认为……人们从美的王国走进娱乐的王国,反过来与社会的需要相结合,并且否定了个体实现的权

利。人不再向幻象屈服。①

洛文塔尔认为随着大众传播的发展,它不得不满足越来越多样化的需求,越来越多的可能是作家也可能不是作家的人加入到"文学生产"中来。与表达他们自己的思想观念、创造美比起来,这些生产者必定要把注意力集中到填充传播渠道和与对手竞争上。这样在为文学的大众传播所进行的生产中,传播的需要就决定了文学传播的内容和形式。洛文塔尔的分析得到了西方文学发展史的支持,自从文学传播方式转变为大众传播方式以来,西方文学就出现了一个明显的变化,"优雅、尖锐的'智者'和知识分子不再费力探寻真实、美和理性,许多读者也是如此。像理查森和菲尔丁这样的中产阶级小说家开始为自己的社会同行写作。他们以及跟随其后的斯摩莱特和斯特恩也还关心真实和理性,至少是关心与道德相关的价值,但是他们几乎不再关心美了"②。

美就这样在大众传播语境中失去了它在文学中的核心地位,这种转变对于文学本质而言是异常重要的。长期以来文学艺术一直被视作美的集中体现,特别是在康德美学的影响下,人们几乎都把美作为文学的最重要的本质因素来看待,审美功能被视为文学最主要的功能,其他功能都被看作文学的审美功能的附丽。但是文学的大众传播方式使文学的本质发生了一次极为深刻的变化:曾经作为构成文学本质要素的美丧失了其核心地位。进入大众传播时代之后的文学发展史,似乎越来越表明文学的审美功能不过是它的传播功能的附丽。洛文塔尔在评论《浮士德》"舞台序幕"的对话,即经理和诗人这两个角色之间关于"是否需要以及在什么程度上,一个艺术家应该向平民百姓及其仅仅希望获得娱乐和放松的嗜好让步"③的问题的对话后,指出:

---

① [德]洛文塔尔著《文学、通俗文化和社会》,北京:中国人民大学出版社2012年版,第25页。洛文塔尔的论述与本雅明的研究暗合,本雅明也认为在机械复制时代,"艺术已脱离了'美的表象'的王国",而"这一直被视为艺术得以生长的唯一场所"。相关论述请参阅本雅明的《经验与贫乏》,天津:百花文艺出版社1999年版,第276页。

② [德]洛文塔尔著《文学、通俗文化和社会》,北京:中国人民大学出版社2012年版,第99页。

③ [德]洛文塔尔著《文学、通俗文化和社会》,北京:中国人民大学出版社2012年版,第38页。

> 这场对话显示出……争论的基本要素是如何发生了改变……在《浮士德》中，我们看到，争论剔除了宗教和道德的含义，并且引入了三种新成分：对娱乐内在所固有的可操纵因素的意识；商业作为艺术家和公众之间的中介的角色，其准则是成功，其目标是经济；对在真正艺术家的需要和大量观众的愿望之间的冲突的感觉。经理暗示，只要有足够的数量和花样，观众什么都会接受……如果经理认为道德说教能够赚更多的钱，他也会毫不犹豫地怂恿诗人照此写作。①

这意味着，"写什么"和"怎么写"本身已经不那么重要了，对于出版商和制片人而言，如何使产品得到最大程度的传播、最广泛的接受才是最重要的事，在大众传播时代，文学的审美功能、认识功能、教育功能和娱乐功能等都只不过是文学的传播功能的附丽。因此洛文塔尔才在概述他"关于文学本身就是传播媒介的主张的根本原则"时，就"试图提出一个主要问题，即对文学社会学的一种人文主义设想应该成为文化社会学研究的一个方面"②。

洛文塔尔认为"文学本身就是传播媒介"，无论是就其内在本质而言，还是就其社会功能来说，文学所发挥的都是一种中介作用，即传播、交流、理解的中介。从艺术生成的角度看，文学文本只有进入传播的领域，才能生成意义，在传播者和接受者这两个主体之间呈现出艺术的本质，因而从本质上说，文学活动就是一种传播活动，文学本质的生成，文学的美学、社会学、文化学等特征都与传播有着密不可分的关系。从"理解力场"的角度看，文学传播活动的核心就是意义的创造、理解和共享。因此只有从传播的角度，把对文学本质的探讨放在传播这一基点上，把文学传播作为文学自身的存在方式、作为本体存在的范畴来研究，才能充分理解这一类关系，深刻认识文学发展到大众传播时代所出现的文学转型现象。文学存在本身就是一种传播，这种阐释丰富了对文学本质的理解，可以说洛文塔尔所

---

① ［德］洛文塔尔著《文学、通俗文化和社会》，北京：中国人民大学出版社2012年版，第39页。
② ［德］洛文塔尔著《文学、通俗文化和社会》，北京：中国人民大学出版社2012年版，第16页。

开创的文学传播研究范式从一个侧面弥补了仅仅从精神领域研究文学发展规律的缺失，在一定程度上弥补了精神史中模糊的文学概念。从这个意义上看，洛文塔尔把文学放在文学与传播的"力场"中来揭示文学的本质和功能，从传播的角度对文学进行规定的文学观念，可以说是一种传播论的文学观。

洛文塔尔的文学传播思想深深地植根于欧洲的人文主义传统，无论是他对资本主义社会传播现状的批判，还是对文学的双重本质和双重功能的探究，或者是对理想的文学传播蓝图的勾画，都能清楚地说明这一点。特别是他在"理解力场"中对艺术性文学做出的本质规定，更体现了他作为一名批判理论家所具有的批判精神和乌托邦情怀。面对"低级艺术产品正主宰着我们的艺术传播"的艺术现实和传播扭曲现象，洛文塔尔承认，他的努力看来几乎"成了乌托邦理想"①。尽管意识到大众传播追逐"传播最大化"的本性和不断"出新"的要求"正威胁着真正的艺术"，尽管我们都倾向于相信只有特定的群体才会理解接受真正的艺术，但是作为具有强烈的乌托邦精神的批判理论家，洛文塔尔仍然保持了更多的乐观主义，仍然相信理想的状态可能实现，即经由"理解力场"建构出一种理想的文学传播状态。由此不难看到，洛文塔尔的文学传播思想虽然立足于现实的批判，但是他的这条救赎之路显然包含了强烈的乌托邦倾向。这种倾向与阿多诺、马尔库塞等人所描绘的审美乌托邦似乎并没有本质的区别。作为一名批判理论家，洛文塔尔与他的同事一样始终坚持批判精神是与生俱来的不可剥夺的权利。正如哈贝马斯所评价的"洛文塔尔一直以忠于批判理论的原初冲动为骄傲。他一直保持着激进的甚至是乌托邦精神"。但是作为一名文学传播研究专家和文学历史学家，"他在这样做时保持了引人注目的现实主义的冷静，这使他的作品具有他以前的同事所缺乏的平衡和尺度"②。因此哈贝马斯认为洛文塔尔的做法可以被看作阿多诺和马尔库塞对"启蒙辩证法"杞人忧天式的反应的可供选择的办法。

---

① ［德］洛文塔尔著《文学、通俗文化和社会》，北京：中国人民大学出版社 2012 年版，第 48 页。
② Leo Lowenthal. *An Unmastered Past：The Autobiographical Reflections of Leo Lowenthal*. Berkeley：University of California Press，1987，p. 5.

第四章 洛文塔尔对文学"传播力场"构成要素辩证关系的研究

本书前三章是对作为整体的洛文塔尔文学传播理论的研究,这最后一章将具体分析洛文塔尔对文学"传播力场"构成要素辩证关系的研究。事实上,文学传播活动作为一个不断运动的过程,是由文学"传播力场"的各种构成要素之间的主客体互反同化、双向交流的本质和机制所决定的。在洛文塔尔看来,文学是在从传播主体到接受主体再反馈到传播主体的链式环形结构中逐步形成特定的文学存在方式的。因此,在大众传播视野下考察作为一种社会成规的文学和文学理论的变异与重构,首先要从文学"传播力场"的内部结构入手,分析文学"传播力场"的各个构成要素,探讨作家、文学媒介、书商、批评家、传播渠道和读者等各种"力"在文学"传播力场"中的角色及其相互关系的历史变迁对文学活动的影响。在文学传播研究的"理论力场"中,洛文塔尔对辩证中介的敏感得到了清楚显示,他分别论述了传播者与文本建构、期待视野与文本结构、文学"传播力场"的历史变迁与文学转型等问题。

第一节 传播者与文本建构

洛文塔尔认为,进入机械印刷传播时代以后,文学传播活动就成为一种有组织的大众传播活动,文学传播主体也不再是作为个体的文学家个人了。随着文学大众传播时代的到来,印刷传播方式催生了包括"职业作家"在内的许多新型传播主体,这些新型传播主体的出现及其历史地位的变迁对文学传播活动、对文学文本的建构产生了根本性的影响。在他看来,"艺术作品几乎总是由单个的个体生产的。在这种个体的产品中充满了创造者的艺术和思想意图,并且个体创造者要为作品的内容和形式负全部责任。但是在民主的、工业化社会中的大众市场条件下,大量的个体必须参与到为'流行'市场所设计的'商品'生产中来"①。因此,对文学活动传播环节的研究,就是要通过梳理文学传播主体的历史变迁来揭示"在特定社会中,谁决定艺术与娱乐的种类";"谁决定具有何种形式和内容的产品可以成为或者一开始就策划为通俗文化产品";②也就是要揭示出是谁在通过大众传播媒介传播文学信息,是谁在决定文学传播的内容和形式。

一、作家地位的历史变迁及其对文本的影响

在《文学、通俗文化和社会》《文学与人的形象》等著作中,洛文塔尔通过对蒙田、帕斯卡尔、歌德、席勒、莱辛、阿诺德和白芝浩以及塞万提斯、莎士比亚、拉辛、高乃依、汉姆生、陀思妥耶夫斯基、易卜生、迈耶尔等各个时代有代表性的文学家、哲学家、美学家、批评家、神学家、政治家、历史学家、社会学家、教育学家和艺术赞助人等公众人物以及边缘人物的分析,考察了作家在资本主义文学市场中的地位和处境,以及由此决定的他们精神上的一些特征。洛文塔尔把他的核心论点追溯到了16世纪,并且把文学传播主体的历史变迁同印刷传播时代的到来和市场经济的崛起紧密联系起来进行论述。他认为印刷传播方式成为文学的主流传播方式对于文学传播主体的最根本的影响就是,作家和读者在文学传播活动中的地位及其相互关系发生了根本性的变化。他首先分析了西方文学发展进程中最具决定性的社会变迁现象之一,即依靠市场生活的职业作家在18世纪的出现及其社会地位的改变对文学活动的影响。

在洛文塔尔看来,具有创造性的作家从本质上说都是知识分子,他们是知识行为的典型代表。如果能够对具有社会意义的作家自述和最古老的知识分子群体的特殊职责进行历史文本分析,那么对"作家地位的变迁及其对文学活动的影响"所作的分析,就可以延伸到一个更具体的层次。例如,"从主观层面看,文学生产者的自我认知各式各样:先知、传教士、提供娱乐的人、具有严格技巧的专业人员、为了政治或者为了利益等"。而在

---

① [德]洛文塔尔著《文学、通俗文化和社会》,北京:中国人民大学出版社2012年版,第11页。
② [德]洛文塔尔著《文学、通俗文化和社会》,北京:中国人民大学出版社2012年版,第12页。

客观层面上,他认为必须调查声望和收入的根源,社会控制的制度化机构的或显或隐的压力,传播技术和市场机制的影响等所有与艺术作品的激励和传播有关的因素,以及作家所生活的不同历史阶段的社会、经济和文化状况。特别是,"在现代书刊的生产条件下,作家是否仍然是一个独立的生产者,或者实际上已经成为出版商和广告商的雇员"①。

洛文塔尔指出,随着中产阶级在美国和欧洲的大多数国家建立起不可动摇的统治,大众社会的现代形式和文学大众传播市场就形成了。这一方面造就了职业作家的出现和作家队伍的不断扩大;另一方面也导致了作家地位的不断降低,从而影响了文学的性质和功能。"到了18世纪,哲学家和诗人以及其他的知识分子日益在学术体制和政府机构内获得职业位置,他们都成为受市场左右的杂志、出版社和艺术展览馆等机构的生产者。"②文学市场的火爆,导致越来越多的人加入到文学生产中来。1722年的伦敦有五千人从事写作、出版、印刷和销售业务。文学市场给他们提供了养家糊口的生计来源。"具有读写能力"或者大学毕业已经不再是成为一名职业作家的必要条件了。想赚点外快的家庭主妇和簿记员现在也开始写小说了。正是在这一时期,作家的职业成为一种有利可图的职业。这说明作家已经明白了自己在资本主义文化市场中的地位:他是一个靠出卖自己的文学产品换取劳动报酬的人。一旦作家成为文学市场中的商品生产者,作家头上的神圣光环就被资本主义的商品关系击碎了。洛文塔尔指出,从作为教师的功能的角度看,作家是否优于哲学家,这是16世纪的问题;将作家与科学家进行比较,这是17世纪的事情;将古典规范作为判断文学作品唯一合法的尺度,这是18世纪早期的事情。尽管在17和18世纪早期上层中产阶级就日益增多,但是他们的美学趣味与贵族基本一致。因此对于这部分新出现的受众,作家没必要进行改变。在这个时期,艺术家依然坚信他有独特的社会职责:"艺术家对社会的贡献与商人和专业人员的贡

---

① [德]洛文塔尔著《文学、通俗文化和社会》,北京:中国人民大学出版社2012年版,第188页。
② Leo Lowenthal. *Humanistic Perspectives of The Lonely Crowd*. in: Seymour M. Lipset, Leo Löwenthal (Hrsg.). *Culture and Social Character: The Work of David Riesman Reviewed*. Free Press of Glencoe, 1961, p. 35.

献都截然不同。他的任务是通过给人类送去快乐的方式,为人们服务,这样他的功能就不是剥削他的同伴,恰恰相反,而是使他们社会化。他一直保持着他的创造性。如果他是个演员,无论他去哪,或者如果他是个作家,无论他作什么,他都将帮助人们在这个奇怪的新世界保持他们的身份认同和完整性。"①并且正如假定作家的创造性天赋具有高尚的道德职责一样,人们也假定对这种道德教育进行反应的公众也具有审美能力。"在18世纪的英国,资产阶级的生活形式和意识形态发展地最快也最强烈,知识分子发起了一个提升市民品位的伟大运动。"②洛文塔尔指出:"在新时代的起点,艺术家就发现自己在社会、经济和心理上处于危险的位置,这种危险迫使他清楚明白地表达,并且紧紧拥抱自己的主张,这不仅是为了忍受而且是为了承认他独特的角色。论点是非常明晰的,即对于保持社会平衡,艺术和其他公共机构及行动是一样重要的。"③

但是随着作家、读者和文学产品的成倍增加,最初的乐观主义逐渐变成了悲观主义。"哥尔德斯密斯说文学赞助人的时代结束了,现在市场成为了文学赞助人……总之根本上是以市场为导向的大众文化现象那时已经形成了。"④文学的大众传播是一柄双刃剑,它使作家在摆脱政治、宗教或者贵族恩主的控制时,又不可避免地受到文学大众传播市场的影响。由于文学市场的激烈竞争,许多作家不得不故意迎合日益增长的受众中较低级的趣味,"'通俗作家'这一术语,在这个时期第一次在贬损的意义上被使用"⑤。在适应市场销售的通俗文化产品的挤压下,"艺术越来越被挤压到防御的立场上。对于艺术家,艺术家毕竟也是资产阶级—资本主义社会中

---

① Leo Lowenthal. *Literature and the Image of Man*: *sociological studies of the European drama and novel*, 1600—1900 (Communication in society, V. 2), New Brunswick (U. S. A.): Transaction Books, 1986, p. 36.

② Leo Lowenthal. *An Unmastered Past*: *The Autobiographical Reflections of Leo Lowenthal*. Berkeley: University of California Press, 1987, p. 127.

③ Leo Lowenthal. *Literature and the Image of Man*: *sociological studies of the European drama and novel*, 1600—1900 (Communication in society, V. 2), New Brunswick (U. S. A.): Transaction Books, 1986, p. 35.

④ Leo Lowenthal. *An Unmastered Past*: *The Autobiographical Reflections of Leo Lowenthal*. Berkeley: University of California Press, 1987, p. 127.

⑤ [德]洛文塔尔著《文学、通俗文化和社会》,北京:中国人民大学出版社2012年版,第108页。

的成员,通过发行量等来赚钱的危险和诱惑越大,保持艺术意识的完整性就越困难"①。

关于作家和读者在文学传播活动中的互动关系,洛文塔尔认为,作家当然要受到他的前辈的影响,并且依次影响他的继承者。但是他也要影响他的读者,并且也要受读者的影响。同一代作家和读者都在竭力对文学标准施加影响。这些影响的内容、强度和趋势随着时间的推移而变迁。相对说来,16和17世纪的严肃艺术家要比今天的严肃艺术家更少受到受众和企业的影响。因为能够有意或者无意地影响他的大众媒介和其他的传播渠道要更少,这样作家就可能设定自己的标准。而且由于在印刷传播方式产生之前,作为知识分子的作家与其受众基本上都属于同一个阶层——他的读者绝大部分来自于精英阶层,因此受众和艺术家的思想标准和审美标准可能并没有很大差别。但是随着大众传播媒介的发展,作家不得不满足越来越多样化的需求。在这种情况下,传播的大众媒介建立起了它们的统治,文学传播市场被那种设计用来吸引最广泛的可能存在的公众的产品所淹没了。坚持把崇高观念作为自己使命的那些作家或者艺术家开始被孤立了,并且他们也感受到了孤立,其中一部分人遇到了日益扩大的裂缝的挑战,他们宣称真正的艺术是超越大众传播的,换句话说,即为了艺术而艺术,认为艺术的本性只能为一小部分人理解,并且也只能为一小部分人所

---

① Leo Lowenthal. *An Unmastered Past: The Autobiographical Reflections of Leo Lowenthal*. Berkeley: University of California Press, 1987, p. 129. 对于文学市场对"艺术的完整性(integrity)"的影响问题,洛文塔尔的观点是较为辩证的,他借歌德的口,赞许地谈到莎士比亚和莫里哀,"称赞他们是依靠文学活动来养活自己的专业人士",对那种谴责赚钱是破坏艺术完整性的污点的看法表示不耐烦。同时他又引述歌德对于"戏剧的赞助问题"的评论表达了自己的担忧:"因为一座剧院不仅要支付费用,而且要赚余钱,以便把一切都办得顶好……就连莎士比亚和莫里哀也没有其他办法。他们也首先要使剧院赚钱啊。为了达到这个主要目的(注意:对于剧院来讲,赚钱才是主要目的),他们就必须一切都力求尽善尽美,除了上演一些经典剧本以外,还要偶尔演一些崭新的好剧本来吸引观众,娱乐观众。禁止《伪君子》上演对莫里哀是沉重的打击,这与其说是对作为诗人的莫里哀,倒不如说是对作为剧院老板的莫里哀。作为剧院老板,他必须考虑一个剧团的福利,要使他自己和演员都能糊口。"参见 Leo Lowenthal. *Literature and the Image of Man*, 1986, pp. 156-157. 在这里,他实际上谈到了部分作家的双重身份问题,即作为文学创作者的作家和作为组织文学生产和销售的文学经纪人,这导致商品生产规律日益支配并取代文学艺术自身的传播规律。对此本雅明也有着精彩的论述,本雅明在研究19世纪巴黎的文学生产时注意到,1845年,大仲马与《立宪党人》及《快报》签订了合同,每年提供十八卷作品,即可有六万三千法郎以上的报酬,而大仲马则在此基础上雇佣了一整支由穷作家组成的生产大军。[德]本雅明著《发达资本主义时代的抒情诗人》,北京:三联书店1989年版,第46-47页。

享受。然而在这种关系中,不得不考虑艺术家和批评家的标准在一些领域和时代是否是决定性的。随着电视所带来的大众媒介滚雪球式的发展,人们可能要进一步探讨一种悲观性的观点:大众媒介将按照大众的要求进行生产,如此一来,除了极少数的先锋派和古典主义者之外,人们所谈论的可能就是他们自己每天的生活,将不再需要也不关心艺术的或者其他的标准。在这种情况下,作家在文学传播活动中的地位就显得不是那么重要了。

作为一名具有强烈的乌托邦精神的批判理论家,洛文塔尔对于作家在文学市场中的地位深感忧虑,特别是对于作家屈从于文学市场的"顺从"、"合作"态度甚为不满。在洛文塔尔看来,边缘人物才是人类关系的真正代表,而艺术性文学正是边缘立场的一种表达。他之所以会形成这样一种观点,乃是因为他认为:"最好的艺术作品是那些不站在遵奉者框架中的:塞万提斯的作品、莎士比亚的大部分作品、拉辛的作品和易卜生晚期的作品,以及浪漫主义的作品。"在他看来,"恰恰是这些伟大作品中的次要人物经常成为乌托邦主张的决定性承载者"。因此他才试图像阿多诺所说的那样,"进行'微逻辑'分析,通过分析隐秘的、私人的个体境遇和行为模式来揭示隐藏于其中的、守候着社会幸福的、未实现的乌托邦要素"①。

洛文塔尔以"边缘人"为小标题阐明了自己对创造性作家的看法。他首先把塞万提斯、莎士比亚和易卜生这样的创造性作家看作站在边缘位置上的"反对者"和"边缘人"。"艺术家不是笛卡尔的信徒,而是聚焦于特殊性而非体系的辩证家。简而言之,他关心的是人类的代价,因此他成为批判理论的盟友,批判立场本身就是他批判实践的一部分。"②作为一名批判理论家,"反对"一直是洛文塔尔最根本的姿态。"我的热情、思想倾向和哲学体系都是反对现状的……我最根本的情感就是憎恨并且拒绝声名狼藉的现状中的所有成分。"③他在回忆录中总结法兰克福学派的思想倾向时

---

① Leo Lowenthal. *An Unmastered Past*:*The Autobiographical Reflections of Leo Lowenthal*. Berkeley:University of California Press,1987,p.126.

② Leo Lowenthal. *An Unmastered Past*:*The Autobiographical Reflections of Leo Lowenthal*. Berkeley:University of California Press,1987,p.172.

③ Leo Lowenthal. *An Unmastered Past*:*The Autobiographical Reflections of Leo Lowenthal*. Berkeley:University of California Press,1987,p.27.

反复强调:"我们是激进的不顺从者,我们根本不想合作"①;"我们是而且一直都是'反对者',我们继承了黑格尔特别的否定形式的传统;我们每个人都试图在他的特别领域中因此也是在我们的社会中表达什么是错误的。我们有意识地站在确定权利的外围上。甚至现在,正如你将会见到的,边缘——在具有边缘性的这样一个位置——为我在我的工作中甚至在我自己对生活的感觉中,保持了最重要的范畴"②。从洛文塔尔边缘理论(theory of marginality)的观点看,"文学艺术家作为被遗弃者、贫穷人、乞丐、罪犯、精神病患者,总之所有承担社会负担的那些人的集体的发言人而成为批判理论的盟友"③。洛文塔尔认为,"在这里艺术真正的辩证法直接出现了","在作家的表现中——这比无中介的现实本身更接近现实——那些被排除在利益和特权之外的集体显示了人类真实的原初本性"④。

  洛文塔尔分析了塞万提斯、易卜生等伟大作家对边缘人物的描写。"塞万提斯描绘了一系列边缘人物。最初是堂吉诃德这样疯狂的人物,接着是小骗子和乞丐,更远离中心的是吉普赛人,他们完全在主流事务之外。"在这份边缘人物的清单之外,洛文塔尔特别强调要再加上妇女的形象,因为"从塞万提斯到易卜生贯穿于整个现代文学,妇女被认为比男人更接近于自己的天性和真实,这是因为男人与竞争性工作是密不可分的,而妇女则远离职业性活动。塞万提斯把杜尔西内娅作为人类创造性的象征绝非偶然"⑤。他认为,塞万提斯塑造的边缘人的共同性是都具有完整性和责任感,例如堂吉诃德坚持做他认为是正确的事。这样在新社会的门槛,塞万提斯描绘出了自治的和负责的个体。"然而像这种负责的、独立的

---

① Leo Lowenthal. *An Unmastered Past*:*The Autobiographical Reflections of Leo Lowenthal*. Berkeley:University of California Press,1987,p. 42.

② Leo Lowenthal. *An Unmastered Past*:*The Autobiographical Reflections of Leo Lowenthal*. Berkeley:University of California Press,1987,pp. 167-168.

③ Leo Lowenthal. *An Unmastered Past*:*The Autobiographical Reflections of Leo Lowenthal*. Berkeley:University of California Press,1987,p. 172. 将洛文塔尔的描绘与本雅明将作家描绘为波希米亚人、职业密谋家、拾垃圾者和游手好闲者的形象相对照,会是个很有意思的话题。

④ Leo Lowenthal. *An Unmastered Past*:*The Autobiographical Reflections of Leo Lowenthal*. Berkeley:University of California Press,1987,p. 172.

⑤ Leo Lowenthal. *Literature and the Image of Man*:*sociological studies of the European drama and novel*,1600—1900 (Communication in society,V. 2),New Brunswick(U. S. A.):Transaction Books,1986,p. 41.

个体只能在社会的边缘被发现,因为这样的个体一产生就立刻被社会驱逐了。"①像塞万提斯一样,易卜生也在他的戏剧中揭示了个体所遭遇的各种各样的失败——在日常生活中、在职业生涯中、在婚姻中、在友谊中、在艺术中、在两代之间的交流中等等。同时,他也经常通过边缘人物的失败经历道出事实的真相。

易卜生戏剧的本质及其方法,在于极其认真地考虑资产阶级意识。死亡、欺骗、破产和朋友之间、夫妻之间、父母和孩子之间有人情味的关系的粉碎,是资产阶级竞争体系必须付出的代价。他的决定性声明是资产阶级的竞争原则穿透了人类的亲密关系,并且毁灭了它们。在易卜生作品中非常重要的是,那些最大程度远离了竞争性斗争的人同时也被最大程度地剥夺了基于竞争原则的社会中的权利,也就是说,妇女是一种更好制度的信使和预兆。

最后,洛文塔尔总结道:"这是我的边缘理论。"②透过他的边缘理论,我们看到,洛文塔尔经常将"妇女的角色"和"艺术家的角色"相提并论。在洛文塔尔看来,在现代社会中,"妇女不仅要遭受社会的压力,而且必须为男人服务,以力求获得男人的证明"③。他还借用易卜生的话强调指出:"现代社会不是人类社会,它仅仅是男人的社会。"④作家在大众传播社会中正面临着与妇女同样的遭遇,不过像易卜生这样的创造性作家则"表达

---

① Leo Lowenthal. *Literature and the Image of Man*:*sociological studies of the European drama and novel*,1600—1900 (Communication in society,V. 2),New Brunswick (U. S. A.):Transaction Books,1986,p. 45.

② Leo Lowenthal. *An Unmastered Past*:*The Autobiographical Reflections of Leo Lowenthal*. Berkeley:University of California Press,1987,p. 121.

③ Leo Lowenthal. *Literature and the Image of Man*:*sociological studies of the European drama and novel*,1600—1900 (Communication in society,V. 2),New Brunswick (U. S. A.):Transaction Books,1986,p. 182.

④ Leo Lowenthal. *Literature and the Image of Man*:*sociological studies of the European drama and novel*,1600—1900 (Communication in society,V. 2),New Brunswick (U. S. A.):Transaction Books,1986,p. 183.

了一种日益增长的信念,美学上的纯粹派——为了艺术而艺术——必须让路给艺术家对人类具体问题的关心。易卜生对现代社会理想的批判并不是来自于哲学上的相对主义,而是来自于一种把理想从社会斗争中解放出来的渴望"①。总之,在洛文塔尔看来,"从塞万提斯到易卜生,边缘人物都生存于社会体制之外,并且以自由和自我决定的名义对其进行批判"②。

通过以上分析,洛文塔尔得出结论,关于资产阶级的艺术最有价值的内容之一,就在于它把个体描述为受到资本主义社会威胁的边缘人物。他以塞万提斯、莎士比亚、易卜生等伟大作家对社会边缘人物的描写为例进一步阐明了艺术家与边缘人之间的关系：

> 艺术家替这些边缘人发出声音……总体上,艺术家的声音最经常的不是胜利者的声音……他的声音是失败者的声音……另一方面,边缘人引导我们返回到理想主义的观念。边缘人不仅承担着显示社会秩序的否定功能,而且从肯定方面证明了人的观念。他们显示了乌托邦的可能性。③

边缘人物之于艺术的作用及其乌托邦功能,是洛文塔尔及其所属的法兰克福学派长期以来一直关注的问题。在以探讨边缘人物为母题之一的《文学与人的形象》一书出版三十年后,洛文塔尔在他的回忆录中再一次谈到这一主题,并且以非常肯定的口吻强调指出:"作家的声音就是失败者的声音。"④在他看来,本雅明关于"历史总是由胜利者书

---

① Leo Lowenthal. *Literature and the Image of Man：sociological studies of the European drama and novel*, 1600—1900 (Communication in society, V. 2), New Brunswick (U. S. A.)：Transaction Books, 1986, p. 186.

② Leo Lowenthal *Literature and the Image of Man：sociological studies of the European drama and novel*, 1600—1900 (Communication in society, V. 2), New Brunswick (U. S. A.)：Transaction Books, 1986, p. 207.

③ Leo Lowenthal. *Literature and the Image of Man：sociological studies of the European drama and novel*, 1600—1900 (Communication in society, V. 2), New Brunswick (U. S. A.)：Transaction Books, 1986, p. 42.

④ Leo Lowenthal. *An Unmastered Past：The Autobiographical Reflections of Leo Lowenthal*. Berkeley：University of California Press, 1987, p. 173.

写"①的论断在此被艺术作品驳倒了。与之相对应,洛文塔尔提出了"艺术作品为历史上的失败者发出声音"的伟大论断。下面这段话突出地体现了洛文塔尔作为一名批判理论家所具有的批判精神和乌托邦情怀,他说:"艺术作品为历史上的失败者发出声音,也许有一天,失败者会成为胜利者,在这种美学和政治的理论联结中,长期的拯救哲学是很明显的。"但是,"在大众文化中则正相反,没有什么曾经被赎回,每一件事都保持不变,因为它就应该以那种方式保留着。例如在汉姆生的作品中,甚至次要人物也是无赖恶棍;绝对没有任何赎回的现象,任何地方都没有显示出事情能够或者应该是不同的。对我而言,这就是我用来区别什么是真正的艺术,什么不是真正的艺术的试金石"②。显然,在洛文塔尔看来,"艺术不只是对现有社会趋势的表达与反映,而且……真正的艺术也是人类对现实彼岸的'另一个'社会的渴望的最后保存者"③。因此,洛文塔尔才下结论说:"作为一名

---

① "历史总是由胜利者书写"是本雅明的一句伟大格言。洛文塔尔认为:"本雅明保持站在边缘这一边、否定性这一边,他保持了拒绝参与的边缘形象……本雅明的论文是其边缘存在和反对模仿的证词。"参见 Leo Lowenthal. *Critical Theory and Frankfurt Theorists*:*Lectures*,*Correspondence*,*Conversations* (Communication in Society, V. 4), New Brunswick (U. S. A.): Transaction Books, 1989, p. 80.

② Leo Lowenthal. *An Unmastered Past*:*The Autobiographical Reflections of Leo Lowenthal*. Berkeley: University of California Press, 1987, p. 126. "历史总是由胜利者书写"——本雅明的这一格言基本上可以通过现存的历史文献资料所证实,在由胜利者所书写的历史中,几乎没有给失败者留下位置(只有当胜利者需要的时候,他们才隐隐约约地出现在某个"边缘位置",以起到反衬作用),那么"历史上的失败者"在哪里呢?我们是从哪里了解到他们的呢?他们也许"活"在野史中,"活"在民间传说中,也许就"活"在艺术作品里。正是艺术作品使我们目睹了"历史上的失败者"及其所面临的各种问题和悲剧结局。如果说"悲剧结局或者开放性问题是伟大艺术不可分离的特征"(见本书第149页),那么可能正是因为这些艺术为我们刻画了"历史上的失败者"的悲剧命运和反抗形象。伟大艺术是否总是为"历史上的失败者发出声音",还有待于对历史上的伟大艺术进行审慎地梳理和评估,但是伟大的艺术乃是对人类理想的一种表现,则是毋庸置疑的。就理想是对现实的否定和超越而言,洛文塔尔的这一格言——"艺术作品为历史上的失败者发出声音",还是非常具有启示意义的。洛文塔尔将其与本雅明的格言——"历史总是由胜利者书写"相并置,就为我们营造了一种"辩证意象",如果我们能够直觉到这一"辩证意象"所昭示的巨大反差,就可能会对艺术与历史、艺术与现实、艺术与社会的关系形成一种辩证认识。"辩证意象"是本雅明历史哲学的重要概念,这里只是从引申的意义上借用这一术语——"当思想在一个充满张力的星座中凝结时,辩证意象就出现了。"参见 Walter Benjamin. *The Arcades Project*, Harvard University Press, 1999, p. 463.

③ Martin Jay. *The Dialectical Imagination*:*A History of the Frankfurt School and the Institute of Social Research*, 1923—1950, London: University of California Press, 1996, p. 178.

知识分子,作家确实应该生活在边缘。"①

二、印刷传播方式催生的新型传播主体及其对文本的建构

文学的印刷传播方式对文学活动的影响,是洛文塔尔文学传播研究的重点之一。在洛文塔尔看来,欧洲近现代文学所出现的变迁与转型,它的自身塑造和构建首先是从印刷传播方式所催生的一系列新型传播主体开始的。他通过对16世纪以来西方文学传播现象的历史演变进行系谱学的考察,追溯了书商等新型传播主体的生成演变及其对文学传播活动的影响。

1. 文学媒介

洛文塔尔在"文学媒介"这一标题下考察了从16世纪到20世纪初期历史上围绕文学媒介问题所进行的讨论,分析了书籍、杂志、通俗小说、戏剧的变迁和报刊等文学媒介与欧洲近现代文学的关系。洛文塔尔关于印刷书籍、杂志等文学媒介的论述,本书第三章第一节中的"'大众'媒介的演变与文学转型"部分已经做了较为详细的阐述,此不赘述。这里仅从女性读者大量增加对文学媒介的影响的角度补充一点。洛文塔尔在梳理阅读大众构成成分的变化与文学媒介变迁史的关系时发现,到18世纪中期,英国社会现实中的女性地位发生了很大变化,"妇女正在成为尤为渴望阅读的一个群体"②,女性读者的大量增加使其在阅读大众中所占的比重迅速上升,而这影响到了文学媒介的面貌和性质。女性读者的突然增多,与其社会地位和所受教育程度的提升有很大关系,但是其更直接的、也是较为偶然的一个原因,在洛文塔尔看来,则是"18世纪中叶,由一群在文学上颇有想法的上层女性组成的女学者俱乐部决定以谈论文学的方式来替代打扑克"。这种更加高雅的文化娱乐活动迅速"被伦敦和其他省的中产阶级女性所效仿"。洛文塔尔认为,这不仅"对于女性通过阅读(和写作)而获得社会的接纳起到过重要作用",而且反过来也影响了文学的内容、形式和媒

---

① Leo Lowenthal. *An Unmastered Past: The Autobiographical Reflections of Leo Lowenthal*. Berkeley: University of California Press, 1987, p. 183.

② [德]洛文塔尔著《文学、通俗文化和社会》,北京:中国人民大学出版社2012年版,第78页。

介。作为"这一时代最新的、最有特点的传播媒介",现代杂志的形成深受女性读者的影响。① 在18世纪,妇女杂志、以女性为主要目标读者群的戏剧性月刊、爱情故事杂志等所有受到女性读者欢迎的杂志都办得很兴旺。通过对杂志办刊经费来源的调查和对杂志所刊登文章的内容分析,洛文塔尔注意到,"在杂志上的文学发生了两个主要的改变:由政党和宗教团体支持的出版物显著的衰落了——这是盛行于17世纪的主要类型;而由付钱的读者和广告商支持的杂志则显著的增加了"②。这其中,女性读者的贡献不容忽视。杂志对女性读者的重视,不仅是因为由于女性读者(尤其是付钱的女性读者)的大量增加,导致广告商日益瞄准女性读者的需求和喜好投放广告(显然,能够赢得广告商支持的杂志,其内容和形式一定是符合女性读者的要求和"期待视野"的),也是因为杂志越来越相信女性读者的直觉和判断力,"例如《闲谈者》杂志这样描述一位年轻女士,'她所拥有的自然感觉,使她能做出比一千个评论家还要好的判断'"③。因此,尽管"到1780年以后,书籍的生产成本一再高涨",但是,"信誉卓著的出版商致力于出版更加精致和昂贵的书籍,部分原因是因为女性读者更倾向于考究的书籍装帧"。④ 而"三卷式的小说版式"之所以能够"非常流行",也是因为女性读者"可以在美发的同时方便地阅读其中的一节"。⑤ 女性读者不仅对文学媒介的形式产生了决定性的影响,而且透过文学媒介进一步影响到了文学本身。最初为了满足女性读者口味而产生的感伤文学在18世纪的流行,就是一个显著的例子:

  理查森早已设定了基调:他对于中产阶级和较低阶层的困境

---

 ① [德]洛文塔尔著《文学、通俗文化和社会》,北京:中国人民大学出版社2012年版,第84页。
 ② Leo Lowenthal. *Literature and Mass Culture* (Communication in society, V. 1), New Brunswick (U.S.A.): Transaction Books, 1984, p. 78.
 ③ [德]洛文塔尔著《文学、通俗文化和社会》,北京:中国人民大学出版社2012年版,第135页。
 ④ [德]洛文塔尔著《文学、通俗文化和社会》,北京:中国人民大学出版社2012年版,第87页。
 ⑤ [德]洛文塔尔著《文学、通俗文化和社会》,北京:中国人民大学出版社2012年版,第80页。

和成功的描写,包括对其内心事务的详细刻画都是相当具有吸引力的。哥尔德斯密斯的《维克菲尔德的牧师》通常被视为此类作品的杰出典范,而麦肯齐(Mackenzie)的《多情男子》则将这种小说的特点发挥到了极致,它在细致刻画现实生活中的普通人物和情节的同时,赋予了其极其浓厚的感伤氛围。①

洛文塔尔认为:"这一时期的小说之所以会盛行一种感伤基调,部分地要归因于下述事实,即为大量女性读者写作的女性小说家大批涌入到作家队伍之中。"在斯摩莱特及其同时代的大部分作家眼中,有关"心灵、优雅精致和人心的知识"全部属于女性作家的领域。女性作家的激增不但改变了文学家队伍的构成成分和文学生态,而且直接从文学内部重构了文学内容及其表现形式。"在感伤小说和言情小说中(这二者的区别与其说是种类上的差别,还不如说是程度上的差别),情感比行为更重要,并且思想或行为中的理性也被归于粗野麻木的灵魂中。"不过,也正是由于作家们无节制地"对情感细致冗长的描写",才"第一次激起了人们对于空想主义之危害的讨论"。到了18世纪下半叶,小说对于充满感伤色彩的幸福的强调引起了人们对这一问题更具社会意义的关注。在洛文塔尔看来,"虚构作品的过度放纵导致了两个严重后果:一是妨碍读者进行有效的努力;二是使读者的脑中塞满了在现实生活中永远都不可能实现的浪漫梦幻"。例如,尽管哥尔德斯密斯创作了《维克菲尔德的牧师》这样的被视为感伤主义的"杰出典范"的作品,他仍然经常警告人们,生活在这个充满了感伤情调的世界里,是很危险的,尤其要注意防范此类文学作品所营造的浪漫情调和虚幻世界对缺乏人生阅历、对世界还充满憧憬的青少年的不良影响。"在给他兄弟的一封信里,当谈到他侄子的教育问题时,他甚至建议做父亲的应该完全禁止孩子阅读小说,因为对于年轻人来说,小说世界中的这种浪漫图景都是陷阱和错觉:他们使年轻人对那些根本不存在的美好和幸福充满渴望,而对于自己已经拥有的却毫不珍惜,总是期望得到更多……"总之,"感

---

① [德]洛文塔尔著《文学、通俗文化和社会》,北京:中国人民大学出版社2012年版,第116-117页。

伤小说是不切合实际的"。但是在洛文塔尔看来,"这种消遣对于女孩的危害要比男孩大,因为沉浸于感伤小说和言情小说中的青春少女很难强迫自己去爱一个成天循规蹈矩、忙于赚钱养家的男人。而且正如库柏(Cowper)所注意到的,那些感伤的低俗愚蠢的读物对于年轻女士的刺激是如此之深,以至于单靠发出警告已经不能'熄灭这团火了'"。其实,当时深受其影响的已经不只是青春少女了。艾迪生曾经在《观察者》上记载了一个这方面的例子。一位贵妇人在阅读了大量幻想类故事后,竟然把她的家改造得像一座浪漫的石窟。他"对于如此放纵的社会后果既没有人表现出愤慨,也没有人提出警告"深感不安。①

理查森家的夏洛特·格兰迪森(Charlotte Grandison)针对感伤文学宣扬的病态的、敏感脆弱的情感和感伤情调提出了质疑,"有谁曾经在婚姻生活中听到过激情似火、丘比特之箭一类的胡话吗?……"但是,根据洛文塔尔的研究,"这些警告都未能阻止感伤文学的潮流,因为它能让读者逃离单调枯燥的日常生活。中产阶级确实想从镜子中看看自己,但是它想看的其实是经过伪饰的实利主义式的自我,并且对于中产阶级来说,微妙敏感的情感更有吸引力"②。

女性读者的大量增加不仅影响了文学媒介的发展变迁,而且也影响了流通图书馆等文学传播渠道的发展。比如,作为18世纪最重要的文学传

---

① [德]洛文塔尔著《文学、通俗文化和社会》,北京:中国人民大学出版社2012年版,第117页。
② [德]洛文塔尔著《文学、通俗文化和社会》,北京:中国人民大学出版社2012年版,第118页。笔者认为洛文塔尔从女性读者角度出发对文学媒介、文学内容及其形式变迁的分析,对于我们研究当下的很多通俗文艺媒介和文化现象都很有启发,尤其是他对感伤小说及其危害的剖析,甚至可以直接应用到最近十年来风靡全国的、以"消费男色"为卖点、以强调"充满感伤色彩的幸福"为旨归的韩剧上。2014年初"风靡整个亚洲,仅中国地区网络播放量就超过了30亿"的《来自星星的你》就是此类韩剧的最新代表作。为了满足女性观众对超现实的爱情的浪漫幻想,《来自星星的你》不仅为女性观众打造了一个如梦如幻的理想世界,而且在这个世界里为她们准备了可以满足其所有幻想的男一号、男二号……这些"男色"的英俊帅气自不必说(否则怎么能担起"男色"的重任),而且比盖茨聪明,比巴菲特有钱,比"不爱江山爱美人"的爱德华八世更懂得爱情懂得珍惜女人,还拥有超人的能力……更重要的是,他之所以出现在这个世界上,仅仅是为了满足女主角对爱情的想象,除此之外,所有这些"男色"再无存在之必要,不要说他的社会责任、家庭义务,就是他作为活生生的个体,亦是没有半点意义的。一旦青春少女沉浸于以"消费男色"为卖点的感伤韩剧,其负面影响恐怕不亚于洛文塔尔所批评的感伤小说所带来的危害。18世纪西欧的舆论尚且能够对此类通俗文艺的负面影响保持清醒的认识和严肃的批判,但是在追求商业利益最大化的当下,我们的舆论不但未能对此保持足够的警惕,甚至还有推波助澜之嫌,就不能不令人慨叹了。

播渠道的流通图书馆,之所以能够打消书籍分销商充满疑虑的目光,获得快速发展,"这主要是因为女性读者非常乐于见到这种公众机构的出现。到18世纪末,几乎所有通俗小说的女主角,都会在上下班的路上从流通图书馆选择小说阅读,或让其女佣去取一本小说来读"。正是因为感受到了女性读者的喜爱和支持,书籍分销商才认识到,"这一渠道非但不会缩减书籍的销量,反而必定会建构一个重要的市场和重要的广告媒介。流通图书馆不仅可以向买不起书的家庭提供书籍,而且也能给读者提供一个在购买之前进行预览的机会"。例如18世纪后半叶最成功,也是最具自觉性的书商莱金顿(Lackington)就坚信,他的书店和流通图书馆与女性读者建立起了良性互动:

> ……流通图书馆对于娱乐和性教育有极大贡献;绝大多数的女性现在对于书籍更加有品位……现代女性不仅普遍通过阅读小说和其他经典作品来净化心灵、武装头脑;也读一些英语畅销书,可能也阅读一些外文的畅销书;大约有数千名女士频繁地光顾我的书店,尽管她们会讥笑那些小说的读者,但她们不仅知道要选择哪些书,而且也像英国的绅士们一样熟悉作品的趣味和本质。①

通过洛文塔尔的梳理,我们不难看出女性读者对文学媒介和文学传播渠道的影响;其实女性读者不仅仅是作为趣味标准的建立者和买主而受到作家和书商的重视,而且也一度作为"道德改革和审美改革"的支持者(也可以说是"受教育的对象")而受到文学家和文学媒介的重视。在18世纪上半叶,致力于道德提升的倾向非常明显,理查德·斯梯尔和约瑟夫·艾迪生这两位文学家和编辑在其创办的《闲谈者》与《观察者》这两份期刊中表达了"受众的审美能力能够获得改善的观点",艾迪生甚至想"在精英的、古典传统的'智慧'和道德真理之间建立一座桥梁,从而与正在崛起的中产阶级的回应和谐一致"。他宣称,《观察者》三千份的日发行量,"不仅简洁

---

① [德]洛文塔尔著《文学、通俗文化和社会》,北京:中国人民大学出版社2012年版,第85页。

概要地表明了'艺术作为教育手段'的原则,而且也是对读者阅读能力有信心的一种声明"。在艾迪生看来,"茶桌和咖啡馆之类的世界并不仅仅限于绅士和学者";通过《观察者》的出版及其女性读者的增加,艾迪生要"尽一切努力将我的女性读者从那些伟大的琐事中解救出来,即使不能改善她们的娱乐状况,至少也要通过这种方式转变她们的思想"。针对艾迪生的宣言,洛文塔尔评论道,艾迪生"在自己的读者中,构建了一个完整的'女性世界',尤其是'普通'女人的世界,她们最严肃的职业就是缝缝补补和烧菜做饭。当然也有一些女性是生活在比较'高雅的知识和道德境界中',但是数量太少,他希望能够增加这样的女性的数量"①。从这个角度看,女性读者的兴起,首先是一种社会事实,同时也来自于文人对女性教育的大力宣扬。文人对女性读者的期待与书商对女性阅读市场的开拓一起,推动了女性阅读活动的增加,而这反过来又影响到了文学本身以及文学媒介的发展变迁。

  至于现代报刊,作为大众传播媒介的典型代表,洛文塔尔认为其原形是在1695年特许法案失效以后不久出现的。从17世纪末,辉格党(Whigs)与托利党(Tories)创办各自的政治刊物开始,到19世纪初一百多年的时间里,英国和爱尔兰的报纸就超过了四百种。从1700年上述两份政治刊物遍布伦敦,到1709年十八种报纸每周至少出版一次,并且随邮件向全国各省投寄,一直到1776年,各种报纸一年的销量竟然高达一千二百万份。"因为文学的广泛传播",报纸的发行量的迅速扩大,在日益增加的订户和广大读者的支持下,报纸变得越来越独立并且有尊严。"尽管对于日益增长的文学市场的反应错综复杂,但是总体上来说,那些关注于此的人更关心这一变化在全国的知识界和美学界发展的潜力,而非其左右公众意见的危险性。直到十九世纪最初的几十年间,知识界才意识到新闻报纸会成为操控舆论工具的问题。"②例如马修·阿诺德和瓦尔特·白芝浩都把报刊挑出来专门抨击。阿诺德认为,报刊作为一种大众传播机构,其运

---

① [德]洛文塔尔著《文学、通俗文化和社会》,北京:中国人民大学出版社2012年版,第96-97页。
② [德]洛文塔尔著《文学、通俗文化和社会》,北京:中国人民大学出版社2012年版,第81页。

作机制"与文化是不相容的,文化'以不同方式发挥作用'"。他发现报刊的实用主义正是文化的反面。白芝浩则认为到了这一时期,报纸阅读是唯一还能找到大批读者的智慧活动。正如欧洲或美国的经典社会学家[滕尼斯(Toennies)、罗斯(Ross)、沃尔德(Ward)或马克斯·韦伯]一样,他指出报纸增强了公众舆论的力量,但这又蓄意受控于特定的政治和商业利益:"甚至现在,所谓的'公众生活'这一特定称谓正在产生一种危险的特征。报纸每天都在不停地描述引人注目的现象;他们评论它的特征,详述它的细节,调查它的动机,预测它的原因。"洛文塔尔指出白芝浩之所以会形成这种认识,是因为他相信"这一倾向的根源在于生产者而非消费者,因为消费者终究是被引诱的:有什么样的报纸,就有什么样的读者"①。通过梳理研究者围绕"报刊媒介成为文学传播活动中心"的问题的争论,洛文塔尔发现,文学报刊不但成为文学传播的一个主要载体,而且开始形成自己的趣味和标准,从而直接影响文学的内容和形式,甚至操纵文学的走向。② 在这种情况下,适应报刊这种传播特点的报刊文学就成为文学的一种存在方式、作家的一种写作模式、读者的一种接受模式。在此,一个两难困境出现了:"一方面,公众观点的形成依赖于报纸;而另一方面,由于作家要迎合阅读的公众,作家的需要又被回避了。"就"作家为日报撰稿"而言,"公众除了听从别无选择"。然而与此同时,"就真理而言,作家也处于不利的位置"。③

在此基础上,洛文塔尔进一步分析了"依赖报刊文学"和"畅销书"所产生的"不幸后果"。他认为报刊文学应大众所需,提供"新奇的事物","矫揉造作的肥皂剧",但是"它并没有推进可供积累的新知识,仅仅是把某种

---

① [德]洛文塔尔著《文学、通俗文化和社会》,北京:中国人民大学出版社2012年版,第52-53页。
② 洛文塔尔对文学媒介的研究与本雅明的论述遥相呼应,本雅明在论述19世纪欧洲的文学状况时,也曾明确地指出:"在一个半世纪中,日常的文学生活是以期刊为中心开展的……feuilleton(专栏)在每天的报纸上为 belles-lettres(美文)提供了一个市场……吉拉尔丹的《快报》(La Presse)起了决定性的作用。它带来三次重要的革新:把订金降到四十法郎,登广告和连载小说。"相关论述请参阅本雅明的《发达资本主义时代的抒情诗人》,北京:三联书店1989年,第44页。
③ [德]洛文塔尔著《文学、通俗文化和社会》,北京:中国人民大学出版社2012年版,第61页。

商品引进市场而已。"①这导致商品生产规律日益支配并取代文学艺术自身的传播规律。

2. 书商

对文学媒介和依靠文学大众传播市场生活的作家的分析必然会导向对书商的分析或者说对作家和书商之间关系的分析。洛文塔尔在梳理文学的大众传播史和通俗文化的兴起时,分析了书商这一职业的形成及其在文学传播活动中的作用和地位的变迁,分析了书商终于取代作家成为文学"传播力场"中一种决定性的"力"的过程。在印刷机没有成为大众传播媒介之前,文学的传播方式主要是口头传播和手工复制等传播方式。那种发生在人与人之间面对面的口头传播方式除了语言之外根本就不需要其他中介,当然也就不可能有书商的生存空间;而手工复制传播方式无法制造能够廉价传播的大量产品,因此就不足以使文学产品的买卖成为一个有利可图的行业。到了中世纪,由于印刷方法的改进,纸张价格的降低,书价比以往便宜了很多,阅读范围得到了相当大的扩张。洛文塔尔指出,尽管在1600年代投资于书籍买卖还是一种风险投资,但是到伊丽莎白时代,印刷传播方式日益成为社会传播的主要渠道,由此它不但形成了一个很好的行业,而且产生了一个新的文学职业——书商。在18世纪,书籍的出版商也就是书籍的销售商,二者还没有分化为两个独立的主体。到1800年书籍贩卖和出版生意就成为英国的主要工业之一了。例如1774年入行的书商莱金顿,在1779年出版的一份书籍目录中,竟然囊括了一万两千个书名,据估计,每年大约有三万人在使用这份书目。到19世纪初,他每年销售的书籍已经超过十万卷。莱金顿不但因此而积累了大量财富,而且也因为提高了书籍的销量而获得大众的好评。在这种情况下,在文学传播市场上代表读者的书商就取代贵族等恩主成为作家的主顾,也就是说原本仅仅是文学传播中介的书商反而成为作家维持生活的主要来源了。因此洛文塔尔将书籍、报纸和杂志的贸易史视为文学传播研究的重要内容进行了梳理。

---

① Leo Lowenthal. *An Unmastered Past*: *The Autobiographical Reflections of Leo Lowenthal*. Berkeley: University of California Press, 1987, p. 254.

他指出,当1861年书报的印花税(Stamp taxes)①被取消时,报纸的发行量得到了迅速扩大,例如《科尔拜特》(Corbett)的订户短短几年内就由两千户扩大到七万户。每日新闻成为工人日常生活的一部分。还有在报纸上连载的长篇小说,它们拥有固定的读者群。

书籍、报纸和杂志的出版商都迅速地感觉到满足日益增长的大众读者的需要,对于扩大销售量、抢占市场份额的重要性。几乎所有书商都开始采用夸大的书籍介绍和类似于商业广告的吹捧形式来"叫卖产品"以吸引读者的注意力。"广告宣传的手段从荒谬到合理,千奇百怪,也包括一些一直到今天还在使用的营销手段。"洛文塔尔列举了书商销售图书的一些"小把戏"。首先就是标题。比如把不受市场欢迎的图书改头换面——给图书重新起一个能够使人上当的标题——后重新发行,如果标题吸引眼球、圆滑且有轰动性,整篇文章就离成功不远了。旧书换新题并非仅仅限于普通的对开本,一些精装本书籍的出版,也仅仅是换了一个更加鲜活或更加淫荡的标题而已。在包装图书的同时,书商也开始像包装商品一样地包装作家,竭力把作家建构成在公众的意识中是具有特别魅力的"明星",印在书籍封面上的作家名号就如商品的品牌标识一样,具有建立顾客品牌忠诚度的功效。他发现:"一个特别有效的方法是赋予作家名气、神秘性或劣迹,而作家也因'在这一领域被禁'而提升了他的知名度。'名人的鼓吹'也是行之有效的方法。"有的出版商甚至打起了图书版本的主意,宣传说目前的版本是最新版,或者标注为"第二版,校正与改正后的版本";甚至为阅读通俗读物的大众设计的原创作品也以传统的"重印"形式出版,宣称这是"应读者请求"而再版的。几乎所有出版商都会做的一件事,就是想方设法影响图书评论家的书评,有的甚至会采取比较隐晦的手段贿赂图书评论家。

---

① Stamp taxes,印花税制度,向报刊课以重税,寓禁于征,是官报时期欧洲各国政府钳制报刊业发展的重要手段,而尤以英国最为突出。英国政府于1712年通过第一次印花税法案,规定所有报纸,广告及纸张开征印花税,历史学家称之为"知识税"。1724年、1757年又先后两次强化印花税,导致全国报刊大批停刊。直到1855年取消报纸税,1861年废除纸张税,历时150年之久的印花税制度才算走到了尽头。经济政策、文化政策等政策在某个特定历史时期可能会成为文学"传播力场"中具有决定性的一种"力"。洛文塔尔对社会"对于艺术生产的正式和非正式的审查的意识形态由来具有浓厚的兴趣",并且"调查了西方文明中社会对艺术的控制史",见《文学和大众文化》附录 A。参见 Leo Lowenthal. *Literature and Mass Culture* (Communication in society, V. 1), New Brunswick (U.S.A.): Transaction Books, 1984, pp. 65-73.

总之,当时的书商已经开始采用一切可能的手段图谋控制图书杂志的趣味。①

尽管作家对书商刺激图书销售的手段进行了极为刻薄的攻击,并且在18世纪的英国,作家还发起了一场提升市民品位的伟大运动,但是在那种情况下——正如现在一样——作家已经很难影响文学传播市场的发展了。许多文学人物不得不听从书商的建议为日益增长的中产阶级读者写作。当然,"书商本人也并非就是十足的坏蛋"②。在洛文塔尔看来,既然文学要作为"具有市场导向的商品"参与传播,商品性已经成为大众传播时代的文学的本质特性之一,那么文学传播活动就要在一定程度上服从商品的传播规律,作为书商,他自然也要按照商品的传播规律办事。由此传播规律必然会渗透进文学创作欣赏等活动之中,与文学规律融合在一起共同影响文学的发展。洛文塔尔在梳理18世纪英国作家与书商的关系史时发现,尽管"花钱大手大脚的哥尔德斯密斯"没有经历过约翰逊那种穷困潦倒的生活,但是"在他的著作《关于欧洲纯文学现状的探讨》以及《世界公民》中的两封信件里",他仍然"以一种明确的批判精神考察了书商的角色,并且其中一封信还对书商的工作提出了彻底的质疑"。在《关于欧洲纯文学现状的探讨》一书的开篇,他就提到,作家和出版商的根本利益是对立的:

> 作家,当不被大众所接受时,自然会求助于书商。很难想象还有什么比这个更有损于品味。书商关心的是利益,他几乎从未考虑过写作问题。

随后,哥尔德斯密斯为我们描绘了这样一种书商:"他非常愿意充分利用自己缺乏文化主张的优点,谦逊地承认自己从未想过要引导公众;恰恰相反,是公众——并且是公众中最底层的人——引领了他。"③

---

① [德]洛文塔尔著《文学、通俗文化和社会》,北京:中国人民大学出版社2012年版,第87页。
② Leo Lowenthal. Review. *American Sociological Review*, Vol. 27, No. 2, 1962, p274.
③ [德]洛文塔尔著《文学、通俗文化和社会》,北京:中国人民大学出版社2012年版,第89-90页。

这是"对于文学事业富有良知的人很少能容忍书籍销售商"的原委所在。这也使作家在面对书商基于书籍销售而提出的要求与自己的文学主张相冲突时处于两难的困境之中。很多作家在从事文学创作之前,都属于下层文人,非常贫穷,像哥尔德斯密斯一样债台高筑,是书商借给他们钱,使他们免于饥饿。因此尽管作家从内心里反对这样一种"商业的堕落",认为生产"拙劣的作品"与艺术家的尊严和对真理的热爱相矛盾,认为自己有其社会职责:他必须使用他的天赋来提升他的读者,但是依靠书商财政支援生活的作家不得不在进退维谷的情况下突出文学的商业性牺牲文学的艺术性。当然,洛文塔尔承认:"今天也有从对抗的立场上进行艺术创造的,但是它的数量是极其微小的。"① 由此书商就逐步取代了作家在文学"传播力场"中的核心地位,成为影响文学传播的一股决定性力量。在这种情况下,如果作家坚持维护自己的自由和独立,拒绝书商的"资助",会怎么样呢?洛文塔尔给我们举了一个例子。1765年,约翰·特鲁勒(John Trusler)下决心切断对书商的依赖,成立了"文艺协会"独立出版文学家的作品。其结果是,这一协会最终只帮助特鲁勒本人卖出了他全部书籍中的一种。其实特鲁勒没有意识到一点,当他从事书籍出版和销售工作时,他的身份就不再是作家,而是书商了。

3. 批评家和书评

毫无疑问,批评家既是文学的传播者,也是文学的接受者,传统文学理论主要是把批评家看作一种特殊的读者,从鉴赏批评的角度来研究批评家的作用;而在洛文塔尔的文学传播理论中则更多的是从传播的角度来论述批评家的作用的。对于"批评家和书评"在文学传播活动中的地位和作用问题,洛文塔尔是把它和书商放在一起进行探讨的,这不仅是因为书商总是想方设法地影响批评家甚至图谋控制书评,而且是因为作为一项职业的图书评论家和职业化服务的书评就是在书商的支持下才出现的。出现于17世纪末的书评杂志最初对文学传播并没有产生什么影响。在洛文塔尔看来,这主要是因为最初的书评杂志(例如《文学回忆录》)几乎都是作品摘

---

① Leo Lowenthal. *An Unmastered Past*:*The Autobiographical Reflections of Leo Lowenthal*. Berkeley:University of California Press,1987,p.241.

要,"而批评的言论很少"。直到 1725 年在一个著名书商的支持下,法国胡格诺教派的逃亡者拉罗什(LaRoche)出版的第二本书评杂志(《新文学回忆录》)"不仅有摘要,而且加入了对书籍的评论",这才开始逐步产生影响。但是,之后的刊物——比如最初于 1735 年由埃弗拉姆·钱伯斯(Ephraim Chambers)编辑出版的《文学杂志》——尽管"比其前面的作品包含了更多的评论和传记的背景,但仍不愿意置身于评判类期刊的行列中"。这主要是因为在上述期刊的编辑们看来,书评者的责任是:

> ……忠实地记录手中的书籍……如果他影响了审查者或者裁判的气氛和语言,他无疑就侵犯了公众对于作家的名誉、价值和作品进行独立评价的权利……

显然,对于 18 世纪初的作家和编辑而言,阅读公众还是具有独立评判能力的,批评家在此时既没有被视为"美的启示者",也不可能去扮演一种教育性的角色,仅仅是一种忠实的传播中介而已。但是随着此类刊物的增多,受众构成成分的变化导致的其中一部分受众已经不再满足于简单的书摘和所谓"忠实"的转述,这类刊物上评论性、导读性的文字就越来越多了。"然而,向这一方向所迈出的步伐既谨慎又弥足珍贵。"洛文塔尔认为:"第一本真正进入通俗文学领域,而且有资格作为受众拓展机构的书评期刊是《简明文库》。"例如,在介绍菲尔丁的《阿米莉亚》一书时,书评者首先分析了浪漫和新奇在文学期刊中的地位,随后对这本书的主题、宗旨等进行了评论。此时,编辑和批评家都一改以往客观忠实的"记录者"形象,转而开始审慎地引导读者。比如批评家在指出《阿米莉亚》服务于"行为举止的革新和高尚品德的改进"后,就以一种小心谨慎的口吻劝告读者说:"尽管未必是最主要的,但这似乎是菲尔丁先生作品中值得关注的一点……"

随后,洛文塔尔以两家立场对立的书评杂志《每月评论》和《批判》为例分析了批评家角色的改变及其对文学传播活动的影响。拉尔夫·格里菲斯(Ralph Griffith)于 1749 年创办的《每月评论》使书评从新闻业开始覆盖所有行业。这本评论刊物最初是通过向政府和教堂发表敌对意见而获得声誉的。它很快惹恼了竞争对手——由英国托利党和教会支持的、阿奇博尔德·汉密尔顿（Archibald Hamilton）出版、托比亚斯·斯摩莱特编辑的《批判》。两家书评杂志每个月都会为几本重要书籍写作相当详细的书评，同时在附录中会列出当月的出版"目录"，每月所有其他的出版物都被涵盖在三到四页的评论中。尽管二者持有不同的政治立场和社会观点，但是由于市场竞争十分激烈，他们不得不都标榜自己的书评是站在客观性立场上的，并且都极力夸耀其书评撰稿人"不仅是非常杰出的、著名的，而且也是富有良知的"，能够：

> 为每一位作家做一个简洁的展示，指出最具震撼力的美和显著的缺陷，用正确的引用予以例证，用最有益于娱乐大众的方式传达其评论。①

将《批判》和《每月评论》所宣称的书评目标与之前的《文学杂志》等书评杂志的宣言和宗旨进行比较，我们能够明显地感受到批评家的形象、功能及其在文学传播活动中的地位的改变。我们看到，"忠实地记录手中的书籍"、绝不"侵犯公众进行独立评价的权力"等要求已经不再是批评家的"工作守则"了，在作家、编辑和书商眼中，批评家日益成为具有更高审美能力和知识水平的专业人士。正是艾迪生再次很有预见性地针对批评家角色的这一转变提出了一个新概念——"美的启示者"，毫无疑问，在当时"这是一个颇具创造性和建设性的短语"。通过梳理当时批评家发表的书评，洛文塔尔发现："从艾迪生发表在《观察者》上的那篇论《失乐园》的文章开始，几乎每一位重要作家都至少有一部题为《××之美》的长篇书评。对于批评家而言，这种具有启示性功能的概念，意味着他要承担起联系公众、作家以及知识分子之间关系的责任。正如约翰逊所说的，批评家的功能就是'帮助人们享受生活或者忍耐生活'。同时，这正是18世纪中期作家的特点——他们以一种乐观的态度把批评家的贡献看做是提高公众审美水平的一个重要方式。"就此而言，批评家在当时的文学传播活动中扮演的其实

---

① ［德］洛文塔尔著《文学、通俗文化和社会》，北京：中国人民大学出版社2012年版，第90-91页。

是一种教育性的角色。

就像哥尔德斯密斯在将"普通人的趣味"与学者的趣味相对照时,把批评家"置于中间的位置——在世界和细胞之间,在学问和常识之间"的做法一样,洛文塔尔把批评家视为文学家及其作品与阅读大众之间的"调解人"。他指出,随着读者的成倍增加及其影响力的不断增强,批评家这个概念发生了意义最为深远的改变,人们假定他具有下列两种功能:

> 他不仅要通过一定方式向普通公众揭示文学作品的美,这种方式用哥尔德斯密斯的话说,就是"甚至哲学家也可能获得大众的掌声";而且他也必须反过来向作家解释公众。简而言之,批评家不仅"要教育粗俗的大众,使他们懂得值得赞美的重点在哪一部分",而且他也必须"向学者说明哪里应该应用它"。哥尔德斯密斯相信,这种批评性的调解人的缺席,可以解释为什么那么多作家都把获得财富而不是文学声望作为自己的目标。①

随着批评家角色的改变及其地位的提升,文学家越来越感受到来自批评家的压力,"尽管有时候作家批评它们太过蛮横,但事实上这些书评与其竞争者更加倾向于赞扬而非批评"。"按照惯例,针对作家作品的批评是有所保留的。"例如,《新伦敦评论》的刊物章程就明确要求编辑部必须"坚定地执行"下列编辑方针,即"几乎没有著作是完全没价值的;相对于夸大普遍的缺陷,它对于揭示潜在的优点更为有益"。但是,随着出版物的迅速增加,"覆盖所有新书的评论任务变得越来越难以实行了"。在新书大量涌现,书评版面有限,而又缺乏有效监督机制的情况下,买卖书评版面的丑恶交易就出现了。"缺乏良知的刊物选择通过取悦广告供应商的方法来解决问题,而分配书评的书商也只将题目分给那些有广告来源的人。这些书首先被评论;在时间和栏目允许的情况下,评论者才可能给'信息采集者'分配一些值得推荐的书籍。"

---

① [德]洛文塔尔著《文学、通俗文化和社会》,北京:中国人民大学出版社2012年版,第145页。

如此一来,书评的质量和可信度难免大打折扣。考虑到一些"卑鄙的"批评家为了"从唯利是图的书商那里取得酬劳",书评甚至可能会出现指鹿为马、颠倒黑白的恶劣后果。18世纪70年代的一位小说家曾指控评论者,说他仅凭阅读书籍的封面就对他的作品价值妄加评论。"1782年,《绅士杂志》的一位记者指控评论者只赞扬那些拥有刊物股权的书商的作品,而排斥其他作家的作品。也有小说家指控评论者从作家手中收取贿赂,有时甚至让作家自己写书评。"在这种情况下,18世纪后半叶的书评言论逐渐变得模棱两可起来。"直到19世纪初,随着《爱丁堡评论》和《每季评论》的创建,书评才开始逐步摆脱出版商的影响。如果此时还有奴颜婢膝的行径,那多半是来自于对政治团体的反应,非出版商的压力。"①洛文塔尔指出,当人们浏览诸如《爱丁堡评论》《每季评论》《布莱克伍德杂志》及其他杂志期刊时,会发现当时几乎任何有关文化和传播领域的概念、范畴都可在这些浩瀚卷帙中找到。它们保存了各种各样的理论,如:关于高雅文学和通俗文学的社会角色的;关于大众趣味的变化的;关于不同传播媒介作用的增强的;关于社会团体和文学风尚之间的相互关系的;关于政治家、大买办与宣传推销之间的相互纠结的,等等。比如创刊于1802年的《爱丁堡评论》,就把主题定位在文化争论(大众文化与它的对立面),及其与整个社会的联系上,它发表关于通俗文学的各种不同的观点。这些评论文章的中心主题显示出当时的普遍看法是:相互妥协,在质量与大众读者的需要和正当要求之间保持整体平衡。

其中,哥尔德斯密斯的"理想的"批评家的观念——其功能是作为受众和作家之间的中介——盛行一时。很多批评家、作家和哲学家——如约翰逊、伯克(Burke)、休谟(Hume)、雷诺兹(Reynolds)等等——在他们开始分析读者的经验时,都采纳了哥尔德斯密斯的假设。而约瑟夫·伍德·克鲁奇(Joseph Wood Krutch)认为批评家的权利来自于他是普通公众的一员,而不是来自他是批评家这一事实的观念,则提升了受众经验在文学传播活动中的地位。正是对受众经验的这种定位以及对受众经验近乎科学的分

---

① [德]洛文塔尔著《文学、通俗文化和社会》,北京:中国人民大学出版社2012年版,第92-93页。

析方法,为批评家的角色赋予了一种全新概念,并且揭示了关于艺术和通俗文化问题争论的一个全新维度。洛文塔尔指出,当人们都认为"批评家必须想办法理解读者的想法"时,批评家与文学"传播力场"中的其他要素诸如作家、编辑、书商、读者的关系就发生了一个大转弯。随着文学大众传播市场的日益兴盛,"几乎每一个人——只要具备一定的阅读和写作能力——都觉得自己有资格从历史的、审美的和社会的角度对文学作品进行批评和归纳"①,因此批评家为了获得广大受众的认同,就越来越远离作家,开始站在阅读大众的立场上从事文学批评。

4. 传播渠道

洛文塔尔在梳理"以市场为导向的通俗文学及其多变的代理机构的发展"问题时发现,咖啡馆、俱乐部、文学社团、流通图书馆和邮政订阅系统等文学阅读组织和书刊分销贸易组织是18世纪英国最重要的文学传播渠道。咖啡馆作为英国人社交活动的中心,对于公共领域的形成、现代报刊的发展、文学传播活动的扩展等的影响问题,一直是本雅明、哈贝马斯等法兰克福学派核心成员的研究焦点,洛文塔尔也不例外。他注意到,在18世纪最初的二十五年间,"市内和郊区的咖啡馆日益成为中心,人们聚集在那里阅读或者听人大声朗诵报纸和杂志上的东西,并且还逗留在那儿讨论他们所读到的、听到的事儿。一些咖啡馆甚至成为文学家常去的主要场所。例如,蒲柏(Pope)在他所喜爱的咖啡馆里,花费大量的时间与他的作家同行畅谈"。俱乐部对文学活动的影响要更大更直接。文学俱乐部不仅为读者提供阅读和讨论的平台,而且出钱资助年轻作家。克·凯特俱乐部(Kit-Cat Club)和兄弟俱乐部(the Brothers'Club)是当时英国非常有名的两家文学俱乐部。克·凯特俱乐部是辉格党的政治家和文人于18世纪初在英国伦敦组建的一个致力于政治和文学研讨的俱乐部,其名称来自于一家馅饼店老板克里斯托弗·凯特灵(Christopher Catling)的名字,俱乐部成员经常在此聚会,并且称呼老板为克·凯特(Kit Cat)。当时著名的书商汤森(Tonson)是俱乐部的秘书。尽管这个俱乐部的成员主要来自辉格党,但是

---

① [德]洛文塔尔著《文学、通俗文化和社会》,北京:中国人民大学出版社2012年版,第186页。

它在资助年轻作家(特别是喜剧作家)的时候,并不考虑其政治信仰。兄弟俱乐部则是在斯威夫特(Swift)的资助下成立的,其成员主要来自托利党,他们的主要兴趣也集中在文学上,并且他们也支持赞助了一批有前途的年轻作家。到18世纪后半叶,非正式的书籍讨论和书籍购买俱乐部在整个英国繁荣兴盛起来。莱金顿在他的作品《记忆》中描述了俱乐部提高书籍销量的情况:

> 在英国的很多地方都有书籍俱乐部,其每位成员都按季度订购一定数量的书籍:在一些俱乐部中,书籍一旦被所有订购者读完,就会被出价最高的人购买,通过这种销售所获得的钱又投入到新的购买计划中。通过这种审慎的购买模式,每一位成员都可以拥有他认为值得关注的任何一位作家的作品。①

作为一种文学传播渠道,俱乐部不仅通过鼓励阅读、资助作家、提高书籍销量等手段从外部影响了文学传播活动,而且还作为书刊的"顾问委员会"参与杂志、书籍的内容和形式的选择和审定,从而直接影响了文学本身的发展。艾迪生描述了他所属的俱乐部作为《观察者》的"顾问委员会"为杂志服务的情况。俱乐部成员会帮助刊物选择议题,"有时候某一组成员可能会试图为其特殊的兴趣进行游说",但是事实上,"他的读者们'发现在他们之中的每一个等级和阶层在俱乐部中都有他们各自的代表,而且总会有人在这里考虑兼顾所有读者的不同兴趣'"。艾迪生的这种说法对读者显然具有安抚作用,这一点似乎也让"读者们非常满意"。② 为了扩大传播范围,提高刊物销量,几乎所有的商业性刊物都会"考虑兼顾所有读者的不同兴趣",但是在实际操作的过程中,俱乐部的主流趣味还是会影响到刊物对题材的选择以及对文学标准的设定。只有到了读者的影响力强大到足

---

① James Lackington. *Memoirs of the Forty-Five First Year of the Life of James Lackington, Written by Himself* (London: By the Author, 1803), p. 250. 转引自洛文塔尔著《文学、通俗文化和社会》,北京:中国人民大学出版社2012年版,第84页。
② [德]洛文塔尔著《文学、通俗文化和社会》,北京:中国人民大学出版社2012年版,第97页。

以决定商业性刊物的生死的时候,投资商及其俱乐部对刊物的决定性影响才让位给读者及其代理人。

尽管俱乐部、文学社团等非商业性的组织扩大了文学传播范围,推动了文学产品消费,但是对于书籍出版商和代理商来说,拓展文学传播渠道的首要原则是指向商业渠道的。洛文塔尔认为,读者和职业作家人数的增加以及大众读物的增多,导致的一个结果就是:"文学产品的市场流通渠道得到了扩张并且大量涌现,其中最显著的是流通图书馆、书籍分销和出版贸易以及书评杂志的出现。这些机构不仅彼此联系紧密,而且与其提携或发掘出的作家也有着密切的关系,就如同今天的作家与负责分销渠道的人之间的密切关系一样,这已经不是什么新鲜事了。"他梳理了自18世纪以来图书馆成为最重要的文学传播渠道的发展过程。英国的第一家流通图书馆出现于1740年,之后书商和其他有实力的企业建立了大量的受众拓展机构。到18世纪末,超过一千家类似的图书馆分布于伦敦和全国各地。它们的顾客包括中产阶级和工人阶级。这些图书馆不仅可以向买不起书的家庭提供书籍,而且也给读者提供了一个在购买之前进行预览的机会。然而,"一些文学家却因为流通图书馆会刺激公众对于小说的贪得无厌的欲望而谴责它,但是书商却依然不择手段地满足读者对于小说的热衷"[①]。这引发了通俗文学的辩护者和批评者对于这一问题的争论。其焦点在于18世纪出现的商业图书馆。名叫查尔斯·爱德华(Charles Edward)的书商发展了这种商业类型。到19世纪末,他的公司大概有三百五十万本书在流通。他甚至发展了那些无法亲自去他的图书馆的订户,他的著名的门对门的大篷车服务可谓是今天流动图书馆的先驱。那时,他每天有八辆车奔跑在路上。把书籍送到读者的手中,这种图书传播方式确实极大地扩展了图书的传播范围,也把书商的文学标准和趣味传播给那些读者。洛文塔尔指出工业化进程对文学传播渠道的另一个重要革新是引进了所谓的"铁路文学",比如坐火车旅行时看的轻松小说(railway novel)。出版商在英国火车站建立了很多书报摊向乘客出售或者租赁图书。他们甚至以受众研

---

① [德]洛文塔尔著《文学、通俗文化和社会》,北京:中国人民大学出版社2012年版,第83-85页。

究的萌芽形式进行了受众调查:铁路文学最大的图书企业派出他的代理商去调查旅客的购买习惯,以要求作家照此生产。与此同时,书商还在全国的中产阶级中鼓励建立各种图书俱乐部和文学社团;到了18世纪末,他们还建立起邮政订阅系统。在评论《小说的兴起》时,洛文塔尔指出:"在这种情况下,不但书籍的传播渠道,就是公众表达观点的渠道也已经被书商、印刷商和效率更高的书籍销售传播设施——邮政系统所垄断。"①不进入传播渠道的书籍和观点几乎不可能被看到,而经过有组织的传播渠道传播的观点又难免不被传播系统所整合。传播渠道对文学发展的影响由此可见一斑。

从洛文塔尔的分析中我们可以看出,机械印刷传播方式以及具有购买力的阅读公众的大量出现所导致的传播主体的最大变化就是,几乎所有的文学传播主体都不可避免地被卷入到资本主义的商品关系之中,而传播主体的这种商业化对文学最显著的影响就是洛文塔尔所概括的,文学被这些新型传播主体和阅读大众打造成了一种"具有市场导向的商品"。商品性成为文学的本质属性之一,这是大众传播对文学的最大影响之一。

第二节 期待视野与文本结构

洛文塔尔认为,阅读大众的出现是文学传播世界发生决定性改变的根源之一,它不但引发了持续至今的"艺术与通俗文化之争",而且改变了作家、文本和读者之间的关系,"这种改变在美学领域和伦理领域产生了最为深远的影响,同时影响到了文学实体和文学形式",引发形成了新的文学类型和文学制度,导致了文学转型和文学研究范式的革新。②洛文塔尔在梳理"艺术与通俗文化之争"的历史脉络时敏锐地发现,在决定文学发展轨迹的各种力量之中,读者的作用力正随着阅读大众的出现和不断增加而日益增强,这促使他把文学研究的焦点转向了对阅读大众的分析和对读者的文学接受和阅读反应的研究,从而才"首开文学接受理论之先河",成为"读者

---

① Leo Lowenthal. Review. *American Journal of Sociology*, Vol. 64, No. 4, 1959, p440.
② Leo Lowenthal. *A Historical Preface to the Popular Culture Debate*, in *Mass Media in Modern Society*. Norman Jacobs. New Brunswick, U. S. A.: Transaction Publishers, 1992, p. 73.

反应批评的真正开拓者"。

一、阅读大众的形成及其对文本的影响

洛文塔尔的论述广泛地涉及了"原则上发生在艺术家和通俗文化消费者之间"的争论,并且通过对这种争论的历史脉络的梳理,清晰地说明了阅读大众的形成及其对文学的影响。他认为,通俗艺术并不是特别的、现代的现象,在分层社会的起点,它可能就以这样或者那样的形式存在了。但是直到现代社会,随着阅读大众的出现,通俗艺术的事实才引发了关于道德的或者知识的争论。在他看来,在阅读大众从地平线上浮现出来之前,文学的传播者和接受者通常属于同一个阶级,而每一个阶级都有各自共享的规则,因此在同一个领域内,还是有着相当一致的趣味的。由于"没有中产阶级使那幅文化图景复杂化或者弥合精英文化与大众文化之间的鸿沟",因此"二者之间的冲突是难以想象的"。但是随着阅读大众的出现,传统上那些依靠直接的消费者以维持生活的艺术家,不必再取悦于惟一有钱或者有势的恩主:他现在必须忧虑的是广泛的、更"大众化的"受众的需要。虽然这一过程的推进速度各不相同,但是在欧洲最迟在 19 世纪所有主要国家都开始了这一进程,因为到 19 世纪中期,作家与剧作家已经作为一个专门阶层出现了,他们开始迎合更广泛的受众的需要。与此同时,关于通俗文化的争论也开始时兴和认真起来。①

从文学的传播者和接受者之间的关系的观点看,洛文塔尔所探讨的问题实际上反映了文学传播性质的根本性改变,"其实质是:从私人捐赠和有限的观众转向公众捐赠和潜在的无限的观众"。② 这就导致作家和读者在文学传播活动中的身份和地位发生了根本性的变化。在此之前,在高雅文学和民间文学二分的历史语境中,"谁在读、为什么读"的问题很少引发争论,然而在大众传播语境中,它却成为了文学传播研究的根本问题之一。不过关于近代(尤其是 18 世纪之前的)西欧通俗文学的读者问题,直到 20

---

① Leo Lowenthal. *Literature and Mass Culture*（Communication in society, V. 1）, New Brunswick（U. S. A.）: Transaction Books, 1984, pp. 19-20.

② Leo Lowenthal. *A Historical Preface to the Popular Culture Debate*, in *Mass Media in Modern Society*, p. 73.

世纪中期还缺乏细致深入的研究,一般只是泛泛地称其为"大众"。那么这"大众"指的是谁呢?作为"文学接受理论的先驱"和"读者反应批评的开拓者"的洛文塔尔,当然不会轻易放过这个问题,他认为文学传播研究"不仅要调查谁是受众,而且要调查谁有可能成为受众或者说应该成为受众,并且要回答为什么"。更具体的,"还必须掌握受众的接受习惯、倾向和成见","研究极其不同的受众群体各自的信仰、情感模式和社会习俗等等"①。他在梳理通俗文化的发展变迁,批判为了被操纵的大众市场而生产的大众文化时,对阅读公众的具体身份进行了深入研究,并且严厉批判了文化工业所造成的"个体的原子化"②。他指出,随着文学传播范围的不断扩大,"阅读公众已经不再局限于学者和特权阶层,而开始转向大量公众。作家也第一次作为一种独特的职业出现,开始为迅速增长的畅销书市场进行写作"③。他认为,正在出现的中产阶级寻求各种各样的娱乐方式以填充日益增加的休闲时间的生活方式对文学市场产生了决定性影响。"作为结果,'大众'媒介,在适合于市场销售的文学商品的意义上,开始为了满足新的阅读公众的兴趣和需要而生产。"④所谓"新的阅读公众"指的又是谁呢?洛文塔尔认为:"大众艺术的概念是相当复杂的。当我们说'大众'这个词时,我们的意思仅仅是在某些城市文化中心的中产阶级阶层,尽管伊恩·瓦特(Ian Watt)主张18世纪英国的阅读阶层不仅包括富裕的家庭主妇而且包括她们的女仆。但是除了那些人,小资产阶级和无产阶级大众是根本不可能阅读的,因为他们太累了,甚至连看书买蜡烛的钱都没有。"⑤在洛文塔尔看来,尽管在18世纪的头几十年,有阅读和写作能力的人大大超过以往任何时期;妇女正在成为特别渴望阅读的一个群体;并且

---

① Marjorie Fiske, Leo Lowenthal. Some Problems in the Administration of International Communications Research, *Public Opinion Quarterly*, volume 16, 1952.

② 包括洛文塔尔在内的法兰克福学派的文化工业理论已经被一再分析,因此,尽管对文化工业的批判是洛文塔尔批判理论的重要组成部分,这里都不再赘述。

③ Leo Lowenthal. *A Historical Preface to the Popular Culture Debate*, in *Mass Media in Modern Society*. Norman Jacobs. New Brunswick, U.S.A.: Transaction Publishers, 1992, p. 71.

④ Leo Lowenthal. *A Historical Preface to the Popular Culture Debate*, in *Mass Media in Modern Society*. Norman Jacobs. New Brunswick, U.S.A.: Transaction Publishers, 1992, p. 72.

⑤ Leo Lowenthal. *An Unmastered Past*: *The Autobiographical Reflections of Leo Lowenthal*. Berkeley: University of California Press, 1987, p. 128.

识文断字正在成为商人和店主阶层必备的职业条件。但是事实上,18 世纪的通俗文化尚处于起始阶段,仅仅从数量上看,所谓的阅读大众其实还只是局限于少数几个城市文化中心里的中产阶级。直到 18 世纪中期,所谓的中产阶级才由富有的商人和地主扩展到店主、职员、学徒和农民。然而到了 19 世纪,随着文学材料和阅读材料的迅速增加,这一切发生了显著的改变。因为印刷技术变得日益廉价,这使我们进入大众文化工业时代成为可能。在广播和电影出现前,越来越多的书籍、小册子、杂志和报纸可以大量获得。因此他认为现代意义上的"大众"是在 19 世纪出现的。

  洛文塔尔借评论歌德和伏尔泰的通俗文化观论述了现代大众的特点。他指出,焦虑、不断地渴望变化、新奇和轰动是现代大众的突出特点,"正是读者和戏迷对于新奇的需求,才使得几乎任何作家都可能在他的时代就成为流行人物,只要他能够使公众相信,他将带给他们以前从未经验过的东西"①。洛文塔尔的这一评论预示了汉斯·罗伯特·姚斯(Hans Robert Jauss)关于"期待视野"问题的论述。姚斯认为在读者阅读的过程中,如果发现作品超出了他的"期待视野",感觉作品丰富了自己的人生经验,就会给作品以很高的评价。不过,作为一名批判理论家,洛文塔尔更重视对阅读大众的批判性分析,他认为歌德提出来的"被动性"和"因循守旧"是现代受众不容忽视的两个特征。观众进戏院只是想花钱找乐子,对演出提供给他们的寓意并没有真正的兴趣。这与法兰克福学派的主流观点一致,"心神涣散的大众"(本雅明语)之所以走进影院只是为了放松,最吸引他们的是那种合乎情理而又出乎意料、超乎想象的笑料,因为现代大众需要爆笑来缓解紧张的神经。洛文塔尔在分析"阅读公众的本质和组织的改变与小说的出现之间的关系"时,证明了正在扩大的文学消费阶层的影响。他认为这些新兴的中产阶级的文学兴趣与上层阶级并不一致。"这些新兴受众并没有受过扎实的古典教育,他们关注的是情感的表达,而不是理性的争论。"在这种情况下,这些新兴的中产阶级的文学兴趣就逐步影响到了文学的内容与形式,以至于洛文塔尔把这一时期的文学风格称为中产阶级的现

---

① [德]洛文塔尔著《文学、通俗文化和社会》,北京:中国人民大学出版社 2012 年版,第 125 页。

实主义。"中产阶级的现实主义并不主张在纯粹追求知识的过程中获得满足。问题在于要取得进步,用实用信息进行自我改善——这种倾向在十九世纪对统计性和即时性的功利主义以及关于世界上所有活动的指南和手册的狂热中达到高潮。"①洛文塔尔认为:"小说在19世纪——中产阶级的世纪获得最高的发展不是偶然的。作为与社会思潮相协调的艺术媒介,小说最终超越了所有其他艺术类型","成为中产阶级特殊的艺术形式"。②

在对上述问题进行探讨的过程中,洛文塔尔逐步形成了这样一个观点:那就是任何对文学传播问题的讨论都必须把阅读大众的观点考虑进来。洛文塔尔认为:"这种重点的转换在某种程度上来源于作家对受众的依赖。"③这说明作家在进行文学创作的过程中,就不得不认真对待读者的"期待视野",甚至作家的创作能否取得"成功",从某种意义上说,就取决于他对读者"期待视野"的把握,这样读者的文学标准、接受水平和文学趣味就自然而然地融入到文本结构中去了。洛文塔尔举了几个小例子简要说明了这一问题。"在此,我想到一部18世纪改编的《奥赛罗》的英文产品,在这部作品的最后一幕,摩尔人没有杀死苔丝德蒙娜,而是意识到了自己的错误并且请求她的宽恕,目的是他们能永远快乐地生活在世上;或者举另外一个例子,世纪之交,在慕尼黑上演了易卜生的《玩偶之家》,在上演的这出剧的结尾,娜拉不是从门外而是从屋里关上门,并且回到她那无聊的丈夫的身旁——因为女人的地方毕竟是在家中。"洛文塔尔认为这既反映了当时的社会气候,也是作家迎合大量中产阶级受众的结果,"中产阶级的常识已经使婚姻和爱情所固有的社会悲剧日益琐碎平凡"④。在洛文塔尔从事此项研究之时,关于读者的"期待视野"、受众对文学创作的影响等问题,还很少进入文学理论家的视野,洛文塔尔则率先将文学研究的重点

---

① [德]洛文塔尔著《文学、通俗文化和社会》,北京:中国人民大学出版社2012年版,第133页。

② Leo Lowenthal. *Literature and the Image of Man*:*sociological studies of the European drama and novel*,1600—1900 (Communication in society, V. 2),New Brunswick (U. S. A.):Transaction Books, 1986, p. 140.

③ [德]洛文塔尔著《文学、通俗文化和社会》,北京:中国人民大学出版社2012年版,第140页。

④ Leo Lowenthal. *An Unmastered Past*:*The Autobiographical Reflections of Leo Lowenthal*. Berkeley:University of California Press, 1987, p. 168.

从传统的作家作品研究转向了受众研究,由此开创了从文学接受和读者反应的角度来进行文学研究的新范式。

二、个案研究之一:洛文塔尔对"德国对陀思妥耶夫斯基的接受"研究

通常认为接受理论是由德国康士坦茨大学的沃尔夫冈·伊塞尔(Wolfgang Iser)和姚斯等几位教授于1960年代提出的,而"读者反应批评"也是在1970年代才由斯坦利·费什(Stanley Fish)等几位美国学者提出。作为一种文学研究学派或者说理论流派,这样说是完全可以的。不过如果仅就个人的理论兴趣和研究重点来说,他们的研究都比洛文塔尔的要晚几十年。1983年秋天,洛文塔尔在为他的文集《文学和大众文化》所作的序言中明确地谈到这一点,他说:"我确信对于陀思妥耶夫斯基的这项接受研究是这一领域的第一次尝试,它开辟了接受史和接受美学这一全新的研究领域(这篇论文写于1930年代早期),之后这一领域成为文学理论和文学批评中非常活跃的领域。"①此言不虚,事实上,洛文塔尔早在1920年代就开始关注文学接受和读者反应问题了,并且探讨了诸如"在艺术家、艺术创作和接受之间的相互的心理反应"之类的问题。②"对在艺术作品和对它的接受之间的关系问题的研究","对不同社会群体的文学接受的研究,是我一直以来的兴趣中心和重要的研究任务。"③洛文塔尔不但研究了"谁在写、写什么、为什么写"和"谁在读、读什么、为什么读"的问题,而且探讨了"谁批评、评什么、怎么评"的问题。

洛文塔尔既从历时的角度探讨了在文学发展的历史长河中作家作品被读者接受的情况,又从共时的角度探讨了同一时代的读者对作家作品的接受状况。比如为什么维克多·雨果(Victor Hugo)在德国就没有像在法国那样的接受者;雪莱(Shelley)和拜伦(Byron)在德国也没有他们在英国

---

① Leo Lowenthal. *Literature and Mass Culture* (Communication in society, V. 1), New Brunswick (U. S. A.): Transaction Books, 1984, p. xiii.

② Leo Lowenthal. *Literature and Mass Culture* (Communication in society, V. 1), New Brunswick (U. S. A.): Transaction Books, 1984, p. 246.

③ Leo Lowenthal. *Literature and Mass Culture* (Communication in society, V. 1), New Brunswick (U. S. A.): Transaction Books, 1984, p. 256.

那样的接受者；而陀思妥耶夫斯基在德国却获得了空前广泛的传播，得到了德国人的"热情接受，成为继歌德之后被最广泛阅读的作家，或者他至少是德国出版作品最多的小说家"；在社会研究所工作期间，"打击对于迈耶尔的所谓伟大的广泛接受的观念和给予不为人知的、被忽略的德国文学以荣誉"这一雄心激起了他的研究兴趣。① 一个作家或一部作品在不同时代和不同地域得到了不同范围的传播和不同程度的接受，发生了不同的作用和影响，其原因当然是复杂多样的，但是，在洛文塔尔看来，文学接受环节是其中一个不可忽视的因素。事实上，他正是通过对欧洲 16 世纪到 20 世纪的文学接受问题的研究，来阐明一位文学家或者一部文学作品的历史地位和影响，揭示其在不同时代的涨落变化的。

洛文塔尔还分别从社会和个体的角度，探讨了"文学成就的社会决定因素"和个体以自己特有的方式对文学的接受。他认为，从文学的社会接受的角度看，文学传播活动中的各个要素如书商等传播者、图书馆等传播渠道都是一身兼二任，既是文学传播活动的主体，也是文学接受的客体。事实上，从作家的作品一脱稿交给出版商的那一刻起，文学接受活动就已经开始了。从某种意义上说，出版商是代表读者在进行接受，而只有为出版商所接受了的作品，才有可能进入大众传播渠道进行传播，才能进入大众的阅读视野，为普通读者所接受。因此正如前文所说，在大众传播时代，文学编辑既是文学作品进入大众传播渠道的第一道关口，也是文学作品的第一个读者。代表机构（包括商业机构和教育机构等社会公共机构）的文学编辑和所谓代表公众的公共奖项，在将作品送入传播渠道或者推上领奖台时，就把他们的接受标准打扮成为社会标准强加给阅读大众了。他们不但能够决定哪些作品可以进入大众的阅读视野，哪些作品应该得到更高的评价，而且试图确定这些作品将在文学史和思想史中赢得什么样的地位，甚至告诉读者应该如何理解这些作品。文学的这种社会接受是形成文学时尚的重要因素之一，也是个体接受的重要中介。当然文学的社会接受和个体接受是互相作用、互为因果的。而且，在洛文塔尔看来，文学接受还要

---

① Leo Lowenthal. *An Unmastered Past*：*The Autobiographical Reflections of Leo Lowenthal*. Berkeley：University of California Press，1987，pp. 118-121.

受到文化传统和社会环境的决定性影响。

事实上,对某一位作家或者某一部作品、对某一种文学体裁或者类型在文学史上的传播接受状况的研究,是洛文塔尔前期研究的焦点问题。比如在前后十几年的时间里,他就先后创作了《论文学的社会状况》《论康拉德·费迪南德·迈耶》《德国对陀思妥耶夫斯基作品的接受:1880—1920》《克努特·汉姆生——权威主义意识形态的史前史》《德国通俗传记:文化的特卖专柜》和《通俗杂志中的传记》等重要论文。洛文塔尔在1930—1940年代写作的这一系列论文开创了批判的文学接受研究,其特点是以著名的文学作品在社会中的传播、接受与读者的反应作为分析文学的基本手段。下面就以洛文塔尔对陀思妥耶夫斯基在文学史上的传播接受状况的研究为例简要介绍一下他的文学接受理论和读者反应批评。

洛文塔尔对于这一问题的研究早在魏玛共和国的最后几年就构思好了,而写作则是在希特勒掌权后的"流放"时期。他想知道在研究政治和道德的堕落与文化的浮夸的星座时,是否能够发展出一种科学的方法。在研究中,他发出一连串的追问:陀思妥耶夫斯基的作品在德国为什么能在短时间内迅速取代那么多的伟大作品而独领风骚?它具有何种独特的审美内涵与文化内涵?这种独特内涵满足了19世纪末到20世纪初的德国读者什么样的"期待视野"?德国阅读大众对其作品的追捧反映了第一次世界大战前后德国社会思想文化观念什么样的历史变迁?洛文塔尔通过细腻地解读有关陀思妥耶夫斯基作品的数百篇评论,分析了陀氏作品受到德国社会欢迎的历史缘故,从而揭开了20世纪西方文学理论从传统向现代转型的历史序幕,使得我们更加深刻而具体地领会了一切"文学史都是传播史"的道理。

"洛文达尔在第一页就坚持认为,一部文学作品的效果才是它的存在:'文学作品的本质,基本上由人们体验它的方式来决定。'"[①]因此,洛文塔尔才首先从阅读公众的反应开始着手进行研究。他是通过印刷材料的媒介来间接地分析陀思妥耶夫斯基的阅读公众的反应的。"在19世纪最后

---

① [德]H. R. 姚斯,[美]R. C. 霍拉勃著《接受美学与接受理论》,沈阳:辽宁人民出版社1987年版,第327页。

第四章 洛文塔尔对文学"传播力场"构成要素辩证关系的研究

二十年和 20 世纪最初二十年的这段时间里,在德国没有一个现代作家像陀思妥耶夫斯基那样受到文学的和批评的关注……陀思妥耶夫斯基的文学作品没有被严格地限制在美学批评领域。许多政治的、宗教的、科学的和哲学的讨论和文学批评一起出现了。"陀氏作品这种广泛而又复杂的传播现象引发了洛文塔尔的浓厚兴趣,他想知道,"在陀思妥耶夫斯基的作品中到底有什么特别元素"引发了德国读者"如此广泛、多样而密切地响应"。但是在论文中,他又特别指出他"这篇论文并不是研究陀思妥耶夫斯基",因为"德国中产阶级的某种意识形态特性很明显根本不适合陀思妥耶夫斯基。事实上,他所获得的大量注意根本不能由他小说的内容或者语言来解释,也不能单独由他们的主题或者美学问题来解释"。显然,洛文塔尔的研究并非传统的文学研究,他"并不关注作家的作品,而是关注其被接受的社会特征",而当时对于这一问题的研究还"存在于文学史学家的讨论之外"①。洛文塔尔不同于当时一般文学社会学所取的经验主义和实证主义的研究途径,而是选择了一条文学社会心理学的独特路线。正如杜比尔所说,洛文塔尔的研究"能够总结在对文学史的这一研究目的之下,即把对文学史的研究建立在唯物主义的和社会心理的研究之上"②。这一研究的对象是作品—读者关系,途径是借助精神分析学说,以心理学为中介,将传播理论和文学理论联结起来,探讨传播者、文本和接受者之间的社会心理关系。不过,他认为这种反应研究的例子必须是非常有代表性的。作为社会研究所的成员,他能够接触到那一时期几乎所有的关于陀思妥耶夫斯基的书和杂志文章,甚至是主要报纸的文章。这使他能够全面客观地考察对于陀氏的评论。"它假定作家的作品是一种投射机制,通过大量评论展示各种层次的大众中隐蔽着的特征和倾向模式。换言之,它通过印刷材料的媒介来间接地研究读者的反应,这种反应被推断为一种群体反应的典型代表。"③通过对书籍、杂志和报纸中的可用资料进行研究,他发现,"德国中

---

① Leo Lowenthal. *Literature and Mass Culture*（Communication in society, V. 1）, New Brunswick（U. S. A.）: Transaction Books, 1984, p. 167.

② Leo Lowenthal. *An Unmastered Past: The Autobiographical Reflections of Leo Lowenthal*. Berkeley: University of California Press, 1987, p. 119.

③ Leo Lowenthal. *Literature and Mass Culture*（Communication in society, V. 1）, New Brunswick（U. S. A.）: Transaction Books, 1984, p. 167.

产阶级的某种心理模式显然能够从阅读陀思妥耶夫斯基的作品中获得高度满足"。在此基础上，洛文塔尔进而分析了德国中产阶级的心理机制及其与陀思妥耶夫斯基被接受的社会特征之间的关系：

> 德国中产阶级从未经历过任何一个持久的自由政治和文化生活时期，他们这种特殊的命运使他们一直在两种心理机制之间徘徊，一种是对侵略性的、帝国主义的、极权压迫的统治集团的认同机制；一种是对失败主义的、被动性的认同机制，尽管这与所有唯心主义的哲学传统相违背，但是他们还是心甘情愿地服从于他们所认同的、更优越的领袖。因而随即产生了施虐—受虐反应，他们在陀思妥耶夫斯基小说中那些拷问和自我拷问的主人公身上，轻而易举地找到了构建认同行为的材料。①

作为一名批判理论家，洛文塔尔的文学接受研究始终关注着"人的自由与解放"问题，重视文学在资本主义社会中所具有的乌托邦功能和意识形态功能。他认为，在这些德国中产阶级大众的视野中，存在一个盲点，即"人类社会的积极生活进程及其所有进步力量，实际上就是我们通常所说的整个生产力领域"。这一点很明显地表现在他们对陀思妥耶夫斯基的理解中，例如，他们没有注意到在陀思妥耶夫斯基的主题中有一个缺陷，即"缺乏尘世的幸福"。"从社会的角度来衡量，幸福意味着对现实的积极改革，也就是说，排除社会主要矛盾。这不仅需要完全改革现存的权力关系，而且还需要重建社会意识。"毫无疑问，这是一个面临着重重困难的艰巨任务，而能够将个人的冲动真正导向实现社会幸福的，有时候可能需要与现存权力机构进行直接对抗。这种情况下，"幸福范畴在德国中产阶级的社会意识中扮演着微不足道的角色，对此，只有从他们的社会关系的总体上进行考虑才能理解。作为一个没落的阶级，那个令人满意的社会组织对他们关闭了大门，因此，幸福的真正涵义也就与他们的意识无缘了。"

---

① ［德］洛文塔尔著《文学、通俗文化和社会》，北京：中国人民大学出版社2012年版，第203-204页。

第四章 洛文塔尔对文学"传播力场"构成要素辩证关系的研究

洛文塔尔认为,把陀思妥耶夫斯基看作缺乏道德行为和社会团结的非行动主义意识形态的证据,说人们不应该期望从他这位对人类充满了爱与怜悯的使徒身上找到那种行动的出路,也许还值得商榷。事实上,几乎所有关于陀思妥耶夫斯基的文学批评都在围绕着爱与怜悯的主题发表评论,不论是以一种优雅的笔调进行阐述,还是用那种流行的痛苦语气来表达。不过,在洛文塔尔看来,真实的情况是,在陀思妥耶夫斯基的作品里,"爱一直是其精神中的一种很淡薄的情感,只有预先假定人们会疯狂地反对一切社会变革,并且在面对每一种真正的道德行为时都会采取一种极端被动的态度时,才能理解这种情感。"尽管如此,人们对他的作品的反应却不受这一事实的影响。"对爱和怜悯的要求,可能意味着认识到了现存的社会矛盾以及改革的必要性;它能够成为推动人们在思想和行为上积极行动的有效方法。"然而,在陀思妥耶夫斯基那里,"它仅仅是一种情绪、一种许可,而不是一种需求。或许,这是这种爱的观念的意识形态作用的最明显的符号。需求和行动的力量无法进入这一相对无能的社会阶层的社会意识之中,除非他们能接受正义的信念——这种信念必定会摧毁他们与统治者的团结,并且指出他们与被统治者的共同利益。"①

从洛文塔尔的分析中我们可以看出,文学接受既需要一种社会上的制约力量,又需要一种心理上的制约力量,这样,"对于艺术和大众文化的解释就要依靠社会和个体的社会历史和心理条件。因此他的早期作品预示了接受理论和效果理论"②。后来洛文塔尔在纪念本雅明的一篇文章中承认他"那时已经开始明确表达了类似于现在的接受理论和效果历史(reception theory and Wirkungsgeschichte)的问题",他说:

> 本雅明非常熟悉我的文学社会学研究,例如他对我的汉姆生研究表现出了热情,他特别赞赏我对陀思妥耶夫斯基在德国的接受的研究。在这些以及其他研究中,从本质上说,那时我已经开

---

① [德]洛文塔尔著《文学、通俗文化和社会》,北京:中国人民大学出版社2012年版,第204-205页。

② Hanno Hardt. *Critical Communication Studies: Essays on Communication History and Theory in America*, London: Routledge, 1991, p.156.

始明确表达了类似于现在的接受理论和效果历史的问题,当然其清晰的重点是意识形态批判。这些和本雅明的兴趣都是一致的。①

洛文塔尔在文学传播领域所作的开创性研究,得到了同行的高度评价。本雅明在当时就看到了这一研究的重大理论价值,他于1934年7月1日特意从丹麦(Denmark)给洛文塔尔写了一封信②,称赞他开创了一种新的研究范式:

> 自从我到达丹麦以来,你研究陀思妥耶夫斯基的论文就成为我的首要事业。因为以下几个理由,它对我而言是极富启发性的,首先因为在你初步涉及康拉德·费迪南德·迈耶尔之后,在我面前就有了一种精确的接受史,并且就我所知道的,它的精确度是全新的。因为对本质问题缺乏有判断力的表述,直到现在这种尝试从没有超出文学材料史的范围……你的作品正在处理的是具体的历史境遇。然而人们惊奇地获悉这种历史境遇正好是当代的,陀思妥耶夫斯基的接受在这种历史境遇中已经发生了。这种惊奇要给读者(如果我推己及人)一种刺激。③

作为社会研究所的同事和艺术传播研究的同行,本雅明敏锐地揭示了洛文塔尔文学接受研究的理论价值和现实意义。马丁·杰伊在分析了洛文塔尔以及阿多诺、本雅明的相关研究后指出,洛文塔尔的研究"加强了研究所对权威主义的分析",并且强调说洛文塔尔"实际上是读者反应批评的

---

① Leo Lowenthal. *An Unmastered Past*：*The Autobiographical Reflections of Leo Lowenthal*. Berkeley：University of California Press，1987，p.222.

② 马丁·杰伊在《辨证的想象》第四章的第98个注释中说："1934年7月1日本雅明从巴黎给洛文塔尔写了一封赞赏其价值的信,称赞他开创了一种新的研究模式。"参见 Martin Jay. *The Dialectical Imagination*. London：University of California Press，1996，p.326. 根据洛文塔尔的回忆录,这封信应该来自丹麦,而非巴黎。

③ Leo Lowenthal. *An Unmastered Past*：*The Autobiographical Reflections of Leo Lowenthal*. Berkeley：University of California Press，1987，p.222.

第四章 洛文塔尔对文学"传播力场"构成要素辩证关系的研究

真正开拓者"。① 接受理论专家霍拉勃不但认为洛文塔尔的文学传播研究开创了"有关接受问题的理论构架"②,而且将其视为接受理论的先驱。他是这样评价洛文塔尔的贡献的:"洛文达尔本人对社会心理学文学接受理论的贡献,在于他对陀思妥耶夫斯基一次大战之前在德国的接受状况的研究,首开社会心理学的文学接受理论之先河。"③霍拉勃指出,洛文塔尔有大量唾手可得的材料,但他却没把主要兴趣放在经验主义研究上。因为经验主义研究只不过是"纯哲学"研究或"材料的堆积"的延续,而接受理论则应对材料有所选择。洛文塔尔所提倡的是一种在社会结构内更为彻底,也更具心理社会学特征的发掘。他认为洛文塔尔把"直到现在仍被不断地推到背景上去的作品读者间的关系问题"推到文学研究的中心位置的做法,正是后来受到接受美学和读者反应批评青睐的原委所在。因此,他特别强调洛文塔尔的研究"对文学理论具有某些革命意义",霍拉勃说:

> 他(指洛文塔尔——引者注)考察了论述"俄国"小说家的论文与著作,解释道,陀思妥耶夫斯基迎合了威廉治下的德国的特殊社会集团的口味,并对他们具有理论意义。洛文达尔指出,陀思妥耶夫斯基是德国中产阶级成员的思想拐杖,为他们提供了一系列的神话,在处于有权有势的上层阶级和迅速兴起的无产阶级之间的那部分个人中很有感召力。但是,比这单一情形的研究所得结论更为重要的,是研究向我们提供的一般理论的陈述……研究接受问题的社会心理学方法,不仅产生了一种典型情况的研究,而且在一般意义上,也对文学理论具有某些革命意义。④

---

① Martin Jay. *The Dialectical Imagination: A History of the Frankfurt School and the Institute of Social Research*,1923—1950,London:University of California Press,1996,p.138.
② [德]H. R. 姚斯,[美]R. C. 霍拉勃著《接受美学与接受理论》,辽宁人民出版社 1987 年版,第 328 页。
③ [德]H. R. 姚斯,[美]R. C. 霍拉勃著《接受美学与接受理论》,辽宁人民出版社 1987 年版,第 327 页。
④ [德]H. R. 姚斯,[美]R. C. 霍拉勃著《接受美学与接受理论》,辽宁人民出版社 1987 年版,第 327-328 页。

在笔者看来,本雅明、马丁·杰伊和霍拉勃等学者所一再强调的洛文塔尔对文学"一般理论"的革命性贡献,正是其所开创的文学传播研究新范式。洛文塔尔通过对陀思妥耶夫斯基、迈耶尔、汉姆生等文学家的文学作品在德国的传播研究"再三地证明了在德国没有真正的资产阶级自觉这一主题,或者用社会学的术语来说,就是在德国没有那种承载自由主义世界观的有意义的、有影响的团体",而在政治上没有承载自由主义的团体,"其结果是丧失了在社会主义者和启蒙自由主义者之间进行联盟的历史机遇,而这本来有可能阻止德国灾难的发生。"① 洛文塔尔从文学传播接受的角度揭示了德国灾难发生的原因,这可以说是其文学传播研究的重大理论价值和社会现实意义。

第三节 传播者、社会、接受者共同建构的文本

在法兰克福学派大众传播研究的代表作《欺骗的先知》一书的前言中,霍克海默根据洛文塔尔的研究指出,"如果我们要掌握大众行为现象的真正意义","仅仅对人类本身进行研究是不够的","我们必须把对刺激的本质的研究和对刺激的反应的研究放在一起进行研究"②。霍克海默所总结的洛文塔尔这一大众传播研究方法也体现在他对文学传播问题的研究上。对于洛文塔尔而言,如果要掌握文学传播现象的真正意义,仅仅研究作家、作品或者读者本身是不够的,必须把对包括作家在内的传播主体、作品本质的研究和读者的阅读反应以及三者所生存于其中的社会放在一起进行研究。在法兰克福学派看来,文学活动的主体并非像康德所相信的那样是抽象的、先验的,而是具体的、历史的,"艺术主体在一定意义上既是个人的也是社会的";而作品也像艺术家的生活一样,"既非心灵的反映也非柏拉图式的理念的具体化,它不是纯粹的存在而是主体与客体的'力场'";至于

---

① Leo Lowenthal. *An Unmastered Past*:*The Autobiographical Reflections of Leo Lowenthal*. Berkeley:University of California Press,1987,p. 120.
② Max Horkheimer. "Foreword". In Leo Lowenthal, *False Prophets*:*studies on authoritarianism* (Communication in Society, V. 3), New Brunswick (U. S. A.):Transaction Books, 1987, pp. 1-2.

第四章　洛文塔尔对文学"传播力场"构成要素辩证关系的研究

艺术接受,"如果艺术创造力受到社会因素的限制,那么对艺术的欣赏也是如此"。①洛文塔尔一再指出,个体趣味的自由观念,在大众传播社会中随着自律主体的逐渐销蚀而全部瓦解,这一转变的含义对理解文学传播活动是很重要的。如果说,战前德国对陀思妥耶夫斯基的接受问题是洛文塔尔前期研究的重心,那么传播者、社会和接受者三方在文学"传播力场"中的博弈及其对文本的共同建构问题则一直是洛文塔尔文学传播研究从未偏离过的焦点。

一、文学标准和趣味的历史变迁

在一篇纪念洛文塔尔的文章中,利奥·博加特指出:"洛文塔尔最主要的兴趣在于文学的社会根基问题,例如,休闲时间的增长和具有读写能力人口的增加创造了大量受众,从而导致作家与其阅读公众之间的关系日益改变,从中就可以揭示文学的社会根基。"②洛文塔尔最主要的兴趣是不是文学的社会根基问题,还有待于进一步考察,不过利奥·博加特对洛文塔尔研究思路的分析确实是深中肯綮,从上文的梳理中我们已经看到,洛文塔尔是从阅读大众的形成入手来研究包括作家在内的传播者与接受者之间关系的历史变迁的,通过对这一问题的深入研究,他发现,文学标准和趣味问题成为了传播者、社会和接受者三方博弈的"力场",并且从中揭示了作家已不再是文本的独创者,事实上,传播者、社会和接受者三方共同参与了文本的建构。

洛文塔尔认为使关于"文学标准和趣味问题"成为"可行的研究领域的难题之一是它需要一种历史的定位"。他通过对历史上关于"文学标准和趣味问题"的争论脉络的梳理,发现关于文学标准问题的争论在中产阶级的萌芽时期就出现了。"在理论上,这个问题可能植根于蒙田和帕斯卡尔,而关于趣味和审美标准的实际问题是随着18世纪英国人理查德·斯梯尔

---

① Martin Jay. *The Dialectical Imagination: A History of the Frankfurt School and the Institute of Social Research*, 1923—1950, London: University of California Press, 1996, pp. 177-178.

② Leo Bogart. In Memoriam: Leo Lowenthal, 1900—1993. *Public Opinion Quarterly*, Fall 1993, Vol. 57, Issue 3.

与约瑟夫·艾迪生创办的杂志的发展而逐步发展起来的。"①

洛文塔尔的这个论断揭示了文学媒介在文学传播活动中的影响力不断扩大这一事实。而"艺术家与公众之间关于文学标准和趣味问题之争"的严肃性，是在歌德那里得到进一步证实的。歌德在为《浮士德》写"舞台序幕"时遇到一个问题：即"是否需要以及在什么程度上，一个艺术家应该向平民百姓及其仅仅想娱乐和放松的嗜好让步"。洛文塔尔认为，"问题的焦点在于呈现给公众的作品的性质问题"，经理只对票房收入感兴趣，在他看来，"公众是消极的，'你现在劈的乃是软木'"；但是诗人则以"艺术家之使命的名义""反对这样一种'商业的堕落'，认为生产'糟糕的作品'"与其作为艺术家"职业"之高标准的代言人不相符。②在歌德时代，艺术家和经理、公众之间的兴趣分歧还只是处于初始阶段。在这个阶段，艺术家及其受众仍然可以交流，但是到19世纪艺术家和公众之间的兴趣分歧导致了二者的完全分裂。这是因为在18世纪，艺术家是为了一个相对较小的、有教养的公众群体而生产，尽管在30年代到40年代期间，英国出现了阅读量的激增，但是那时"正处于文人阅读更多材料的阶段，而非读者数量增加的阶段"③，因此阅读公众基本上来自同一个阶层，他们的需要和趣味还是很一致的；然而，到了19世纪初，一种新的、更广泛的公众群体产生了，作为大众媒介现代受众的先声，他们大声疾呼，要求被关注，这一事实使艺术家面临着新的问题，其中最重要的是"真实"的标准问题。来自不同阶层的受众对社会和人生有着不同的认识和理解，在精神生活上有着不同的文化主张和兴趣爱好，面对新兴受众纷纭复杂、变化无常的趣味，现代艺术家就像大力神赫拉克勒斯（Hercules）遇到九头蛇海德拉（Hydra）时的处境一样——满足一种趣味，三个五个又迅速冒出来。"正如歌德在《格言诗》中写道，'以前有一种趣味，现在有许多种趣味。但请告诉我，这些趣味在何

---

① Leo Lowenthal. *Literature and Mass Culture*（Communication in society, V. 1），New Brunswick (U. S. A.): Transaction Books, 1984, p. 153.

② ［德］洛文塔尔著《文学、通俗文化和社会》，北京：中国人民大学出版社2012年版，第38-39页。

③ ［德］洛文塔尔著《文学、通俗文化和社会》，北京：中国人民大学出版社2012年版，第82页。

处被品味？'"①

　　洛文塔尔指出："标准问题在关于通俗文化的现代争论中占据了中心位置，而且它必然与公众趣味对大众产品特点的影响问题有关。"他发现，"争论中的某些论据，歌德的经理（指《浮士德》中的经理——引者注）早就给出了。有一些人倾向于相信流行的标准源自公众的意向和需要，并寻求查明公众趣味中的不变因素"，因为在他们看来，"这些因素反映了人性永恒的基本特征"。其他人则宣称，"公众趣味不是自发的，而是人为制造出来的，并且是由政治的或经济的既定利益决定的；为了特定的私利，他们通过大众媒介操纵消费者，使其产生幻想或感到失落。还有一些人保持中立姿态：在他们看来，趣味标准是这两种力量相互作用的结果"。面对这三大阵营的冲突和争论，洛文塔尔选择站在哪一边呢？他是如何看待当时的趣味标准之争的呢？他通过评论歌德的观点表明了自己的立场。作为一名深深地植根于欧洲人文主义传统的批判理论家，他显然是站在代表艺术家的歌德的立场上来看待这一问题的，"标准是相当明确的"：

　　　　人文主义传统把掌握文化和个体道德命运的责任交到了知识分子精英的手中。当他们生产低级作品和粗俗戏剧来向平民百姓的低劣本能献殷勤时，这些精英就背叛了自己的使命。换句话说，歌德问的不是作家如何能够获得大量公众的关注，而是正相反：如何才能劝服公众去接受知识分子为了真正艺术所作的努力，以及艺术家能够做些什么以推进这一进程。像文艺复兴以来的许多艺术家和思想家一样，歌德感到，与宗教、哲学和科学相比，艺术的特殊功能在于激发富有创造性的想象力。这一批评的含义之一在于，低劣艺术过于咬文嚼字，迎合特定的情感需求，确切地说，正如我们已看到的，它阻碍了创造力的发挥。在论魏玛宫廷剧院的论文中，歌德主张公众"不应被视为群氓"，并且选出来上演的戏剧的目的不应是迎合公众的需要，而是去激发他们的

---

①　[德]洛文塔尔著《文学、通俗文化和社会》，北京：中国人民大学出版社2012年版，第43页。

想象和思考。歌德说,应该让看戏的人感到"像一个观光客,在陌生的地方找不到家中所有的安逸,他来到这里是为了获得教育和娱乐"。①

上述从欧洲人文主义传统出发对以艺术家为代表的知识分子精英的使命以及艺术的特殊功能的论述,使一些评论者认为洛文塔尔和阿多诺一样,也是一名精英主义者。而其对公众趣味需要激发和教育的评论,也给人以他赞同"公众的趣味不是自发的,可能会受到大众媒介操纵"的印象。据此,一些评论者认为在这个问题上,他和阿多诺等法兰克福学派核心成员一样都是属于第二阵营的。不过在笔者看来,正如我们前文已经分析过的,就洛文塔尔本人对历史上的通俗文学的研究而言,他的立场总体上是属于第三阵营的,只不过在前两种力量的对比中,他对第二种力量可能产生的后果非常警惕,因而更强调对第二种力量的批判而已。当他收回对历史的沉思,将目光投向当下的大众文化现象时,确实是越来越倾向于赞同法兰克福学派的主流观点,并且对制造趣味、操纵消费者的文化工业进行了激烈批判。

洛文塔尔认为,19世纪的英国为研究中产阶级关于"文学标准和趣味问题"的争论提供了最丰富的资料。英国工业化的迅速发展带来了新的纸张生产方法以及提高出版效率的机器。这一切增加了大众能够获得的印刷读物。对于贫穷人而言,报纸、杂志、小说和陈腐的戏剧已经能够得到丰富的供应了,对于中产阶级就更不要说了。这就引发了人们对低俗产品会威胁高雅文化的争论。他研究了英国一些主要作家关于文化标准问题所表达的观点。他指出,早在1800年,威廉·华兹华斯(William Wordsworth)在《抒情歌谣集》(Lyrical Ballads)第二版的著名序言中,就对通俗艺术给出了经典表述:通俗艺术是更深层的社会状况的一种表达。华兹华斯发出警告,认为真正的艺术所表现的"优美与高贵"在一定程度上受到狂乱的小说、病态愚蠢的德国戏剧和无用的夸张的故事的威胁。在分析这种

---

① [德]洛文塔尔著《文学、通俗文化和社会》,北京:中国人民大学出版社2012年版,第43—44页。

通俗文学的传播现象时,华兹华斯使用了我们今天很熟悉的心理结构:现代人对于"粗俗和暴力刺激"的需要使"思想的辨别力变得迟钝",然而真正艺术的功能就在于激发这种力量。

洛文塔尔认为,"公众趣味"的角色——在自由主义社会市场对公众观点的影响是个周期性的主题——是这一时期的关键问题。比如威廉·哈兹利特(William Hazlitt,1778—1830)宣称:"天才在每一个艺术行当中的最高成就从来没有被普通人理解过……对于不遵循已建立起来的排他模式的独创性天才而言,公众趣味就像挂在他们脖子上的枷锁。"正是基于这种观念,哈兹利特才对艺术被贬低的状况忧心忡忡。在他看来,通俗文化实际上就是高雅文化在消费者的购买趣味支配下衰败的后果。因为"公众趣味必然会随着公众的水准变化而堕落,也必然会随着流行观点的注入而变得低劣"。洛文塔尔注意到,哈兹利特用来描绘大众文化和大众休闲的术语已经非常接近现代人所用的了,比如金钱的角色,普通大众装饰门面的渴望等等。在发表于《观察家》(*Examiner*,1816)上的一篇文章中,哈兹利特批评了当时大英博物馆的选择策略:"皇家艺术学院是叫卖美术的推销商,与其说他们是为了艺术的荣誉,还不如说他们是作为叫卖者和经销商而紧紧抓住自己的利益不放。"显然,在哈兹利特看来,以商业利益为准则的时尚艺术家和时尚理发师遵循的是"同一个理论和实践原则"。他对于公众的轻蔑最明显地表现在下面的宣言中:"阅读它、羡慕它、赞美它,仅仅因为它是时尚,而不是来自任何对主体或者人类的爱。"显然,以哈兹利特为代表的学者阵营对"具有购买力的顾客的趣味"在19世纪日益成为规定文学标准的一个重要因素的现象十分忧虑,因为在他们看来,"趣味的广为传播与趣味的改善并不是一回事",而艺术的衰败、高雅文化的衰落正是低劣趣味通过大众传播媒介广为传播这一社会进程不可避免的后果。

不过"关于保持或者建立艺术标准的问题",洛文塔尔发现当时也有极其不同的观点。比如沃尔特·司各特(Walter Scott)就认为作为一项合法的买卖,写作在金钱上是应该有所回报的,而不必在意谁了解它。司各特坦率地承认:"我写作是为了普通的娱乐";"公众的喜爱是对我唯一的奖赏"。司各特之所以持有此种观点,乃是因为他相信,"那些在其问世的时代就被广为接受的作品,也经常会流传到后世"。在他的这一信条中存在着这有一种假设,"即在所卖的书与公众的健康趣味之间预存着稳定的和谐"。关于艺术家和公众之间关系的问题,司各特的观点显然与华兹华斯和哈兹利特的截然不同。"对于司各特来说,不存在判断艺术作品的适当性或者美的严格标准。不同的阶层从不同类型的艺术产品中获取乐趣。"司各特"这样做的目的是要剥夺艺术的美学原则",他声称如果"社会标准盛行的话,那么受到社会标准引导的受众就是合法的批评家"①。

通过考察19世纪英国非常流行的四本杂志——《爱丁堡评论》《每季评论》《辉格党杂志》《布莱克伍德杂志》,洛文塔尔发现在这些杂志中展示出来的关于这一问题的争论主要集中在下列问题上:通俗文化的传播有什么影响——例如为大量受众大规模生产的文化产品对受众有什么影响?它正在迎合腐朽堕落的趣味么?或者它对遭受奴役的劳动者是有害的娱乐么?②

洛文塔尔指出,这一系列的争论表明任何确立文学标准的尝试都离不开公众的阅读经验。他由此阐明的文学接受对于文学标准问题的重要意义,进一步深化了他在研究汉姆生和陀思妥耶夫斯基时所开创的接受理论和读者反应批评。他指出:"文学标准问题长期以来一直是一个由作家决定的领域,对于他们这种自我确立的标准来说,唯一的威胁就是当他们有幸遇到一位富有的资助人时,他们必须时不时地给这位资助人写点溢美之词。"但是由于阅读能力扩展到社会的各个阶层,以至于每个人好像都能够成为文学标准的仲裁者。现在的问题是,不仅"每个人"都拥有自己的趣味,都能够清晰有力地表明他的文学判断;"更糟糕的是,受众的观点是如此繁多,以至于艺术家与他们的趣味几乎无法调和"③。他认为当中产阶级在与封建贵族的斗争中取得胜利之后,随着日益增长的工业化以及随之而来的工人角色获得了新的重要性,"这导致了斗争焦点的转换:中产阶级现在开始怀疑他最危险的敌人是社会下层分子而不是上层"。他指出:

---

① Leo Lowenthal. *A Historical Preface to the Popular Culture Debate*, in *Mass Media in Modern Society*. Norman Jacobs. New Brunswick, U. S. A.: Transaction Publishers, 1992, pp. 75–79.

② Leo Lowenthal. *Literature and Mass Culture* (Communication in society, V. 1), New Brunswick (U. S. A.): Transaction Books, 1984, p. 153.

③ [德]洛文塔尔著《文学、通俗文化和社会》,北京:中国人民大学出版社2012年版,第129页。

随着以提高识字率为目的的慈善学校和周日学校在工人和农民社群中的普及,谁应该阅读的问题甚至很快变得比谁应该被写入小说的问题更具争议性。就此而言,这种焦虑似乎并不是起源于文学界。正相反,就目前来看,它似乎是起源于中产阶级中的非知识分子。他们所提出的问题与审美无关;他们也不担心为了满足工人阶级受众的趣味和阅读能力,可能要降低文学的水准。这个问题源于某种经济上的私利:如果工人发展出某种强烈的阅读偏好,难道他们不会对体力工作感到厌烦么?①

塞缪尔·约翰逊的一个富有的朋友就曾经非常忧虑地向他咨询,如果工人们去上学,学习阅读,他们是否会变得不那么勤劳了。这种看似对劳动效率和劳动态度的担忧其实蕴含着更深层次的问题,事实上,"反对工人阅读的核心论点是这样的:只有将穷人限制在'一定程度的无知'范围内,他们才会一直温顺驯服、有实际用处。读读《圣经》或许还可以,但是任何其他类型的读物,都很可能让工人们对'注定会占据他们生命'的'体力劳动'产生不满"。当时新兴的资产阶级为了控制工人阶级、维护其阶级利益,提出了各种各样的纠正措施:有的建议完全停止对下层阶级的孩子的阅读教学;有的建议对下层阶级的阅读材料进行审查,以确保他们只能接触到宗教作品。《绅士杂志》刊登的一封"给编辑的信"中甚至提出了一种相当现代的审查方法:建立一个书籍审查委员会,为青年、工人以及其他"下层人"拟定准许阅读书目。这个由"杰出人士"组成的委员会,每年要精读新出的小说,将这些书目刊印在"月度报告"上,并且坦率地指出哪些书籍有不当倾向,哪些书籍非常优秀值得推荐。洛文塔尔认为:"正是在这种既关注审美又关注阶层的氛围里,关于'趣味'问题的争论发生了——趣味是什么,谁拥有它,怎样才能获得它?"②

洛文塔尔指出,尽管在17世纪和18世纪早期上层中产阶级就日益扩

---

① [德]洛文塔尔著《文学、通俗文化和社会》,北京:中国人民大学出版社2012年版,第131-132页。

② [德]洛文塔尔著《文学、通俗文化和社会》,北京:中国人民大学出版社2012年版,第132页。

大,但是由富有的商人和有产者构成的上层中产阶级的审美趣味和文学诉求与贵族的基本一致。对于文学家而言,他们同以前的阅读公众没什么区别,所以作家无需做出调整就能适应这类新兴受众的兴趣。因此,"文学界的问题和由谁来评判文学的关系不是很大"。但是到了18世纪中期,中产阶级就不仅由富商和地主组成,而且还包括店主、职员、学徒和农民,这些人变得越来越富有,也越来越有文化、有抱负。但是,"他们的文学兴趣与上层阶级并不一致,他们的教育背景确实比较原始,同时他们的文化主张却又非常独特,值得注意"。由于这些新兴受众没有受过扎实的古典教育,因此他们所关注的是情感的表达,而不是理性的争论。而且,"中产阶级的现实主义并不主张在纯粹追求知识的过程中获得满足"。"在这种情况下,艺术和生活,文学和信仰,审美体验和情感体验之间的界限已经被弄得模糊不清,难以分辨。"由此可见,到18世纪中期以后,随着中产阶级构成成分的日益复杂,批评家对文学活动所能评论的内容也变得越来越宽泛含混。他可以谈论一本书的品质,可以谈论书籍生产过程中涉及的智力过程和情感过程,也可以评论书籍生产的关键步骤——但是,无论采取何种方法,他几乎都会探讨读者体验,或者说不同类型的读者体验的问题。总之,"一旦文学行业完全依靠广大公众的兴趣、善意和购买习惯而生存,它就开始高度重视公众体验文学产品的方式,及其在文学标准形成过程中所起作用的问题"①。

  从以上分析可以看出,洛文塔尔在探讨文学标准与趣味的历史变迁与新兴公众的关系问题时,追溯了以下三个阶段:第一阶段,是充满了希望的时期,文学家期待新型公众的审美倾向与其道德取向相一致;第二阶段,是"机会和投机主义"时期,新作家和新产品迅速涌现,文学界对此抱有警惕的态度;第三阶段,是在知识分子中充满了沮丧和恐慌的时期,在这一时期,受众和媒介都遭到了严厉的批评。而现在关于"趣味"问题的争论进入了第四个时期。对于这一问题的讨论,人们希望能够得到一个艺术家和受众都能够接受的根本标准,但是事实上这次探索收效甚微,只是在总体上

---

① [德]洛文塔尔著《文学、通俗文化和社会》,北京:中国人民大学出版社2012年版,第132-133页。

或多或少达成了一致意见:只要经得起空间和时间检验的文学和艺术的成就,无论是民谣还是希腊雕塑,就是"好"的,而这类成就经得起考验的事实恰好表明了判断的普遍标准确实是存在的。"然而这些主张对于解决艺术家的完整性和付款买单的公众倾向性之间的冲突几乎毫无帮助。"由于对普遍标准的讨论是如此的苍白无力,批评界的注意力越来越转移到受众经验方面,诸如洞察力、个体差异、民族差异和"比较的"或者"历史的"视野之类的心理上和描述性的概念,在批评家的作品中变得越来越惹人注目,这说明他们越来越重视作品的享受、乐趣、娱乐、消遣等功能,好像对于读者满意度的调研会导致关于"普遍"标准之本质的新知识。洛文塔尔认为:"这种重点的转换在某种程度上来源于作家对受众的依赖,它也在某种程度上反映了伟大作家的缺席还是一个悬而未决的问题。"①他由此将文学研究的重点从传统的作家作品研究转向了受众研究。众所周知,在洛文塔尔之前,甚至就是他所处的时代,强调作家作品对读者的影响的观点还在理论界占据支配地位,对于受众的经验是否应该被看作文学标准的合法基础的问题,很少进入文学研究的视野,洛文塔尔则由此开创了从文学接受的角度来进行文学研究的新范式。

尽管洛文塔尔"首开文学接受理论之先河",但是他并没有像后来的接受理论那样走向"读者中心",过度强调读者接受的作用,以至于成为"片面的真理"。他的研究是较为辩证的,在强调读者作用的同时,他并没有忘记传播者和社会的重要作用。而对于作为批判理论家的洛文塔尔来说,研究"标准与趣味"问题的批判途径必须从下面这个问题开始:"在社会的总体进程之中,文化传播的功能是什么?随之而来的具体问题是:什么可以通过社会权力机构的审查?依据正式与非正式审查的权威断言,这些东西是如何被生产的?"他也坚持对社会整体中的客体要素在大众媒介中的生产和再生产进行分析,这就意味着不能把"大众的趣味"作为一个基本范畴,而是要坚持查明,"这种趣味作为技术、政治和经济条件以及生产领域主宰利益的特定结果,是如何灌输给消费者的。在社会术语中,'喜欢'或者'不

---

① [德]洛文塔尔著《文学、通俗文化和社会》,北京:中国人民大学出版社2012年版,第140页。

喜欢'到底意味着什么?例如,今天人们好像有了大片依据其趣味进行选择的自由领域,并且尽管他们会极力赞同或反对通俗文化的特定表现,但是问题依然存在:这些行为怎么样才是合乎自由选择的真正取舍,怎么样才是所有媒介所特有的制度化的再现?"他认为,在公众的欲望和为了保持威力而施加于公众的控制之间,存在着相互的依赖关系。他向经验研究的这一假设提出挑战:即所谓"严肃"节目或作品的大量增长,就意味着教育和社会责任的自动"进步",意味着对艺术理解的自动"进步"等等。他指出:"我们面对的是严肃的文学还是非严肃的文学,这个问题流于表面。人们首先必须对品质进行审美分析,然后再调查这些审美品质在大众再生产的情况下是否不易发生改变。"类似地,他也认为,接受"标准化"之类的概念并不能加深对通俗文化的洞察,"因为显然,标准化意味着在不同语境中的不同事物",如果想知道标准化在工业中意味着什么,他觉得,"或许通俗文化独特的心理学和人类学特征是一把阐释现代人标准化作用的钥匙"。尽管这还只是他的一个设想,但是他认为:"有足够证据表明,在职业生活的压力与来自认识和审美张力的自由之间,存在着相互依赖的机制,通俗文化好像就沉湎于其中。"但是他也一直坚持在研究文化激励问题时,要充分注意社会历史的作用,因为"刺激与反应之间的关系是由刺激以及反应的历史命运与社会命运所预先形成和预先建构的"①。

正如霍拉勃所分析的,尽管洛文塔尔坚持认为,"一部文学作品的效果才是它的存在:'文学作品的本质,基本上由人们体验它的方式来决定'",但是"人类经验本身在很大程度上是先定的,鉴于这一原因,对于一位作家的作品的接受情况的分析,便必定涉及对社会的'生命过程'的理解。一方面文学可以满足特定社会集团的心理需要,另一方面它却危及社会秩序"②。因此,对于洛文塔尔来说,文学的传播与接受研究不仅是一个基本的文学问题的研究,而且要诉诸社会分析。"文学学的这一阶段已经表明,历史上的接受学研究如果不想生产文学的空洞形式的话,那它就得依附于

---

① [德]洛文塔尔著《文学、通俗文化和社会》,北京:中国人民大学出版社2012年版,第31-32页。
② [德]H. R.姚斯,[美]R. C.霍拉勃著《接受美学与接受理论》,沈阳:辽宁人民出版社1987年版,第327-328页。

进行接受学分析的社会学基础。"接受学研究专家冈特·格里姆在《接受学研究概论》中做出上述论断之后,为我们分析了洛文塔尔的文学社会学研究(尤其是其中蕴含的今天看来是文学传播学的研究)对于接受理论的贡献。"勒文塔尔(洛文塔尔)自1926年起参与了法兰克福社会研究所的工作;1928—1931年间发表的许多重要篇章都是他写的,这些文章收集在《论艺术与社会》(1971)一书中。"尽管"整理出作品产生时的社会关系是本书的主要愿望,但是,在处理交际模式的第一章《文学学中的社会意识》中,勒文塔尔(洛文塔尔)强调的却是'作品和接受之间关系'的重要性。他断定,至今,'虽然在报刊、书信和回忆录中有着数不清的材料,可以使人了解作品在一定的社会阶层和个人中被接受的情况,但研究鸿藻巨著的效果这样一个对于研究工作如此重要的中心任务还根本没有着手进行。这一任务还得靠文学史去完成。文学史是搞历史理论的,因而须得广泛开展对诗艺的研究。在这里,用不着顾虑迄今世人对诗艺的诚惶诚恐的守护,用不着害怕一头扎进哲学和资料里去钻不出来,因为它的基础是社会理论,这一理论可以给他指出研究方向。'"由此可见,洛文塔尔对文学艺术及其接受的社会历史研究预示了接受理论的出现。①

洛文塔尔分别以"文学和社会系统"、"作家在社会中的地位"、"作为文学材料的社会和社会问题"、"成功的社会决定因素"为小标题论述了"无所不包的社会星座对写作和阅读公众的影响"及其对文本的建构。他认为,具有创造性的作家从本质上说都是知识分子,一个独创性作家的文学处理,如对自然与爱情、举止与心情、合群与独处的具体描写,对独白、叙述或对话的分量侧重等等,都能够透视出其中最私人和最隐秘的空间。至于"成功的社会决定因素",他认为,特定的社会关系对特定的文学标准,文学形式或主题内容的影响是首要的问题;其次是社会控制领域对于文学创作与阅读的正式的或者非正式的管理控制及其对文本的影响;再次则与技术革新及其所带来的经济和社会后果密切相关。就"文学和社会系统"问题来说,他认为可以从两个方面来理解。"首要的方面是,要把文学放到每个社会的功能框架之中来理解,接着还要从那个社会的各种不同阶层出发来

---

① 刘小枫选编《接受美学译文集》,北京:三联书店1989年版,第80-81页。

理解它。"例如,在某些相对处于较早时期的社会形态中,文学是被整合进其他社会表现形式中,而不是明显地作为一个与其他文化形式或者仪式无关的独立实体。"甚至可以说,文学是那些诸如原始部落颂歌、早期希腊悲剧或中世纪基督受难剧之类活动的一种表现形式。"然而到了现代社会,中产阶级世界的文学就开始与其他文化活动形成有明显的分别,即在功能上有了很多不同。"它可能成为在政治上遭受挫折的人们逃避现实的避难所,如早期的浪漫主义;或者是对大规模群众所遭受的社会挫折的安慰,像当前这种把文学作为大众娱乐的现象。"当然,在几乎任何一个社会中,文学都可能成为教育的手段,在实现统治阶级的教育目的时,文学就"成为严格意义上的意识形态工具"。第二个方面是就对文学形式的研究而言的,史诗、抒情诗、戏剧和小说等文学形式,其本身都与特定的社会命运有着密切联系。"个体的孤独感或集体的安全感、社会的乐观氛围或绝望情绪、对内心自我反思的兴趣或对价值的客观标准的坚持等,都可以作为文学和社会相联系的出发点来研究,这可以帮助我们根据社会环境来重新审视文学形式。本书的前一章(指'大众偶像的胜利'——引者注)就是在这一领域进行研究的一个例子。"①

洛文塔尔把他的文学传播理论运用到文学批评实践中去,通过个案研究验证了其理论分析的有效性,在这方面,"洛文塔尔论大众流行杂志中的通俗传记的作品提供了一个范例"②。下面我们就尝试着分析为他"赢得了美国社会学家和传播研究专家的赞同和尊敬"的《通俗杂志中的传记》这篇给他带来了巨大声望的论文。

二、个案研究之二:洛文塔尔对"通俗杂志中的传记"的文本分析

洛文塔尔"对20世纪初期德国对陀思妥耶夫斯基的接受的研究,在《传记风尚》和《大众偶像的胜利》中对通俗传记的研究","在广泛的历史性说明和具体的个案分析中,对文化结构的形成作了批判性调查",如今

---

① [德]洛文塔尔著《文学、通俗文化和社会》,北京:中国人民大学出版社2012年版,第187页。

② Hanno Hardt, *Critical Communication Studies*: *Essays on Communication History and Theory in America*, London: Routledge, 1991, p.152.

"已经被公认为第一流的杰作";①尤其是"洛文塔尔对于短篇通俗传记所作的研究是20世纪最重要的研究之一"②。"洛文塔尔的《通俗杂志中的传记》一文充分利用了文本分析技巧"③,他站在批判理论的立场上通过对发表在流行杂志中的通俗传记的内容分析,揭示了传播者、社会和接受者等活动要素在文学"传播力场"中的交互作用及其对文本的共同建构。

洛文塔尔研究通俗传记的思路和方法,与他对陀思妥耶夫斯基的接受研究非常接近。比如他也是先描述了通俗传记的盛行状况。"这种现象发端于第一次世界大战之前,不过第一次世界大战后不久就以不可阻挡之势流行起来了。自短篇小说问世以来,通俗传记就成为出版领域最惹人注目的新成员之一。埃米尔·路德维希(Emil Ludwig)、安德烈·莫鲁瓦(André Maurois)、里顿·斯特拉奇(Lytton Strachey)和斯蒂芬·茨威格(Stefan Zweig)的作品,发行量高达数百万,并且每一次随着新书的出版,其他语种的译本数量都会增加。"随后他就针对这种现象发出了一连串的追问:"即使它只是一种已经逝去的文学风尚,我们也很有必要解释一下,为什么这种风尚具有如此长的寿命,为什么它越来越成为大部分各式各样的出版物都具备的固定专栏。"他研究这一问题的方法也与之前的十分相近,"有一种找到答案的方法,就是去研究读者的反应,通过各种访谈技巧去探究他们所寻求的东西,以及他们对密林般的传记作品有什么想法"④。

正如我们在上文所指出的,对某一作家作品和对某一文学类型在文学史上的传播接受状况的研究,是洛文塔尔在20世纪三四十年代文学研究的焦点问题。他在研究风行德国的流行传记的同时,也在研究德国对陀思

---

① Russell Berman. Review of Literature and Mass Culture. *Theory and Society* Vol. 15, No. 5, 1986, p. 792.
② Robert Lanning. *The National Album: Collective Biography and the Formation of the Canadian Middle Class*. McGill-Queen's Press, 1996, p176.
③ Sigmund Diamond. Review of America's Heroes: The Changing Models of Success in American Magazines. *Business History Review*: vol. 45, No. 4, 1971.
④ Leo Lowenthal. *Biographies in Popular Magazines*, in John Durham Peters, Peter Simonson. *Mass Communication and American Social Thought: Key Texts, 1919—1968*. Lanham, Md.: Rowman & Littlefield Publishers, 2004, p. 189.《通俗杂志中的传记》是最初发表在拉扎斯菲尔德主编的《电台研究:1942—1943》中的题目,收入《文学、通俗文化和社会》后改名为《大众偶像的胜利》。两个版本几乎完全一样,较为引人注目的改变之处是删除了对阿多诺的一段引证。

妥耶夫斯基的接受现象,后来他在回忆录中指出,"第一项研究是1933年前在德国进行的。今天简直难以想象通俗传记的洪水会淹没那时的德国甚至欧洲";"另一项研究是以陀思妥耶夫斯基在世纪之交的德国的大量接受为主题",事实上,他把这两例个案研究视为他文学传播研究的姊妹篇了,"一个例子与文学接受有关,另一个与类型有关,二者紧密相连"。① 因此他才毫不避讳地承认:"我的传记研究和陀思妥耶夫斯基研究相类似。"②但是,这毕竟是两项不同的研究,前者关注的是文学接受的社会特征;后者关注的则是传播者、社会和接受者共同建构的文本,侧重的是对文本的内容分析,以揭示传播者、社会和接受者等活动要素在文学"传播力场"中的交互作用及其对文本的共同建构为目的。因此洛文塔尔才特别指出:"在对内容结构本身有更多了解之前,去收集和评价这种征求来的反应似乎还为时过早。"③也正因此,他才在论文中反复强调,他的研究是对传记的文本分析。

在洛文塔尔看来,内容分析能够描述给定内容的各个方面。对流行杂志中的通俗传记进行内容分析,不仅能够揭示出作者的意图及其同文本的关系,而且有助于考察文学传播活动在社会系统中的位置以及文学传播过程内部的情况,进而揭示出文本与受众、文本与社会的关系。作为一名批判理论家,洛文塔尔对通俗传记的内容分析固然重视对"文本"的阐释,不过,其阐释的重心并不在于"审美"与"诗意",而在于"文本"和"传播"、"文本"和"社会"的关系。在他看来,"把艺术作品看作孤立的、超社会的现象仅仅是诗学的理解而非批判的分析"④。他使用的内容分析方法与一般的传播学者的差别在于,他不是单纯地以传播者和传播内容作为研究对象,而是把它放在具体的传播语境和社会脉络中进行解读。在《文学、通俗文

---

① Leo Lowenthal. *An Unmastered Past*: *The Autobiographical Reflections of Leo Lowenthal*. Berkeley: University of California Press, 1987, pp. 178-180.

② Leo Lowenthal. *An Unmastered Past*: *The Autobiographical Reflections of Leo Lowenthal*. Berkeley: University of California Press, 1987, p. 132.

③ Leo Lowenthal. *Biographies in Popular Magazines*, in John Durham Peters, Peter Simonson. *Mass Communication and American Social Thought*: *Key Texts*, 1919—1968. Lanham, Md.: Rowman & Littlefield Publishers, 2004, p. 189.

④ Martin Jay. *The Dialectical Imagination*: *A History of the Frankfurt School and the Institute of Social Research*, 1923—1950, London: University of California Press, 1996, p. 136.

化和社会》的导论中,他特别指出:"'通俗杂志中的美国传记'这一部分,我试图利用在内容分析中已经建立起来的研究程序,去分析作为某一种倾向之象征的杂志人物,即20世纪头四十年美国公众的诉求在杂志中的体现。读者会注意到,这里使用的内容分析方法是作为一种诊断工具——不同的文学材料被解释为过去一个时期美国社会的社会心理习惯改变的指示器。"[1]对于洛文塔尔而言,流行杂志中的通俗传记不仅是作家、出版商等传播主体建构的通俗文学文本,也是对特定时期社会心理的一种反映,同时其内容、形式和风格的历史变迁也反映了它对阅读大众的某种迎合。

"作为内容分析的一项试验,"洛文塔尔对通俗传记的研究"涵盖了1940年4月到1941年3月发行的《星期六晚邮报》和《科利尔周刊》(*The Saturday Evening Post* and *Collier's*)"。尽管不同的杂志对应着不同的读者,拥有不同的读者群,"但是当按照政治领域、生产领域和消费领域的区分来重新划分主人公时,两家杂志的区别就变得微不足道了"[2]。通过对这两类传记的抽样调查数据进行内容分析,他极有创见地揭示了通俗传记的一个重大转变,洛文塔尔"把它称作从生产偶像到消费偶像的转变。世纪之交所谓的偶像是生产代表,到了三十年代末四十年代初,这些偶像日益为运动员和演艺人员所取代,特别是那些电影明星,并非因为他们的生产功能而是因为他们的私人事务具有报道价值。提供给读者的不再是企业家的成功而是成为了消费的模仿"[3]。在揭开通俗文化生产的神秘面纱的同时,他也揭示了消费正在取代生产成为美国民众日常生活兴趣中心的这一重大社会转型。

在论文的第一部分"传记的偶像"中,洛文塔尔指出,在20世纪头二十年里这些传记的主人公都是生产的偶像,他们大多来自于生产性的生活

---

[1] [德]洛文塔尔著《文学、通俗文化和社会》,北京:中国人民大学出版社2012年版,第16页。

[2] Leo Lowenthal. *Biographies in Popular Magazines*, in John Durham Peters, Peter Simonson. *Mass Communication and American Social Thought: Key Texts, 1919—1968*. Lanham, Md.: Rowman & Littlefield Publishers, 2004, p. 189. 调查表明:普通的《星期六晚邮报》的读者比普通的《科利尔周刊》的读者更年长、更富有、更依恋家庭并且对社会和经济问题更感兴趣。See *Biographies in Popular Magazines*, 2004, p. 203.

[3] Leo Lowenthal. *An Unmastered Past: The Autobiographical Reflections of Leo Lowenthal*. Berkeley: University of California Press, 1987, p. 180.

中——工业、商业和自然科学领域,如成功的商人、专业人员、发明家和企业家。没有一位主人公来自体育界,有几位艺术家和娱乐界人士,但是他们要么不属于低廉的或者大众性的娱乐领域,要么就像卓别林一样对他们的艺术表现出严肃态度。显然这些传记是作为一种激励,这些主人公是作为一种模范出现的。跟着他们意味着加入自由企业制度的竞争。不是每个人都能成为将军,但是每个洗碗工都有机会成为百万富翁。他们的座右铭是"一定能成功"。但是到了20世纪30年代末这种情况发生了根本改变。所谓的偶像突然成为来自于娱乐领域的人:电影演员、无线电明星、著名的乐队指挥、歌唱家等。阅读大众从传记中接收到的信息不是关于社会生产的要素和方法,而是关于社会消费和个人消费的要素和方法。在大众阅读的闲暇时间里,他们几乎只读那些直接或者间接地为他们的休闲时间而准备的书。简言之,"大众的偶像不再像过去那样是生产战线上的领导者,而是电影、棒球场和夜总会中的明星",洛文塔尔称其为"消费偶像":

> 我们把过去的传记主人公叫做"生产偶像",因为我们觉得应该把今天杂志上的主人公命名为"消费偶像"。实际上,他们中的每个人几乎都直接或间接地与休闲领域有关:他要么不属于服务社会基本需要的行业(例如娱乐界和体育界的主人公),要么多多少少只能算是社会生产性要素的一个笨拙的代理。①

不仅如此,通俗传记的主题也不再是个人事业而是娱乐我们的人。但是这仅是问题的一个方面,另一个方面是传记描绘人的范畴的改变,他们的习惯、业余爱好得到了特别的强调。在第一阶段,不论多么陈腐,生产者的生产性都能得到陈述,而在后来的消费偶像时期,消费者的需要和偏爱成为主题。他认为这和两个现代倾向相符:第一,在资本主义社会,企业家的出现日益成为一种纯粹的虚构;第二,资本主义社会变成了消费社会。本质上人们仅仅对消费感兴趣。洛文塔尔的消费偶像理论和大卫·理斯

---

① Leo Lowenthal. *Biographies in Popular Magazines*, in John Durham Peters, Peter Simonson. *Mass Communication and American Social Thought: Key Texts*, 1919—1968. Lanham, Md.: Rowman & Littlefield Publishers, 2004, pp. 191—192.

曼的类型学正相协调。①

在揭示了通俗传记的内容、主题的历史变迁之后，洛文塔尔分别以"私生活"、"仅仅是事实"、"语言"和"读者"为题对于通俗传记对消费偶像的建构、通俗传记的写作模式和读者的阅读反应等问题进行了详尽的分析。他认为他的内容分析"不仅揭示了令人印象深刻的规律——不论它们是已经出现过的、被忽略了的，还是经过处理的特定主题，而且也表明这些规律可以用完全一致的消费术语来解释。'消费'这个词正是选取传记主题的关键，消费是贯穿这些故事各个方面的主线"；而且还观察到，"作家文学风格的特征以及他对个人的社会关系、职业与性格的叙述特征，全都被融入到'消费者'这一概念之中"。为了对传记内容进行分类，他设计了一个包含四个层次的架构：

> 第一层，有人也许会把它称为人的社会学方面：一个人与其他人的关系，他的日常生活模式，他与他所生活于其中的世界的关系。第二层，可以说是他的心理方面：他的本性发展得怎么样和他的性格结构。第三层，他的历史方面：他在世界中的遭遇是怎么样的——他是征服了抑或是未能征服客观世界。第四层，是对作家在选择语言过程中或多或少有意传达的信息的评估。②

用今天的眼光来看，洛文塔尔的这种分类方案显然是有其任意和武断之处的，但是考虑到七十多年前这种类型的内容分析的落后状况，我们对此理应给予同情的理解，更何况对主题的这种分类确实形成了一张相当有效的工作表，使洛文塔尔的研究获得了非常有价值的成果。

就"人的社会学方面"而言，洛文塔尔发现，传记主人公那曾经使我们受到启发的、丰富的社会关系和私人关系，竟然被作者局限于两个群体：父

---

① Leo Lowenthal. *An Unmastered Past：The Autobiographical Reflections of Leo Lowenthal*. Berkeley：University of California Press，1987，p. 134.

② Leo Lowenthal. *Biographies in Popular Magazines*，in John Durham Peters, Peter Simonson. *Mass Communication and American Social Thought：Key Texts*，1919—1968. Lanham, Md.：Rowman & Littlefield Publishers，2004，p. 193.

母与朋友。洛文塔尔吁请读者从一种特定的意义上，而不是字面上的意思来理解这两个用语：父母包括其他年龄更大一些的亲属或上一代人，朋友或多或少被限定在对主人公的职业有价值的人上。传记作家为什么这样做呢？洛文塔尔从文学传播的角度阐释了作者的创作心态及其对文本的建构：

> 在大部分传记中，如果作家想让读者对主人公留下深刻印象，似乎就必须在很大程度上从生物学和地域的遗传性角度来阐释主人公。这是一种原始的达尔文学说的社会概念：倾向于让过去几代人承担说明和责任的重担。个体本身看起来好像仅仅是其过去的产物。①

这种消极因素在朋友和教师这类私人关系中也同样存在。几乎没有一段情节能够表明传记的主人公是友谊的积极一方。在大多数案例中，主人公的朋友就是他们的帮助者，而他们的老师后来也经常会变成他们的朋友。洛文塔尔推论说："这是用粗俗的、变形的'环境'理论来补充粗俗的达尔文主义；主人公是血统与友谊的产物。"由此可见，这种通俗传记的主人公在其人类关系中已经不再是给予的一方，而是变成了索取的一方。通过对援引的二百多例传记的深入考察，洛文塔尔得出结论：

> 对社会关系的研究变成了对消费者的研究。既不是"行动家"的世界，也不是"行动"的世界激发了大众对传记主人公的好奇心。从整体上我们趋向于接受……通过社交娱乐活动获得社会地位和社会声望；借助各种各样的业余爱好使精神和工作压力得到彻底放松。在此，我们已经非常接近那种现代个体似乎易于屈从的决定性倾向了。它不再是外在约束的能量和行动的中心，不再是首创精神和进取精神不竭的资源库，也不再是一个完整个体，

---

① Leo Lowenthal. *Biographies in Popular Magazines*, in John Durham Peters, Peter Simonson. *Mass Communication and American Social Thought：Key Texts*, 1919—1968. Lanham, Md.：Rowman & Littlefield Publishers, 2004, p. 194.

其工作和效率不仅依赖于家族的未来和福祉，而且同时要依赖于人类总体上的进步。我们面对的是"索取者"而不是"给予者"。这些新的主人公象征着一种理所当然地拥有和索取事物的渴望。他们似乎代表着世界范围内社会保障的幻觉效应；代表了一种态度，即所要求的不过是从再生产和娱乐活动中得到满足；也代表着这样一种态度，即对于如何发明、制造或应用工具以为大众带来满足感这一目的，已失去了最初的兴趣。[1]

在流行杂志的通俗传记中，人的丰富性与复杂的社会关系就这样被彻底简化为遗传、友谊和消费，通俗传记的这种简化模式很快就成为大众文化的生产标准，它对流行元素的组织和搭配不但抑制了人的想象力和创造性的本质，而且毁坏了人们对于真正的文学进行理解的能力。在阅读大众对这种通俗产品的长期消费过程中，想象力和理解力都日渐萎缩。

就"人的心理状态"而言，他发现，以前传记主人公的性格结构中极有意义的概念：成长和孤独，竟然被作者抛开了。在洛文塔尔看来，成长和孤独，乃是人类生活的本质和存在的表征。他指出：

> 随着中产阶级文化的兴起而被构建的个性：个体作为潜能、精神、道德和情感的总体，不得不在给定的社会框架中成长起来。作为人类生活的本质，成长与个体和必须在心灵的独白中找到自我的理念息息相关。人类的存在似乎是由孤独构成的，而他通过展示自己的天赋进入外部世界。[2]

然而在流行杂志的通俗传记中，"成长已经不复存在"，传记主人公的童年时代只是缩小的成人版本，一份日期过早填好的职业和工作表。在洛

---

[1] Leo Lowenthal. *Biographies in Popular Magazines*, in John Durham Peters, Peter Simonson. *Mass Communication and American Social Thought: Key Texts*, 1919—1968. Lanham, Md. : Rowman & Littlefield Publishers, 2004, p.195.

[2] Leo Lowenthal. *Biographies in Popular Magazines*, in John Durham Peters, Peter Simonson. *Mass Communication and American Social Thought: Key Texts*, 1919—1968. Lanham, Md. : Rowman & Littlefield Publishers, 2004, p.196.

文塔尔看来,这种传记主人公只能是一个"没有历史的灵魂"。这意味着"完整个性的自我实现的理想已经丧失了它的文化追求","不像 1980 年代的后现代主义者把这种丧失作为一件好事情来庆祝,正像法兰克福学派中的其他成员一样,洛文塔尔坚持第一流的中产阶级的连贯的自我的理想"①。

就"人的历史方面"来看,洛文塔尔认为传记主人公在世界中的遭遇被严重简化了——几乎都聚焦于传记主人公的成功问题。他指出,超过三分之一的故事试图得出一种并不神秘的"成功理论":认为普通的个人都会遵循自己的天性发展。但是对于一个"没有历史的灵魂"而言,他们只能制造出一种伪创造性的氛围。在这种传记中成功的神话通常由两种因素构成:艰难与突破。由于传记作者对艰难与突破不着边际的渲染,以至于那些重复的插曲和捉摸不定的运气把成功变成了一件偶然的和非理性的事。洛文塔尔从文学传播机制和大众接受的角度分析了传记作者的写作模式:

> 对于读者来说,困难和突破变成了标准化的条款。它们简直就是每个人使用的更好的商标。杰出人物已经成为普通人经过验证了的样本。通过让阅读大众对我们的文明偶像留下深刻印象,对这些标准的任何正当性的批评乃至推理都被压制了。传记作家如同社会科学家一样,对科学表现出一种冷酷的甚至几乎是虐待狂式的倾向,他证明了诸如困难和突破之类现象重复出现的性质,但是他并不想揭示这种重复的法则。对他来说,知识不是力量的源泉,而只是调节的关键。②

洛文塔尔发现,重复、标准化和伪创造性已经成为大众传播语境中通俗文学产品的不可分离的特征。"在此,成功甚至无助于某种幸福的本

---

① John Durham Peters, Peter Simonson. *Mass Communication and American Social Thought*: *Key Texts*, 1919—1968. Lanham, Md.: Rowman & Littlefield Publishers, 2004, p. 188.
② Leo Lowenthal. *Biographies in Popular Magazines*, in John Durham Peters, Peter Simonson. *Mass Communication and American Social Thought*: *Key Texts*, 1919—1968. Lanham, Md.: Rowman & Littlefield Publishers, 2004, p. 198.

能——它仅仅是发生了。成功已经失去了诱人的魅力。"他强调,这种消费偶像的成功,"本身就是消费品。它并不是要鼓励更多的行动,而是作为某种我们必须接受的东西介绍给人们,就像食物、饮料和聚会一样;它是好奇与消遣的营养品"①。通俗传记的文本结构及其建构的大众偶像和成功模式,在此已经失去了模范作用、激励效果和教育意义,它带给读者的也不再是学习和模仿的冲动,而是好奇心的满足和"消遣"式的接受,如此一来,那种凝神静观的传统审美方式就逐渐被一种现代的审美方式——"消遣"所取代。

就"传记的语言"来说,洛文塔尔认为,传记故事的语言有几个典型特征,最突出的就是最高级。然而,事实上,最高级的批发销售反而达不到它自己的目的,全都是最高级,也就意味着全都是平庸的。它使对人类生活的表述等同于对商品的表述。最活泼的女孩对应着最好的牙膏,最有耐力的运动员对应着最好的维生素。广告栏上批量产品的客体和评论中传记的客体之间,有一种预先建构好的和谐关系。促销语言取代了评价语言,只是标价签不见了。他认为,通俗传记的这种"商品化"的语言强化了通俗传记的商品化特征。当"促销语言取代了评价语言"之后,文本结构也随之商品化了。在他看来,最高级语言,像成功的故事一样,导致的是教育功能和其他积极内涵的丧失,而那些正是自由主义时代里传记的特征。

交替使用"高级的和低级的语言"是传记语言的第二个特征。洛文塔尔认为,作者这样做,只不过是想赋予现代大众文化中的毫无意义的事件以伪神圣性和伪安全性。他指出,在语言的表面背后是法则,就像建筑上的外部装饰一样,有各种各样的技巧、把戏和零星杂物,只要能够达到娱乐和被娱乐的目的,无所谓太昂贵或太便宜。诚如罗伯特·莱宁(Robert Lanning)所指出的:"洛文塔尔对于通俗传记的大部分讨论都是在与艺术和文学的比较语境中进行的,并且包含了与威廉姆斯相一致的文化分析要

---

① Leo Lowenthal. *Biographies in Popular Magazines*, in John Durham Peters, Peter Simonson. *Mass Communication and American Social Thought: Key Texts*, 1919—1968. Lanham, Md.: Rowman & Littlefield Publishers, 2004, p. 198.

素。"①尽管洛文塔尔在梳理"艺术与通俗文化之争"的历史脉络时,态度显得较为客观辩证,但是当他直面当下的大众文化时,就和他的同事一样把通俗文学与真正艺术对立起来。对于通俗传记的语言策略,洛文塔尔以一种嘲讽的口吻指出:

> 创造性作品的代替者和继承人用处于混乱状态的语言取代了解释性的、有启迪作用的和令人兴奋的词汇,他们竭力想用这种混乱的语言制造一种植根于传统之上的幻觉和全方位的警觉性。如此一来,这种新的文学现象就符合了最高的艺术标准:在形式与内容之间,在表达与被表达之间存在着内在的、必然的、不可分割的联系——总之,这种语言创造不允许在话语及其意图之间做出清晰的剖析。作为一种文学类型,这些传记是"真实的"。②

洛文塔尔从大众接受和阅读反应的角度探讨了传记语言的第三个特征:特别为你。他指出,虽然这些偶像的选取以及对偶像的描写用的是彻底标准化的语言,但仍然用最高级作为详细说明的中介来描写所选择的主人公,同时作为增添的光环和推论,也用些引导读者的私人化语句。以亲切的或者推荐的方式,每个人都受到私人邀请,请加入到一个优秀的生活景象中去。在此,"伪个性化的主人公对应着伪个性化的读者"。在洛文塔尔看来,直接的称呼语和最高级的功能相似:它带来得意感和卑微感。读者除了被允许知道主人公在饮食、消费和娱乐方面的习惯的详尽细节外还会有一种私人交往的快感。读者在读传记时,"不会再有他在阅读其他杰作时所产生的那种适当的距离感"③。如此一来,这种通俗传记就不可能

---

① Robert Lanning. *The National Album*: *Collective Biography and the Formation of the Canadian Middle Class*. McGill-Queen's Press, 1996, p176.

② Leo Lowenthal. *Biographies in Popular Magazines*, in John Durham Peters, Peter Simonson. *Mass Communication and American Social Thought*: *Key Texts*, 1919—1968. Lanham, Md.: Rowman & Littlefield Publishers, 2004, p. 201.

③ Leo Lowenthal. *Biographies in Popular Magazines*, in John Durham Peters, Peter Simonson. *Mass Communication and American Social Thought*: *Key Texts*, 1919—1968. Lanham, Md.: Rowman & Littlefield Publishers, 2004, p. 202.

再像艺术性文学那样以一种亲近但有距离的方式作用于接受者了。事实上，现代审美方式的重要特征就是"那种适当的距离感"的消失。可以说"审美距离"是区别传统的静观审美方式与现代的消遣审美方式的重要标志之一。从时空的角度看，静观要建立在一定的审美距离上，而消遣则寻求零距离的接触；从社会心理学的角度看，静观的主体凝神静思、"思接千载"，以超然忘我、怡然陶醉的审美观照为目的，消遣的主体则是"百无聊赖"、"心神涣散"，以"交往的快感"、身心的放松娱乐为目的。当读者的阅读"不再产生那种适当的距离感"时，以凝神沉思为特征的审美静观就不再适用于这种现代通俗文化了，它不得不让位于一种当下的直接的"消遣"式反应。这就从根本上消解了审美静观作为一种想象力的自由活动的本性。现代通俗文化的消遣性就这样消解了静观这种传统的审美方式，建构起消遣这种现代的接受方式。人类审美方式的这种历史嬗变反映出一种深刻的文化变迁：一种无深度的被动的"消遣"正在取代那种建立在"适当的距离感"之上的深层次的精神追求。

洛文塔尔在谈到"为什么要强调成长和孤独这两种特征的缺席"时指出："每个普通人从来都不是孤独的，也永远不想孤独。他在社会意义和心理意义上的诞生都是团体性的和大众性的。他的个人命运似乎是一种不断适应的生活：通过效率和勤奋适应世界，通过展示和蔼与善于交际的特性以及压抑其他特性来适应人们。"然而在传记作品中被正面评价的人物形象，却是来自有节制的小中产阶级家庭、受过良好教育的员工。而"在教育和调节的完美面具后面，隐藏着一个机器人的概念，他自己无需做什么，只需按创造他的人希望他做什么的指令而如此行事。今天每个人都被降到同样的依赖状态……对他人的消费兴趣，意味着对真正的消费失去了兴趣。细节化的特征描写由同样的接受性和消极性所支配着，而后两者在没有发展的灵魂这一概念中凸现出来"。同时，"直接的语言也在无意中暴露了所有现代大众传播机构所安排好的全部东西"。[①] 显然，在洛文塔尔看来，完美的复制技术、模式化的生产方式、广泛传播的"虚拟现实"，正在消

---

① Leo Lowenthal. *Biographies in Popular Magazines*, in John Durham Peters, Peter Simonson. *Mass Communication and American Social Thought：Key Texts*, 1919—1968. Lanham, Md.：Rowman & Littlefield Publishers, 2004, pp. 199-202.

解人的理性和判断力,使人丧失个性,趋于同质化、"原子化"。在此,洛文塔尔似乎和霍克海默达成了彻底的一致。

在分析了通俗传记的文本结构、揭开了通俗传记建构消费偶像的神秘面纱之后,洛文塔尔又操起了他在德国就已经运用得炉火纯青的读者反应批评对读者大众的阅读反应进行了深入分析。

洛文塔尔在论文的开篇指出:对某些个人的兴趣已经成为大众茶余饭后的谈资。大多数周刊和月刊,以及许多日报,在每一期里至少要刊登一篇生活故事或某个人物剪影;剧院节目单上罗列着所有演员的简历。只要瞥一眼书籍交易市场的大众场所,包括小杂货店的柜台,都可以看到有传记作品在出售。由此可以得出一个结论,肯定有某种社会方面的需求要通过这类文学来寻求满足。他认为有一种找到答案的方法,就是去研究读者的反应。在论文的最后一部分,他回到了这个问题,"如果我们再次追问它们到底满足了社会什么需求,那么答案可能就在数量上升和质量下降的结合中"。二战期间,《星期六晚邮报》和《科利尔周刊》的销售价格翻了一番,但是在发行量方面却没有任何阻碍,洛文塔尔认为,这一点很有意义:传记作品发行量扩大了,而它的传记范围却缩小至高度专门化的娱乐界。在此,通俗传记对读者的某种伪教育和伪科学功能就形成了。社会科学家的任务本来是阐明社会现象的隐蔽过程和内在联系。普通读者也并不满足于单纯的事实或者概念的堆积,他希望从这些传记中获得洞见,以理解人类或者历史过程的社会奥秘。"但是这只是一个诡计,因为通俗传记作者研究的这些个人既非这种过程的典型代表,也没有以那种完整的方式进行描述。"因此"这些传记破坏了教育的本性,它们提供贴着教育商标的物品,然而并非名副其实"。[①] 既然如此,通俗传记为什么还能够成为文学传播领域最显赫的新成员?为什么还能够在欧美获得空前广泛的传播,成为被最广泛阅读的文学类型之一? 在洛文塔尔看来,原因在于,阅读大众能够从通俗传记那不断重复的熟悉模式中获得极大的满足:

---

① Leo Lowenthal. *Biographies in Popular Magazines*, in John Durham Peters, Peter Simonson. *Mass Communication and American Social Thought: Key Texts*, 1919—1968. Lanham, Md.: Rowman & Littlefield Publishers, 2004, p. 202.

第四章 洛文塔尔对文学"传播力场"构成要素辩证关系的研究

所有大众文化现象中的"熟悉"功能的重要性都未能得到足够的强调。人们从熟悉模式的不断重复中获得极大满足。但是只有数量非常有限的情节和问题能够在成功的电影和短篇故事中得以再三重复,甚至体育赛事中所谓激动人心的时刻在很大程度上也非常相似。每个人都知道,只要一打开收音机,他就会听到或多或少有些雷同的故事和音乐。但是从未有过针对这一事实的反抗;也从未有任何一位心理学家说过,当大众参与到这种日常娱乐活动中时,无聊是他们脸上的特征。或许,自从平常的工作时间沿着几乎没有任何变化的日常生活轨迹发展以来,休闲活动的常规性和重复性特征就成了对工作时间的辩护和美化。它们以美丽和令人愉悦的外观出现,此时它们不仅支配着每一个普通的白天,而且也支配着每一个普通的黄昏和夜晚。我们这些传记的眼界从未扩展到未知王国,取而代之的是给已知图像上色。我们已经在银幕上看过电影演员的表演,并且也看到了能力很强的新闻工作者的漫画;我们已听过电台解说员不得不说的话,并且也注意到了那些拳击手和棒球运动员的才华。传记总是重复我们已经知道的东西。①

从洛文塔尔的论述中,我们不难看出,消费偶像无论是来自体育界还是娱乐界,都有一种明显的"重复"特征。"重复",不仅是消费偶像自身的特征,也不仅是大众传播语境中通俗文学产品的特征,而且已经成为消费文化乃至于消费意识形态的特征。诚如周宪所说,"重复最终消解了人们探索未知领域的冲动,强化了他们对现存生活模式的依赖。正是在这里,洛文塔尔揭示了消费偶像的意识形态功能:助长社会的从众趋势,以消费

---

① Leo Lowenthal. *Biographies in Popular Magazines*, in John Durham Peters, Peter Simonson. *Mass Communication and American Social Thought: Key Texts, 1919—1968*. Lanham, Md.: Rowman & Littlefield Publishers, 2004, pp.202-203. "重复"问题,是现代哲学和大众文化研究的一个基本主题。笔者之所以不厌其烦地引述洛文塔尔著作这么长的一段原文,一方面固然是为了避免断章取义,因为这段话非常清晰而又系统地表明了洛文塔尔对"重复"问题的思考;另一方面是因为这段论述太经典了,笔者实在是不忍心打断如此中肯简洁的论述。另一个著名而又风格迥异的研究是加缪的《西西弗的神话》。

的意识形态来消解一切差异和变革的冲动"①。

"重复"问题,是法兰克福学派的一个研究主题。霍克海默在1942年6月2日专门给洛文塔尔写了一封信,赞赏他对这一问题的研究:

> 我特别为论"重复"的段落高兴。这个范畴将在全书中(指《启蒙辩证法》)发挥决定性作用。生活与艺术中缺乏你所说的对永恒重复的反抗,这表明了现代人坏的服从,可以这么说,这既是你论文的主题,也是我们书的基本概念……我们不能责怪人们更多的对私人消费领域而不是生产领域感兴趣,这一特征包含着一个乌托邦成分。在乌托邦中,生产不是决定性的部分,它是淌奶与流蜜之地。我认为艺术和诗的深层意义总是显现出和消费的亲和性。②

马丁·杰伊认为洛文塔尔的这篇文章预示了《启蒙辩证法》中的对文化工业的讨论,并且认为从霍克海默和洛文塔尔的有关通信中可以看出研究所对大众文化概念的认识。③ 事实上,洛文塔尔的这段对"重复"问题的论述,堪称当代大众文化理论的经典表述,它不但阐明了大众文化的本质特征和生产秘方,而且揭示了阅读大众的心理状态。"那些以传记主人公的生活故事为乐且明显喜欢这种重复的读者,肯定有一种无法抑制的强烈冲动,想让某种东西留存心间,并且能够牢牢地掌握它、彻底地理解它。"④ 洛文塔尔认为这"代表了人的概念的被扭曲了的乌托邦"。1942年2月3日,他在给霍克海默的通信中谈到这个问题时说:

---

① 王治河主编《后现代主义辞典》,北京:中央编译出版社2004年版,第697页。
② Martin Jay. The Dialectical Imagination: A History of the Frankfurt School and the Institute of Social Research, 1923—1950, London: University of California Press, 1996, p. 213. 相关通信可以参考 Leo Lowenthal. Critical Theory and Frankfurt Theorists: Lectures, Correspondence, Conversations (Communication in Society, V. 4), New Brunswick (U. S. A.): Transaction Books, 1989.
③ Martin Jay. The Dialectical Imagination: A History of the Frankfurt School and the Institute of Social Research, 1923—1950, London: University of California Press, 1996, p. 212.
④ Leo Lowenthal. Biographies in Popular Magazines, in John Durham Peters, Peter Simonson. Mass Communication and American Social Thought: Key Texts, 1919—1968. Lanham, Md.: Rowman & Littlefield Publishers, 2004, p. 203.

第四章 洛文塔尔对文学"传播力场"构成要素辩证关系的研究

历史信息对大众来说成了一个谎言之网,一个最没有意义的人和事的可笑的堆积之网,同样的,大众通过他们对这些人及其"消费"方式的占有而表现出渴望清白的人生……在一定意义上,我前几年研究的德国传记和美国材料紧密相关。前者通过玄奥的形而上学和心理玄学幻境的魔法之网来伪造历史,后者则刚好颠倒过来,它不是严肃地对待历史,而是使之滑稽化了。但是两者都代表了人的概念的被扭曲了的乌托邦,这个乌托邦是我们的肯定的方式所固有的。①

在这种情况下,"以自发性为特征的艺术产品越来越被熟练操作的、与现实相一致的复制品所取代。而且在这样做的过程中,通俗文化认可并且美化了它所发现的任何值得重复的事物"②。之所以如此,是因为作为大众文学消费的文章,以最快的速度销售是其必要的共同原则,传记已不再考虑实现它们最初的目的。在此,洛文塔尔再次把对通俗文学的探讨放到与艺术性文学的比较语境中进行。他指出,在中产阶级上升时期,教育小说以叙述性文学为特征,个体在他自己的潜力和环境的需要之间犹豫不定。作家从想象中汲取材料,用来表现个体命运的实质,只有极少的例外使用数据等资料作为表面的装饰。但是作为诗意想象的产品,虚构的、教育性的小说同时也是精确的,因为作家和公众阶层的社会和心理现实如其所观察到的那样得到了反映。《威廉·麦斯特》之类的文学作品不仅唤起了读者的体验,而且与个体的救赎相一致。在这些艺术作品中,特殊的个体被描绘成与生活的命运和阅读当代人的著作密切相关的复杂的主体。这是历史学家所设想的自从文艺复兴以来的"现实",在这一语境中,科学和文学现实主义与社会理论有直接关联:一方面可以简洁地表述为对个体的关注,另一方面则试图勾画出幸福的条件。但是传记却改变了这一切,它一方面是小说的继续,另一方面又是小说的倒置。在中产阶级小说中的

---

① Leo Lowenthal. *Critical Theory and Frankfurt Theorists*:*Lectures*,*Correspondence*,*Conversations* (Communication in Society, V. 4), New Brunswick (U.S.A.):Transaction Books, 1989, pp. 199-200.

② [德]洛文塔尔著《文学、通俗文化和社会》,北京:中国人民大学出版社2012年版,第22页。

文献具有背景功能——好像它是原始资料一样。然而在通俗传记中,恰恰相反,各种文献——各种数据、事件、姓名、信件等等——取代了社会关系成为个体的脚镣,个体仅仅是一个印刷成分,一个专栏标题。无论传记如何美化它的英雄,他们都不再是英雄了。他们没有命运,他们仅仅是历史进程的变量。①洛文塔尔的"分析清楚明白地显示出了当今研究的主题:即这种传记写作和在通俗文化中出现的情感结构之间的关系,其中某种特殊的社会阶层扮演了重要角色……它传达了标准和价值以及正在改变的情感结构"②。

显然,在洛文塔尔看来,无论是消费偶像的构成规则还是通俗传记的写作模式,都不是作家个人的独创。通俗传记的生产者在写作前和写作中都意识到阅读大众的存在,并且都受到社会环境的影响。"不仅传记主人公的选取,而且许多纪实性文章的写作也仍旧围绕着消费者的兴趣"③,作为文学传播市场中的消费者的阅读大众和制约文学传播活动的社会系统在文本建构的过程中扮演了重要角色,"它的标准和价值以及正在改变的情感结构"都被预先建构在文学文本之中。从洛文塔尔的分析中,我们可以看到,文学文本是由传播者、社会和接受者共同建构的。

作为批判理论家,洛文塔尔的传记研究与他的接受研究一样,绝非单纯的理论研究,不仅仅是为了把握文学本质和传播规律,而且是与"人的自由与解放"这一主题密切相关。"晚期资本主义世界的大众文化加强了促进虚假集体的教育,并且发出了教育信号。在这种意义上我总是把我的研究看作政治上的研究。有两个例子是粉碎了的资产阶级的自我意识和无法克服的软弱的症状,这是中产阶级广大阶层的情绪特征。一个例子与文学接受有关,另一个与类型有关,二者紧密相连。"④初版于1944年的《通

---

① Leo Lowenthal. *Literature and Mass Culture*(Communication in society, V.1), New Brunswick (U.S.A.): Transaction Books, 1984, pp. 189—190.

② Robert Lanning. *The National Album: Collective Biography and the Formation of the Canadian Middle Class*. McGill-Queen's Press, 1996, p. 176.

③ Leo Lowenthal. *Biographies in Popular Magazines*, in John Durham Peters, Peter Simonson. *Mass Communication and American Social Thought: Key Texts*, 1919—1968. Lanham, Md.: Rowman & Littlefield Publishers, 2004, p. 192.

④ Leo Lowenthal. *An Unmastered Past: The Autobiographical Reflections of Leo Lowenthal*. Berkeley: University of California Press, 1987, p. 178.

俗杂志中的传记》不但为我们呈现了第二次世界大战这一艰难时期的典型形象——"消费偶像",而且揭示了消费社会在发达资本主义国家的来临(洛文塔尔是"消费社会"的第一批预言家和研究者之一)。诚如西格蒙德·戴蒙德(Sigmund Diamond)所指出的,洛文塔尔的传记研究不但"进一步揭示了美国社会和美国价值观的重大转型;而且在做这些研究时,他还建立了一种至今还在通俗文化研究领域发挥着重大影响的学术研究传统:在'普通'美国人的意识中川流不息的传播流的内容是什么;如何对那种内容进行分析,以便能够揭示出美国人正在转型的价值体系"[1]。随着人类社会从印刷传播时代进入到电子传播时代,洛文塔尔的传记研究是否依然具有其最初产生时的价值呢? 在他的论文发表十年之后,阿多诺于1954年12月2日写信给洛文塔尔强烈建议他再版他的传记研究:

> 关于你的传记研究,我坚定地主张出版它……因为我相信,这个主题在今天与它以前一样中肯适当……你的论述是如此显著,以至于没有它,我们就什么都不能做。并且你的作品在方法论方面还有着重要意义,它对内容分析的正式实践,提供了一种非常合法的模仿范例……最后,我想说,我很幸运没有坚持宣告我们的作品在它们被写作几年后,因为外部原因或者说主题原因而变得过时;因为我们强调的重点在于社会理论而非短命的材料。[2]

阿多诺所言非虚,作为通俗文化研究的一篇经典文献,洛文塔尔的《通俗杂志中的传记》一文所开创的研究范式已经成为通俗文化研究的一种基本思考模式。从本世纪初国内一度非常热闹的关于"偶像"问题的争论到大众文学杂志研究所使用的理论资源中,我们都可以隐约地看到洛文塔尔的身影。

---

[1] Sigmund Diamond. Review of America's Heroes: The Changing Models of Success in American Magazines. *Business History Review*: vol. 45, No. 4, 1971.

[2] Leo Lowenthal. *Critical Theory and Frankfurt Theorists: Lectures, Correspondence, Conversations* (Communication in Society, V. 4), New Brunswick (U. S. A.): Transaction Books, 1989, pp. 144-145.

结　语

"一代有一代之文学,一代有一代之学术。"

改革开放以后,我国的社会生活开始全面步入转型期。权力、资本和大众传播技术成为一种强大的制约力量,共同推动着整个社会经济和思想文化观念的发展变迁;而每一次转型期,何谓文学以及采取何种研究范式都成为学术界加以重新审视的重大理论问题。随着大众传播技术的飞速发展,文学的大众传播日益成为一种重要的文学现象和传播现象。同时,大众传播方式也在迫使文学与文艺学改造自己以适应大众传播时代的生存环境。在这种情况下,文学和文艺学都面临着重新建构的问题,"文学传播研究"因此成为大众传播社会中进行文学研究所不容忽视的一个课题。诚如曾繁仁所指出的:"社会文化的转型就意味着当代社会对文艺学科的需要发生了根本的变化。文艺学学科应主动适应这种需要与变化。而不是不闻不问,更不是去抵制,当然也抵制不了。"①

那么,当前的文学研究是否已经"主动适应了这种需要与变化",把"文学传播问题"纳入到理论研究视野,并且适时地调整了自己的研究角度和研究方法?应该说,近年来国内文学研究也出现了传播学转向的趋势,文学传播问题不但正在引起文艺学和传播学等人文社会科学的关注,而且对文学传播问题的跨学科研究,也正在成为文学研究中最富生机的学科前沿之一。但是由于"缺乏科学可靠的方法论支撑",导致相关研究一直没能取得实质性突破,"到目前为止,学术界还没有真正运用传播理论、方法研究文学的范例";②而传播学研究中批判学派与经验学派双峰对峙的理论困局,文艺学研究中割裂人文性与科学性的理论倾向,也严重影响了当下的文学传播研究。因此,我们就迫切需要一种能够把传播理论与文学理论综

---

① 曾繁仁著《当代社会文化转型与文艺学学科建设》,载《文学评论》2004年第2期。
② 霍有明、李永平著《文学传播学刍议》,载《西北大学学报》2006年第5期。

合起来，把文艺学的科学性与人文性辩证统一起来的文学研究范式。综观洛文塔尔的文学传播理论，可以说，它正给我们提供了这样的资源。洛文塔尔的文学传播理论不仅提供了一种重要的观察当今文学现象的视角，扩大了对文学的解释范围，拓展了文学研究的理论空间，而且发展了一种针对文学传播问题的批判性、跨学科的研究方法，提供了一种可行的文学传播研究范式，丰富了人们对文学的本质和特征的理解，加深了对文学史与文学批评的研究。就此而言，洛文塔尔的文学传播理论对我们当代的文学研究来说，无疑具有不可低估的理论价值和现实意义。这里再简要强调以下三点：

第一，最重要的或许就是方法论上的启示。洛文塔尔的文学传播研究经常明显地表现出跨学科的研究背景以及各种理论资源在"理论力场"中既冲突又融合的理论特征。这种独特的研究方法是洛文塔尔文学传播理论得以形成的重要原因。在最初进行文学传播研究时，洛文塔尔发现他的研究"陷入了社会科学和人文学科都宣称享有特权的尴尬境地"，不过，他认为尽管在这两个学科之间存在着混淆和竞争，但是"在这两个领域内有许多共同关心的问题，只是他们还没有设计出有效的交流方式而已。"① 而"理论力场"可以说正是洛文塔尔针对上述问题，基于"交融、共享、理解"的学术理念设计出来的"有效的交流方式"和研究方法。

洛文塔尔站在批判理论的立场上，同时采取定性和定量相结合的方法，打通批判理论和经验理论，社会科学方法和人文科学方法的尝试，为文学传播研究提供了一种新的理论视野，开创了一种新的研究范式，在文艺学研究和传播学研究中都产生了深远的影响。罗伯特·默顿认为洛文塔尔的"这种综合方法"是"欧洲理论姿态和美国经验主义研究相结合的最成功的范例之一。"② 默顿所谓的"综合方法"其实就是洛文塔尔的批判理论、传播理论和文学社会学等方法在冲突中的融合所形成的研究范式——在

---

① ［德］洛文塔尔著《文学、通俗文化和社会》，北京：中国人民大学出版社2012年版，第14—15页。

② Leo Lowenthal. *An Unmastered Past*：*The Autobiographical Reflections of Leo Lowenthal*. Berkeley：University of California Press，1987，p. 134.

"理论力场"中对文学传播活动进行综合研究。"理论力场"观念作为一种指导性观念不仅贯穿于洛文塔尔的文学传播研究中,而且贯穿于他的全部理论研究之中,这才使他能够打造出批判理论的"另一副面孔",并且开创出美国传播研究的"第三条道路"。洛文塔尔在美国开创的批判传播理论的辩证之处主要体现在,它既坚守着批判学派的整体观念和批判立场,又与经验学派一样重视传播研究的科学方法和对数据的经验性分析。他在把经验学派所定义的大众传播效果问题置于社会整体和历史语境之中,站在批判理论的立场上从价值与意义的角度进行研究的同时,又把经验学派漠不关心的文学传播问题纳入到传播研究领域,并通过广泛的经验研究验证其理论分析的有效性,从而有力地促成了具有批判色彩的大众传播研究的人文主义范式。洛文塔尔创造性地从文学艺术的角度出发理解传播的本性和意义,推进传播研究的"人性"维度、批判观点和人文主义精神,对我们更好地理解正在发展中的作为一门学科的传播学无疑具有重要意义。

对于当前中国的人文社会科学研究现状而言,洛文塔尔的这一"综合方法"或者说"理论力场"观念具有非常现实的借鉴意义。英国威斯敏斯特大学(University of Westminster)传播与媒体研究所(Communication and Media Research Institute)所长科林·斯巴克斯(Colin Sparks)在2011年接受《中国社会科学报》的采访时,就非常坦率地指出,"在未来几年里,中国的大学如果想要最大限度地提高社会科学研究的质量,应该在这方面多做努力"①。虽说诸种理论完全融会贯通的前景尚未真正出现,但批判理论、传播理论与文学社会学在洛文塔尔文学传播研究的"理论力场"中既冲突

---

① 〔英〕科林·斯巴克斯著《中国大学的社会科学研究现状与未来》,载《中国社会科学报》2011年3月11日,〔EB/OL〕http://www.sinoss.net/2011/0311/31325.html. 斯巴克斯是从七十年前,拉扎斯菲尔德区分的"管理的和批判的传播研究"的不同之处谈起的。他认为,自从拉扎斯菲尔德在世时一直到今天,"管理"研究在美国大学里就十分盛行,并且"中国学术界对大众媒体的研究也是追随着这一传统的"。但是在拉扎斯菲尔德生前还没有成气候的"批判"研究,现如今在美国的大学里,却逐渐受到重视,然而"这一研究在中国大学里还相当薄弱"。他认为:"这两个理论分支的研究人员可以并且也应当在一起并肩工作,这两者对于一个健康的社会科学团体来说缺一不可,这也是使美国大学成为世界最好学府的因素之一。在未来几年里,中国的大学如果想要最大限度地提高社会科学研究的质量,应该在这方面多做努力。"我国于2012年推出并大力实施的以"多学科交叉融合、各行业协同创新"为主要特色的"2011计划",在某种程度上可以说正体现了对这一科研理念和方法论的认同。

又融合的状况,仍然极富潜力地开拓了文学研究的理论新视野。他之所以能够沟通欧洲人文主义学术传统和美国实证主义—经验主义学术传统,超越批判学派与经验学派的对立,与这种开放的理论姿态是分不开的。洛文塔尔站在批判的立场上开放地吸收一切优秀的文化资源,正是马克思主义的理论品格。

第二,"传播力场"观念。在洛文塔尔看来,文学传播活动必须在更具包容性的文化和社会理论中被调查。文学传播研究不仅要包括它的传播者、文本和接受者,而且要包括它的文化语境、社会过程和经济关系。因而他才建构了"传播力场"这一由复杂的传播现象所构成的动态结构。在对16世纪到20世纪初的文学和通俗文化进行传播研究的过程中,他把文学活动和传播活动凝聚成为一个动态的结构,文学传播活动的各个要素都被整合到这个充满了竞争和冲突的时空结构中,各要素互相竞争和冲突的交互作用又形成了彼此之间相互依赖的交融关系。在从理论上阐述了文学"传播力场"的生成机制与构成要素后,他依次梳理了传播媒介、作家、书商、批评家、读者和传播渠道等各种"力"在文学"传播力场"中的角色及其相互关系的历史变迁。在此基础上,他紧扣文本,交叉使用批判理论、传播理论和文学社会学方法分析了传播者与文本建构,期待视野与文本结构,文学"传播力场"的历史变迁与文学转型等问题,揭示了"文学传播世界的决定性改变"对文学本质、文学内容、文学形式和文学功能等的影响。在做这些研究时,他建立了一种至今还在文化研究领域发挥着重大影响的学术研究传统,诚如有的研究者所说:"从学科建设上讲,洛文塔尔的理论可以看作文学研究向文化研究的过渡。"[①]众所周知,文化研究是以颠覆学院式的学科分工体制的面貌出现的,而洛文塔尔所建构的"理论力场"和"传播力场"的根本基础就是跨学科的综合性研究,从1918年开始对文学进行跨学科研究之时,他就一直在努力地对抗着现存的学院式的学科分工体制。在这种意义上,我们可以把洛文塔尔看作文学传播与批判性文化研究的开

---

① 杨东篱著《洛文塔尔:文学、通俗文化与社会》,见谭好哲主编《艺术与人的解放》,山东大学出版社2005年版,第391页。

创者。① 然而，尽管"传播研究已经进入文化研究时代"，"他的关于文化实践的跨学科研究方法的观念已经成为同时代人进行文化和传播研究的操作方法"，但是令人遗憾的是"洛文塔尔的贡献却没有得到很多承认"。②

回顾他的理论，我们能看到，洛文塔尔不但在经验研究风行美国期间就对其进行了鞭辟入里的批判，而且综合运用批判理论和传播理论对文学传播问题进行了跨学科研究，从而确定了通俗文学在大众传播和社会批判中的地位。诚如汉诺·哈特所说："洛文塔尔的作品是传播领域知识史的一部分，对于传播和通俗文学在社会中的本质和功能作用问题提供了有意义的理论的和分析的洞见。"面对突飞猛进的文学传播实践，面对当代文化研究的需要，传播研究必须做出改变以适应新的现实，"从在传播研究中为文学研究、文化研究和传播研究定位到推进大众传播研究的批判观点"。③

总之，洛文塔尔的"传播力场"观念特别有助于我们理解文学与传播之间所形成的辩证互动的复杂关系。可以说"传播力场"理论不仅突破了"新批评"之类的内部研究方法，也同样突破了经验主义之类的外部研究方法的局限。他运用"传播力场"的独特理论来透视文学传播现象，为文学研究带来了焕然一新的理论前景。他在理论研究和批评实践中成功地把作者、作品、读者和传播系统、社会系统诸方面协调起来，放到"传播力场"中进行批判性的综合研究的做法，不但彻底扭转了20世纪上半叶文学研究中各执一端的理论偏向，而且在我看来，用这些资源，我们可以批判性地分析当

---

① 道格拉斯·凯尔纳认为，在1930年代，包括洛文塔尔在内的法兰克福学派发展了一种批判性、跨学科的研究方法。这种方法将对传媒的政治经济学批判、文本分析、大众文化及传播的社会效果与意识形态后果的接受研究结合起来，从而创造了文化研究的早期模式。然而，在更新近一点的文化研究中，已经出现了一种转变（这一转变遍及整个英语世界）——转向了我们或许可以称之为的后现代问题。他们把重点越来越置于受众、消费和接受这些方面；而对文本的生产与传播，以及文本如何在传媒工业中被生产等方面的关注却被置换了。因而，人们不应当停留在文本的边界上，甚至也不该停留在文本间性上；而是应当从文本到语境，再到生成文本的文化与社会，人们应当将文本放在文化与社会中去阅读与阐释。跨学科方法因而需要对从文本到语境、从文本到文化与社会的学科边界的跨越。详见道格拉斯·凯尔纳著《错失的联合——法兰克福学派与英国文化研究》，见许纪霖主编《帝国、都市与现代性》(《知识分子论丛》第四辑)，江苏人民出版社2005年版。

② Hanno Hardt. The Conscience of Society：Leo Lowenthal and Communication Research. *Journal of Communication*，Summer 1991.

③ Hanno Hardt. The Conscience of Society：Leo Lowenthal and Communication Research. *Journal of Communication*，Summer 1991.

前的文学传播现象,并发展一种中国特色的批判性的文学传播理论。

第三,人文精神和科学精神的融合。洛文塔尔的文学传播理论,一直以文学传播活动为研究对象,以揭示文学传播规律,创造充满人文关怀的价值世界为目的。众所周知,科学精神和人文精神是人类认识和改造自然、社会和人类本身过程中形成的两种互补的思维方式,是推动自然科学和人文社会科学发展的原动力,在人的生成史和文学发展史上起过重大作用。作为"人学"的文学及其理论,正是以反映人的基本存在方式,反映集中表现这种存在方式的科学精神与人文精神的融合作为自己存在的本体,才与也以人为对象的其他学科,如社会科学中的人类学等,自然科学中的生理学等区别开来;才在人类社会生活的整体价值体系中,确立了自己独特的领域和地位。今天,我们更要呼唤新时代的人文精神和科学精神。但是一些学者在对待包括文艺学在内的人文社会科学的科学性与人文性的关系问题上,却把以理性为代表的科学精神和以表达对人类价值关怀为核心的人文精神这两种互补因素给对立起来了。在我们这样一个科学精神并不发达,现代人文精神也有很大欠缺的古老国度里,将人文社会科学的科学性与人文性对立起来,不但影响了文艺学的学科建设,其危害已经超出学术界,通过社会文化心理影响到了我国的现代化建设。李泽厚在《儒学四期与转换性创造》的演说中指出:"主次要分明,我们仍然要系统地学习西方的管理体制,现在不是太多,而是不够,无论微观还是宏观都是如此。"①因此我们认为,洛文塔尔那融合了人文精神和科学精神的文学传播理论对于建设中国特色的文学传播学具有非常现实的借鉴意义。

洛文塔尔的文学传播思想深深地植根于欧洲的人文主义传统,无论是他对资本主义社会传播现状的批判,还是对文学的双重本质和双重功能的探究,或者是对理想的文学传播蓝图的勾画,都能清楚地说明这一点。特别是他建构"理解力场"的努力,充分体现了他对人类的终极关怀。不过他对文学传播研究的人文精神和批判观点的强调并不是要放弃对科学的追求,而是要通过对文学传播的批判研究来促进科学理性与人文精神的融合。他在批判经验研究的同时也强调,人文主义范式要获得充分发展,就

---

① 李泽厚著《儒学四期与转换性创造》,载《经济观察报》2005年12月12日。

必须进行广泛的经验研究以说明其理论研究的充分性。他既反对没有经验研究的空洞的理论推论,也反对没有理论指导的盲目的经验研究,试图把欧洲的人文主义传统和美国的科学研究方法融会贯通,"在符合批判理论的前提下实现科学意义的研究工作"①。

作为批判的文学传播理论的奠基人,洛文塔尔所提出的文学传播研究的基本主题、理论原则和研究范式都可以被看作批判的文学传播理论根基上的开端,他的文学传播研究可谓是筚路蓝缕,适时地、开创性地提出了独到的理论观点,促进了文学理论和传播理论研究成果的有机结合,开创了当代文学研究的新局面。

不过洛文塔尔并没有提出一套完整的理论体系,其中许多论证还停留在描述、建议的层次上;对于文学传播与作家人生体验的表达究竟处于何种关系之类的问题,还缺乏令人信服的论述;对于文学媒介的历史变迁及其对文学本身所产生的影响问题的分析也不够系统深入;对于文学传播条件与人类感知方式和想象力之间的复杂关系等深层次问题,也没有做出令人满意的研究。对此,他自己也谦逊而又坦率地承认,他的研究"不够系统,也不全面,只是尝试着对我们已经做的和将要做的工作做一些概述"②,这种描绘蓝图的做法,"具有尚未实现的承诺的所有缺点"③。从这种意义上看,洛文塔尔对文学研究范式的革新还只是一次研究视角的变更,一种考察古已有之的对象的新途径而已。

另外,从应用范围的角度看,洛文塔尔的文学传播理论是否具有普遍性,也是一个值得警惕的问题。因为"就像法兰克福学派所有核心人物的理论一样,他的理论也是十分欧洲化的,确切说是灌注着欧洲中心主义视野的体系……整个世界历史往往被用欧洲历史的那一小部分来得到权衡。如此用以阐释文明史的方式也同样体现在对理论的运用以及美学关联性的构建上:法兰克福学派的核心人物在构建自己的理论时提及的只是欧洲

---

① Leo Lowenthal. *An Unmastered Past: The Autobiographical Reflections of Leo Lowenthal*. Berkeley: University of California Press, 1987, p. 137.

② [德]洛文塔尔著《文学、通俗文化和社会》,北京:中国人民大学出版社2012年版,第186页。

③ [德]洛文塔尔著《文学、通俗文化和社会》,北京:中国人民大学出版社2012年版,第210页。

或德国思想家们的理论,也就是说康德、黑格尔、马克思、尼采、韦伯以及不断被论及的弗洛伊德。在阐述文学、音乐和绘画中的审美感知时触及的也局限于欧洲内部,连东欧邻国或美国的情况也只是被用疑虑的眼光审视着"①。毫无疑问,在当今地球村时代,面对文学艺术的跨国跨文化传播日益频繁的现实挑战,洛文塔尔文学传播研究视野的狭隘性和选材的局限性必须打破,无论是研究普遍的文学传播问题,还是研究中国的文学传播问题,都必须充分考虑中国文学发展的实际状况,尽可能吸收中国的学术资源,"在理论思考的一开始就顾及到不同文化、传统和历史进程中出现的事实"②,这样才有可能跳出西方中心主义的窠臼,进而解决我们当下所面对的问题。

这是从地域性的角度看,洛文塔尔文学传播理论所存在的问题;而从时效性的角度看,它也是有缺陷的。尽管我们认可阿多诺的说法——认为洛文塔尔"强调的重点在于社会理论而非短命的材料",因此不会变得过时③,但是洛文塔尔的许多论题和评论单独抽出来拿到今天来讲恐怕就不能再成立;况且他所论述的对象与我们所面对的对象相比毕竟已经有了很大差别。他研究的主要是印刷文学以及广播节目的传播问题,很少涉及电影、电视,更不用说互联网了④,其理论也主要是对播放式传播阶段的文学传播现象以及广播节目的国际传播问题的理论总结,它具有那个时代的历史局限性就在所难免。而今播放式传播方式正在被一个迥然有异的方式

---

① [德]霍耐特著《"法兰克福学派在中国"国际学术研讨会开幕致辞》,见[德]阿梅龙、[德]狄安涅、刘森林主编《法兰克福学派在中国》,北京:社会科学文献出版社2011年版,第1-2页。霍耐特用来批评阿多诺的这段话也可以用在洛文塔尔身上。读者只要稍微浏览一下本书第一章第二节"洛文塔尔文学传播理论的学术资源"部分就会发现这一点。洛文塔尔的文学传播理论最初主要是建立在西欧的思想理论和文学艺术之上,好在他移民美国后,能够严肃地看待美国的文学艺术和大众文化现象,并将其纳入到文学传播研究之中。
② [德]霍耐特著《"法兰克福学派在中国"国际学术研讨会开幕致辞》,见[德]阿梅龙、[德]狄安涅、刘森林主编《法兰克福学派在中国》,北京:社会科学文献出版社2011年版,第2页。
③ Leo Lowenthal. *Critical Theory and Frankfurt Theorists: Lectures, Correspondence, Conversations*, (Communication in Society, V. 4), New Brunswick (U. S. A.): Transaction Books, 1989, p. 145.
④ 福特基金会曾支持洛文塔尔进行了两项关于电视节目和政策的研究,他的研究成果也得到了福特基金会和美国文化公共政策委员会的肯定。不过尽管他的研究旨在"为当代大众媒介,特别是电视研究提供一个更加广泛的基础",但是他取材的研究资料仍然主要来自于印刷文学。[德]洛文塔尔著《文学、通俗文化和社会》,北京:中国人民大学出版社2012年版,第16,33页。

所取代,人类正在由"第一媒介时代"进入到"第二媒介时代"。在第二媒介时代,"一种集制作者、销售者、消费者于一体的系统将是对交往传播关系的一种全新构型,其中这三个概念间的界限将不再泾渭分明"①。在这种新型"传播力场"条件下,我们就不能再简单地接受他的理论假设和研究结果,就是一些已经被验证了的理论结论,由于不同时代、不同经济结构、不同社会制度和不同文化条件下的文学相互区别与联系的关系,其有效性也还有待于进一步考察。② 显然,要解决当今所面临的新问题,我们需要新概念和新方法,但是洛文塔尔提出的问题,提供的研究视角,拓展的理论空间,确立的基本主题、理论原则和研究范式依然有其可资借鉴的理论价值和现实意义。

他山之石,可以攻玉。本书研究洛文塔尔的文学传播理论意在为当下中国的文学研究提供一个更为广阔的参照系,提供一个更加深厚的理论语境,提供一条文学传播研究的新思路。考察大众传播时代的文学传播现实,考察大众传播条件下出现的文学与文艺学转型现象,可以考虑把"理论力场"、"传播力场"和"理解力场"等一系列学科交叉性极强的命题作为文学传播研究的切入点,在此基础上来进一步寻求革新文艺学研究范式的突破口,并以此为契机力争使文学传播研究成为对文艺学和传播学之交叉领域的一种比较科学的研究,使文学传播学成为一门既具有科学性又具有价值性的人文社会科学。当然这只是笔者的一点浅见,它不是结论,而旨在提供一个新的研究起点。

---

① [美]马克·波斯特著《第二媒介时代》,南京:南京大学出版社2000年版,第4页。
② 马克思指出:"一切划时代的体系的真正的内容都是由于产生这些体系的那个时期的需要而形成起来的。所有这些体系都是以本国过去的整个发展为基础的,是以阶级关系的历史形式及其政治的、道德的、哲学的以及其他的后果为基础。"(《马克思恩格斯全集》第3卷,第544页)中国文艺学的发展当然也不能离开这种具体的历史规定性。特别是"在民族崛起的动力下,在全球化背景下形成的艺术实践和审美经验的人民性"(马龙潜《主客体结构论文艺学的观念与体系构架》,序第4页)和民族性直接构成中国文艺学的现实根基的情况下,文艺学研究范式的革新就更要注意这一问题。

附录:利奥·洛文塔尔年表

1900年11月3日,利奥·洛文塔尔出生于魏玛共和国法兰克福市,父亲维克多·洛文塔尔(Victor Löwenthal)是一个被同化的犹太人,一名内科医师;母亲露茜·洛文塔尔(Rosy Bing Löwenthal)是一位具有唯物主义倾向的犹太人。他成长在脱离了犹太传统的家庭环境中,最初的思想经历充满了强烈的唯物主义倾向和科学倾向。

1915年,参加"革命"活动——投递和平主义传单,战争期间在德国这是违法的。在中学读书时,他深受露易丝·哈比希特(Luise Habricht,是一个社会主义者、和平主义者和女权主义者)的影响。

1917年,怀着极大热情向俄国革命致意——他把俄国革命看作人类解放运动,不仅仅是政治上的,而且是文化上和哲学上的人类解放运动。

1918年,没有读完中学,就进入铁路兵团服役。

第一次世界大战一结束,他就于1918年冬季学期进入法兰克福大学开始了大学生活。迫于父亲的压力,他不得不学习法学。

1918—1919年,他和弗朗茨·诺依曼(Franz Neumann)等同学一起在法兰克福大学建立了社会主义学生团体。

1919年,夏季学期,他转学到吉森大学,立刻放弃法学,开始学习文学、艺术、美学、哲学和高等数学。

1920年,转学到海德堡大学,跟随阿尔弗莱德·韦伯(Alfred Weber)、马克斯·韦伯(Max Weber)、卡尔·曼海姆(Karl Mannheim)、恩斯特·布洛赫(Ernst Bloch)、海因里希·李凯尔特(Heinrich Rickert)、卡尔·雅斯贝尔斯(Karl Jaspers)等老师学习文化社会学、文学、哲学和历史。

和马克斯·霍克海默(Max Horkheimer)、韦尔(Weil)参加了激进学生组织。他还担任了德国社会主义学生联盟的书记。

1920—1921年之交的冬季学期,发生"雅斯贝尔斯事件(Jaspers affair)"。雅斯贝尔斯在这一学期开设了一个研讨课讲述他的哲学。讨论会上,要讨论的主题被机械地分发下来,洛文塔尔得到"恶魔"那一章。他认为:"不论'恶魔'这个概念在文学史或者哲学史上哪个地方出现过,在书中它都被简化为一个心理范畴。"因此他为这次研讨会写了一篇文章,在文章中他以显而易见的轻蔑态度提到了解释的心理实证主义方法。雅斯贝尔斯被这个"反对派"激怒了,甚至变得具有侵略性和侮辱性。在他爆发之后,洛文塔尔站起来向同学们鞠躬,然后离开教室,砰的一声关上门。这就是"闻名海德堡的雅斯贝尔斯事件"。后来布洛赫(Ernst Bloch)读到了那篇文章,并且表现出相当的热情。论文发表在诺拜尔(Rabbi N. A. Nobel)纪念文集上。

1922年,通过齐格弗里德·克拉考尔(Siegfried Kracauer)的介绍与西奥多·阿多诺(Theodor Adorno)相识。

1923年,以一篇论述弗朗兹·冯·巴德尔(Franz von Baader)社会哲学的学位论文在法兰克福大学获得博士学位。随之获得第一份带薪工作。

同年,迎娶第一任妻子戈尔德·金斯伯格(Golde Ginsberg),她来自于普鲁士哥尼斯堡的正统犹太家庭。

1925年,进入《犹太周刊》(*Jewish Weekly*)从事编辑工作。《犹太周刊》是一份拥护犹太复国运动的报纸,但是洛文塔尔想把它办成一份国际知名的出版物。他出版了大量关于国际局势的文章。后来他将论述摩西·门德尔松(Moses Mendelssohn)、亨利希·海涅(Heinrich Heine)、费迪南德·拉萨尔(Ferdinand Lassalle)、卡尔·马克思(Karl Marx)、海尔曼·柯亨(Hermann Cohen)和西格蒙德·弗洛伊德(Sigmund Freud)的论文收集起来,以《德国犹太思想文化:1920年代的论文》为题,作为《批判理论和法兰克福理论家》的第一部分重新出版。

同年,第一次接触心理分析。是通过学生时代的朋友弗洛姆(Fromm)介绍的。弗洛姆的妻子是德累斯顿一家疗养院的精神病医师,1925年她在海德堡开办了一家心理分析医疗中心。洛文塔尔夫妇参加了他们的活动。

1926年,生下了第一个儿子丹尼尔(Daniel)。

1926—1930年,向法兰克福大学哲学系申请讲师资格被拒后,转而参加了法兰克福大学社会研究所。尽管与霍克海默在学术上有着密切联系,但那时他还仅仅是在业余时间参与研究所事务，他的全职工作是在普鲁士中学教学，同时在《犹太周刊》从事编辑工作，在"人民剧院"担任艺术顾问，在法兰克福成人教育中心兼职教学。

1930年，霍克海默成为研究所所长，洛文塔尔成为研究所正式成员，官方称呼是第一助手。

1932年，成为《社会研究杂志》(Zeitschrift für Sozialforschung)主编。1932年底，纳粹即将掌权，研究所的大部分成员转移到日内瓦，他留守法兰克福，代理所长一职。

同年，发表《论文学的社会状况》(On the Social Situation of Literature)。

1933年3月2日，他最后一个离开研究所，旅居日内瓦。

同年，发表《论康拉德·费迪南德·迈耶尔》(On Conrad Ferdinand Meyer)。

1934年，在日内瓦生活期间，成为霍克海默的继任者，担任"社会研究国际学会"(International Society of Social Research)主席。

同年，发表《德国对陀思妥耶夫斯基作品的接受：1880—1920》(The Reception of Dostoevski's Work in Germany：1880—1920)。

同年8月8日，进入美国境内。

1936年，发表《个人主义社会中的个体》(The Individual in Individualistic Society)。

同年，《权威与家庭研究》(Studies on Authority and the Family)在巴黎出版，这是研究所集体研究的经典案例。他写作了其中的文学部分。

1938年，发表《克努特·汉姆生——权威主义意识形态的史前史》(Knut Hamsun：A Prehistory of the Authoritarian Ideology)。

1940年6月14日归化，定居纽约，在哥伦比亚大学社会学系教授知识社会学，并且成为保罗·拉扎斯菲尔德(Paul Lazarsfeld)和罗伯特·默顿(Robert Merton)主持的应用社会研究局(Bureau of Applied Social Research)的一名成员。

1941—1944年，进入华盛顿战争情报局工作(Office of War Information)，赫伯特·马尔库塞(Herbert Marcuse)也曾在此服务过。

1944 年,发表《通俗杂志中的传记——作为一种通俗文学类型的传记的兴起》(Biographies in Popular Magazines: rise of biography as a popular literary type)。

1946 年,与美国心理学家玛乔丽·费斯克(Marjorie Fiske)结婚。费斯克 1939—1955 年受雇于拉扎斯菲尔德的应用社会研究局,曾于 1987 年荣获美国心理学协会卓越研究奖。

1947 年,在伊利诺斯大学传播研究所成立大会上发表演讲,这篇以整个文学社会学为论域的演讲不但论及了广泛的文学传播问题,而且还规划了文学传播研究的蓝图,明确提出了跨学科研究的要求。在此期间,他敏锐的内容分析能力第一次吸引了美国之音主管科勒(Kohler)的注意。

同年,发表《恐怖的原子人》(Terror's Atomization of Man)。

1948 年,发表《文学社会学》(The Sociology of Literature)。

1949 年,出版《欺骗的先知:对美国煽动者的技巧的一项研究》(Prophets of deceit: A study of the techniques of the American agitator),与诺伯特·盖特曼(Norbert Guterman)合作完成。最初作为《偏见研究》(Studies in Prejudice)系列的一个单行本在美国出版,1970 年再版时,霍克海默为之作了导言。

同年,接受美国之音研究部主任一职,结束了他在研究所 23 年的任期。从 1949—1955 年的 6 年时间,他领导了当时美国规模最为庞大,也是最具潜力的一支传播研究队伍。正是这 6 年的美国之音的学术生涯奠定了他作为美国大众传播研究专家的学术地位。

同年,因为美国之音的业务,第一次重返欧洲。

1950 年,发表《通俗文化的历史透视》(Historical Perspectives of Popular Culture)。

1952 年,发表《国际传播管理研究的若干问题》(Some Problems in the Administration of International Communications Research,与费斯克合作);《舆论研究对心理战评估的贡献》(The Contributions of Opinion Research to the Evaluation of Psychological Warfare,与克拉帕(Klapper)合作)。

1953 年,发表《国际传播研究专辑导论》(Introduction of Special Issue on International Communications Research)。

1956年,发表《18世纪英国的艺术与通俗文化之争》(*The Debate over art and popular culture in eighteenth century England*)。

同年,接受加利福尼亚大学的聘请,成为柏克莱分校的一名社会学教授。

1957年,出版《文学与人的形象》(*Literature and the Image of Man*)。

1961年,出版《文学、通俗文化和社会》(*Literature, Popular Culture, and Society*)。

1963年,发表《十九世纪英国文化标准之争》(*The Debate on Cultural Standards in Nineteenth Century England*)。

1966年,重返德国,作了题为《大学作为企业》(*Die Universitaet als Grossbetrieb*)的报告。

同年,应法兰克福大学邀请,在教育学与哲学讲座上发表了题为《伯克莱的学生运动》(*Studentenunruhen in Berkeley*)的演讲。

1967年,发表《德国通俗传记:文化的特卖专柜》(*German Popular Biographies: Culture' Bargain Counter*)。

1968年,时年24岁的马丁·杰伊(Martin Jay)为撰写《辩证的想象》(*The Dialectical Imagination*)的博士论文访问洛文塔尔,二人一见如故,从此成为终生好友。

同年,《文学、通俗文化和社会》再版。

同年,从加利福尼亚大学退休,但他一直精力充沛地工作到1993年生命结束。

1968—1972年,为柏克莱分校的预算委员会服务(Budget Committee, University of California at Berkeley)。

1971年,出版《叙事艺术和社会》(*Narrative Art and Society*)。

1973—1974年,担任加利福尼亚大学社会学系主任一职。

1974年,在社会研究所成立50周年纪念大会上发表演说,解释了批判理论的意义:它是对待所有文化现象的一种观点,一个共同的、批判的、基本的姿态,从来没有要求成为一种体系。

1977年,迎娶柏克莱德国文化中心主任苏珊娜·霍普曼(Susanne Hoppmann)作为他的第三任妻子。

1980年，《终极》(*Telos*)杂志出版了庆祝洛文塔尔八十周年诞辰的纪念文集；苏尔坎普(Suhrkamp)出版社同时重新发行了他的选集。

1982年，荣获黑森州颁发的歌德奖(Goethe Medal)，霍克海默曾获此奖项。

同年，在法兰克福举行的本雅明九十周年诞辰纪念研讨会上发表了题为《本雅明：知识分子的完整性》(*Walter Benjamin: The Integrity of the Intellectual*)的演说。

同年，在法兰克福纪念歌德逝世150周年大会上发表了《歌德和虚假主体性》(*Goethe and False Subjectivity*)的著名演说。

1983年，在柏林自由大学举办的纳粹焚书50周年纪念研讨会上发表了题为《凯列班的遗产》(*Caliban's Legacy*)的演说。

同年9月，他再次返回法兰克福市在纪念阿多诺八十周年诞辰的大型集会上发表纪念演说。

1984年，获加利福尼亚大学伯克莱分校的最高学术荣誉——伯克莱引用奖(Berkeley Citation)。

同年，文集《社会中的传播》第一卷《文学和大众文化》出版(*Literature and Mass Culture*, Communication in society, V. 1)。

1985年，在巴黎召开的纪念布洛赫和卢卡奇(Georg Lukács)一百周年诞辰的国际会议上发表演说，纪念这两位对批判理论的发展做出重要贡献的理论家。

同年，荣获德国锡根大学荣誉博士学位。

同年，德意志联邦共和国总统里夏德·冯·魏茨泽克(Richard von Weizsäcker)授予他卓越服务十字勋章。

同年，斯坦福大学专门为他召开了题为"文学，文化和社会理论"(Literature, Culture, and Social Theory)的研讨会。

1986年，《文学与人的形象》作为文集《社会中的传播》第二卷再版(*Literature and the Image of Man*, Communication in society, V. 2)。

同年，柏林自由大学、汉堡大学先后授予他荣誉博士头衔。

1987年，文集《社会中的传播》第三卷《虚伪的先知：权威主义研究》出版(*False Prophets: studies on authoritarianism*, Communication in Society,

V. 3)。

同年,出版《无法掌控的过去》(An unmastered past)。

1989年,文集《社会中的传播》第四卷《批判理论和法兰克福理论家》出版(Critical Theory and Frankfurt Theorists, Communication in Society, V. 4)。

同年,出版《歌德和虚假主体性》(Goethe and False Subjectivity)。

同年,以《无法掌控的过去》一书荣获阿多诺奖(Theodor W. Adorno Prize),阿多诺奖每三年评选一次;哈贝马斯、德里达等人先后获此荣誉。

1990年,在第九十个生日时,出版了对他的研究和采访专辑。

1993年1月21日,在加利福尼亚柏克莱因肺炎离开人世。社会学家莱特·米尔斯(Wright Mills)在《纽约时报》(The New York Times)上撰文指出:"洛文塔尔教授像莎士比亚、塞万提斯和易卜生等作家一样描绘出了社会与人的极为鲜明的形象。"

2003年4月11—12日,由马丁·杰伊等人组织大西洋两岸的学者,召开了题为"洛文塔尔的遗产"(The Legacy of Leo Lowenthal)的研讨会,纪念他逝世十周年。

参考文献

[1] Leo Lowenthal. Literature and Mass Culture (Communication in society, V. 1) [M]. New Brunswick (U. S. A.): Transaction Books, 1984.

[2] Leo Lowenthal. Literature and the Image of Man: Sociological studies of the European drama and novel, 1600—1900 (Communication in society, V. 2) [M]. New Brunswick (U. S. A.): Transaction Books, 1986.

[3] Leo Lowenthal. False Prophets: Studies on authoritarianism (Communication in society, V. 3) [M]. New Brunswick (U. S. A.): Transaction Books, 1987.

[4] Leo Lowenthal. Critical Theory and Frankfurt Theorists: Lectures, Correspondence, Conversations (Communication in society, V. 4) [M]. New Brunswick (U. S. A.): Transaction Books, 1989.

[5] Leo Lowenthal. Literature, Popular Culture, and Society [M]. Palo Alto, Calif.: Pacific Books, 1968.

[6] Leo Lowenthal, Norbert Guterman. Prophets of Deceit: A study of the techniques of the American agitator [M]. New York: Harper, 1949.

[7] Leo Lowenthal, Martin Jay. An Unmastered Past: The autobiographical reflections of Leo Lowenthal [M]. Berkeley: University of California Press, 1987.

[8] Leo Lowenthal. Goethe and False Subjectivity [M]. San Francisco: Greenwood Press, 1989.

[9] Leo Lowenthal. Biographies in Popular Magazines: Rise of biography as a popular literary type [C]// Paul Lazarsfeld, Frank Stanton. Radio Research, 1942—1943. New York: Duell, Sloan and Pearce, 1944:

507-548.

[10] Leo Lowenthal. The Sociology of Literature [C] // Wilbur Lang Schramm. Communications in Modern Society: Fifteen studies of the mass media. Urbana: University of Illinois Press, 1948: 83-100.

[11] Leo Lowenthal. Humanistic Perspectives of the Lonely Crowd [C] // Seymour M Lipset, Leo Löwenthal (Hrsg.). Culture and Social Character: The work of david riesman reviewed. New York: Free Press of Glencoe, 1961: 27-41.

[12] Leo Lowenthal. The Reception of Dostoevski's Work in Germany: 1880—1920 [C] // Robert Wilson (Ed.). The Arts in Society. Englewood Cliffs, N. J.: Prentice-Hall, 1964.

[13] Leo Lowenthal. Herink Ibsen: Motifs in the realistic plays [C] // Rolf Fjelde (Ed.). Ibsen: A collection of critical essays. Englewood Cliffs, N. J.: Prentice-Hall, 1965.

[14] Leo Lowenthal. German Popular Biographies: Culture' bargain counter [C] // Kurth Wolff, Jr Barrington Moore (Ed.). The Critical Spirit: Essays in honor of Herbert Marcuse. Boston: Beacon Press, 1967: 267-283.

[15] Leo Lowenthal. A Historical Preface to the Popular Culture Debate [C] // Norman Jacobs. Mass Media in Modern Society. New Brunswick (U. S. A.): Transaction Publishers, 1992.

[16] Leo Lowenthal. The Integrity of the Intellectual: In memory of Walter Benjamin [C] // Gary Smith (Ed.). Benjamin: Philosophy, Aesthetics, History. Chicago: University of Chicago Press, 1989: 247-259.

[17] Leo Lowenthal. Leisure in America: A social inquiry [J]. Public Opinion Quarterly, 1961,25:324-331.

[18] Leo Lowenthal. Conrad Ferdinand Meyer: An apologia of the upper middle class [J]. Telos, 1980,45:97-113.

[19] Leo Lowenthal. Sociology of Literature in Retrospect [J]. Critical Inquiry, 1987,14(1):1-15.

[20] Leo Lowenthal. Address upon Accepting the Theodor W. Adorno Prize on 1 October 1989 [J]. New German Critique, No. 54, Special Issue on Siegfried Kracauer, Autumn, 1991: 179-180.

[21] Leo Lowenthal. As I Remember Friedel: The keynote address [J]. New German Critique, 1991,54:5-18.

[22] Leo Lowenthal. Review of the Common English Reader: A social history of the mass reading public [J]. Public Opinion Quarterly, 1958, 22(2).

[23] Leo Lowenthal. Review of The Rise of the Novel [J]. The American Journal of Sociology, 1959,64(4).

[24] Joseph Klapper, Leo Lowenthal. The Contributions of Opinion Research to the Evaluation of Psychological Warfare [J]. Public Opinion Quarterly, 1951,15.

[25] Marjorie Fiske, Leo Lowenthal. Some Problems in the Administration of International Communications Research [J]. Public Opinion Quarterly, 1952,16.

[26] Helmut Dubiel. Interview with Leo Lowenthal [J]. Telos, 1980,45: 82-96.

[27] Martin Ludtke. The Utopian Motif Is Suspended: Conversation with Leo Lowenthal [J]. New German Critique, 1986, 38 (spring/summer).

[28] Hanno Hardt. Critical Communication Studies: Essays on communication history and theory in America [M]. London: Routledge, 1991.

[29] John Durham Peters, Peter Simonson. Mass Communication and American Social Thought: Key Texts, 1919—1968 [M]. Lanham, Md.: Rowman & Littlefield Publishers, 2004.

[30] Dennis Everette E, Wartella Ellen. American Communication Research: The remembered history [M]. Mahwah, New Jersey: Lawrence Erlbaum, 1996.

[31] John Durham Peters. Speaking Into the Air: A History of the Idea of

Communication [M]. Chicago: University of Chicago Press, 1999.

[32] Philip Schlesinger, Roger Silverstone, John Corner. International Media Research: A critical survey [M]. London: Routledge, 1997.

[33] Timothy Richard Glander. Origins of Mass Communications Research During the American Cold War: Educational effects and contemporary implications [M]. San Diego: Lawrence Erlbaum, 2000.

[34] Martin Jay. Force Fields: Between intellectual history and cultural critique [M]. New York: Routledge, 1993.

[35] Martin Jay. The Dialectical Imagination: A history of the Frankfurt School and the institute of social research, 1923—1950 [M]. London: University of California Press, 1996.

[36] Martin Jay. Permanent exiles: Essays on the intellectual migration from Germany to America [M]. New York: Columbia University Press, 1986.

[37] Walter Benjamin. The Arcades Project [M]. Cambridge, MA: Harvard University Press, 1999.

[38] Rolf Wiggershaus. The Frankfurt School: Its History, Theories, and Political Significance [M]. Cambridge, MA: MIT Press, 1994.

[39] Uwe Steiner, Michael Winkler. Walter Benjamin: An Introduction to His Work and Thought [M]. Chicago: University of Chicago Press, 2010.

[40] Judith Marcus, Zoltán Tar. Foundations of the Frankfurt School of Social Research [M]. New Brunswick (U.S.A.): Transaction Publishers, 1984.

[41] Douglas Kellner. Critical Theory, Marxism and Modernity [M]. Cambridge: Polity Press, 1989.

[42] Stephen Eric Bronner. Critical Theory and Society: A Reader [M]. London: Routledge, 1989.

[43] David Held. Introduction to Critical Theory: Horkheimer to Habermas [M]. Oakland, CA: University of California Press, 1980.

[44] Peter R Sedgwick, Andrew Edgar. Key Concepts in Cultural Theory [M]. London: Routledge, 1999.

[45] Robert Lanning. The National Album: Collective biography and the formation of the Canadian Middle Class [M]. London: McGill-Queen's Press, 1996.

[46] John Dewey. Democracy and Education [M]. New York: Free Press, 1997.

[47] The Legacy of Leo Lowenthal: A Conference Commemorating His Life and Works on the Tenth Anniversary of His Death, 2003 [EB/OL]. http://ies.berkeley.edu/calendar/archive/lowenthal.html.

[48] Robert Sayre. Lowenthal, Goldman, and the Sociology of Literature [J]. Telos, 1980,45.

[49] Douglas Kellner. The Frankfurt School Revisited [J]. New German Critique, 1975,4:138.

[50] Robert Wilson. Review of Toward a Phenomenological Sociology of Literature [J]. Social Forces, 1992:70(4).

[51] Hanno Hardt. The Conscience of Society: Leo Lowenthal and Communication research [J]. Journal of Communication, 1991(Summer).

[52] David Gross. Lowenthal, Adorno, Barthes: Three Perspectives on Popular Culture [J]. Telos, 1980,45.

[53] Russell Berman. Review of Literature and Mass Culture [J]. Theory and Society, 1986,15(5).

[54] Tucker William. Perspectives on Political Science [J]. Theory and Methodology, 1990,19(Spring).

[55] Gertrude J Robinson. The Katz/Lowenthal Encounter: An episode in the creation of personal influence [J]. Annals of the American Academy of Political and Social Science, 2006,608(1):76-96.

[56] Barry Katz. The Acculturation of Thought: Transformations of the Refugee Scholar in America [J]. Journal of Modern History, 1991, 63(4).

［57］Leo Bogart. In Memoriam：Leo Lowenthal，1900—1993［J］. Public Opinion Quarterly，1993，57（3）.

［58］Harvey Pearce. Art in Culture［J］. American Quarterly，1959，11（1）.

［59］Paul Lazarsfeld. Remark on Administrative and Critical Communication Research［J］. Studies in Philosophy and Social Science，1941，9：2-16.

［60］Sigmund Diamond. Review of America's Heroes：The changing models of success in American Magazines［J］. Business History Review，1971，45（4）.

［61］Harold Lasswell. Personality，Prejudice，and Politics［J］. World Politics，1951，3（3）：407-408.

［62］Leo Lowenthal，Professor of Sociology［N］. The New York Times.（East Coast），1993-01-25.

［63］［德］洛文塔尔. 文学、通俗文化和社会［M］. 甘锋，译. 北京：中国人民大学出版社，2012.

［64］［德］洛文塔尔. 文学与社会. 张苾芫，译//张英进，于沛. 现当代西方文艺社会学探索［M］. 福州：海峡文艺出版社，1987.

［65］［德］霍克海默. 霍克海默集［M］. 曹卫东，译. 上海：上海远东出版社，2004.

［66］［德］霍克海默. 批判理论［M］. 李小兵，译. 重庆：重庆出版社，1989.

［67］［德］本雅明. 经验与贫乏［M］. 王炳均，杨劲，译. 天津：百花文艺出版社，1999.

［68］［德］本雅明. 发达资本主义时代的抒情诗人［M］. 张旭东，魏文生，译. 北京：三联书店，1989.

［69］［德］本雅明. 本雅明文选［M］. 陈永国，译. 北京：中国社会科学出版社，1999.

［70］［美］马丁·杰伊. 法兰克福学派史［M］. 单世联，译. 广州：广东人民出版社，1996.

[71] [美]马丁·杰伊. 阿多诺[M]. 瞿铁鹏,张赛美,译. 北京:中国社会科学出版社,1992.

[72] [德]罗尔夫·魏格豪斯. 法兰克福学派:历史、理论及政治影响[M]. 孟登迎,赵文,刘凯,译. 上海:上海人民出版社,2010.

[73] [德]哈贝马斯. 公共领域的结构转型[M]. 曹卫东,等,译. 上海:学林出版社,1999.

[74] [德]马克思,恩格斯. 马克思恩格斯选集[M]. 北京:人民出版社,1995.

[75] [德]阿梅龙,[德]狄安涅,刘森林. 法兰克福学派在中国[M]. 北京:社会科学文献出版社,2011.

[76] [英]菲尔·斯莱特. 当代影响最大的西方马克思主义流派——法兰克福学派的起源和意义[M]. 袁义江,等,译. 兰州:兰州大学出版社,1990.

[77] [英]佩里·安德森. 西方马克思主义探讨[M]. 文贯中,等,译. 北京:人民出版社,1981.

[78] [英]特里·伊格尔顿. 马克思主义与文学批评[M]. 文宝,译. 北京:人民文学出版社,1980.

[79] [英]特里·伊格尔顿. 二十世纪西方文学理论[M]. 伍晓明,译. 西安:陕西师范大学出版社,1987.

[80] [美]M H 艾布拉姆斯. 镜与灯:浪漫主义文论及批评传统[M]. 郦雅牛,张照进,童庆生,译. 北京:北京大学出版社,1989.

[81] [美]韦勒克,沃伦. 文学理论[M]. 刘象愚,邢培明,等,译. 北京:三联书店,1984.

[82] [俄]什克洛夫斯基,等. 俄国形式主义文论选[M]. 方珊,译. 北京:三联书店,1989.

[83] [德]H R 姚斯,[美]R C 霍拉勃. 接受美学与接受理论[M]. 周宁,金元浦,译. 沈阳:辽宁人民出版社,1987.

[84] [德]黑格尔. 美学[M]. 朱光潜,译. 北京:商务印书馆,1979.

[85] [法]福柯. 福柯集[M]. 王简,等,译. 上海:上海远东出版社,1998.

[86] [美]理查德·沃林. 文化批评的观念:法兰克福学派、存在主义和后结构主义[M]. 张国清,译. 北京:商务印书馆,2000.

[87] [英]多米尼克·斯特里纳蒂. 通俗文化理论导论[M]. 阎嘉,译. 北京:商务印书馆,2001.

[88] [英]麦基. 思想家[M]. 周穗明,译. 北京:三联书店,1987.

[89] 徐崇温. 法兰克福学派述评[M]. 上海:三联书店,1980.

[90] 朱立元. 法兰克福学派美学思想论稿[M]. 上海:复旦大学出版社,1997.

[91] 王晓升. 为个性自由而斗争——法兰克福学派社会历史理论评述[M]. 北京:社会科学文献出版社,2009.

[92] 赵勇. 整合与颠覆:大众文化的辩证法[M]. 北京:北京大学出版社,2005.

[93] 谭好哲. 艺术与人的解放[M]. 济南:山东大学出版社,2005.

[94] 杨小滨. 否定的美学[M]. 上海:三联书店,1999.

[95] 曹卫东. 交往理性与诗学话语[M]. 天津:天津社会科学院出版社,2001.

[96] 刘小枫. 接受美学译文集[M]. 北京:三联书店,1989.

[97] 朱光潜. 西方美学史[M]. 北京:人民文学出版社,1979.

[98] 张隆溪. 二十世纪西方文论述评[M]. 北京:三联书店,1986.

[99] 张首映. 西方二十世纪文论史[M]. 北京:北京大学出版社,1999.

[100] 马龙潜. 主客体结构论文艺学的观念与体系构架[M]. 桂林:广西师范大学出版社,2005.

[101] [德]W 墨菲. 法兰克福学派美学:与传统马克思主义美学的根本决裂[C]//王鲁湘,等,编译. 西方学者眼中的西方现代美学. 北京:北京大学出版社,1987.

[102] [美]汉诺·哈特. 传播学批判研究——美国的传播、历史和理论[M]. 何道宽,译. 北京:北京大学出版社,2008.

[103] [美]施拉姆,[美]波特. 传播学概论[M]. 陈亮,周立方,李启,译. 北京:新华出版社,1984.

[104] [美]施拉姆. 大众传播媒介与社会发展[M]. 金燕宁,等,译. 北

京:华夏出版社,1990.

[105] [加]麦克卢汉. 理解媒介:论人的延伸[M]. 何道宽,译. 北京:商务印书馆,2000.

[106] [美]斯蒂文·小约翰. 传播理论[M]. 陈德民,叶晓辉,译. 北京:中国社会科学出版社,1999.

[107] [美]切特罗姆. 传播媒介与美国人的思想——从莫尔斯到麦克卢汉[M]. 曹静生,黄艾禾,译. 北京:中国广播电视出版社,1991.

[108] [美]马克·波斯特. 第二媒介时代[M]. 范静哗,译. 南京:南京大学出版社,2000.

[109] [美]罗杰斯. 传播学史:一种传记式的方法[M]. 殷晓蓉,译. 上海:上海译文出版社,2002.

[110] [英]奥利弗·博伊德-巴雷特,[英]克里斯·纽博尔德. 媒介研究的进路[M]. 汪凯,刘晓红,译. 北京:新华出版社,2004.

[111] [法]阿芒·马特拉. 世界传播与文化霸权:思想与战略的历史[M]. 陈卫星,译. 北京:中央编译出版社,2001.

[112] [美]费斯克,等. 关键概念:传播与文化研究辞典[M]. 李彬,译. 北京:新华出版社,2004.

[113] [德]盖奥尔格·西美尔. 社会学——关于社会化形式的研究[M]. 林荣远,译. 北京:华夏出版社,2002.

[114] [德]盖奥尔格·齐美尔. 桥与门——齐美尔随笔集[M]. 周涯鸿,等,译. 上海:三联书店,1991.

[115] [德]马克斯·韦伯. 社会学的基本概念[M]. 顾忠华,译. 台北:远流出版社,1995.

[116] [德]马克斯·韦伯. 社会科学方法论[M]. 韩水法,译. 北京:中央编译出版社,1999.

[117] [英]H P 里克曼. 狄尔泰[M]. 殷晓蓉,吴晓明,译. 北京:中国社会科学出版社,1989.

[118] [法]埃斯卡皮. 文学社会学[M]. 王美华,于沛,译. 合肥:安徽文艺出版社,1987.

[119] [美]罗伯特·金·默顿. 17世纪英格兰的科学、技术与社会[M].

范岱年,等,译.北京:商务印书馆,2000.

[120] 张锦华.传播批判理论[M].台北:黎明文化事业公司,1994.

[121] 陈世敏.大众传播与社会变迁[M].台北:三民书局股份有限公司,1994.

[122] 张英进,于沛.现当代西方文艺社会学探索[M].福州:海峡文艺出版社,1987.

[123] 姚文放.现代文艺社会学[M].南京:江苏文艺出版社,1993.

[124] 王治河.后现代主义辞典[M].北京:中央编译出版社,2004.

[125] 新华通讯社译名室主编.世界人名翻译大辞典[M].北京:中国对外翻译出版公司,2007.

[126] 陆小宁.洛文塔尔的通俗文化观[J].国外社会科学,1998(1).

[127] 陆小宁.洛文塔尔的通俗文化思想述评[J].哲学动态,1998(2).

[128] 黄芹.洛文塔尔的消费偶像观[J].国外社会科学,1998(1).

[129] 王小盾.中国韵文的传播方式及其体制变迁[J].中国社会科学,1996(1).

[130] 曾繁仁.当代社会文化转型与文艺学学科建设[J].文学评论,2004(2).

[131] 王晓路.艾布拉姆斯四要素与中国文学理论[J].文学评论,2005(3).

[132] 霍有明,李永平.文学传播学刍议[J].西北大学学报(哲社版),2006(5).

[133] 殷晓蓉.法兰克福学派与美国传播学[J].学术月刊,1999(2).

[134] 隋少杰.艺术:在文化传播中生成[J].山东大学学报(哲社版),2006(4).

[135] 李泽厚.儒学四期与转换性创造[N].经济观察报,2005-12-12.

[136] 张抗抗.网络文学杂感[N].中华读书报,2000-03-01.

[137] 曹卫东.阿尔弗莱德·韦伯和他的文化社会学[N].中华读书报,1999-08-04.

[138] 光明日报理论部编辑.2013年度中国十大学术热点[N].光明日报,2014-01-15.

[139] [英]科林·斯巴克斯.中国大学的社会科学研究现状与未来[N].中国社会科学报,2011-03-11.